NYDEGG
VERLAG

Paul Wittwer

BESTZELLER

Kriminalroman

NYDEGG
VERLAG

1. Auflage 2018

Lektorat: Urs Heiniger
Umschlaggestaltung: Renata Hubschmied
Grafische Gestaltung, SGD, Bern
Umschlagbild: Pierre Gauchat, Illustration.
Detail aus der 500er-Banknote, SNB, 5. Serie
Autorenfoto: Beat Schweizer
Satz und Druck: CPI – Ebner & Spiegel, Ulm
ISBN 978-3-905961-16-4

Nydegg Verlag, CH-3015 Bern
www.nydegg-verlag.ch

INHALT

Prolog
7

Teil I
Das Leben ist ein Punkt.
Daniel Locher, genannt DD, Kunstmaler
13

Teil II
Das Alter ist eine Krankheit.
David Sinclair, Biologe
103

Teil III
Sag mir, wer du bist.
Charles Berner, Kommunikationswissenschafter
201

Teil IV
Der Krug geht zum Brunnen, bis er bricht.
Sprichwort
291

Teil V
Die Antwort ist immer der Tod.
Philip Roth, Schriftsteller
381

Epilog
419

Prolog

1

In den Eingeweiden der Stadt war wenig zu spüren vom Jahrhunderthoch, das Bern seit gut zwei Wochen einheizte. Der kühle Luftzug, der durch die feuchtfinsteren Gänge der Kanalisation unter der Altstadt strich, war allerdings nicht wirklich erfrischend.

Trotz knappen fünfzehn Grad schwitzte Binggeli, als er den Rucksack zuband. Verwesung, Fäkalien und Moder schienen der Luft den Sauerstoff zu entziehen und machten das Atmen schwer.

«Halt endlich das verdammte Scheisslicht ruhig!», zischte er seinen Begleiter an.

«Mir reicht's!», gab dieser zurück, «ich hau ab …»

«Einen Scheissdreck haust du! Du bleibst, bis ich alles dicht habe.»

«Weisst du, wo du mich kannst …?»

«Nein!» Binggeli richtete die Stirnlampe voll auf seinen Komplizen.

Joseph Niederhauser bestand im Gegensatz zum stämmigen Binggeli, der einige Kilo zu viel auf den Rippen hatte, lediglich aus Haut und Knochen. Die Angst stand ihm ins Gesicht geschrieben und liess seinen dürren Körper zittern.

«Die Tiere!» Niederhauser deutete auf Binggelis Rucksack, «solche Tiere hab ich noch nie gesehen, die sind abartig …»

«Das sind misshandelte Ratten …»

«Das sind keine Ratten!»

«Dann meinetwegen Labormäuse …»

«Das sind keine Mäuse!» Niederhausers Lampe irrlichterte über den Boden des Stollens, der sich in einer Biegung in der Dunkelheit verlor, als gelte es, die Viecher zu verscheuchen.

Binggeli wischte mit einer feinen Bürste den Schachtdeckel über seinem Kopf ab. «So einen Aufstand wegen ein paar Ratten!»

Niederhauser tastete sich bereits den schmalen Gang entlang.

Binggeli packte das Werkzeug zusammen. Er holte seinen Begleiter an der Stelle ein, wo der Gang in einen grösseren, abfallenden Stollen mündete.

«Wir müssen noch das Gitter anbringen», erklärte er und suchte an seinem Gürtel nach dem passenden Werkzeug.

«Ich muss gar nichts!» Niederhauser betrat mit unsicherem Schritt die flache Treppe, die in der Mitte des Stollens nach unten führte. Auf beiden Seiten der Stufen floss ein stetig an- und abschwellendes Rinnsal, das in unregelmässiger Folge Fäkalien, Papier, Tampons, Speiseresten, Kondome und anderes mit sich führte, was die Berner über ihre Kanalisation entsorgten.

«Du wartest!»

«Du findest den Weg auch ohne mich …»

«Verdammter Angsthase!» fluchte Binggeli, während er das Gitter, das den Gang vom Kanalsystem abtrennte, in Position brachte. Immer wieder sah er nach Niederhauser, der unsicher die Treppe runterwackelte, bis er schliesslich aus seinem Blickfeld verschwand. Er zog gerade die letzte der verrosteten Schrauben fest, als er den Aufschrei hörte.

«Zum Teufel, ihr Mistviecher …!»

Mehr konnte er nicht verstehen. Niederhauser musste sich bereits in der Nähe des Hauptstollens befinden. «Du wartest auf mich!», rief er auf gut Glück.

Anstelle einer Antwort hörte er ein Scheppern.

Beunruhigt hielt er inne. Und woher kam auf einmal dieses dumpfe Rollen?

«Sepp?»

Das Rollen wurde lauter und gleichzeitig spürte er einen rasch ansteigenden Druck in seiner Brust. Ein Wassereinbruch!? – der Gedanke liess ihn erstarren.

Das Rollen wuchs zum Donner, der Druck zum Schmerz – und dann schien das Unheil buchstäblich über ihn hinwegzuziehen. Der Donner wich einem Quietschen.

Ein Tram, das ein paar Meter über ihm die Marktgasse runterfuhr, war für den Lärm verantwortlich gewesen.

Schwer atmend lehnte er sich gegen die feuchte Sandsteinmauer. Er versuchte sich zu entspannen, aber der Schmerz in seiner Brust machte ihn starr. Er presste die Faust gegen das Brustbein, bis der Druck endlich nachliess.

«Sepp?!», rief er in die Finsternis.

Keine Antwort.

Er fluchte und steckte das Werkzeug ein.

Nichts lief nach Plan. Zuerst hatte ihn Sepp in den falschen Stollen geführt, und als Binggeli ihm seinen Fang präsentierte, hatte er den Rappel gekriegt und den Rucksack fallen lassen. Sie konnten froh sein, dass nicht alle Tiere entwischt waren.

«Sepp?», rief er abermals.

Keine Antwort.

Der Feigling war tatsächlich abgehauen. Binggeli fragte sich, ob er Niederhauser ein Bier zu viel, oder ein Bier zu wenig spendiert hatte.

Kurz bevor er den Hauptstollen erreichte, glaubte er hinter sich ein Rascheln zu hören. Er fuhr herum. Aber ausser den nervösen Schatten, die das Licht seiner Lampe an die buckligen Wände warf, war nichts zu sehen. Keine zwei Schritte weiter stiess sein Fuss gegen etwas Weiches. Er strauchelte und konnte gerade noch einen Sturz vermeiden.

«Verdammt!», fluchte er.

«Verdammt!», wiederholte er, als er die Stirnlampe auf den Boden richtete.

Vor seinen Füssen lag Sepp kopfvoran in der Scheisse und rührte sich nicht.

Teil I

Das Leben ist ein Punkt.

Daniel Locher, alias DD, Kunstmaler

2

«Sie liegt im Keller!»

«Sie liegt im Keller?» Limacher war nicht sicher, ob er richtig gehört hatte.

Seine Frage musste wohl nicht eben freundlich geklungen haben. Frau Schoke drehte sich mit hochgezogenen Augenbrauen nach ihm um. «Im Untergeschoss, meine ich. Es ist wegen der Hitze. Da haben wir unsere Richtlinien. Wenn wir Frau Limacher bei den jetzigen Temperaturen im Zimmer gelassen hätten …», sie versuchte gleichzeitig zu lächeln und die Nase zu rümpfen, mit dem Resultat, dass sich ihr Gesicht zu einer Grimasse verzog, die Limacher an ein Ferkel erinnerte. «Kommt hinzu, dass wir eine Ansteckungsgefahr nicht ausschliessen können. Die Sommergrippe geht um. Unsere Bewohnerinnen und Bewohner leiden schon genug unter der Hitze. Wenn jetzt ein Virus …»

Limacher hörte nicht mehr zu. Er folgte Schwester Schoke wortlos, um nicht zu sagen sprachlos. Er konnte es noch immer nicht fassen. Als er an diesem Morgen, wie öfters an einem Sonntag, seine Mutter zum gemeinsamen Mittagessen hatte abholen wollen, war ihr Zimmer abgeschlossen gewesen. Erst da hatte er die Information an der Tür bemerkt: ‹Besucher melden sich bitte bei der Pflege›.

Er hatte drei Anläufe unternehmen müssen, bis er

schliesslich im Speisesaal, wo das gesamte Personal mit der Essensausgabe beschäftigt war, Auskunft erhielt.

«Wurden Sie denn noch nicht benachrichtigt?», hatte ihn Frau Schoke, gemäss dem Schild an ihrer Berufsschürze die tagesverantwortliche Pflegekraft, gestresst gefragt und ihn vielsagend nichtssagend zur Seite genommen.

«Worüber benachrichtigt?», hatte Limacher zurückgefragt, obwohl er ahnte, worum es ging.

«Ihre Mutter ist heute Nacht verstorben.»

Frau Schoke hatte ihm erst ‹ganz herzlich› kondoliert und dann zu erklären begonnen, warum er möglicherweise noch nicht kontaktiert worden war. Sonntagmorgen. Eine besondere Herausforderung für die Pflege. Einige Bewohner bleiben dem Frühstück fern, weil sie von ihren Angehörigen abgeholt worden sind; andere wollen sich speziell hübsch machen, weil sie Besuch erwarten; und wieder andere wohnen der hausinternen Andacht bei, die sich – besonders mit Pastor Senn – gern mal in die Länge ziehen kann. Erschwerend kommt hinzu, dass das sonntägliche Frühstücksbuffet mit seinen Auswahlmöglichkeiten viele Bewohner überfordert und damit das ohnehin reduzierte Personal – wer möchte das Wochenende nicht frei haben, besonders bei diesem Prachtswetter? – zusätzlich beansprucht. Da kann es schon mal passieren, dass es nicht gleich auffällt, wenn jemand am Frühstückstisch fehlt und zudem …

Erst seine Bitte, seine Mutter sehen zu dürfen, hatte ihre Rechtfertigungswelle gestoppt.

Sie durchquerten die Eingangshalle der Residenz «Renaissance», die bis vor einem Jahr Alterszentrum Bern und noch früher ganz einfach städtisches Alterspflegeheim geheissen hatte. Es roch nach Kamille, Zitrone und Wundbenzin, ein Geruchseindruck, der bei Limacher Kindheitserinnerungen weckte. Er sah seine Mutter mit einem Servierbrett sein Zimmer betreten. Die Tage nach der Blinddarmoperation waren die einzigen gewesen, wo er im Bett hatte essen dürfen, und es waren wahrscheinlich seine frühesten Erinnerungen an seine Mutter. Und jetzt schien sie sich mit diesen Gerüchen zu verabschieden. War das der vielgenannte Kreis, der sich schloss?

«Was ist passiert?», fragte er, als sie die Treppe runter stiegen.

«Ihre Mutter war in den letzten Tagen ziemlich krank. Sie hatte diese Sommergrippe. Ich dachte, Sie wären orientiert?»

Limacher fragte sich, ob der leise Vorwurf in ihrer Stimme ihm oder ihren Kolleginnen galt. Er schüttelte den Kopf.

«Gestern ging es ihr besser, es war abgemacht, dass sie heute wieder im Speisesaal frühstückt. Wir finden es wichtig, dass die Bewohner so weit wie möglich mobilisiert werden. Ein paar Tage im Bett können rasch mal zu einem schwer wettzumachenden Kraftverlust führen. Im Alter bildet sich die Muskulatur …»

«Aber sie erschien nicht zum Essen», unterbrach Limacher.

«So ist es. Als wir sie fanden, war sie schon kühl. Ganz offensichtlich ist sie in der Nacht friedlich hinübergeschlafen. Natürlich haben wir nicht damit gerechnet. Obwohl: Wir alle sind uns ja bewusst, dass das

Altersheim im Grunde die letzte Station ist. Und dennoch sind wir immer wieder überrascht, wenn es soweit ist. Vorbereitet und trotzdem unerwartet, könnte man sagen ...»

«War der Arzt schon da?» Limacher unterbrach abermals.

«Selbstverständlich. Der Totenschein ist bereits ausgestellt, es fehlt nur noch ...»

«Hat er sich zur Todesursache geäussert?»

«Der Kollege von der Nachtwache sprach von einer Kreislaufschwäche ...»

«Sagt der Kollege oder der Arzt?»

«Der Arzt!»

«Meine Mutter hatte keine Probleme mit dem Kreislauf.»

«Es kommt von der Sommergrippe ...», Frau Schoke griff nach dem Telefon, das an ihrer Schürze steckte und sich mit einem aufdringlichen Piepton bemerkbar machte. «Das Virus schwächt den Kreislauf. Gerade für ältere Bewohner kann das gefährlich werden. Wir hatten in letzter Zeit gleich mehrere ... Sie entschuldigen mich? Was ist, Boris?»

Limacher wischte sich den Schweiss von der Stirn. Während Frau Schoke mit ihrem Kollegen sprach – «nein, kein Menu, Boris! Nur die Suppe ..., so lautet die Anordnung des Arztes, ... ja die Medikamente wie immer ...» – fragte er sich, was ihm mehr zu schaffen machte: Die Schoke oder der Tod seiner Mutter.

«... auch die Wassertablette ... nein! Du wartest besser, bis ich zurück bin ... Nein, es dauert nicht lange.» Frau

Schoke legte auf. «Wenn man nicht alles selber macht!» Sie setzte sich wieder in Bewegung.

«Wann ist sie gestorben?», fragte Limacher.

«Ungefähr um Mitternacht. Um zehn hat die Nachtwache ihrer Mutter noch einen Tee aufs Zimmer gebracht. Da deutete jedenfalls nichts darauf hin ...»

Frau Schoke hielt vor einer Tür, die mit «Geräteraum» angeschrieben war. Sie kramte in ihrer Tasche nach dem Schlüssel.

«Wir mussten improvisieren», erklärte sie, als sie Limachers erstaunten Blick bemerkte. «Wir hatten in den letzten Tagen ausserordentlich viele Todesfälle. Für unsere Bewohner ist die Hitze schlimmer als die Kälte. Morgen sollte der Raum der Stille frei werden; dann werden wir Ihre Mutter selbstverständlich sofort verlegen. Im Winter ist alles einfacher, da können wir die Verstorbenen problemlos im Zimmer lassen. Es genügt, die Fenster zu öffnen. Wir haben ausgezeichnete Heizungen, aber keine Klimaanlagen ...»

Frau Schoke schloss auf und drückte einen Schalter. Der fensterlose Raum erstrahlte in kühlem Neonlicht. Das Bett stand in der Mitte, das Kopfteil war der Türe zugewandt, so dass man die Tote nicht gleich beim Eintreten zu Gesicht bekam. Den Wänden entlang, teilweise abgedeckt mit weissen Tüchern, hielten Infusionsständer, Luftbefeuchter, Nachtstühle, Beistelltische und Gehhilfen die Totenwache.

«Wir fanden noch nicht die Zeit alles vollständig herzurichten», entschuldigte sich Frau Schoke, während sie den Bettüberwurf glattstrich und die Nelke zurück auf die leblose Brust legte. «Am Wochenende sind wir immer etwas knapp an Personal, und erst recht in der Ferienzeit. Dazu kommt, dass wir im Moment aussergewöhnlich viele Kranke ...»

Das Telefon klingelte erneut.

«Man stirbt besser nicht an einem Sonntagmorgen!» Limacher konnte sich die Bemerkung nicht verkneifen. Und bevor Frau Schoke sich weiter rechtfertigen konnte, fügte er etwas versöhnlicher an: «Danke. Sie können mich jetzt alleine lassen.»

«Ich bin gleich soweit!», sie sprach gleichzeitig in den Hörer und zu Limacher. «Sie finden mich im Speisesaal.» Sie griff nach einem Fläschchen, welches auf einem Tisch neben der Türe stand. «Wenn Sie den Raum verlassen, sollten Sie nicht vergessen, die Hände zu desinfizieren, es ist wegen der Ansteckungsgefahr. Wenn so viele Leute auf engem Raum ...»

«Werde ich», unterbrach Limacher und hielt ihr die Türe auf. Er war jetzt doch nahe daran, die Fassung zu verlieren.

Bis sich das Klappern von Schokes Gesundheitsschuhen im Scheppern des Geschirrs aus der nahen Küche verlor, verharrte er an der geschlossenen Tür.

Dann näherte er sich dem Bett.

Seine Mutter lag auf dem Rücken und hatte die Augen geschlossen. Ihr Gesicht war blass und eingefallen. Sie kam ihm älter vor, als sie wirklich war, – gewesen war, korrigierte er seine Gedanken. Das Haar hinter dem rechten Ohr schien verklebt, vielleicht hatte sie kurz vor dem Tod erbrochen, – und war vielleicht doch nicht ganz so friedlich eingeschlafen, wie ihm die Schoke hatte weismachen wollen? Unwillkürlich erinnerte er sich an den Fall, wo sie in einem Heim wegen einer aussergewöhnlichen Häufung von Todesfällen zu ermitteln hatten. Damals verdächtigte man anfänglich ebenfalls ein Virus; bis sich herausstellte, dass sich die Nachtwache berufen gefühlt hatte, alte Menschen von ihren Leiden zu erlösen. «Der Todesengel von Bern», oder so ähnlich, hatte das Boulevardblatt ihre Enthüllungen betitelt.

Limacher griff nach der knochigen Hand seiner Mutter. Sie fühlte sich kalt und hart, aber noch nicht völlig steif an. Passte das zur angegebenen Todeszeit?

Er widerstand dem Reflex, die Tote weiter zu untersuchen. Er legte die Hand aufs Laken zurück, nahm sich einen Stuhl und bemühte sich, seine Mutter mit den Augen des Sohnes zu betrachten.

Aber je länger er so da sass, desto fremder erschien ihm der Leichnam, der vor ihm lag. Nein, – fremd war nicht der richtige Ausdruck. Das dünne Haar und die etwas zu gross geratene Nase – beides hatte er von ihr geerbt – der schmale Mund, der immer ein Lächeln zurückzuhalten schien, das alles war ihm vertraut und war noch da.

Aber etwas anderes fehlte.

Er beugte sich vor und zog prüfend die Luft durch die Nase. Er wartete vergeblich auf die Palette der Erinnerungen, die der Geruch seiner Mutter normalerweise bei ihm auslöste.

Der Geruch war weg.

Und mehr als das. Der Körper vor ihm kam ihm vor wie eine zurückgelassene Hülle, ähnlich einem Kokon, dem der Schmetterling entflogen war, leblos und ausser Betrieb, wie all die Geräte und Apparate, die ihn umgaben.

Er betrachtete suchend das vertraute Gesicht, aber der Eindruck des Verlassenen blieb. Seine Mutter war nicht mehr da.

Schliesslich stellte er den Stuhl zurück und verliess den Raum. Als er die Treppe hochstieg, roch es nach Kaffee – Filterkaffee, wie seine Nase ungefragt rapportierte.

Er wusste, es gab noch eine Menge zu besprechen und zu erledigen, und er hatte noch einige Fragen. Aber bevor er die Schoke ein zweites Mal ertragen konnte, brauchte er frische Luft. Er stahl sich am Speisesaal vorbei. Am Ausgang kam ihm in den Sinn, dass er vergessen hatte, die Hände zu desinfizieren. Eine Kreislaufschwäche war wohl kaum ansteckend.

Als er ins Freie trat, schlug ihm anstelle frischer Luft die Sommerglut entgegen. Er zögerte, nicht nur der Hitze wegen. Der Gedanke an den Todesengel liess ihn kehrt machen.

3

In der Stille der Bergwelt störte selbst ein tonloses Surren. Der tadelnde Blick der Nachbarin liess nicht lange auf sich warten.

Valérie blickte aufs Display. «Hector?», meldete sie sich mit verhaltener Stimme und legte das Buch zur Seite.

«Stör ich?» Der Bruder hatte ihre Zurückhaltung offensichtlich bemerkt.

«Moment! Ich muss mich erst verschieben, dann können wir sprechen ...», und als sie ausser Hörweite war, fügte sie an: «... sonst töten mich die Blicke der Gäste.»

«Du bist im Wallis?»

«Genau. Telefone sind auf der Ruheterrasse verpönt ...»

«Du steckst also immer noch in diesem Verein?» Hectors Stimme war voller Verachtung.

«Was heisst: immer noch? Mir gefällt es hier. Ich geniesse Natur und Ruhe und gleichzeitig treffe ich eine Menge interessanter Leute. Und du?»

«Ich bin im Moment in Kalifornien. An einem Kongress zur Deklarationspflicht von tierischen Produkten in Lebensmitteln. Ein wichtiges Thema. Die verantwortungsbewusste Ernährung wird immer schwieriger. Stell dir vor: Sogar in Fruchtsäften lassen sich tierische Eiweisse nachweisen! Die Ausbeutung der Tiere ist grenzenlos. Im Grunde gehört das alles verboten – aber bis da ist es noch ein weiter Weg. Wir müssen schon zufrieden sein, wenn wir eine Deklarationspflicht durchsetzen können. Damit erreichen wir wenigstens eine gewisse Transparenz ...»

«Und deswegen rufst du mich an?»

«Nein. Ich wollte dich um einen Gefallen bitten. Es geht ebenfalls um ein Tierschutzprojekt. Ich hoffe doch sehr, dass dich das trotz allem noch interessiert?»

Valérie zögerte.

Dass sie Seite an Seite mit ihrem Bruder gegen Pelze, Fleischfabriken und Tierversuche demonstriert hatte, war lange her. Viele seiner Anliegen teilte sie zwar noch, sein

Fundamentalismus ging ihr aber längst schon zu weit. Sie hatten sich nie direkt gestritten, aber sie hatte einen andern Weg eingeschlagen. Seit sie ihren Job bei ProGena angetreten hatte, hatten sie sich kaum mehr gesehen, geschweige denn gesprochen. Sie vermutete, dass Hector sie als Überläuferin betrachtete.

«Natürlich interessiert es mich noch», sagte sie schliesslich. «Aber ich sehe das nicht mehr so eng. Kürzlich hatten wir hier ein Podiumsgespräch zum Thema Xenotransplantation. Tiere könnten eine Möglichkeit bieten, dem Organmangel in der Medizin zu begegnen. Tiere standen schon immer im Dienste des Menschen: als Beschützer, als Arbeitskraft, als Nahrungsquelle – warum in Zukunft nicht auch als Organspender …»

«Widerlich!»

«Die Frage des Tierschutzes wurde heiss diskutiert. Das wäre etwas für dich gewesen.»

«Bewahre!» Hectors Stimme klang unangenehm laut aus dem Hörer. «Ich verstehe nicht, wie man über derartige Themen überhaupt diskutieren kann. Die reinste Perversion! Die Ausbeutung der Tiere unter dem Deckmantel der Medizin ist ein übles Kapitel – und eigentlich rufe ich dich genau deswegen an. Hast du gewusst, dass bei der Herstellung von Botox für jede Charge bis hundert Mäuse qualvoll sterben müssen? Und zwar egal, ob das Gift für medizinische Zwecke oder für die Kosmetik eingesetzt wird? – Ich sage dir: Die Botoxproduktion ist eine Riesensauerei, ein schmutziges Geschäft. Und das mitten in Bern, sozusagen vor den Augen des Bundeshauses … Wusstest du das?»

«Nein – und was soll das mit mir zu tun haben?»

«Ich werde darüber schreiben. Meine Freunde haben für mich Beweismaterial gesammelt. Und wie es aussieht, werden in Bern Tiere nicht nur reihenweise getötet, sondern auch misshandelt. Wir benötigen ein sicheres Plätzchen ...»

«Für deine Freunde?»

«Für die Tiere; ich habe mir gedacht, bei dir wären sie in Sicherheit.»

«Was für Tiere?»

«Gemäss der Schilderung des Befreiers, entweder fehlgezüchtete Mäuse oder arg misshandelte Ratten. Halt keine Kuscheltiere, aber Kreaturen, die es allemal wert sind, gerettet zu werden. Du müsstest sie lediglich für ein paar Tage bei dir aufnehmen, bis ich wieder ...»

«Tut mir leid, Bruderherz, ich bin im Wallis ...»

«Du findest bestimmt einen Grund, nach Bern zu fahren», fuhr Hector unbeirrt fort.

«Und was ist mit deinen Freunden?»

«Da ist leider etwas schief gelaufen, und jetzt kriegen sie kalte Füsse. Auch ich finde, es wäre besser, wenn die Tiere bis zu meiner Rückkehr von der Bildfläche verschwänden. Du weisst, unser Engagement wird nicht von allen geschätzt ...»

«Bei illegalen Sachen mach ich nicht mehr mit – auch nicht für meinen Bruder ...»

«Es ist nichts Illegales. Du gehst nach Bern, holst die Tiere und hütest sie in deiner Villa, bis ich zurück in der Schweiz bin. C'est tout!»

«Und warum ausgerechnet ich?»

«Ich brauche jemanden, dem ich vertrauen kann. Immerhin haben wir eine gemeinsame Vergangenheit ...»

«Das ist eine Weile her ...»

«Menschen ändern sich nicht so schnell. Und erst recht nicht ihre Geschichten», Hector räusperte sich. «Mein Kollege arbeitet zurzeit an einem Artikel über den Veganismus in der Schweiz. Dabei sind wir unter anderem auf diese denkwürdige Aktion auf dem Bundesplatz gestossen. Du weisst schon, als du und deine Kollegin sich nackt auf diesen überdimensionierten Teller gelegt hatten, um gegen die Fleischindustrie zu protestieren. Es gibt eine schöne Aufnahme davon.»

Valérie musste sich setzen. Die Gesprächsfetzen und das Lachen, die eben noch heiter und unbeschwert von der Terrasse an ihr Ohr gedrungen waren, klangen auf einmal dumpf.

Sie wagte nicht, sich vorzustellen, welchen Eindruck die Aufnahme auf ihren Arbeitgeber machen würde. Sie war bei ProGena mitverantwortlich für die Öffentlichkeitsarbeit und fungierte nicht selten in der Rolle der Gastgeberin. Eine Veröffentlichung der erwähnten Aufnahme konnte sie ohne weiteres den Job kosten.

«Du willst mich erpressen?!»

«Natürlich nicht!» Hector gab sich entrüstet. «Uns verbindet eine gemeinsame Vergangenheit. C'est tout! Wir sitzen zwar nicht mehr im gleichen Boot, aber wir können einander behilflich sein. Und schlussendlich geht es um eine gute Sache ...»

Valérie hörte nicht mehr zu. Ihren Bruder umzustimmen war aussichtslos, das wusste sie aus langjähriger

Erfahrung. Sein Kampf war ihm heilig. Er war zu allen Opfern bereit. Gegen seine Überzeugung wog der Ruf seiner Schwester nichts.

«Was genau erwartest du von mir?», unterbrach sie seine Predigt, bereit, von zwei Übeln das kleinere zu wählen.

«Wunderbar! Ich wusste, dass ich mich auf dich verlassen kann. Und das gilt natürlich auch umgekehrt!» Hector klang jetzt echt begeistert. «Du gehst in die Zoohandlung in der Muesmatt. Das Geschäft gehört Alfred Iten, einem treuen Sympathisanten unseres Vereins. Ich vertraue ihm, obwohl ich für den Verkauf von Haustieren absolut kein Verständnis ...»

«Was mach ich dort?»

«Du fragst nach Nemo ...»

4

Um vom Parkhaus zum Käfigturm zu gelangen, benötigte man keine zehn Minuten. Trotzdem schwitzte Klaus Menitz wie nach einem Boxtraining, als er ins Käfiggässchen einbog. Nach einem weiteren Rekordhitzetag glühte Bern auch nachts.

Der gesuchte Eingang war abgesehen von der Hausnummer nicht speziell gekennzeichnet. Einzig die beiden Überwachungskameras – versteckt in Nischen an der Fassade des gegenüberliegenden Gebäudes, aber für Menitz' geschultes Auge trotzdem sofort erkennbar, – verliehen der Adresse besonderes Gewicht. Die Tür entriegelte sich mit einem leisen Surren, noch bevor er dazu gekommen war, die Klingel zu betätigen. Auch der Flur war videoüberwacht. Eine blank polierte Messingtafel gab Auskunft über die Mieter. Die Büros der Laborservice AG lagen im ersten Stock.

Gespannt stieg er die Stufen hoch. «Ein technisches Problem», hatte Wagners knappe Information auf die Frage, was los sei, gelautet. Menitz war klar, dass er am Telefon keine weiteren Auskünfte erhalten würde. Im Grunde wusste er genug. Wenn Wagner ihn an einem Sonntagabend anrief, hiess es ganz einfach, alles stehen und liegen lassen. Heute hatte dies konkret bedeutet: die neue Freundin liegen und das gekühlte Bier stehen zu lassen.

Auch die Tür im ersten Stock öffnete sich, bevor er dazu gekommen war, die Glocke zu betätigen. Offensichtlich verfolgte Wagner sein Kommen über die Kameras.

Die Beleuchtung im Empfangsbereich war gedimmt und die Theke verwaist. Ein Lichtstreifen zu seiner Rechten wies ihm den Weg. ‹Security› stand auf dem Schild neben der angelehnten Türe, durch die das Licht in den Gang fiel.

Menitz klopfte kurz an und trat ein.

Wagner verliess das Pult mit den Monitoren und schloss die Türe, bevor er ihm die Hand schüttelte. «Menitz! Danke, dass du so rasch gekommen bist!»

«Servus Wagner, stets zu deinen Diensten!»

Obwohl sich die beiden seit Jahrzehnten kannten, sprachen sie sich immer noch mit den Nachnamen an. Das rührte aus der Zeit, wo sie in der gleichen Mannschaft Fussball gespielt hatten und die Namen auf den Trikots zu Rufnamen geworden waren. So war es geblieben, auch nachdem sich ihre Wege vorübergehend getrennt hatten. Im Gegensatz zu Menitz machte Wagner heute keine sehr sportliche Figur mehr. Über die geschätzten dreissig Kilo Übergewicht konnte auch der massgeschneiderte Anzug nicht hinwegtäuschen.

«Den Nachtwächter habe ich in die Pause geschickt.» Er sah auf die Uhr. «Wir haben zwanzig Minuten. Fünf Minuten benötige ich, um deinen Besuch zu löschen.»

«Ich kapier rasch!», grinste Menitz.

«Wir hatten einen Einbruch.» Wagner kam gleich zur Sache. «Vor zwei Tagen, hier in diesem Gebäude, sozusagen unter unseren Füssen, im zweiten Untergeschoss. Die Räumlichkeiten bieten ideale Bedingungen für die Tierhaltung ...»

«Tierhaltung im Keller! Du machst einen Witz?»

«Absolut nicht! Es gibt Tiere, die sich unter Tag ganz wohl fühlen ...»

«Ratten?»

«Zum Beispiel. Aber nicht nur ...»

«Ich habe mal gelesen, patentierte Ratten seien eine Menge Geld wert!»

«Das Geld steckt nur indirekt in den Tieren!» Wagner lächelte. Es freute ihn, wenn er den mit allen Wassern gewaschenen Kumpel ins Staunen bringen konnte. «Hier wird geforscht. Und Forschung ist bekanntlich das Kapital von morgen. – Wie dem auch sei, Fakt ist, dass jemand ins Labor eingedrungen ist, dass ein paar Forschungstiere fehlen und dass wir wissen wollen, wer sich warum für die Laborservice AG interessiert.»

«Was sagt die Polizei?»

«Der Einbruch wurde bisher nicht gemeldet. Vorläufig keine Öffentlichkeit! So lautet die Order. – Die geklauten Tiere gehören einem gewissen Professor Cooper.»

«Nie gehört!»

«Schon klar. Du bist auch noch zu fit für den Professor. Er hilft den Alten jünger zu werden. Vielleicht sagt dir der Name FEY mehr ...»

Menitz schüttelte den Kopf.

«FEY steht für For Ever Young. Ewige Jugend, verstehst du. Das Institut oben in der Schweizerhofpassage, du hast es bestimmt schon gesehen. Eine bekannte Adresse für Leute, die etwas gegen das Alter haben. Professor Cooper macht's möglich: Du gehst als alter Mann rein und kommst als Jüngling wieder raus. So steht's wenigstens im Prospekt ...»

«Und wie soll das funktionieren?»

«Falten wegspritzen, Fett abschneiden, Haare einpflanzen, Frischzellen einflössen und neuerdings sogar Gene umprogrammieren, ganz nach deinen Wünschen ...»

«Auch mehr Mukis?», fragte Menitz.

«Der typische Kunde des FEY ist nicht der Bodybuilder ...»

« Der alternde Promi?»

«Zum Beispiel», grinste Wagner. «Aber es gibt auch Leute, die sich nicht aus Eitelkeit fürs FEY interessieren, sondern weil sie dort ihr Geld investieren. Leute, die eine Menge Geld besitzen und noch mehr davon haben möchten ...»

«Wer möchte das nicht!» Menitz versuchte den Betrag

abzuschätzen, den Wagner in Form von Euroscheinen vor ihm aufzutischen begonnen hatte.

«Zwanzigtausend!» Wagner schien seine Gedanken gelesen zu haben. «Bei Erfolg wird verdoppelt. Die Spesen kannst du separat abrechnen.»

Er legte einen USB-Stick zum Geld. «Das sind die Aufzeichnungen der Videoüberwachung im Keller vom vergangenen Samstagabend. Du findest darauf das Gesicht des Eindringlings. Er muss durch einen Schacht eingedrungen sein, sonst wäre er auch von der Kamera am Eingang erfasst worden. Er hat Bilder gemacht und ein paar Tiere mitlaufen lassen. Aus irgendeinem Grund kam es zum Übungsabbruch ...»

«Weil er im Keller nicht Tiere, sondern Geld zu finden hoffte.»

«Da denkt Cooper wie du», sagte Wagner ohne Überzeugung. «Gelegenheitsdiebe, die sich in der Adresse geirrt haben. Aber wir wollen es genau wissen, Menitz, und zwar möglichst rasch und ohne Aufsehen.» Er wies auf den Stick. «Er hat wenig Spuren hinterlassen. Es sieht nach einem Profi aus und ich vermute, du findest sein Gesicht in den einschlägigen Datenbanken.»

«Und warum dann nicht gleich Polizei? Die haben direkten Zugang ...»

«Es geht darum, Coopers Forschungsarbeit zu schützen. Mit einer offiziellen Untersuchung könnten geheime Erkenntnisse publik werden – oder noch schlimmer: in falsche Hände geraten. Das will man mit allen Mitteln verhindern. Der Professor hat eine erfolgversprechende Therapie gegen das Alter entwickelt – und zwar mit genau dem Tier hier!» Wagner zeigte ihm die Aufnahme eines der vermissten Tiere.

Menitz verzog das Gesicht. Ein derart hässliches Tier hatte er noch nie gesehen. Vorne zwei übergrosse Schneidezähne wie bei einem Hasen, ein Kopf, der an einen Seehund erinnerte, ein haarloser Körper, die Nase eines Ferkels und der Schwanz einer Ratte. «Was soll das sein? Eine missratene Meersau?»

«Ein Nacktmull», belehrte ihn Wagner. «Der Wert des Tieres steckt weder in seinem Aussehen noch in seiner Grösse, sondern in seinen Zellen.»

Menitz schüttelte den Kopf. «Für ein derartiges Tier würde ich keinen Cent ausgeben!»

«Coopers Investoren schon. Und die müssen es wissen. Es sind die gleichen Leute, die vor Jahren in Silikon Valley investiert haben, als sich noch keiner vorstellen konnte, dass dereinst in jedem Haushalt Computer stehen und das Internet die Menschen verbinden würde …»

«Apropos Internet», bemerkte Menitz. «Wenn ich den Typen ganz unauffällig in der Datenbank von Interpol suchen lassen will, könnte es teuer werden …»

«Spesen werden extra abgerechnet», wiederholte Wagner. «Der Erfolg zählt, nicht die Kosten. Dein Auftrag lautet: erstens, den Eindringling finden; zweitens, die Tiere sicherstellen; drittens, kein Aufsehen erregen!»

«Und viertens, den Auftrag vergessen?» Menitz begann das Geld einzustecken.

Wagner klopfte ihm auf die Schulter. «Was würde ich nur ohne dich machen, Menitz?»

«Wir spielen noch immer in der gleichen Mannschaft,

Wagner. Du kontrollierst das Mittelfeld und ich übernehme die Verteidigung.»

«Es geht um mehr, als du denkst, Menitz! Ein rascher Erfolg ist wichtig. Cooper will die Tiere zurück. Ich glaube, er würde dafür über Leichen gehen …»

«Sympathischer Professor!» Menitz grinste und hielt Wagner ein Bündel Euroscheine unter die Nase. «Weisst du, diese Art Mäuse sind mir lieber. Für die würde ich über Leichen gehen …»

5

Der Rechtsmediziner zog das Tuch von der Leiche. Limacher trat einen Schritt zurück und hielt die Luft an. Als leitender Fahnder von Leib und Leben war er sich zwar einiges gewohnt, aber das war zu viel für seine empfindliche Nase. Er presste sich das Taschentuch vors Gesicht.

«Stinkt wie die Pest», stiess er hervor.

«Wem sagst du das!» Martens fuchtelte mit dem Sezierbesteck durch die Luft, so dass auch Limachers Assistent Berner, dem der Gestank weniger auszumachen schien, zurückwich. «Und weisst du, was mich am meisten ärgert? Genau deshalb ist die Leiche bei mir gelandet: Weil sie stinkt! Die Kollegen von der Pathologie wollen sich ihre sauberen Seziersäle rein halten.»

«Warum riecht der überhaupt so übel?», wollte Petra Loosli, die Jüngste in Limachers Team, wissen.

«Weil er die Lunge voller Scheisse hat! Das führte zu einem Organversagen und daran ist er gestorben. Ist alles nachzulesen im Bericht des Inselspitals. Was soll daran noch unklar sein, bitte? Als ob wir nicht sonst genug zu tun hätten. Die Ertrunkene aus der Aare, der Suizid aus dem Regionalgefängnis, das Tötungsdelikt im Seeland, zwei Grippeopfer …»

«Und wir, warum müssen wir uns mit ihm beschäftigen?» Berner blickte fragend zu seinem Chef.

«Wegen der Staatsanwaltschaft!» Limachers Stimme

klang dumpf hinter dem Taschentuch. «Wir sollen herausfinden, was Joseph Niederhauser in Berns Unterwelt trieb. Er arbeitete zwar für das Stadtbauamt, aber den Gang in die Kanalisation unternahm er ohne das Wissen seiner Vorgesetzten. Die Frage lautet: Warum und mit wem war Joseph Niederhauser unterwegs?»

«Die Frage nach dem Warum ist beantwortet», sagte Martens. «Rattenfang, das steht im Bericht der Insel.»

«Rattenfang?», staunte Petra. «Haben wir in Bern denn ein Rattenproblem?»

«Warum fragen wir nicht einfach den andern?», fragte Berner.

«Weil wir ihn nicht kennen. Sein Begleiter hat ihn zwar gerettet …»

«Gerettet?» Berner deutete vielsagend auf die Leiche.

«Er ist ausgeglitten und hat sich den Kopf aufgeschlagen», erklärte Martens, «auf Beton würde ich sagen. Er verlor das Bewusstsein und hat Gülle aspiriert. Er starb nicht auf der Stelle, aber der ungesunde Saft hat seine Lunge verklebt. Steht alles schön in der Krankengeschichte. Der Fall ist klar – und wenn ihr mich fragt, wurde die Leiche zu uns abgeschoben, weil sie stinkt!»

«Die Staatsanwaltschaft interessiert nicht in erster Linie der Unfall», nahm Limacher den Faden wieder auf. «Die Frage ist, was die beiden dort unten zu suchen hatten. Es gibt berechtigten Anlass zur Sorge …»

«Spekulationen, würde ich das nennen.» Martens schnaubte verächtlich.

«Die Sache ist schon irgendwie faul.»

«Natürlich», rief Martens. «Dass hier etwas faul ist,

kann ich auch ohne deine Spürnase feststellen. Der Kerl stinkt zum Himmel ...»

«Was für Spekulationen?», wollte Petra wissen.

«Der Unfall muss sich in der Nähe des Bundesplatzes ereignet haben», erklärte Limacher. «Das geht aus Niederhausers Äusserungen bei Spitaleintritt hervor. Er war zum damaligen Zeitpunkt allerdings bereits verwirrt. Kurz nach der Einlieferung verlor er erneut das Bewusstsein. Möglicherweise wollten sich die beiden Zugang zu einem der Gebäude der Regierung verschaffen.»

«Via Kanalisation ins Bundeshaus?», fragte Berner mit ungläubigem Lächeln.

«Klar! Was denn sonst! Der Weg ins Bundeshaus führt durch die Scheisse, das wissen wir, – und wenn du aus der WC-Schüssel kommst, näherst du dich den meisten Politikern von der richtigen Seite ...»

Berner kicherte und Martens grinste zufrieden.

Limacher wiegte nur den Kopf. «In der Nähe der Unfallstelle liegen das Bundeshaus, die Nationalbank, die Post, eine Schule, eine Kirche, das Bellevue ...»

«Und die Goldreserven der Nationalbank!», ergänzte Berner.

«Im Bellevue findet in zwei Wochen das Treffen mit dem amerikanischen Aussenminister statt», fuhr Limacher unbeirrt fort.

«Der hier ein potentieller Attentäter?» Berner betrachtete Niederhauser zweifelnd.

«Vielleicht einfach ein wegkundiger Helfershelfer», meinte Limacher. «Und es muss nicht immer ein Attentat sein. Aushorchen, Daten sammeln, Internet anzapfen ...»

«Und am Ende entpuppt sich das Ganze als private Führung unter Kollegen ...» Martens blieb skeptisch.

«Alles ist möglich. Nicht nur die Staatsanwaltschaft, auch die Bundesanwaltschaft möchte Gewissheit. Wir sollen herausfinden, was Joseph Niederhauser unter den Boden trieb ...»

«Das kann uns die Leiche auch nicht verraten», schimpfte Martens, «das ist die falsche Frage an den falschen Mann am falschen Ort.»

«Hast du sonst noch etwas gefunden?» Limacher musste trotz des Gestanks lächeln. Martens' sonst schon rotes Gesicht hatte sich im Ärger violett verfärbt, und sogar sein spitzes Kinn, das die Nase nach vorne zu überragen schien, leuchtete dunkel.

«Nichts, was nicht im Spitalbericht steht. – Ausser, dass er stinkt, das steht nicht im Bericht.» Er knallte den Behälter mit den bereits entnommenen Organen auf den Tisch und deutete auf einen fleischigen Klumpen. «Das ist – oder besser gesagt: das war einmal die Leber. Das Vollbild der äthylischen Zirrhose! Dazu passend: Ösophagusvarizen, portale Hypertension, Splenomegalie ...»

«Könntest du dich in einer für uns verständlichen Sprache ausdrücken?»

«Schrumpfleber, Krampfadern in der Speiseröhre, Hochdruck in der Pfortader, aufgedunsene Milz ...»

«In Ordnung!», bremste ihn Limacher. «Und was hat das zu bedeuten?»

«Hundert Prozent Alkoholiker, anders lässt sich der Zustand der Organe nicht erklären. Von der Leber bis zum Hirn ist alles mehr oder weniger futsch. Zum Zeitpunkt des Sturzes betrug der rückgerechnete Alkoholpegel gegen zwei Promille. Aber auch ohne Alkohol dürfte er nicht mehr ganz sicher auf den Beinen gestanden haben. Dafür sprechen die Spuren an den Knochen. Typischerweise hat er in den letzten Jahren mehrere Stürze erlitten.»

«Warum typischerweise?» wollte Berner wissen.

«Weil der Alkohol die Nerven schädigt, wird der Trinker auch in nüchternem Zustand unsicherer und ungeschickter. Für den letzten Sturz von Joseph Niederhauser kann aufgrund der Verletzungen am Hinterkopf und an den Ellbogen ein Ausrutscher vermutet werden. Wenige Stunden nach seiner Einlieferung musste er beatmet werden. Nach der Lunge versagten Leber und Nieren, dann das Gerinnungssystem, und schlussendlich verstarb er an einem Multiorganversagen.»

«Keine Spuren einer Gewalteinwirkung?», fragte Limacher.

«Doch! Aber die sind vor allem den Kollegen vom Inselspital zuzuschreiben. Rippenbrüche von der Reanimation, Einstichstellen und Blutergüsse von Spritzen und Infusionen an den Armen, am Hals, an den Beinen, am Bauch und am Thorax. Ausser dem Hirn hat man so ziemlich alles punktiert ...»

«Zeichen eines Verbrechens?» Limacher wandte sich ab. Irgendwie ertrug er den Obduktionssaal heute schlecht. Er wusste nicht, ob es am Gestank oder an der plötzlichen Erinnerung an den Geräteraum im Altersheim lag.

«Die Organe und die MR-Bilder sind zwar noch nicht

restlos aufgearbeitet, aber zum jetzigen Zeitpunkt lautet die Antwort: nein», hörte er Martens antworten. «Das heisst: Keine Verletzungen, die nicht erklärbar sind. Und wie schon gesagt: es gibt eine sehr gute Übereinstimmung zwischen dem Spitalbericht und den Befunden. Was vor dem Spitaleintritt geschah, entstammt den Schilderungen des Arztes, der ihn als erster auf der Unfallstelle behandelt hat. Da ist nichts Widersprüchliches. Ich frage mich, warum ich mich überhaupt damit befassen muss. Aber ich habe ja keine Möglichkeit, Leichen abzuschieben.»

«Du bist eben die letzte Instanz!», lächelte Petra dem Gerichtsmediziner zu und erntete dafür einen giftigen Blick.

«Wie geht es weiter?», fragte Berner, nachdem sie sich von Martens verabschiedet hatten.

«Wir müssen möglichst rasch die zweite Kanalratte finden, wir müssen mit dem Arzt sprechen, der erste Hilfe geleistet hat, und wir werden uns in der Kanalisation umsehen müssen», zählte Limacher auf.

«Niederhausers Kleider sind bereits bei den Kollegen der Spurensicherung. Vielleicht finden wir dort einen Hinweis auf seinen Begleiter. Und der Termin beim Arzt steht bereits», informierte Petra.

«Sehr gut», lobte Limacher. «Was ergab eigentlich der Auszug aus Niederhausers Vorstrafenregister?» Die Frage ging an Berner.

«Zweimaliger Ausweisentzug wegen Alkohol am Steuer und einmal Ungehorsam in einem Betreibungsverfahren, jedenfalls nichts, was uns weiterhelfen könnte. Vielleicht hat Martens recht: etwas viel Aufwand für einen gestrauchelten Alkoholiker ...»

«Der Gang in die Kanalisation könnte sich verzögern», bemerkte Petra. «Wegen der Ferienzeit ist man beim Stadtbauamt knapp an Personal ...»

«Die Kollegen vom Sicherheitsdienst werden schon Dampf machen.»

«Vom Sicherheitsdienst?»

«Der Sicherheitsdienst des Bundes. Man macht sich Sorgen um die Regierung.»

«Die sind doch alle in den Ferien!»

«Gerade darum könnte es im Moment interessant sein, ins Bundeshaus einzudringen. Die Büros sind verwaist, der ideale Zeitpunkt um Wanzen zu platzieren.»

Sie hatten den Ausgang des Institutes für Rechtsmedizin erreicht. Draussen herrschte eine erdrückende Hitze.

«Uff!», stöhnte Berner.

«In der Kanalisation herrschen wenigstens angenehmere Temperaturen», tröstete ihn Limacher. «Bei der Terminfindung mit dem Stadtbauamt braucht ihr nicht auf mich zu schauen. Ich habe diese Woche wenig freie Valenzen ...»

«Du befürchtest doch nur, deine Spürnase könnte in der Kanalisation Schaden nehmen!» neckte Berner.

«Es ist wegen dem Tod meiner Mutter. Bis Ende Woche muss ich das Zimmer im Altersheim geräumt haben; dann habe ich einen Termin beim Notar, beim Pfarrer, im IRM ...»

«Im IRM?»

«Ich habe mich entschlossen, eine Autopsie zu veranlassen.»

«Eine Autopsie?», staunte Petra. «Was ist passiert?»

«Gar nichts! Aber die Pflege macht mir einen etwas überforderten Eindruck. Ich kenne mich: Ohne Autopsie würde ich mich den Rest meines Lebens fragen, ob da nicht etwas schiefgelaufen ist ...»

«Wenn der Arzt einen natürlichen Tod festgestellt hat, wird dich deine Neugier etwas kosten!», gab Berner zu bedenken.

«Ich weiss!»

«Wie alt war denn deine Mutter?» fragte Petra.

«Achtundachtzig ...»

«Da sollte man eigentlich sterben dürfen ...»

«Auch das ist mir klar!»

«Verstehe!» Petra klopfte Limacher auf die Schulter. «Wir kümmern uns um Niederhauser und Zaugg.»

«Wer ist Zaugg?», fragte Limacher.

«Der Arzt, der Niederhauser erste Hilfe geleistet hat.»

6

Valérie beobachtete, wie das Elektrogefährt, das auf der an sich verkehrsfreien Riederalp als Taxi eingesetzt wurde, die schmale Bergstrasse hinunterruckelte. Es beförderte Stiftungsrat Teutenberg, von dem sie sich eben verabschiedet hatte, zur Seilbahnstation.

Als das Fahrzeug aus ihrem Blickfeld entschwunden war, wandte sie sich der Villa Cassel zu. Dank der speziellen Bauweise fügte sie sich trotz ihrer Grösse harmonisch in die scheinbar unberührte Bergwelt ein. Das Grundgeschoss war aus dem Fels gemauert, auf dem das Gebäude stand, und das Holz für den Riegelbau der oberen Stockwerke stammte aus dem Arvenwald gleich nebenan. Die aufstrebenden Balken, die hohen Fenster und das Türmchen verliehen dem Bau eine verspielte Leichtigkeit und gleichzeitig etwas Märchenhaftes.

Kein Wunder hatte sich dieses Refugium, welches sich der englische Bankier Sir Ernest Cassel vor über hundert Jahren hatte errichten lassen, schon früh zu einem konspirativen Treffpunkt entwickelt. Hier hatte sich Sir Cassel nicht nur erholen, sondern auch mit führenden Persönlichkeiten aus Europas Politik- und Wirtschaftswelt treffen können. Sogar der junge Churchill soll wiederholt zu Gast gewesen sein. Nach Cassels Ableben diente das Haus erst als Hotel und später als Zentrum der Naturfreunde. Mit der Übernahme durch die Stiftung ProGena setzte sich die Tradition der Villa als Ort des Austausches fort. Aber im Gegensatz zu früheren Zeiten wurde heute nicht über Politik, Wirtschaft oder Naturschutz, sondern über neue Technologien diskutiert.

ProGena setzte sich für eine offene Diskussion der Probleme der Gentechnologie ein. Nicht zuletzt dank dem weitreichenden Beziehungsnetz eines Viktor Teutenberg war die Riederfurka tatsächlich innert kurzer Zeit zu so etwas wie dem Mekka entsprechend interessierter Kreise geworden. Die Themen der Seminare, die Valérie zu organisieren mithalf, reichten von DNA-Analysen für Kranke und Gesunde über neuartige Therapien bis zu gentechnologisch veränderten Nahrungsmitteln und patentierten Mäusen. Längst interessierte sich nicht mehr bloss die Forschung für ihre Anlässe. Politiker, Juristen, Investoren, Interpol, Lebensversicherer, Saatgutproduzenten, Ethnologen – die Palette der Gäste und Referenten wurde immer breiter und immer illustrer.

Für einen der nächsten Anlässe hatte Valérie einen Referenten aus Harvard vorgeschlagen. Kostenpunkt: zwanzigtausend Dollar, exklusiv Spesen. Es hatte nicht einmal eine Diskussion gegeben. Im Gegenteil. Teutenberg hatte sie ermuntert, das Niveau zu halten! Das war eine Carte blanche und vor allem ein absoluter Vertrauensbeweis! Genau gleich wie seine Einladung für Freitag, wo sie sich bei einem privaten Anlass in Bern um seine Gäste aus Amerika kümmern würde.

Je mehr sie über ihren Erfolg nachdachte, desto mehr ärgerte sie sich über ihren Bruder. Wenn sie jetzt etwas nicht gebrauchen konnte, dann eine Geschichte über ihre Jugendsünden.

Ihr war klar, dass Hector in seiner fundamentalistischen Weltverbesserer-Haltung keine Rücksicht auf ihre Karriere nehmen würde. Dennoch hatte sie sich bislang nicht dazu entscheiden können, nach Bern zu fahren.

Sie befand sich in einem echten Dilemma. Wenn sie nicht spurte, riskierte sie die Veröffentlichung der Fotos, wenn sie ihm half, hing sie in seiner Geschichte mit drin, und würde dadurch noch erpressbarer.

Valérie fröstelte auf einmal. Die Sonne war hinter der Alpenkette verschwunden und damit hatte die stets frische Bergbrise eingesetzt. Sie ging zurück zur Villa. In ihrem Zimmer ordnete sie zunächst ihre Notizen aus dem Gespräch mit Teutenberg. Die Vertragsverhandlungen mit dem Referenten aus den USA würde sie an ihren Agenten in Boston delegieren. Vor Ort liessen sich diese Formalitäten einfacher erledigen.

Delegieren! Klar doch! Das war die Lösung!

Wenn sie Hectors Auftrag delegierte, kam sie seinem Wunsch nach, ohne selber involviert zu sein. Sie benötigte lediglich jemanden, der die Aufgabe ohne viel Aufhebens erledigte. Jemanden, der nicht allzu viele Fragen stellte und dem sie vertrauen konnte. Jemanden in Bern.

Sie griff zum Telefon und öffnete die Kontakte.

Unter Z gab es nur einen Eintrag.

7

«Tut mir leid, Frau von Stein, bei Fieber dürfen wir die Therapie nicht durchführen.»

«Ich fühl mich gesund!» Frau von Stein streckte der Pflegefachfrau ihren Arm buchstäblich unter die Nase.

Diese präsentierte ihr im Gegenzug das Thermometer. «Das sagt leider etwas anderes!»

«Das kommt von der Hitze!» Frau von Stein blieb unbeeindruckt liegen. «Ich habe gelesen, sogar die Klimaanlagen sind bei diesen Temperaturen überfordert. Wie soll denn da unsereins noch abkühlen können?»

«In unseren Richtlinien steht, dass die Therapie bei erhöhter Temperatur ausgesetzt werden muss. Und siebenunddreissig-komma-neun gilt bereits als erhöhte Temperatur ...»

«Ich fühle mich gesund!», beharrte Frau von Stein und als sie merkte, dass die Schwester unsicher wurde, fügte sie an: «Professor Cooper höchstpersönlich hat mir erklärt, dass nur durch die regelmässige Verabreichung der Infusion eine optimale Wirkung erzielt werden kann!»

«Ich muss mich leider an die Richtlinien halten!» Die Schwester legte die Ampulle in den Kühlschrank zurück.

Frau von Stein richtete sich auf. «Ich bin der Meinung, der Professor muss entscheiden!»

«Ich weiss nicht, ob das möglich ist ...»

«Dann klären Sie es ab!» Frau von Stein lehnte sich demonstrativ zurück. «Ich verlasse das FEY nicht, ohne mit dem Professor gesprochen zu haben!»

«Ich kann sehen, ob sich was machen lässt.» Die Pflegefachfrau kapitulierte.

«Ich habe nicht den ganzen Morgen Zeit!», warf ihr Frau von Stein nach, bevor die Türe ins Schloss fiel.

«Was bildet die sich ein?» zischte sie. Seit wann entscheidet die Pflege über die Therapie? Schliesslich besprach sie ihre Essenswünsche auch nicht mit dem Kellner, sondern mit dem Koch, und die Änderungswünsche ihrer Kleider nicht mit der Verkäuferin, sondern mit dem Schneider.

«Das wäre ja noch schöner!» Sie war unwillkürlich aufgestanden, um im Spiegel neben der Ankleide ihr Gesicht zu betrachten. Die neue Therapie mit dem vielversprechenden Namen Ambrosia war zwar sündhaft teuer, aber offensichtlich auch wirksamer als all die Masken und Salben, Sauerstoff und Botox, Frischzellen und was sie sonst schon alles gegen das Alter angewendet hatte.

Das Erstaunlichste aber war, dass sich nicht nur ihre Falten zu glätten schienen, sondern dass sie auch innerlich eine Verjüngung spürte. Sie fühlte sich vitaler und wendiger, und dies nicht nur körperlich. Vor der Therapie hätte sie vielleicht bei der eben geführten Diskussion klein beigegeben. Aber gerade in den letzten Wochen hatte sie Biss wie in ihren besten Jahren. Das war sogar ihrer Tochter aufgefallen …

«Der Professor ist im Moment leider nicht abkömmlich», meldete sich die Schwester zurück, «aber er hat versichert, vorbeizuschauen, sobald er frei ist. Er meinte, wenn Sie sich nicht krank fühlen, können wir die Infusion trotz erhöhter Temperatur beginnen. Natürlich auf eigene Verantwortung.»

«Das ganze Leben läuft auf eigene Verantwortung, Liebes!», bemerkte Frau von Stein grossmütig und legte sich wieder in den weich gepolsterten Therapiesessel.

8

Ziemlich genau zur gleichen Zeit sass Limacher auf der andern Seite des Bahnhofplatzes in der Eingangshalle der Seniorenresidenz Renaissance und wartete auf den Mann vom Brockenhaus. Die Räumung des Zimmers gestaltete sich komplizierter, als gedacht. Eigentlich hatte seine Mutter schon anlässlich des Heimeintrittes grosszügig aussortiert. Das bedeutete aber auch, dass die jetzt hinterlassenen Habseligkeiten besonders vorsichtig erlesen werden mussten. Und die Tatsache, dass die weiteren Erbberechtigten im Ausland, das hiess, seine Tochter in Kanada, sein Bruder in Japan und seine Nichte in Frankreich lebten, machte die Sache auch nicht einfacher.

Limacher hatte sich entschieden, den Nachlass in drei Kategorien aufzuteilen.

Kategorie eins: Brockenhaus, beziehungsweise Entsorgung. In diese Kategorie fiel der grössere Teil der wenigen Möbel, der Kleidungsstücke, der Bücher, des Geschirrs und der Pflanzen.

Kategorie zwei: unbedingt behalten. Das betraf den Schmuck, die persönlichen Dokumente und Fotoalben, die Pendule und den kleinen Sekretär, der seiner Tochter versprochen war.

Kategorie drei: keine Ahnung. Hier landete, was Limacher von sich aus ins Brockenhaus geben würde, aber vielleicht die andern interessieren könnte, wie beispielsweise die alte Nähmaschine mit Tretantrieb, das Langenthaler Porzellan mit Goldrand, zwei alte Stiche, ein Ölbild mit einer Innerschweizerlandschaft, eine lose Sammlung von Ansichtskarten, ein paar Nippsachen, und, und, und – die Liste dieser Kategorie war bedenklich umfangreich geworden.

Seine Dreizimmerwohnung verfügte über keine grossen Platzreserven und seine Garage diente bereits jetzt als Lager- und Bastelraum. Entweder er fand zusätzlichen Stauraum, oder er musste sich von ein paar seiner Kaffeemaschinen trennen. Im Moment hatte er sowieso kaum Zeit für seine Sammlung. Aber er wusste auch, dass er sich in seinem Leben nach der Polizei über jede weggegebene Maschine ärgern würde …

«Christian!?» Eine bekannte Stimme riss ihn aus seinen Gedanken.

«Liz?»

«Da verliert man sich über Jahre aus den Augen und dann läuft man sich dauernd über den Weg!»

Das stimmte. Fast zwanzig Jahre war es her, seit er mit Elisabeth von Stein zusammengearbeitet hatte. Sie hatte damals für die Washingtoner Konferenz einen Bericht über Raubkunst in der Schweiz zu verfassen und er hatte sie in ermittlungstechnischen Fragen beraten. Es war eine interessante Zeit gewesen und Limacher konnte sich selbst nicht erklären, warum sie sich in all den Jahren nicht mehr begegnet waren, wo sie doch beide in Bern lebten. Wahrscheinlich waren die Wege einer Kunsthändlerin und eines Fahnders einfach zu verschieden.

Das hatte sich mit seinem Umzug in den Altenberg geändert. Nach der Trennung von Gisela hatte er sich in den ehemals gemeinsamen vier Wänden zunehmend fremd gefühlt und im Winter war er umgezogen. Liz' Haus lag einen Steinwurf von seiner neuen Wohnung entfernt und seither begegneten sie sich regelmässig an der Aare oder im Restaurant «Altenberg».

«Also hier hätte ich dich zuletzt erwartet», staunte Liz. «Ist man auch im Altersheim nicht sicher an Leib und Leben?»

«Hier lauert der Tod vor jeder Tür!»

«Du ermittelst?»

«Nein, oder sagen wir mal: nicht direkt. Meine Mutter ist vor vier Tagen gestorben ...»

«Oh! Das tut mir leid, Christian», Liz umarmte ihn spontan.

«Wir wissen alle, welche Station im Leben man mit einem Heimeintritt betritt. Das war auch meiner Mutter bewusst. Es ist noch keine zwei Monate her, dass sie mir mitteilte, sie habe mit dem Tod Frieden geschlossen. Ich habe mir damals nichts dabei gedacht, aber jetzt habe ich verstanden. Sie hat das Leben als abgeschlossen betrachtet. Den Tod hat sie sich nicht direkt herbeigesehnt, aber sie war bereit zu sterben. Und wie es scheint, konnte sie so sterben, wie sie es sich immer gewünscht hatte: Einschlafen und nicht mehr aufwachen.»

«Was heisst, wie es scheint?»

«Ich weiss nicht, wie sie gestorben ist – es war keiner da!»

«Dich beschäftigt, dass du nicht da warst?»

«Auch, aber nicht nur das.»

«Was dann?»

«Bei meiner Arbeit erlebe ich den Tod brachial. Da schlägt er buchstäblich zu, brutal und schmerzhaft. Er reisst die Menschen aus dem Leben, er reisst Lücken in Beziehungen, in Familien, in Gemeinschaften. Seiner Spur folgen Trauer und Ratlosigkeit, Verzweiflung und Wut, bis hin zu blankem Hass. – Und hier soll es diametral anders sein? Hier heisst es: willkommen, lieber Tod! Wir warten auf dich! Bring uns den grossen Frieden! – Das irritiert mich ...»

Liz klopfte ihm auf die Schulter. «Sag mir einfach, wenn ich etwas für dich tun kann!»

«Vielen Dank! Bislang komm ich klar. Die Termine sind gesetzt, die Texte ausgewählt, die Adressen geschrieben.»

Liz musterte ihn kritisch. «Das tönt jetzt fast allzu pragmatisch!»

«Heulen bringt auch nichts», meinte Limacher und wechselte das Thema. «Und du? Was treibt dich hierher? Wahrscheinlich auch die ältere Generation?»

«Für meine Mutter ist das Heim kein Thema!» Liz verdrehte die Augen. «Hier wohnen schliesslich nur alte Leute – und sie selber ist ja erst dreiundachtzig! Sie sieht ihre Zukunft eher in einer Jugendherberge als in einer Altersresidenz.»

«Die Hoffnung stirbt zuletzt.»

«Und diese Hoffnung lässt sich gut verkaufen. Meine Mutter würde alles darum geben, das Alter aufzuhalten!» sagte Liz. «Aber eigentlich bin ich aus einem ganz anderen Grund hier. Die Küche des «Renaissance» macht am Freitagabend das Catering – ich hoffe doch sehr, du bist trotzdem dabei?»

«Tut mir leid, im Moment bin ich nicht in Partystimmung ...»

«Es gibt keine Party. Es ist ein kultureller Farbtupfer für die Zuhausegebliebenen. Und in gewissem Sinn passt das Thema des Künstlers zu deiner jetzigen Lage. In DDs Bilder geht es ums Leben und ums Sterben.»

«Wer ist Didi?»

«Nicht Didi», Liz lächelte halb amüsiert und halb nachsichtig. «DD! – ein englisches Doppel-D. Es steht für Dan Dump, alias Daniel Locher. Der Emmentaler ist immerhin einer der bedeutendsten Schweizer Gegenwartskünstler.»

«Sagt mir nichts», musste Limacher zugeben.

«Erst recht ein Grund zu kommen! Die Abwechslung wird dir guttun, Christian! Val und ein paar andere aus der alten Truppe werden auch da sein. Und wenn dir nicht ums Reden ist, stellst du dich vor die Bilder, widmest dich dem Buffet oder setzt dich einfach mit einem Glas Wein an die Aare ...»

«Okay!» Limacher kapitulierte. Liz hatte in all den Jahren weder von ihrer Hartnäckigkeit noch von ihrer

Begeisterungsfähigkeit verloren. Und dies wirkte immer noch ähnlich ansteckend wie damals, als sie ihn für das Thema Raubkunst hatte gewinnen können.

«Wunderbar», sie tippte über seine Schulter. «Ich glaube, da kommt dein Mann!»

Wir räumen alles! verhiess der Spruch auf dem T-Shirt des Hünen, der sich ihnen näherte.

9

Den Weg von der Polizeikaserne zur Praxis hätte man auch zu Fuss zurücklegen können, aber der Hitze wegen, das Aussenthermometer zeigte bereits vor Mittag rekordverdächtige dreissig Grad an, hatten sie sich für den klimatisierten Dienstwagen entschieden.

«Schlimmer als in einem Kochtopf», stöhnte Berner beim kurzen Gang vom Parkplatz zu Zauggs Praxis. Tatsächlich schienen Asphalt und Fassaden die Luft zusätzlich aufzuheizen.

«Denk einfach an den Winter», riet Petra, und betrachtete das Gebäude: einen schmucklosen Bau, der wohl mehrfach umfunktioniert worden war. Die hohen Fensterfronten in den unteren zwei Stockwerken erinnerten an einen Industriebetrieb, die wahrscheinlich nachträglich angesetzten Balkone deuteten auf Wohnraum.

«Ich wünsch mir lieber eine Uniform mit Shorts», sagte Berner, während Petra die Adressen am Hauseingang studierte.

«Schon klar!» Sie glaubte seinen Blick auf ihrem Hintern zu spüren.

Neben Zauggs Praxis befanden sich im Gebäude eine Fahrschule, ein Architekturbüro, ein Institut für Kulturverständnis, eine Beratungsstelle für Coaching und vier Wohnungen.

«Ein Institut, das Kultur erklären will – tönt komisch, und die Beratungsstelle für Coaching ist schon fast ein Pleonasmus», kommentierte Petra, bevor sie die Treppe hochstieg.

«Von mir aus.» Berner hatte keine Ahnung, was ein Pleonasmus war. Er fragte sich manchmal, ob seine Kollegin absichtlich mit Fremdwörtern um sich warf, nur um zu zeigen, dass sie zwei Jahre studiert hatte.

Dr. med. Thomas Zaugg, Facharzt für Allgemeine Medizin, stand in grossen Lettern an der Milchglastüre im ersten Stock. Die junge Frau am Empfang, gemäss dem Schild an der Theke Rebecca Meier, medizinische Praxisassistentin, komplimentierte sie ins Wartezimmer. «Wir sind etwas in Verzug wegen eines Notfalls», erklärte sie, «aber Doktor Zaugg ist sicher bald soweit.»

«Angenehm kühl», bemerkte Berner zufrieden, als sie unter sich waren.

«Und modern!» ergänzte Petra anerkennend. Auf einem grossen Flachbildschirm lief ein Naturfilm.

«Den kenn ich», meinte Berner. «Ozeane. Schade, dass der Ton fehlt. Sind zwar super schöne Bilder, aber ausgezeichnet wurde der Film für die Musik.»

Sie setzten sich und verfolgten, wie ein Hai einen Fischschwarm durcheinanderwirbelte.

Petra griff nach einer Illustrierten. «Irgendwo habe ich gelesen, dass die durchschnittliche Wartezeit beim Arzt eine halbe Stunde betragen soll.»

«Und ein Notfall liefert immer die passende Ausrede!»

«Warum Ausrede? Bei uns kommen die Unfälle schliesslich auch ungeplant ...»

Die Tür ging auf und Rebecca streckte den Kopf ins Zimmer. «Möchten Sie vielleicht ein Glas Wasser?»

«Oh, das wäre fein», Berners Ärger schien wie weggewischt. «Kann ich Ihnen behilflich sein.»

«Lassen Sie nur ...» Rebecca war schon wieder verschwunden.

«Das sollte mir einmal bei meiner Hausärztin passieren», raunte Petra.

«Die Assistentin?»

«Das Wasser ...» Petra brach ab.

Vom Empfang her waren Stimmen zu hören. Durch die offene Wartezimmertür sahen sie, wie der Arzt zusammen mit einer Frau den Vorraum betrat.

«Und du bist sicher, dass es nicht die Vogelgrippe ist, Tom?», fragte die Frau, allem Anschein nach eine Patientin. «Bei uns lag neulich eine tote Amsel neben dem Pool!»

«Knackig!» Berner pfiff leise durch die Zähne.

Tatsächlich sah die Frau ziemlich attraktiv aus. Das Sommerkleid liess viel Bein frei und schloss sich so eng an ihren wohlproportionierten Körper, dass es diesen mehr nachzeichnete als verhüllte.

Ihre Stimme tönte aber doch kränklich, als sie fortfuhr: «Meine Kollegin musste wegen der Vogelgrippe das Fotoshooting in China absagen ...»

«Eine Amsel ist keine Ente und Bern ist nicht Shanghai», versuchte der Arzt die Patientin zu beruhigen.

Er war lediglich von hinten zu sehen. Die Ärmel hatte er hochgekrempelt. Seine Arme waren braungebrannt und kräftig. Er trug eine dünne Sommerhose und die nackten Füsse steckten ihn modischen Sandaletten. «Was ist nur los mit dir, Nicole. Ich kenn dich gar nicht so ängstlich.»

«Es ist vielleicht wegen Jana. Da hiess es auch, es sei lediglich eine Sommergrippe und am Ende landete sie im Spital ...»

«Deine Schwester litt an Durchfall und sie hatte das Norovirus ...»

«Aber du hast selber gesagt, dass du nicht weisst, was mit mir los ist!»

«Genau deshalb wird dir Rebecca jetzt etwas Blut abnehmen.» Der Arzt, allem Anschein nach Dr. Zaugg, fasste sie behutsam an der Schulter und führte sie zur Theke. «Danach gehst du nach Hause, nimmst ein Aspirin und legst dich ins Bett. Ich ruf dich an, sobald die Laborwerte da sind.»

«Und du denkst nicht, dass ich dieses neue Medikament gegen die Grippe schlucken sollte? Ich habe im Internet gelesen, dass man es frühzeitig einnehmen müsste?»

«Die Wirksamkeit von Tamiflu ist erstens höchst umstritten, und zweitens glaube ich nicht, dass du die Grippe hast.»

«Ich fühl mich mies», sagte die Patientin trotzig. «Da tu ich alles, um fit und gesund zu bleiben, und jetzt fühle ich mich schwächer denn je.»

«Wir werden halt auch nicht jünger, meine Liebe», antwortete Doktor Zaugg, und küsste sie auf die Wange.

«Danke! Deine Komplimente sind ein echter Aufsteller …»

«Das wird schon wieder, Nicole!»

«Wenn du es sagst!»

Zaugg verschwand in die eine und Rebecca mit der Patientin in die andere Richtung.

«Ein lieber Doktor», raunte Petra.

«Die Patientin würd ich auch gern behandeln», ergänzte Berner.

«Sie kam mir bekannt vor. Irgendwo habe ich das Gesicht schon gesehen.»

«Vielleicht in unserer Kartei …?» Berner verstummte.

Doktor Zaugg betrat das Zimmer. Seine kräftigen Hände umfassten drei Gläser und unter dem Arm trug er eine Flasche Mineral.

«Wenn Sie nichts dagegen haben, besprechen wir uns gleich hier.» Er füllte die Gläser. «Es ist der einzige Raum mit Klimaanlage – oder ist es Ihnen zu frisch?»

«Nein, es ist schön kühl hier. Die Grippe möchten wir uns aber natürlich nicht holen», sagte Berner. «Wie gefährlich ist das eigentlich mit diesem neuen Vogelgrippevirus? Es sind schon ungewöhnlich viele Grippefälle in diesem Sommer, nicht wahr?»

«Meiner Meinung nach wird das Problem tüchtig aufgeblasen.» Zaugg knöpfte seinen Kittel auf. Auf dem Shirt prangte ein Cartoon, das eine Röntgenaufnahme von Homer Simpsons Kopf darstellte: ein kleines Hirn in einem zu grossen Schädel.

Zaugg bemerkte Berners belustigten Blick. «Ich bin ein Simpson Fan», bekannte er. «Homer beweist, dass man es auch mit einem kleinen Hirn weit bringen kann.» Dann nahm er den Faden wieder auf. «Für die Presse sind diese Themen in der Sommerflaute Gold wert – und wahrscheinlich erst recht für die Pharmaindustrie. Als Verkaufsargument ist Angst unschlagbar.»

«Es sind immerhin ein paar Leute gestorben», hielt Petra entgegen.

«Am Norovirus sterben zurzeit bedeutend mehr Menschen und niemand macht daraus auch nur eine einzige Schlagzeile. Die Vogelgrippe ist für uns hier und heute so wenig eine Gefahr, wie vor ein paar Jahren die Schweinegrippe. Rückblickend verlor wegen dieser ein Bruchteil der Leute, die an einer saisonalen Grippe sterben, das Leben …»

«Da gab es eine Impfung!», warf Berner ein.

«Richtig. – Aber Sie sind nicht gekommen, um mit mir über die Grippe zu sprechen?» Zaugg blickte auf die Uhr.

«Genau», Berner schaltete sofort um. «Wie Sie wissen, geht es um Joseph Niederhauser. Sie haben ihm nach dem Unfall erste Hilfe geleistet. Wir bräuchten ein paar Informationen.»

«Wie geht es ihm?» wollte Zaugg wissen.

«Er ist vor drei Tagen verstorben …»

«Nein!» Zaugg sah erschrocken aus. «Darf ich fragen, woran? Oder ist das Berufsgeheimnis?»

Petra und Berner blickten sich an. «Die offenen Fragen in Zusammenhang mit dem Unfall sind ja nicht medizinischer Art», bemerkte Petra.

Sie fasste Berners Schulterzucken als Zustimmung auf und schilderte Zaugg die Ergebnisse der Obduktion. «Er hatte zwar diesen Unfall, aber gestorben ist er gemäss dem Rechtsmediziner letztlich an einem Organversagen.»

«Die medizinischen Fragen sind eigentlich weitgehend geklärt», bestätigte Berner. «Die wichtigste Frage lautet im Moment: Mit wem war Niederhauser unterwegs? Wenn wir richtig orientiert sind, haben Sie mit seinem Begleiter gesprochen.»

«Das stimmt.» Zaugg zögerte. «Eigentlich hat eher er mit mir gesprochen, als ich mit ihm.»

«Bis jetzt hat sich der Mann leider nicht gemeldet. Sie kennen ihn nicht zufällig?»

Zaugg schüttelte den Kopf. «Sein Gesicht kam mir zwar irgendwie bekannt vor. Aber vielleicht auch nur, weil er mich an einen Schauspieler erinnerte ...»

«Einen Schauspieler?»

«Ja, es gab diese Ähnlichkeit. Kann aber auch sein, dass ich sein Gesicht schon mal in der Stadt gesehen habe. Bern ist klein ...»

«Können Sie den Mann beschreiben?»

«Er dürfte etwa meine Grösse gehabt haben, aber ein paar Kilo mehr; ein Mensch der körperlich arbeitet, würde ich sagen. Das Gesicht eher rundlich, ein breiter Bart, eine ziemlich markante Nase – aber alles ohne Gewähr, denn am Langmauerweg gab es nicht viel Licht, und ich konzentrierte mich auf den Verletzten ...»

«Ähnlich wie Bud Spencer?» riet Berner.

«Nein. Ich dachte eher an diesen Franzosen ...»

«Départdieu?»

«Sie sagen es! Aber mit allen Vorbehalten. Es war ziemlich dunkel.»

«Hatten Sie den Eindruck, die beiden kannten sich?»

«Eigentlich schon. Nachdem ich geholfen hatte, den Verletzten in den Rettungswagen zu verladen, war der Mann plötzlich verschwunden. Ich nahm an, dass er sich auf den Weg ins Spital machte.»

«Offensichtlich nicht», erklärte Berner. «Hat er sich zum Unfall geäussert?»

«Er machte ein ziemliches Durcheinander», versuchte sich Zaugg zu erinnern. «Erst sagte er, er wisse nicht, was passiert sei, dann behauptete er, sein Kollege sei gestürzt, dann wieder erzählte er etwas von Panikreaktion – ich hatte den Eindruck, er stand selber unter Schock. Er sah jedenfalls nicht gut aus ...»

Während der Arzt rapportierte, betrachtete ihn Petra näher. Sein Alter war schwierig einzuschätzen. Das Haar war dicht und voll, aber mit einem feinen Silberschimmer durchwoben. Sein Blick wirkte jugendlich, die markanten Falten im Gesicht verrieten eine gewisse Reife. Auffallend fand sie seine Augen: Auf den ersten Blick wirkten sie grau, aber wenn er sie direkt ansah, schienen sie Grün aufzuleuchten. Sie fragte sich, welche Augenfarbe wohl in seinem Pass stand.

«Hat der Mann gesagt, was sie in der Kanalisation zu suchen hatten?», hörte sie Berner fragen.

«Nein. Ich dachte, die beiden seien vom Stadtbauamt. Der andere hatte an seinem Gürtel Werkzeuge eingesteckt.»

«Was für Werkzeuge?»

«Ein paar Schraubenzieher, vielleicht auch einen Hammer oder eine Zange, aber beschwören könnte ich das nicht. Wie gesagt: Ich kümmerte mich um den Verletzten.»

«Waren Sie im Dienst?»

«Nein. Ich hatte den Abend mit Freunden im «Altenberg» verbracht und war auf dem Weg in die Stadt.»

«Und wie kamen sie dazu, erste Hilfe zu leisten?»

«Reiner Zufall. Ich sah die paar Leute und wenn nicht jemand gerufen hätte, ‹ich glaube, der atmet nicht mehr›, hätte ich den Mann am Boden gar nicht bemerkt.» Zaugg nahm einen Schluck aus dem Wasserglas und dachte nach. «Ich konnte rasch feststellen, dass Niederhauser lediglich benommen war. Er hatte eine Platzwunde am Hinterkopf. Da er sich an nichts erinnern konnte, ging ich von einer Hirnerschütterung aus. Bis der bereits avisierte Rettungswagen eintraf, verband ich ihn notdürftig, sorgte für eine korrekte Lagerung, und versuchte, ihn wach zu halten.»

«Könnte es sein, dass sich die beiden gestritten haben?», fragte Petra.

«Den Eindruck hatte ich nicht. Der Verletzte schien sich nicht vor seinem Begleiter, sondern vor irgendwelchen Tieren zu fürchten ...» Zaugg hielt inne und öffnete die Hände, im Sinne von: Das ist alles.

«Gemäss dem Rechtsmediziner war der Mann Alkoholiker. Vielleicht hat er weisse Mäuse gesehen ...», meinte Berner.

«Kaum! Er roch ziemlich nach Alkohol.»

«Eben!»

«Wenn Alkoholiker weisse Mäuse oder irgendwelche

Tiere sehen, dann sind sie nicht betrunken, sondern auf Entzug», erklärte Zaugg.

«Das leuchtet ein!» Petra nickte. «Er hatte tatsächlich einen ziemlichen Pegel, als er im Spital eintraf. Und er hat sich wirklich nicht näher zum Unfall geäussert?»

Zaugg schüttelte den Kopf. «Wie schon gesagt: Er hatte eine Gedächtnislücke. Manchmal kann zwar die Erinnerung zurückkehren ...»

«Hatten Sie den Eindruck, das Gedächtnis kam zurück?», fragte Petra.

Zaugg lächelte. «So schnell geht das nicht. Und die Ambulanz traf vielleicht fünf Minuten nach mir ein ...»

In diesem Moment streckte die Praxisassistentin den Kopf ins Zimmer. «Kann Frau Stauffer nach der Blutentnahme gehen?»

«Ja, wir haben uns bereits verabschiedet.»

«Es müssten dann noch die Auftragsblätter ausgefüllt werden. Und die Familie in Zimmer zwei wartet noch auf das Resultat ...»

«Danke, Rebecca. Wir sind gleich soweit», Zaugg nickte ihr freundlich zu.

Rebecca verschwand und Zaugg nahm den Faden wieder auf. «So rasch geht es, wie gesagt, nicht mit dem Gedächtnis. Aber gut möglich, dass Niederhauser im Spital mehr erzählt hat.»

«Leider nicht», sagte Petra. «Nach Spitaleintritt verschlechterte sich sein Zustand ziemlich rasch ...»

«Sein Begleiter wüsste mehr», seufzte Zaugg und erhob sich.

«Da sind wir gleicher Meinung!»

«Sind wir nun weiter?», fragte Petra, als sie das Gebäude verliessen.

«Im Gegenteil. Wir haben eine Beschreibung von Niederhausers Begleiter, die sich nicht ganz mit den Aussagen des Rettungsteams deckt. Der andern gegenüber so hilfsbereite Doktor hat uns nicht wirklich weitergeholfen.»

«Ich fand ihn nett», sagte Petra, der der spöttische Unterton in Berners Bemerkung nicht entgangen war.

«Küsschen hier, Küsschen da, doch ja, das ist ganz nett …»

«Ich fand, er hat sich auf die Patientin wirklich eingelassen.»

«Dieses Getue ist doch unprofessionell. Stell dir vor, wir würden neben Bussen auch Umarmungen anbieten …»

«Du vergleichst Äpfel mit Birnen, mein Lieber. Ein Arzt darf Gefühle zeigen. Das nennt man Empathie und das schadet übrigens auch dem Polizisten nicht! Hast du bemerkt, wie ihn der Tod des Kanalarbeiters getroffen hat? Da haben wir bei Ärzten schon anderes gesehen …»

«Ich weiss nicht», zweifelte Berner. «Ich traue ihm nicht. Er kommt mir vor wie die gezuckerte Ausgabe eines Doktor House.»

«Die Welt ist kein Kino. Und du bist zu misstrauisch.»

«Besser misstrauisch als gutgläubig. Das steigert die Erfolgsquote und die Überlebenschance des Polizisten.»

«Einverstanden», sagte Petra versöhnlich. «Und ich weiss jetzt, warum mir die Patientin bekannt vorgekommen ist. Als die Praxisassistentin ihren Namen erwähnte, ist es mir eingefallen. Nicole Stauffer! Du siehst ihr Gesicht regelmässig in Mode- und Kosmetikjournals abgebildet. Sie war vor ein paar Jahren sogar im Finale zur Miss Schweiz. Eine tolle Frau!»

«Da sind wir uns schon wieder einig!»

Sie hatten den Wagen erreicht und bevor sie einstiegen, blickten sie zum Gebäude zurück.

«Schicker Arzt, schicke Praxis, schicke Patientinnen, Mediziner sollte man sein!»

«Du bist einfach nur neidisch! Ich fand ihn wohltuend natürlich.»

«Ein Arzt, der attraktive Patientinnen abknutscht», grinste Berner, «doch, ja – das ist in der Tat natürlich!»

In diesem Moment erschien Zaugg hinter einem der Fenster im ersten Stock.

Petra winkte ihm zu, aber er schien sie nicht bemerkt zu haben. Er wandte sich gleich wieder ab und da war zu erkennen, dass er am Telefon hing.

«Er hat uns nicht gesehen», stellte Petra enttäuscht fest und öffnete die Wagentür.

«Ich wüsste gern, mit wem er jetzt telefoniert …», sagte Berner und stieg ebenfalls ein.

10

Durch die geschlossene Sprechzimmertüre hörte Rebecca, dass ihr Chef noch immer telefonierte.

Sie sah auf die Uhr und fragte sich, wie lange das noch dauern konnte. Das Bad in der Aare wollte sie sich nicht nehmen lassen. Nach einem letzten Blick über die aufgeräumte Theke, klopfte sie kurz an.

«... es geht ja auch nicht um mich!», hörte sie ihn sagen, als sie den Kopf ins Zimmer streckte, «die Polizei sucht Zeugen. Und wenn ich eins und eins zusammenzähle ...»

Rebecca machte sich mit einem Räuspern bemerkbar.

Zaugg fuhr herum. Sein unwilliger Blick verriet unmissverständlich, dass sie gestört hatte.

Sie lächelte entschuldigend. «Tut mir leid, Chef. Ich bin soweit. Wenn Sie mich nicht mehr brauchen, mach ich jetzt Feierabend ...»

«Natürlich!» nickte Zaugg bereits wieder freundlich. «Machen Sie, dass Sie wegkommen. Und schliessen Sie alles ab», rief er ihr nach, bevor er die Türe hinter ihr zuschob.

Etwas verunsichert verliess Rebecca die Praxis. Sie hoffte, dass der Ärger, den sie in seinem Blick gesehen hatte, nicht ihr, sondern seinem Gesprächspartner gegolten hatte. Sie erinnerte sich, dass Zaugg keine zwei Wochen nach ihrem Arbeitsantritt im Wartezimmer ein Fenster eingeschlagen hatte. Er hatte den Brieföffner von der Theke aus in Richtung Anschlagbrett im Wartezimmer geschleudert. Es war dies nicht der erste derartige Wurf, wie die Kerben im Brett verrieten, – aber irgendwie war das Wurfgeschoss diesmal zurückgesprungen – Zaugg gab einem Reissnagel die Schuld –, und hatte das Glas durchschlagen. Sie überlegte gerade, was der Grund für seinen Ärger gewesen war, als sie von unerwarteter Seite eine mögliche Antwort erhielt.

«Ist unser Doktor wieder mal zu schnell gefahren?»

Die Stimme der Hauswartin war unverkennbar. Frau Liechti sprach nicht nur lauter als nötig, sie pustete die Sätze förmlich aus sich heraus. Mit ihrer fülligen Figur und dem Eimer blockierte sie die Treppe.

«Wie kommen Sie darauf?» Rebecca bedauerte, nicht den Aufzug benutzt zu haben.

«Die beiden eben, die waren doch von der Polizei!» sagte Frau Liechti, ohne von der Stelle abzurücken. «Ich will ja nichts gesagt haben: Aber es ist noch kein Jahr her, da war unser Doktor seinen Ausweis für drei Monate los.»

«Ach ja?» Rebecca versuchte sich Durchgang zu verschaffen, aber Frau Liechti machte keine Anstalten Platz zu machen. Sie holte Luft. «Das waren gute Zeiten für die Taxiunternehmer. Der Doktor ist ja viel unterwegs.»

Rebecca wusste, was drohte. Eine nicht bestellte Portion Neuigkeiten, eine Mischung aus Wahrheit und Dichtung, Klatsch eben. Und Frau Liechti verstand es, ihre Geschichten geschickt mit Fragen zu spicken, um so dem Zuhörer zusätzliche Informationen zu entlocken.

«Einmal hat er sich nach Zürich fahren lassen, scheint's nur um eine Ausstellung zu besuchen. Stellen Sie sich vor, was das gekostet haben muss – an einem Wochenende wohlverstanden. Ich will ja nichts gesagt haben, aber mit diesem Geld hätte er für einen Monat ein Generalabonnement lösen können ...»

«Entschuldigen Sie!» Rebecca stieg über den Putzeimer.

«Frau Stauffer sah schlecht aus», suchte Frau Liechti

Rebeccas Blick. «Sie hat mir verraten, dass sie eigentlich erst gar nicht zum Arzt wollte. Aber dann war die Angst vor der Vogelgrippe doch stärker. Ich will ja nichts gesagt haben, aber sie ist halt auch nur ein Mensch …»

«Genau», sagte Rebecca, nachdem sie sich vorbeigedrängt hatte.

«Bei der Hitze möchte niemand krank sein.» Frau Liechti legte einen letzten Köder aus.

«Das stimmt. Dann einen schönen Abend noch», rief Rebecca über die Schulter.

«Gleichfalls. Mein Mann ist jetzt pensioniert. Ich meine nur, falls der Doktor einen Chauffeur braucht …»

Die Eingangstür fiel ins Schloss und Rebecca atmete durch.

11

Rolf Binggeli stand vor dem Werkzeugkasten und wusste nicht mehr, was er suchte.

«Scheissjob», fluchte er und warf einen suchenden Blick auf die angefangene Arbeit, einen abgebrochenen Griff eines Gartentors. Um den Griff zu fixieren, benötigte er eine Gripzange.

«Gripzange!» Er schlug sich mit der flachen Hand an die Stirn.

Es war nicht das erste Mal in dieser Woche, dass er einen Aussetzer hatte. Seit Sepps Unfall und erst recht seit dessen Tod war er echt durcheinander, hatte Mühe sich zu konzentrieren, fühlte sich einfach nur matt und fand doch keine Ruhe.

Warum hatte er den Job überhaupt angenommen? Weil er ein Tierfreund war? – Nein, weil er das Geld benötigte. Zwei Tausender für einen Lausbubenstreich! Wer würde da nicht ja sagen. Und Sepp schien der ideale Partner. Der gab sich zufrieden mit ein paar Kisten Bier. Nichts von halbe-halbe, wie bei anderen Kollegen.

Seit Sepps Tod stellte sich wenigstens die Frage nach einem Besuch im Inselspital nicht mehr. Nicht nur das Gefühl, seinen Kollegen im Stich gelassen zu haben, hatte an ihm genagt. Auch die Angst. Er konnte sich vorstellen, dass man nach ihm suchte – und wenn Sepp gesungen hätte – Binggeli wagte gar nicht, daran zu denken. Er war bei der Polizei kein unbeschriebenes Blatt und man würde ihm nicht nur Fragen zum Unfall stellen. Und diesen Fragen wollte er möglichst aus dem Weg gehen.

Das war auch ganz im Sinne seines Auftraggebers. «Ich bestimme, wann wir an die Öffentlichkeit treten!», hatte ihn der Tierschützer gewarnt und ihm geraten, sich ruhig zu verhalten. «Du kannst deinem Freund jetzt auch nicht mehr helfen. Und wenn sich die Polizei einschaltet, gibt es eine mittlere Katastrophe.»

In diesem Punkt war Binggeli nicht ganz mit dem Mann einig. Das Gefühl der Katastrophe hatte ihn nämlich bereits erreicht, als er den bewusstlosen Sepp aus dem Kanal geschleppt hatte. In einem andern Punkt wurde er mit dem Tierschützer hingegen rasch einig: weitere Fünfhundert für sein Schweigen.

Er wühlte in der Werkzeugkiste.

Er war noch nicht fündig geworden, als die Glocke an der Werkstatttür ertönte. Erschrocken fuhr er herum. Zwei männliche Gestalten zeichneten sich im Gegenlicht des Eingangs ab.

Jetzt holen sie dich! – seit dem Unfall war das der erste Gedanke, wann immer jemand die Werkstatt betrat. Und wie jedes Mal, wenn er erschrak, meldete sich dieser unangenehme Druck in der Brust.

Mühsam wandte er sich dem Eingang zu. Die beiden Männer, die ihn erwarteten, sahen aus wie Polizisten in Zivil. Der Druck verstärkte sich.

«Binggeli?», sprach ihn der Grössere der beiden an und nachdem er stumm genickt hatte, fuhr der Mann in unverkennbar osteuropäischem Akzent fort: «Wir möchten mit Ihnen ins Geschäft kommen.»

«Ins Geschäft kommen?»

Der Fremde blickte nervös zum Eingang, als müsse er sich vergewissern, dass sie unter sich waren.

Schlagartig wich der Druck in seiner Brust.

Das waren keine Polizisten, das waren Kollegen!

12

In den Lauben der Marktgasse herrschte ein Gedränge, ärger als bei einem Unwetter. Nur dass die Menschen den Schutz der Laubengänge an diesem Nachmittag nicht des Regens, sondern der Hitze wegen suchten. Auch Limacher hielt sich an den Schatten. Wenn er die Gasse runterblickte, flimmerte über den Pflastersteinen die Fata Morgana eines Teichs, der sich vom Schützenbrunnen bis zum Zytglogge erstreckte.

Während ihm Petra ihre Eindrücke von Doktor Zaugg schilderte, beobachtete er, wie die Angestellten des Stadtbauamtes den Einstieg in die Kanalisation vorbereiteten. Die Abschrankung war montiert und der Schachtdeckel abgehoben. Eben signalisierte einer der Männer, dass man bereit war.

«Wir sind dran», sagte Limacher ohne Begeisterung und sie lösten sich aus dem Schatten.

«Alles in allem brachte uns der Gang in die Praxis keine neuen Erkenntnisse», schloss Petra ihre Berichterstattung.

«Immerhin hat der Doktor bei dir und bei Berner einen

unterschiedlichen Eindruck hinterlassen. Das ist auch eine Erkenntnis. Divergenz der Eindrücke nennt das doch die Psychologin.» Limacher spielte auf ihr abgebrochenes Studium an.

«Wann sind Berner und ich schon gleicher Meinung!» Sie tönte leicht genervt.

«Ist das ein Problem?»

Petra verzichtete auf eine Antwort. Sie hatten den Einstieg erreicht.

«Ich bin Michael Zaugg und verantwortlich für den Unterhalt der Kanalisation. Ich werde Sie begleiten», sagte der Mann, der ihnen zugewinkt hatte.

«Zaugg?», fragte Petra. «Sind Sie zufällig verwandt mit Doktor Zaugg?»

«Wir haben keine Ärzte in der Verwandtschaft!» Der Mann machte ein Gesicht, als sei er eben beleidigt worden.

«Bitte einsteigen, meine Damen und Herren. Rein ins Vergnügen!», drängte jetzt Seiler, der sich als Mitarbeiter des technischen Dienstes des Bundes vorgestellt hatte.

Limacher wusste, dass das leicht untertrieben war. Seiler leitete die Abteilung der Bundespolizei, die für die Sicherheit der Regierung verantwortlich war. Unmittelbar nach Bekanntwerden des Zwischenfalles hatte er mit seinen Leuten eine erste Inspektion des Kanalsystems vorgenommen. Auch wenn Seilers Truppe ermittlungstechnisch der Kantonspolizei in nichts nachstand, störte Limacher deren eigenmächtiges Vorgehen. Und dass sie jetzt dabei waren, störte ihn noch mehr. «Zu Ihrer Verstärkung», hatte Seiler versichert, aber für Limacher sah es mehr nach Kontrolle als nach Unterstützung aus. Darauf war er allergisch.

In der kurzen Wartezeit bis zum Abstieg hatte die Sonne so unbarmherzig auf seinen Schädel gebrannt, dass er es kaum erwarten konnte, in den Schacht abzusteigen. Die Freude dauerte nur kurz. Kaum war er unter dem Boden, mischte sich die hitzeschwere Luft mit dem Gestank von Urin und Fäkalien. Er glaubte zu spüren, wie sich die Drecksmoleküle in den Gängen seines Riechorgans festsetzten, und band sich das Taschentuch vor die Nase.

«Spätestens nach ein paar Minuten riechen Sie eh nichts mehr», versuchte Zaugg ihn zu beruhigen und führte sie zum Hauptstollen.

Limacher schätzte den Kanal auf gut zwei Meter Breite und drei Meter Höhe. Das Rinnsal für die Abwässer war kein halber Meter breit, so dass es auf beiden Seiten genügend Platz zum Gehen gab. Geschätzte fünf Meter über ihnen warf das Sonnenlicht feine Strahlen durch die Löcher eines Schachtdeckels.

«Wir befinden uns nun unter der Marktgasse, in der Nähe der Bushaltestelle», erklärte Zaugg. «Dieser Abschnitt diente früher als Abfluss für das Abwasser der gesamten oberen Altstadt. Von hier gelangen wir problemlos zu den Stellen, wo Ihre Kollegen die verdächtigen Spuren gefunden haben.»

«Da könnte sich der Unfall ereignet haben», schaltete sich jetzt Seiler ein und leuchtete mit seiner Lampe auf die Stufen eines Seitenstollens. «Die dunklen Flecken sind Blutspuren, wir haben das bereits überprüft.»

«Schwer vorstellbar, dass man das einatmen kann», meinte Petra und deutete auf das unappetitliche Rinnsal, das sich zum Teil neben und zum Teil unter ihren Füssen seinen Weg suchte.

«Der Wasserstand kann stark variieren», liess sich Zaugg vernehmen, «bei Regen fliesst hier ein kleiner Bach und wenn man nicht aufpasst …»

«Es hat aber nicht geregnet.»

«Das ist leider richtig. Für uns wäre es praktisch, eine natürliche Reinigung, wenn Sie so wollen.»

«Wie häufig sind Ihre Leute hier unterwegs?», unterbrach Seiler.

«Eigentlich nur wenn es Probleme gibt: ein verstopfter Hausanschluss, Gestank aus einem Schachtdeckel, Meldung von Ratten oder ein Portemonnaie, das durch ein Gitter fällt …»

«Gibt es keinen fixen Plan für Kontrollgänge?»

«Dazu fehlen uns die Leute. Zudem wird das Abwasser immer mehr in geschlossenen Systemen abgeführt. Man diskutiert immer wieder, den einen oder andern Stollen aus Sicherheitsgründen zu schliessen. Aber bis jetzt fehlte das Geld …»

«Sicherheitstechnisch ist dieses Kanalsystem ein Risiko», hielt Seiler fest und schlug vor, dass sie sich die Arbeit aufteilten. Er interessierte sich vor allem für das Gangsystem rund um den Bundesplatz, Limacher und Petra übernahmen den Seitengang weiter östlich, wo Seilers Leute auf mögliche Spuren des Unfalls gestossen waren.

«Könnte es sich für die beiden gelohnt haben, einfach mal aufs Geratewohl nach Fundgegenständen zu suchen?», wollte Petra von Zaugg, der sich ihnen angeschlossen hatte, wissen.

Dieser schüttelte entschieden den Kopf. «Nein. Die Schachtdeckel dienen vor allem als Mülleimer. Natürlich landet ab und zu auch mal eine Münze hier unten. Aber ein Ring, ein Armband oder wie neulich eine Zahnprothese – das sind Ausnahmen. – Hier ist es!» Er deutete auf ein Gitter, das einen schmalen Seitenstollen abriegelte. «Gemäss Ihren Kollegen sind die Kratzer an den Schrauben frisch. Meine Leute waren das nicht! Dieser Stollen ist ausser Betrieb.»

«Dann wollen wir mal!» Limacher half dem Mann dabei, das Gitter zu entfernen.

Der Stollen war dunkel und eng. Alle paar Meter gab es Abgänge, die meisten davon vergittert oder zugemauert. Einen der Abgänge hatten Seilers Leute mit einem Klebeband markiert.

«Hier wollen sie frische Spuren an einem Schachtdeckel entdeckt haben», erklärte Zaugg.

Der Gang endete nach wenigen Metern in einer Nische. Auch diese hatten Seilers Leute mit Klebeband markiert, wahrscheinlich wegen der leeren Bierdose, die einen relativ unversehrten Eindruck machte.

«Wo befinden wir uns hier?», wollte Petra wissen.

«Etwas unterhalb des Käfiggässchens.»

«Das heisst, über uns sind nichts als Wohn- und Geschäftshäuser!», meinte Petra enttäuscht.

«Ich denke, wir können das Feld der Spurensicherung überlassen», schlug Limacher, ebenfalls etwas ernüchtert, vor, «wir wollen ihnen die Arbeit nicht unnötig erschweren.»

13

Alfred Iten, genannt Vogel-Fredi, führte den Fremden, der sich nicht vorgestellt und nach Nemo erkundigt hatte, vorbei an Volieren, Aquarien und Terrarien, in den Raum hinter dem Verkaufslokal.

«Hier ist es.» Er deutete auf die Kleintier-Transportkiste und beobachtete gespannt, wie der Mann die Kiste samt Inhalt begutachtete. Die Tierchen kauerten in der Ecke, als schämten sie sich für ihre nackte Haut.

«Das ist Nemo?»

Vogel-Fredi nickte. «Die Verpackung gehört dazu.» Ihn störte, dass der Unbekannte weder Velohelm noch Sonnenbrille ablegte. Gern hätte er dessen Reaktion genauer gesehen, denn ihm selber waren in all den Jahren, in denen er seine Zoohandlung führte, noch nie derartige Geschöpfe unter die Augen gekommen.

«Nacktmulle?!»

«Sie sagen es!», bestätigte Fredi, nun doch etwas erleichtert. Anders als der Ignorant, der die Kiste abgeliefert hatte, schien dieser Mann von Tieren etwas zu verstehen. ‹Du hast nichts anderes zu tun, als die Ratten ein paar Tage durchzufüttern, dann werden sie abgeholt›, hatte ihm der angebliche Tierfreund vor drei Tagen erklärt. Von wegen Durchfüttern, und von wegen Ratte!

Ein Nacktmull war in der Lage, Monate ohne Nahrung zu überleben. Ein äusserst interessantes Tier, das zudem unter Tierschutz stand. Hätte Fredi nicht gewusst, dass Hector Simonnet hinter dem Ganzen steckte, hätte er die Tiere wohl gleich der Polizei übergeben. Trotz den fünfhundert Franken, die ihm für seinen Hütedienst bar auf die Hand bezahlt worden waren.

Fredi beobachtete, wie der Fremde die Kiste aus dem Regal zog. Unter dem Helm lugten ein paar graue Haarsträhnen hervor, die ihm fast bis zu den Schultern reichten. Fredi tippte auf einen Akademiker aus dem Quartier, vielleicht sogar einer vom Zoologischen? Das Institut lag unweit von seinem Geschäft und bescherte ihm ab und zu Kundschaft.

«Schulde ich Ihnen etwas?», fragte der Mann und blickte sichtlich angespannt zur Ladentür, wo eben die Glocke ging.

«Kost und Logis wurden im Voraus bezahlt», sagte Fredi ruhig. «Darf man fragen, wie es weitergeht?»

«Ich bin lediglich der Kurier, wissen Sie.» Der Fremde klemmte die Kiste unter den Arm und beobachtete einen Moment die beiden Männer, die eingetreten waren. Dann stahl er sich grusslos davon.

Nachdenklich begab sich Fredi ins Verkaufslokal. Die neue Kundschaft stand mit dem Rücken zu ihm am Schaufenster. Die beiden Männer diskutierten leise miteinander. Offenbar waren sie sich nicht einig, was sie kaufen wollten. Vogel-Fredi beschloss, sie noch etwas gewähren zu lassen.

Er beobachtete, wie der Kurier die Strasse überquerte und die Katzenkiste auf den Gepäckträger seines Velos schnallte. Er spähte in die Kiste, als müsste er sich vergewissern, dass die Tiere noch da waren.

In diesem Moment kam Bewegung in die neuen Kunden. Mit raschen Schritten strebten sie dem Ausgang zu. Ohne Fredi eines Blickes zu würdigen, verliessen sie das Lokal.

Der Tierhändler hastete zum Schaufenster und kontrollierte die Auslage. Erleichtert stellte er fest, dass nichts fehlte. Als er wieder nach draussen sah, waren die beiden Männer und der Kurier verschwunden.

14

«Du fährst viel zu schnell. Hier gilt dreissig», mahnte Jan. «Nicht auffallen ist doch sonst auch immer deine Devise.»

«Wir dürfen ihn nicht aus den Augen verlieren!» Menitz bog in die Länggasse ein.

«Mit dem Motorrad wäre es einfacher …»

«Da!», unterbrach Menitz. «Das ist er!»

«Bist du überhaupt sicher …?»

«Das ist die Kiste, die uns Binggeli beschrieben hat! Bei der erstbesten Gelegenheit schnappst du sie dir. Schalt den Funk ein.»

Menitz trat scharf auf die Bremse. Vor dem Fussgängerstreifen am Falkenplatz gab es einen kleinen Stau. Nur ein paar Wagen trennten sie vom Rad mit der Katzenkiste.

Jan entriegelte die Tür.

«Noch nicht!», befahl Menitz. Die Kolonne hatte sich wieder in Bewegung gesetzt.

«Richtung Bahnhof!», rief Jan, als der Radfahrer auf der Schanzenbrücke auf die linke Spur wechselte. Jetzt trennten sie nur noch drei Wagen. Wieder machte sich Jan bereit, aber die Ampel schaltete auf Grün, bevor sie zum Stillstand kamen.

«Verdammt, was soll das?»

Der Radfahrer hatte auf die Spur gewechselt, welche dem öffentlichen Verkehr vorbehalten war und in Richtung Bus-Terminal führte. «Kennt der Idiot keine Verkehrszeichen? Da steht ein generelles Fahrverbot.»

«Oder er versucht uns abzuhängen!» Menitz verlangsamte die Fahrt und blinkte rechts. Kurz bevor die Strasse in Richtung Bahnhof abbog, hielt er an. «Zu Fuss kannst du es vielleicht schaffen!»

«Den hol ich mir», zischte Jan und stürzte aus dem Wagen.

«Mindestens die Box», hörte er Menitz noch, dann war er auch schon ausser Rufweite.

Mit einem kurzen Spurt erreichte er die Bushaltestelle, die hier von einem baldachinartigen Glasdach überspannt war. Er sah das Rad mit der Kiste an der andern Ecke des Platzes zwischen den Gebäuden verschwinden. Rund um den Bus-Terminal und den nahen Warenhauseingang herrschte feierabendliches Gedränge. Er kam nur noch im Schritttempo vorwärts. Er befürchtete schon, sein Ziel verloren zu haben, als er in der Gasse neben dem Warenhaus ganz unverhofft das Rad mit der blauen Box unter einem der Laubengänge stehen sah.

«Zugriff möglich», meldete er sich bei Menitz.

«Wo?», fragte Menitz.

«Schauplatzgasse, mittlerer Abschnitt, rechte Seite. Rad mit Kiste!»

«Und der Fahrer?»

«Nicht in Sicht.»

«Schnapp dir das Ding!»

Jan wechselte sozusagen vom Jagd- in den Schleichmodus. Um sich unauffällig umzusehen, schlenderte er erst ein paar Schritte am Rad vorbei. Als er sich vergewissert hatte, dass die Luft rein war, machte er kehrt und näherte sich dem verlassenen Rad. Er öffnete den Deckel einen spaltbreit.

«Die Kiste ist leer!»

«Du legst dich auf die Lauer», bestimmte Menitz. «Ich schicke dir Andrej mit dem Motorrad zur Verstärkung. Wenn er wieder auftaucht, schnappt ihr ihn!»

15

«Kann ich Ihnen behilflich sein?»

Der Mann fuhr sichtlich zusammen.

Ertappt! vermutete die Verkäuferin und bereute, nicht gleich den Sicherheitsdienst gerufen zu haben. Der Mann war ihr schon aufgefallen, als er mit aufgesetztem Helm und Sonnenbrille aus dem Treppenhaus aufgetaucht war und sich in die hinterste Ecke der Herrenabteilung verzogen hatte. Nicht wie ein Kunde, sondern wie jemand, der sich zu verstecken versuchte. Genau deshalb hatte sie ihn im Auge behalten.

Er schien kein Interesse an der neuen Herbstkollektion

zu haben, sondern blickte angestrengt aus dem Fenster. Wahrscheinlich hatte er deswegen ihr Näherkommen, das sie im Nachhinein und mit Genugtuung durchaus als erfolgreiches Anschleichen bezeichnen konnte, nicht bemerkt.

Er war gut einen Kopf grösser als sie. Helm und Sonnenbrille hatte er inzwischen abgelegt. Erst jetzt sah sie, dass er mit seinem Handy hantierte und die Kamera aktiviert hatte. Sie fragte sich, was denn am Ausblick auf die Schauplatzgasse so spannend sein könnte.

Ertappt, dachte sie wieder, als er wie schützend die Hand über seinen Velohelm legte und für einen kurzen Moment hatte sie den Eindruck, das Stück Stoff unter seiner Hand bewege sich.

«Ich suche ein leichtes Freizeithemd und einen Kopfschutz», erklärte der Mann unerwartet ruhig, «etwas Praktisches zum Wandern.»

Sie wurde unsicher. Der Kunde blickte sie gelassen, um nicht zu sagen kühl an. Wobei der Eindruck vielleicht auch mit seiner Augenfarbe zu tun hatte: eine aussergewöhnliche Mischung aus Jägergrün und Indigo, soweit sie das im Gegenlicht beurteilen konnte.

«Es darf durchaus etwas Modisches sein», fügte er an. «Schliesslich kehrt man auch gerne mal ein.»

Sie sah wieder zum Helm. Das Tuch, das der Mann vor ihr zu verstecken versuchte, machte keinen neuwertigen Eindruck. Etwas irritiert, aber letztendlich doch erleichtert, führte sie ihn ins Rayon mit der Freizeitbekleidung.

Sie kamen rasch ins Geschäft. Ohne grosse Umschweife und ziemlich stilsicher entschied er sich für ein Hemd von Hilfiger und eine Mütze von Nike, alles in allem sehr wenig Stoff für fast zweihundert Franken. Das Hemd wollte er nach der Anprobe gleich anbehalten, so begeistert war er von seinem Kauf.

Kann man sich derart täuschen? fragte sie sich und machte sich daran, die Kleiderauswahl wegzuräumen. Erstaunt stellte sie fest, dass der Kunde neben den anprobierten Kleidungsstücken auch seinen Velohelm in der Umkleidekabine hatte liegen lassen. Er war leer.

Sie verstaute den Helm in der Ablage hinter der Theke. Der LOEB unterhielt zwar im obersten Geschoss ein Fundbüro. Aber es war nicht nur der vier Stockwerke wegen, dass sie noch abwartete. Der Gedanke, dem Mann noch einmal zu begegnen, fand sie spannend.

16

«Das ging ja super schnell!» Limacher nickte Petra anerkennend zu.

Knappe vierundzwanzig Stunden nach der Spurensicherung hatte Joseph Niederhausers Begleiter anhand der DNA identifiziert werden können.

«Leider nicht schnell genug, Christian», berichtigte Rominger, der zuständige Staatsanwalt. «Der Vogel ist nämlich bereits ausgeflogen!»

Limacher stellte den frischen Espresso ganz behutsam auf sein Pult zurück. So verschaffte er sich die nötige Zeit, seinen Ärger hinunterzuschlucken. Genau wegen derartiger Bemerkungen hätte er Rominger manchmal am liebsten – den Rest des Gedankens verbot ihm der innere Polizist. «Ich kann mich nicht erinnern, wann wir das letzte Mal in derart kurzer Zeit einen Gesuchten identifizieren konnten.»

«Binggelis DNA war bereits in unserer Kartei», sagte Petra vermittelnd, «das hat das Verfahren wesentlich beschleunigt.»

«Ein weiteres Argument für die Aufrüstung unser DNA-Datenbank und ein gutes Beispiel für eine perfekte Zusammenarbeit verschiedener Dienststellen», hielt Rominger fest. «Die Spurensicherung stellt das Material sicher, die DNA-Bank liefert den Abgleich, und Leib und Leben erhält unverzüglich ein komplettes Dossier. Zusätzlich waren die Kollegen des Bundessicherheitsdienstes von Anfang an in die Abklärungen einbezogen. Dank diesem interdisziplinären und zielführenden Vorgehen unter der Leitung der Staatsanwaltschaft sind rasche Ergebnisse möglich.»

«Hört sich wie eine Pressemitteilung an!», konnte sich Limacher nicht verkneifen zu bemerken.

«Du siehst das richtig: Es ist die Pressemitteilung!», verkündete Rominger erstaunlich friedfertig. Limacher fragte sich, ob er wegen dem Tod seiner Mutter bei Rominger eine Art Schonphase genoss.

«Rolf Binggeli ist wegen Diebstahl, Sachbeschädigung und Hausfriedensbruch mehrfach vorbestraft», meldete sich Petra zu Wort. «Schlösser knacken scheint seine Spezialität zu sein.»

«Er ist gelernter Schlosser», bemerkte Rominger.

«Genau. Er führt eine kleine Werkstatt in der Lorraine. Gemäss Auskunft der Nachbarin soll das Geschäft allerdings nicht besonders laufen. Sie will schon mehrfach den Weibel vor Binggelis Türe beobachtet haben.»

«Und sie weiss nicht, wo er stecken könnte?»

Petra schüttelte den Kopf. «Sie war lediglich erstaunt, dass er sie diesmal nicht gebeten hatte, seine Katzen zu füttern. Die Tiere seien ihm wichtiger als die Kunden. Und interessant: Rolf Binggeli hat sich vor ungefähr einer Woche bei ihr eine Katzenkiste ausgeliehen. Als sie ihn fragte, ob seine Katze krank sei, habe er geantwortet: Nein, meine Ratte. Sie weiss nicht, ob er sie auf den Arm nehmen wollte oder ob er sich tatsächlich eine Ratte hält.»

«Dann waren die beiden eben doch auf Rattenfang», tippte Rominger.

«Und wozu dann das Werkzeug?» Limacher schüttelte den Kopf. «Binggeli ist ein Panzerknacker. Ich zweifle nicht daran, dass auch diesmal ein Einbruch das Ziel war. Warum sollte er sich sonst verstecken?»

«Und wo ist die Einbruchsmeldung?», fragte Petra.

«Gute Frage!» Rominger lächelte ihr anerkennend zu.

«Die Leute sind in den Ferien! – Wie sollen sie da einen Einbruch bemerken?», entgegnete Limacher und liess seine Nase über dem Espresso kreisen. «Irgendetwas stinkt!»

Petra blickte ihn fragend an.

«Der Espresso», erklärte Limacher, «ich fürchte, die Kanalisation hat meine Nase ruiniert. Seit gestern riecht alles ein bisschen – wie soll ich sagen? – nach Abwasser ...» Er realisierte, wie Petra und Rominger Blicke austauschten, und kam wieder zur Sache zurück. «Was meinen eigentlich die Kollegen vom Bund?»

«Punkto Täterprofil denken sie wie du», sagte Rominger. «Einbrecher auf Diebestour. Möglicherweise haben sie sich in der Adresse geirrt. Der Stollen unter dem Bärenplatz ist ohne Gebäudeanschluss. Er dient nur noch zur Ableitung von Oberflächenwasser und als Standort für Mobilfunkantennen. Für einen Cyberangriff gibt es keine Hinweise.»

«Apropos Cyberangriff», bemerkte Petra. «Könnte es sein, Herr Staatsanwalt, dass uns die Leute vom Bund Erkenntnisse vorenthalten?»

«Wie kommen Sie darauf?»

«Gemäss dem Kollegen vom Archiv interessierte sich noch jemand anderes für Binggelis Akte – und zwar einen Tag vor uns ...»

«Wer?»

«Jemand von extern, hiess es.»

«Was heisst von extern?», fragte Limacher.

«Habe ich auch gefragt. Wir sind vernetzt, lautete die Antwort. Wir speichern extern, wir werden von extern gewartet, wir tauschen Daten mit andern Dienststellen aus, es gibt offenbar zig Möglichkeiten an unsere sogenannt sichere Datenbank zu gelangen.»

«Das muss sich herausfinden lassen!», gab sich Rominger überzeugt, «Das System kontrolliert sich selber. Es registriert sämtliche Aktionen.»

«Wenn sich bereits jemand anderes für Binggeli interessierte, könnte dies auch bedeuten, dass er gewarnt wurde», stellte Limacher fest. «In diesem Fall würden wir vergeblich auf ihn warten. Da fragt sich schon, ob es nicht besser wäre, eine Fahndung einzuleiten, anstatt die Werkstatt zu beobachten.»

«Eine Fahndung zum jetzigen Zeitpunkt wäre übertrieben», entschied Rominger und packte seine Sachen zusammen. «Erstens haben wir noch immer keine konkreten Hinweise auf ein Verbrechen und zweitens gibt es andere Möglichkeiten, seine Spur aufzunehmen. Bei seinem Netzwerk können wir ansetzen: Nehmt euch seine Kumpels vor, seine Kunden, und natürlich seine Nachbarin! Wenn die seine Katzen füttert, weiss sie mehr! Falls sich neue Erkenntnisse ergeben, möchte ich unverzüglich orientiert werden, auch übers Wochenende!»

«Wo nehmen wir die Leute her, um den Wünschen des Staatsanwaltes nachzukommen?», fragte Petra, nachdem Rominger abgerauscht war. «Blaser und Ramseier sind mit dem Überfall in der Matte beschäftigt …»

«Was war da?» Limacher war wegen der Termine in Zusammenhang mit dem Tod seiner Mutter seit der Kanalisationstour nicht mehr im Büro gewesen.

«Ein Velofahrer wurde spitalreif geprügelt. Gestern war von einem unmotivierten Übergriff von zwei Schlägertypen auf einen Studenten die Rede. Heute Morgen tönte es etwas anders.»

«Wie tönt es denn heute?» Limacher griff noch einmal nach dem Espresso.

«Der Student entpuppte sich als stellenloser Gastarbeiter. Das Velo, ein nicht ganz billiges E-Bike Marke Stromer, hat er beim LOEB mitlaufen lassen …»

«Und der Schläger ist der Besitzer, der sich sein Bike zurückeroberte?», folgerte Limacher aufs Geratewohl.

«Unwahrscheinlich. Die Täter liessen das Rad genauso liegen wie den Verletzten, dem sie gemäss dem Bericht vom Inselspital wirklich übel zugesetzt hatten: Hirnerschütterung, Gesichtsschädelbruch, Rippenbruch und Prellungen am ganzen Körper.»

«Eine Abrechnung unter Dieben, vielleicht …»

«Kommt der Sache schon näher. Jemand will zum fraglichen Zeitpunkt ein verdächtiges Motorrad beobachtet haben. Aber die Beschreibung hilft nicht wirklich weiter: zwei Typen mit Helm, ein dunkles Motorrad mit übersetzter Geschwindigkeit in einer Quartierstrasse …», Petra brach ab. Limacher schnupperte prüfend an seinem

Espresso und sie war nicht sicher, ob er ihr überhaupt zuhörte.

«Und bei dir?» fragte sie, «alles im grünen Bereich?»

«Ich fürchte, meine Nase streikt. Der Kaffee riecht wie das Pissoir unten in der Garderobe.»

«Ich sprach eigentlich vom Tod deiner Mutter. – Vielleicht solltest du dir die paar Tage, die dir zustehen, frei nehmen …»

«Und was mach ich zuhause?» Limacher klang verstimmt. «Es ist, wie es ist!»

«Ich meinte ja nur …»

«In einer Woche verreise ich für drei Tage in die Berge. Das ist meine Auszeit.»

«Okay.» Petra wechselte das Thema. «Wie gehen wir konkret weiter?»

«Solange Hinweise auf ein Verbrechen fehlen, brauchen wir Binggeli nicht nachzurennen, da gebe ich Rominger recht. Es gibt nichts Ermüdenderes als ergebnislose Suchaktionen. Du wirst das mit der Zeit leider auch noch erfahren …»

«Du meinst, wir sollen einfach abwarten?»

«In diesem Fall arbeitet die Zeit nicht gegen, sondern für uns. Meine Nase sagt mir: Binggeli wird auftauchen …»

«Sprichst du von der Nase, die Mühe hat, Kaffee und Pisse zu unterscheiden?»

Limacher lächelte. «Binggeli wird auftauchen», wiederholte er. «Schon nur seiner Katzen wegen …»

«Apropos Katzen», unterbrach Petra erneut, «beim Überfall in der Matte wurde eine demolierte Katzenkiste erwähnt.»

«Tatsächlich?» Limacher horchte auf.

«Denkst du auch, es könnte sich lohnen, zu überprüfen, ob sie zufälligerweise Binggelis Nachbarin gehörte?»

«Unbedingt!» Limacher blickte auf die Uhr. «Ich habe zwar eine Einladung, aber vielleicht reicht es noch ...»

«Nix da!», widersprach Petra. «Ich besorg mir bei Ramseier eine Aufnahme der Kiste und gehe damit zu Binggelis Nachbarin. Und du gehst brav zu deiner Einladung!»

«Du erreichst mich jederzeit übers Mobile», gab Limacher nach. «Je nachdem, wie sich der Abend entwickelt, bin ich vielleicht ganz froh über eine Störung!»

17

Sie hatten sich im «Jungbrunnen» verabredet, einem der Sitzungszimmer, die sich im Gebäudetrakt zwischen dem FEY und dem Hotel «Schweizerhof» befanden. Die Zimmer im zweiten Stock waren von zwei Seiten her erreichbar und schufen so eine inoffizielle Verbindung zwischen Hotel und Institut. Dieser Durchgang wurde nicht nur von den Seminarteilnehmern geschätzt. Einige Kunden des FEY nutzten lieber den diskreten Zugang übers Hotel als den offiziellen Eingang in der Schweizerhofpassage. Welcher Promi liess sich schon gern mit einem Verband im Gesicht am Eingang eines Schönheitsinstitutes ablichten?

Während Wagner auf Teutenberg wartete, betrachtete er das Bild an der Wand des Sitzungszimmers. Es zeigte eine Art Bad, wo auf der einen Seite alte Weiber ins Wasser stiegen, um es auf der andern Seite als junge Frauen wieder zu verlassen. «Der Jungbrunnen von Lucas Cranach, 1546» informierte eine Plakette am Bilderrahmen.

Wenig später erschien Teutenberg. «Wo stehen wir?», fragte er wie immer ohne Umschweife.

«Das Programm läuft weiter. Wir haben den sensiblen Teil von Coopers Forschungszentrum nach Ostermundigen verlegt. Die verlorenen Tiere werden wir ersetzen können ...»

«Wollen wir wiederhaben, Herr Wagner!», warf Teutenberg ein.

«Schon klar!» Wagner nickte eilig. «Wir bemühen uns trotzdem um Nachschub. Der Professor hat ja schon früher angedeutet, dass er mehr Patienten ins Programm aufnehmen möchte. Der Tierpark in Mogadischu wird liefern, die sind auf jeden Dollar angewiesen. Etwas schwieriger wird der Transport. Der Landweg ist zu unsicher geworden und Luftfracht kommt wegen der Kontrollen nicht in Betracht. Es kommt eigentlich nur noch der Wasserweg in Frage. Wir rechnen, dass die Tiere in zehn Tagen ...»

«Mich interessiert eigentlich mehr, was mit den vermissten Tieren ist, Herr Wagner!» unterbrach ihn Teutenberg erneut. «Jetzt haben wir Tag sechs nach dem Einbruch, und ich höre nichts von einem Erfolg!»

«Ich schon», widersprach Wagner vorsichtig. «Wir wissen, dass ein Tierschützer hinter dem Einbruch steckt, wir vermuten, dass die Tiere mehr zufällig abhandengekommen sind, und Menitz verfolgt eine vielversprechende Spur. Er ist überzeugt, die Sache bald klären zu können.»

«Vermutungen und Spuren helfen uns nicht weiter. Wir benötigen Gewissheit, Herr Wagner. Und zwar rasch!»

«Menitz denkt, der Fall kläre sich noch vor dem Wochenende.»

«Das will ich hoffen!» Teutenberg schien nicht wirklich beruhigt. «Wir können nicht vorsichtig genug sein, Herr Wagner. Der Nacktmull, oder besser gesagt, was in seinen Zellen steckt, ist der Schlüssel zu Coopers Erfolg. Hier gilt höchste Geheimhaltung. Der Einbruch bestätigt mir, dass wir das Sicherheitskonzept überdenken müssen.»

«Menitz bezweifelt schon jetzt, dass sich der Aufwand lohnt ...»

«Menitz hat keine Ahnung, und das ist auch gut so! Er soll einfach nur seinen Job machen! Aber unter uns gesagt: Was denken Sie, warum schützt die Universität Zürich ihr Forschungsfeld für gentechnologisch veränderte Pflanzen mit Stacheldraht und Wachttürmen? Und warum lassen sie nachts bewaffnete Sicherheitsleute mit Kampfhunden patrouillieren?»

«Soll ich mir einen Hund zulegen?» Wagner versuchte zu scherzen.

«Das ist kein Witz!» Teutenberg sah ihn scharf an. «Was das Internet der Kommunikation, bringt die Gentechnologie der Medizin: Eine Revolution. Und jeder Keimling dieser Revolution kann Milliarden wert sein. Darum geht es, Herr Wagner! Und wenn Menitz keine

Erfolge liefert, hat er das letzte Mal für uns gearbeitet!»

18

Rebecca schaltete die Geräte aus und schloss die Apotheke ab. Es blieb noch der letzte Kontrollgang durch die Zimmer, dann war Feierabend.

«Hatten wir mit Frau Stauffer für heute nicht einen Termin vereinbart?», hörte sie ihren Chef fragen.

Sie machte kehrt und betrat das Sprechzimmer. Zaugg sass hinter einem Stapel Akten. «Sie hat den Termin abgesagt. Es tut mir leid, in der Hektik der Sprechstunde habe ich vergessen, es Ihnen auszurichten ...»

«Sie hat angerufen?», fragte Zaugg ohne aufzublicken.

«Jemand aus dem Spital hat angerufen», präzisierte Rebecca. «Frau Stauffer wurde letzte Nacht hospitalisiert ...»

«Hospitalisiert?» Zaugg blickte erschrocken auf. «Wo, ich meine, wieso ...»

«Der Anruf kam aus dem Inselspital.»

«Welche Abteilung?»

«Habe ich, ehrlich gesagt, nicht nachgefragt. Man forderte die Laborresultate an. Ich habe Ihnen den entsprechenden Vermerk in die Krankengeschichte geschrieben.»

Zaugg nickte abwesend. «Eine stationäre Abklärung macht Sinn. Ihre Blutwerte sind in der Tat arg durcheinander ...»

«Glauben Sie, dass Frau Stauffer Drogen konsumiert?» fragte Rebecca. Sie hatte gesehen, dass ihr Chef ein Drogenscreening nachbestellt hatte.

«Eigentlich nicht. Aber die Konstellation der Blutwerte liess mich daran denken.»

«Bei der Blutentnahme sind mir Einstiche in der Ellenbeuge aufgefallen», erklärte Rebecca jetzt. «Ich hatte den Eindruck, es war ihr peinlich, dass ich sie darauf ansprach. Sie behauptete, sie mache zurzeit eine Kur.»

«Eine Kur?»

«Ja, so sagte sie. Sie erhalte regelmässig Spritzen, um jung zu bleiben.»

«Um jung zu bleiben?»

«Ich habe mich auch gewundert. Sie sieht ja mit ihren vierzig Jahren immer noch super aus. Ich nahm an, Sie wüssten davon ...»

«Auch Hausärzte wissen nicht über alles Bescheid», lächelte er und zog die nächste Akte zu sich.

«Aber Sie sind doch mehr als ihr Hausarzt!», entgegnete Rebekka spontan.

«Wie soll ich das jetzt verstehen?» Als sie in das Gesicht ihres Chefs blickte, war das Lächeln verschwunden. Das Grün in seinen Augen erinnerte an Gletscherwasser.

«Ich meine, Sie sind doch mit ihr befreundet. Das heisst, ich will sagen: Sie kennen die Stauffers auch privat, ich meine, nicht nur aus der Praxis ...», Rebecca geriet ins Stottern.

«Wenn Sie das so gemeint haben, ist es gut!» Zaugg beugte sich wieder über den Papierberg. «Und wenn sich die Stauffers das nächste Mal melden, möchte ich, dass Sie den Anruf durchstellen! Klar?»

«Alles klar!» Rebecca verliess das Sprechzimmer.

Aber eigentlich war gar nichts klar. Frau Stauffer schien ein heikles Thema. Und seit dem Besuch von der Polizei war ihr sonst recht gelassener Chef auffallend reizbar.

19

«Im Zentrum von DD's Schaffen steht der Punkt. Das war nicht immer so. DD hat sich in einem langen Prozess dem Punkt angenähert, oder, vielleicht treffender formuliert, an den Punkt zurückgearbeitet. Im Gegensatz zum Pointilismus sieht er aber den Punkt nicht einfach als expressives Element, sondern als finales Konzentrat einer auf Reduktion ausgerichteten Entwicklung. Der Punkt nicht als Minimum, sondern als Ganzes, der Punkt nicht als Ende, sondern als Anfang und Ende, der Punkt, dem alles entspringt und in dem alles endet …»

Limacher, der etwas zu spät eingetroffen war, hatte Mühe Liz' Worten zu folgen. Er war nicht sicher, ob das mit der Wärme, mit dem Thema oder mit Valéries Anwesenheit zu tun hatte. Die Sonne war zwar längst hinter den Dächern der Stadt verschwunden, aber die Hitze sass auch im Altenberg fest. Wenigstens wehte von der Aare ein Hauch von Frische in den Garten. Etwas neidisch beobachtete er die Schwimmer, deren Köpfe wie eine lose Kette von Bojen in unregelmässig-unablässiger Folge vorbeitrieben.

Sein Blick glitt in den Garten zurück.

Als Liz ihm das erste Mal von ihrer Galerie erzählte, hatte er vermutet, das kulturelle Engagement diene der Tochter aus gutem Haus als Möglichkeit, aus der traditionsbeladenen Struktur einer Berner Patrizierfamilie auszuscheren. Heute musste er seine Beurteilung revidieren. Liz war mit Leib und Seele Galeristin – und zwar eine erfolgreiche. Das bewies nicht nur ihr Auftritt, sondern auch die illustre Gästeschar. Neben Berner Prominenz entdeckte Limacher auch national bekannte Gesichter jeglicher Couleur, sei es aus Politik, Wirtschaft oder Kultur.

Der Künstler, der neben Liz stand und um den sich an diesem Abend alles drehte, machte allerdings nicht den Eindruck einer Berühmtheit. Er war fast einen Kopf kleiner als Liz und wirkte in sich gekehrt. Mit seiner schmächtigen Gestalt und dem unsicheren Auftritt entsprach er in keiner Art und Weise Limachers Vorstellung eines Emmentalers und noch weniger derjenigen eines Stars.

Ebenfalls in Liz' Nähe erblickte er Rominger, zusammen mit dem Polizeidirektor – und etwas weiter rechts von den beiden Valérie. Sie hatte ihm den Rücken zugewandt und hielt den Kopf leicht schräg. Ein untrügliches Zeichen, dass sie konzentriert zuhörte. Ihr Anblick verursachte ihm erwartungsvolles Herzklopfen, und am liebsten hätte er sich durch die Leute gedrängt und ihr auf die Schulter getippt.

«… DD ist besessen von der Idee, alles aufs Minimum zu reduzieren», hörte er Liz weiter erklären. «Sein Künstlername weist ja schon auf sein reduktionistisches

Bestreben hin. Sein Kürzel ist aber im Vergleich zu seinem Schaffen direkt ausschweifend …»

In diesem Punkt gab ihr Limacher recht. Auf den Bildern, die er bisher zu Gesicht bekommen hatte, waren tatsächlich nicht viel mehr als Punkte zu erkennen gewesen.

«Genau gleich wie in seinen Bildern liegt das Überwältigende in seinen akustischen Kompositionen nicht in der Fülle, sondern in der Einfachheit», führte Liz weiter aus. «Der einzelne Ton als Ausdruck für den Stillstand, die Variabilität in Klang und Lautstärke als Ausdruck der Veränderung. In diesem Arrangement erfahren wir DD's Lebensphilosophie akustisch: Wir verändern uns, ohne vorwärts zu kommen, wir bewegen uns, um am Schluss dort zu enden, wo wir hergekommen sind.»

Sie machte eine Pause und kam zum Schluss ihrer Ausführungen. «Diese Botschaft will uns DD zu verstehen geben: Ort, Raum, Zeit und Bewegung sind eine Illusion. Das Leben ist ein Punkt. Und zwar ein flüchtiger Punkt. Das erscheint auf den ersten Blick absurd. Aber heute wird DD's Theorie gestützt durch die moderne Astrophysik. Durch einen Urknall erscheinen ganze Galaxien aus dem Nichts, um nach Abermilliarden von Jahren wiederum im Nichts zu verschwinden. Aus dem Nichts, in das Nichts. Oder um es mit DD's Worten auf den Punkt zu bringen: Der Punkt ist eine Ausdrucksform, die alles offen lässt – und damit eine mögliche Darstellungsform einer unendlichen Universalität, die möglicherweise gar nicht existiert.»

Während das Publikum applaudierte, umarmte Liz

den Künstler. Sie ergriff noch einmal kurz das Wort: «Die Tonkompositionen, die Sie zum Apéro begleiten werden, sind eine Uraufführung. Ich wünsche uns allen einen schönen Abend.»

Zusammen mit den Gästen strebte Limacher dem Buffet zu. Die Musik, die jetzt einsetzte, bestand aus einer Art Tuten, das ihn an das Besetztzeichen des Telefons erinnerte. Während Limacher sich bemühte, Valérie nicht aus den Augen zu verlieren, nahmen seine Ohren den munteren Smalltalk, der sich um DDs Schaffen drehte, auf: «… seine Simplifikation ist eine Antwort auf die Komplexität der modernen Welt …» – «… früher hat er noch richtig gemalt …» – «… genial, diese Choreographie des Unaussprechlichen …» – «… dieser Typ hat doch einfach einen Minderwertigkeitskomplex …» – «… Klee hat gesagt: Die Linie ist ein Punkt, der spazieren geht …» – «… wir könnten wieder mal eine Ausstellung mit richtigen Bildern besuchen, ich meine Segantini, oder meinetwegen auch Gertsch …» – «ich behaupte trotzdem, dass in dieser stupenden Kompromisslosigkeit der Reduktion schlussendlich der Pointilismus vollendet wird …»

«Du machst einen etwas verlorenen Eindruck, mein Lieber», hörte er plötzlich Liz frische Stimme hinter sich.

«Das siehst du gar nicht so falsch», gab Limacher zu. «Ich komme mir dumm vor: Hier wird eine Sprache gesprochen, die ich nicht verstehe, es werden Bilder gezeigt, auf denen ich nichts erkennen kann, und es wird eine Musik gespielt, der die Melodie fehlt. Ich zweifle an meinen Sinnen …»

Liz lachte herzlich. «DD ist tatsächlich nicht ohne weiteres zu verstehen, aber hör mal genau hin: Die Ton- und Klangunterschiede ergeben sich lediglich aus den Bewegungen der Tonquelle. Wie bei der Sirene deines Polizeiautos: Der Ton ändert, wenn das Auto an uns vorbeifährt, der Doppler-Effekt …», sie hielt kurz lauschend inne, bevor sie schwärmerisch fortfuhr: «Die Tonquelle bewegt sich und für unser Ohr ertönt ein neuer Ton. Damit will DD aufzeigen, dass die Veränderung ein Produkt unserer Wahrnehmung ist! Ich finde ihn spitze!»

«Wer kauft so etwas?», fragte Limacher mit Blick auf den Ausstellungsraum gleich hinter dem Buffet.

«Zum Beispiel Teutenberg», sagte Liz leise und deutete auf einen Mann, der sich mit einer kleinen Gefolgschaft, zu der auch Valérie zählte, DD's Bilder ansah.

«Sollte mir der Name etwas sagen?»

«Als Fahnder hoffentlich nicht! Aber in der Szene ist er bekannt als solventer Käufer. Er hat an DD's Kunst richtiggehend den Narren gefressen. Er sieht in diesen Bildern einen Bezug zur Genetik. Die ganze Information zum Leben liegt im Zellkern, sozusagen in einem Punkt. Ich vermute, er tapeziert seine Büros mit DD's Bildern …»

«Ich bin froh, dass du wenigstens beim Buffet nicht den reduktionistischen Bestrebungen des Künstlers erlegen bist», meinte Limacher und packte sich ein paar Häppchen auf den Teller.

«Christian, das ist eine geniale Idee!», rief Liz so spontan, dass sich ein paar Gäste erstaunt nach ihnen umsahen. «Das muss ich mir merken. Ein Buffet à la DD. Den nächsten Event werden wir gemeinsam planen …»

Liz brach ab und winkte lebhaft. Limacher folgte ihrem Blick. Ihr Winken galt einem Neuankömmling, der am Garteneingang stand und sich unschlüssig umsah. Als er Liz erblickte, winkte er zurück.

«Da kommt Thomas», erklärte sie, «ich möchte, dass ihr euch kennenlernt, Christian. Tom war nicht nur DDs Förderer der ersten Stunde, er ist auch …»

«Bitte entschuldigen Sie, Frau von Stein?», drängte sich in diesem Moment eine Dame vom Catering zwischen sie, «ihre Mutter fühlt sich nicht gut. Wir wären Ihnen sehr dankbar, wenn Sie nach ihr sehen könnten.»

«Wo ist sie?»

«Auf der Damentoilette. Sie hat erbrochen …»

«Tut mir leid Christian, wenn Mutti ruft …!» Liz verdrehte die Augen und verschwand im Haus.

Limacher blieb einen Moment unschlüssig stehen. Neben Liz' jugendlicher Begeisterungsfähigkeit kam er sich einmal mehr ziemlich alt vor. Fragte sich, ob er besonders rasch oder Liz besonders langsam alterte. Noch bevor er eine schlüssige Antwort gefunden hatte, tauchte Liz bereits wieder am Hauseingang auf und sah sich suchend um. Sie wirkte gestresst.

Limacher wollte sich schon bemerkbar machen, als er sie «Tom!» rufen hörte. Ihr Ruf galt dem eben eingetroffenen Mann, der sich inzwischen zum Künstler gesellt hatte. Sie trafen sich wenige Schritte vor ihm.

«Tut mir leid, dass ich dich gleich mit einem medizinischen Problem belästigen muss, Tom!» Liz fasste den Mann am Arm und trotz gesenkter Stimme konnte Limacher jedes Wort verstehen. «Ich brauche deinen Rat!

Mit Mutter stimmt etwas nicht. Sie ist auf der Toilette zusammengebrochen …»

«Ich kann nach ihr sehen», bot der Mann an.

«Nein!» Liz verwarf die Hände. «Ich meine, du weisst schon, sie weigert sich …»

«Das ist doch absurd!»

«Ich möchte einfach nur deinen Rat!»

«Was ist mit ihr?»

«Ich weiss es nicht. Sie sagt, ihr sei schwindlig …»

Während Liz den Kollaps ihrer Mutter schilderte, biss Limacher in ein Spargelcanapé und musterte den Mann, der sich Tom nannte. Sein Alter war schwierig einzuschätzen. Die modisch lässige Bekleidung wirkte jugendlich und sein langes Haar stand noch dicht; aber aufgrund der Grautöne und der Falten im Gesicht, konnte der Mann durchaus in seinem Alter sein. Auffallend waren seine Augen. Sie schimmerten in einem Grün, das Limacher an das Panzerglas im Schiesskeller erinnerte.

«Keine Schmerzen?», hörte er den Mann fragen.

Liz schüttelte den Kopf. «Sie fühlt sich einfach nur elend. Ich kenne sie gar nicht so. Blass und kalt, wie ein Schneefeld …»

«Ich müsste sie mir halt doch ansehen …»

«Da ist nichts zu machen», Liz wehrte ab. «Sie stirbt eher, als dass sie sich von dir untersuchen lässt!»

«Dann bestell den Rettungswagen! Das tönt nach einer Kreislaufschwäche und da kommt von der Grippe bis zur Blutung alles in Frage. Mehr kann ich so nicht sagen …»

«Sie will aber nicht ins Spital!»

«Frau von Stein hat wieder erbrochen», meldete sich

die Frau vom Catering. «Was sollen wir tun? Ich meine, wir sind keine Pflegeequipe ...»

«Schon klar!» Liz sandte einen hilfesuchenden Blick in Richtung Tom.

«Ich bestell den Wagen», er zückte das Telefon, «mehr als hassen kann sie mich nicht ...»

«Danke!» Der Kuss, den Liz Tom auf die Wange drückte, war mehr als dankbar. Die beiden verharrten einen Moment im gegenseitigen Anblick; Limacher hätte nicht sagen können, ob in banger Unsicherheit oder stiller Übereinkunft. Dann hastete Liz vor seiner Nase ins Haus zurück ohne ihn eines Blickes zu würdigen.

Er machte sich mit Glas und Teller auf die Suche nach Valérie. Er entdeckte sie inmitten der Fangemeinde, die sich in einem Kreis um den Künstler gefunden hatte. Kaum trafen sich ihre Blicke, löste sie sich von der Gruppe. Es schien, als hätte sie auf ihn gewartet.

«Christian!», begrüsste sie ihn wenig später mit einer Umarmung. «Ich habe gehofft, dich zu treffen! Liz hat mir alles erzählt. Auch wegen deiner Mutter. Das tut mir leid ...», sie drückte ihn noch einmal richtig fest. «Ich habe mich auf dich gefreut!»

«Ich bin auch nicht der Bilder wegen hier», sagte Limacher. Das Tuten der Musik war lauter geworden. Offenbar setzte sie zum Finale an. «Ich schlage vor, wir suchen uns ein Plätzchen, wo wir uns in Ruhe unterhalten können.»

«Ich habe erst noch einen Job zu erledigen», erwiderte sie bedauernd.

«Hier? Einen Job?», wunderte sich Limacher.

«Siehst du den Mann, der aussieht wie ein Paradiesvogel? Das ist Professor Cooper.»

«Der Name sagt mir nichts.»

«Er ist der Chefarzt des FEY, dem bekannten Institut in der Schweizerhofpassage. Mittlerweilen muss man ja schon fast sagen: der Klinik. Wenn du je mit deinem Alter, deinem Gesicht oder auch nur mit deiner Nase unzufrieden bist, solltest du dich an ihn wenden.»

«Ein Schönheitschirurg?»

«Nein!» Sie lachte. Noch immer dieses helle, ansteckende Lachen. «Ein Altersforscher. Und der Mann neben ihm ist in gewissem Sinn mein Chef.»

«Teutenberg?»

«Genau! Er ist ziemlich berühmt, nicht?»

Limacher unterliess es zu erwähnen, dass er den Namen heute zum ersten Mal gehört hatte.

«Und er wird bald noch berühmter werden», fuhr Valérie fort. «Er will der Stadt einen neuen Brunnen schenken. Er soll auf dem Bahnhofplatz zu stehen kommen und Jungbrunnen heissen. Find ich cool ...»

«Ein Brunnen ist immer gut», meinte Limacher.

«Ich habe Teutenberg versprochen, dass ich mich heute Abend um seine Gäste aus Amerika kümmere. Da wusste ich leider noch nicht, dass ich dich hier antreffe. Ich werde noch etwas Smalltalk machen müssen, aber dann ...»

Sie brach ab. Die Musik hatte ausgesetzt und ihr Name wurde gerufen.

«Just a minute!», gab sie zurück und wandte sich wieder an Limacher. «Wie lange wirst du bleiben?»

«Ich habe kein Programm.»

«Sehr schön!» Valérie sah ihn ernsthaft an. «Diesmal sollten wir die Gelegenheit packen …»

«Miss Valérie!» rief jemand.

«Ich warte!», versprach Limacher.

«Dann bis gleich!» Valérie drückte ihm kurz die Hand und kehrte zu Teutenbergs Gruppe zurück, wo sie sogleich in Beschlag genommen wurde.

Limacher beobachtete sie verstohlen.

Es war in der Toxikologie gewesen. Valérie absolvierte ein Praktikum als Apothekerin und er einen Auffrischungskurs in Spurensicherung. Sie hatten sich den Laborplatz geteilt und gleich auf Anhieb verstanden. Nicht nur bei der Arbeit. Auch bei den gemeinsamen Mittagessen und Exkursionen fanden sie immer wieder zusammen, interessierten sich für die gleichen Themen, lachten über die gleichen Witze und die Spitznamen ihrer Kollegen. Die drei Monate verflogen im Nu. Erst als sich ihre Wege wieder trennten, war Limacher bewusst geworden, wie sehr er die Zeit mit Valérie genossen hatte. Er hatte sich oft gefragt, was aus ihrer Bekanntschaft geworden wäre, wenn er nicht eine junge Familie und sie nicht ihren Studienplatz in Zürich gehabt hätte.

Als sie sich anfangs Sommer zufällig an der Aare begegnet waren und kurz miteinander gesprochen hatten, war es ihm vorgekommen, als gäbe es keine zwanzig Jahre zwischen ihrer letzten Begegnung. «Wir werden herausfinden, ob die Chemie noch stimmt», hatte sie gescherzt, als sie sich auf ein Wiedersehen geeinigt hatten. Diese Feststellung aus dem Mund der Apothekerin war doch eigentlich mehr als leerer Small Talk …

Ein entferntes Tuten riss ihn aus den Gedanken.

Diesmal war es keine künstlerische Intonation, sondern das Jakobshorn des avisierten Rettungswagens. Als das Fahrzeug auf der andern Seite der Aare seine Höhe passierte, veränderte sich die Tonlage des Sirenengeheuls. Limacher suchte vergeblich nach einem künstlerischen Aspekt dieses Klangphänomens.

Er wandte sich wieder dem Garten zu.

Zu Valéries Gruppe mit dem Künstler hatte sich nun auch Tom gesellt. Und wenn Limacher das richtig sah, sprach jener ziemlich heftig auf Valérie ein, obwohl sie sich ihm zu entziehen versuchte. Er überlegte schon zu intervenieren, als er in seiner Jackentasche ein feines Vibrieren registrierte.

Ohne Eile zog er das Mobiltelefon hervor.

Es war Petra.

Nach einigem Zögern nahm er das Gespräch entgegen.

«Wir haben Binggeli gefunden», meldete sie ohne Umschweife.

«Super!» kommentierte er.

«Nix super! Binggeli ist tot.»

Teil II

Das Alter ist eine Krankheit.

David Sinclair, Biologe

20

Der Fundort der Leiche befand sich nur wenige hundert Meter aareabwärts von Liz' Garten, Limacher war keine fünf Minuten später vor Ort.

Petra erwartete ihn am Uferweg. Neben ihr stand ein Penner, der ihm freundlich zulächelte. «Pascal Oberli. Er hat die Leiche gefunden», stellte Petra den Mann vor.

«Wir kennen uns.» Limacher grüsste den Mann, ohne ihm die Hand zu reichen. Das Appetitlichste an ihm war die Bierdose.

«Wo ist er?», wandte er sich an Petra.

«Im Schuppen hinter der alten Brauerei. Er steht seit Jahren leer und dient Obdachlosen als Unterschlupf …»

«Vor allem bei schlechtem Wetter», ergänzte Oberli.

«Jetzt haben wir aber kein schlechtes Wetter!» Limacher sah Oberli scharf an. «Was hatten Sie hier zu suchen?»

«Ich wollte ein paar Kleider deponieren. Für kältere Zeiten. Zu warmen Sachen kommt man nie günstiger als in einer Hitzeperiode …»

Den Rest konnte Limacher nicht verstehen. Über ihnen donnerte ein Güterzug über den Lorraineviadukt.

«Wir sprechen uns später!», rief Limacher, als neben ihnen Blitzlichter aufflammten. Um der lokalen Presse zu entkommen, verzog er sich in Richtung Schuppen, wo seine Kollegen bereits Sichtschutz und Absperrungen montiert hatten. Dabei brachte ihn eine leere Wodkaflasche beinahe zu Fall. Mit einem Fluch kickte er sie in den Müllhaufen, der den Kiesplatz vor dem Gebäude zierte.

Mehr als der Abfall ärgerte ihn Oberli!

Es war nicht das erste Mal, dass er mit dem Penner zu tun hatte. Für eine Flasche Schnaps würde der problemlos die Lebensgeschichte seiner Grossmutter verkaufen und für die zweite Flasche die Grossmutter dazu. Limacher zweifelte keine Minute, dass Oberli, gegen entsprechendes Entgelt, die Presse noch vor der Polizei orientiert hatte.

«Hat er etwas Brauchbares geliefert?», fragte er Petra, während sie sich die Schutzanzüge überstreiften.

Petra überflog ihre Notizen. «Dass er das letzte Mal vor drei Tagen im Schuppen gewesen war und da sicher noch keine Leiche gelegen hatte; dass er den Mann als Rolf zu kennen glaubt; dass er Rolf ab und zu in der Werkstatt besucht hatte, und dieser, wenn er Glück hatte, ein Bier ausgab; dass Rolf von diesem Unterschlupf wusste, er aber keine Ahnung hat, was Binggeli hier zu suchen hatte – und jetzt halt mal besser die Luft an!», mahnte Petra, als sie den Schuppen betraten.

Das erste, was Limacher neben der drückenden Hitze feststellte, war, dass er den Gestank kaum wahrnahm. Seine Nase war zwar nicht verschlossen, aber sein Geruchssinn war wie betäubt. Nur wenn er angestrengt schnüffelte, konnte er den Verwesungsgeruch wahrnehmen.

«Scheisse», murmelte er.

«Nimm die hier!», riet der Kollege von der Spurensicherung und drückte ihm eine Maske in die Hand. Limacher streifte sie mechanisch über, aber das Problem mit seiner Nase wurde dadurch nicht besser.

Der Raum, kaum grösser als eine Garage, wies die typische Inventur einer Obdachlosenszene auf: in der Mitte ein ausgedienter Campingtisch, überstellt mit übervollen Aschenbechern, leeren Dosen, Tüten und dreckigen Gläsern, vom Bierhumpen bis zum Grappaglas, und den Wänden entlang ein ungeordnetes Depot leerer Flaschen. Weiter hinten im Raum gab es eine Schlafstelle, erkennbar an den Kartonablagen und Lumpen.

Dort lag auch Binggeli.

Sein Oberkörper war entblösst, und an verschiedenen Stellen zeichneten sich dunkle Flecken ab, Totenflecken, wie Limacher vermutete. Martens war daran, von der Schleimspur, die sich aus Binggelis Mund zog, eine Probe zu asservieren. «Gemäss Oberli hatte er ganz hinten an der Wand gelegen, notdürftig zugedeckt mit ein paar Decken», rapportierte Petra.

«Bin gleich für euch da», sagte Martens, als er die beiden bemerkte.

Limacher trat näher und sah, dass sich an Binggelis rechtem Auge ein grosser Bluterguss abzeichnete. Für einen kurzen Moment glaubte er, am lädierten Auge ein Zwinkern zu beobachten, aber das vermeintliche Zucken entpuppte sich bei näherem Hinsehen als Madenkrabbeln.

«Puh!» entfuhr es ihm.

«Bei der Hitze geht alles ein bisschen schneller», erklärte Martens sachlich. «Der Verwesungsprozess schreitet rascher voran als in einer Kompostieranlage.»

«Was heisst rasch», fragte Limacher. «Wie lange ist er tot?»

«Immer schön der Reihe nach», reklamierte Martens. «Ja, er ist tot. Der Todeszeitpunkt lässt sich vorerst nur grob eingrenzen. Sicher mehr als vierundzwanzig, aber kaum länger als achtundvierzig Stunden. Vorausgesetzt, die Leiche wurde nicht vorübergehend in einer Tiefkühltruhe gelagert …»

«Todesursache?», wollte Limacher weiter wissen.

«Ebenfalls keine leicht zu beantwortende Frage», meinte Martens, «er hat diese Verletzung im Gesicht und auch am Brustkorb und am Abdomen finden sich Hämatome. Aber ob das die Todesursache ist?»

«Vielleicht ist er auf dem Weg zu seinem Versteck gestürzt», tippte Petra.

«Auf den ersten Blick könnte man tatsächlich einen Sturz oder vielleicht auch eine Schlägerei als Todesursache vermuten. Aber die Verletzungen sind relativ oberflächlich, und ich sehe hier weder Blut- noch Kampfspuren.»

«Was denkst du?», fragte Limacher.

«Dass Binggeli schon tot war, als er hierhergebracht wurde.»

Limacher nickte. «Da könntest du recht haben …»

«Ich bin Rechtsmediziner. Ich habe immer recht.»

21

01:15 Uhr: Kurzinfusion fertig. Venenkatheter gespült.

In aller Ruhe schrieb Kerstin ihren Eintrag in die Pflegedokumentation.

Das schätzte sie an der Nachtwache: genügend Zeit

für den Bürokram. Keine Rapporte, keine Sitzungen, keine Arztvisiten und keine Besucher.

Oder besser gesagt: fast keine Besucher.

Sie sah zu Koje zwei. Der Mann war geblieben, obwohl Frau Stauffer längst eingeschlafen war.

Patientin schläft, ergänzte sie ihren Eintrag.

Mit Ausnahme von Koje vier herrschte jetzt Ruhe. Herr Meier nestelte andauernd an etwas herum – mal am Infusionsschlauch, mal am Verband und im Moment am Laken. Er machte einmal mehr Anstalten, das Bett zu verlassen. Dass ihm vor drei Tagen das linke Bein amputiert worden war, war noch nicht in seinem Hirn angekommen.

Mit wenigen Schritten war Kerstin bei ihm. Er klagte über Durst und Harndrang. Nachdem er etwas Tee getrunken, und Kerstin ihm zum wiederholten Mal erklärt hatte, dass er einen Blasenkatheter trug, liess er sich erschöpft ins Kissen zurückfallen.

Sie wischte ihm mit einem feuchten Lappen über die verschwitzte Stirn. Die Wärme wurde langsam zum Problem. Die Intensivstation entwickelte sich immer mehr zu einem Brutkasten. Von aussen drückte die Hitze, und innen gaben die zahllosen Geräte zusätzliche Wärme ab. Da vermochte auch die Klimaanlage nicht mehr dagegen zu halten.

Während sie Herrn Meier Kühlung verschaffte, beobachtete sie verstohlen Frau Stauffers Besucher. Er hatte sich als deren Hausarzt vorgestellt und schien in die Untersuchungsbefunde, die sie ihm auf seine Bitte hin ausgehändigt hatte, vertieft. Sein besorgter Gesichtsausdruck war verständlich. Seit der Einlieferung hatte sich Frau Stauffers Zustand sukzessive verschlechtert. Trotz intensiver Therapie war weder in den Blutwerten noch im Allgemeinzustand eine Besserung erkennbar. Die Nierenfunktion war in einem kritischen Bereich und wenn es so weiterging, würde sie bald dialysiert werden müssen. Kerstin warf einen Blick auf den Urinbeutel. Er war auch heute praktisch leergeblieben.

Sie sah wieder zum Arzt. Der Schimmer, der nun sein Gesicht erhellte, sagte ihr, dass er sich mit seinem Smartphone beschäftigte.

Sie fragte sich, in welcher Beziehung die beiden zueinander stehen mochten. Sicher keine gewöhnliche Arzt-Patientin-Beziehung. Bevor Frau Stauffer eingeschlafen war, hatten sie intensiv miteinander diskutiert und ihr war nicht entgangen, dass der Arzt wiederholt nach ihrer Hand gegriffen hatte. Nicht, um ihr den Puls zu fühlen, wie es den Anschein gemacht hatte. Und warum blieb er jetzt am Bett der Schlafenden sitzen? – Kerstin zuckte zusammen, als sie realisierte, dass der Arzt sie gespannt ansah. Sie fühlte sich ertappt.

Er stand auf und trat völlig unbefangen auf sie zu. Er reichte ihr die Dokumente, die er sich zur Einsicht ausgeliehen hatte, zurück. «Frau Doktor Lange ist die zuständige Ärztin, sagten Sie?»

«Genau.»

«Haben Sie eine Ahnung, ob sie morgen da ist?»

«Sie meinen heute?», lächelte Kerstin mit einem Blick auf die Uhr. «Frau Lange hat dieses Wochenende frei, aber wie ich sie kenne, wird sie im Verlaufe des Tages vorbeischauen. Bei unklaren Fällen kann sie es nicht lassen …»

«Es wäre sehr nett, wenn sie mich anrufen würde.» Der Doktor überreichte ihr seine Visitenkarte und verabschiedete sich.

Doktor Thomas Zaugg, Facharzt für Allgemeine Medizin, las Kerstin und blickte ihm nach. Mit seiner schlanken, aber doch robusten Statur und der sommerlichen Bekleidung wirkte er trotz reiferen Alters erstaunlich frisch. Die fast schulterlange Mähne verlieh ihm ein künstlerisches, um nicht zu sagen: romantisches Aussehen.

Sie wandte sich der Patientin zu. Nicole Stauffer kam ihr jugendlicher vor als bei ihrem Eintritt. Kerstin wusste, dass der Eindruck trog, denn es waren die Wassereinlagerungen, die ihre Falten im Gesicht geglättet hatten. Aber abgesehen davon war sie mit ihren vierzig Jahren immer noch buchstäblich gut in Form, eine attraktive Frau, auch im Krankenbett. Kein Wunder, dass der Hausarzt sich für sie interessierte.

Sie blickte erneut auf die Uhr. Über eine Stunde hatte die ‹Arztvisite› gedauert. Nachdem sie die Einstellung der Geräte überprüft hatte, ging sie zum Office zurück. Vor der Trennwand aus Glas hielt sie inne und begutachtete ihr Spiegelbild. Sie war nicht unzufrieden, mit dem was sie sah. Punkto Figur – und erst recht punkto Jugendlichkeit – konnte sie es mit der Ex-Vize-Miss-Schweiz durchaus aufnehmen. Fragte sich lediglich, was sie überhaupt auf derartige Gedanken brachte.

22

Für den Kaffeeliebhaber Limacher gehörte der Gang ins «Nullpunkt» zum Samstagmorgen wie für den Autofreak die Fahrt zur Waschanlage. Auch nach dem Umzug in den Altenberg hatte er das Ritual beibehalten. Der Weg zu seiner Lieblingsbar war zwar länger geworden, aber der Espresso war es ihm wert. Zudem lag das Bistro in praktischer Nähe zum Institut für Rechtsmedizin und es gab kaum ein Wochenende, an dem Limacher nicht einen Grund fand, bei Martens vorbeizuschauen.

Martens lebte seit dem Tod seiner Frau zurückgezogen in der Nähe des Instituts in einer bescheidenen Dachwohnung und verbrachte schätzungsweise die gesamte Freizeit im Seziersaal.

Limachers Privatleben war nach der Trennung von seiner Frau ebenfalls karg geworden. Und noch karger nach dem Wegzug seiner Tochter ins ferne Kanada. Limacher gab es ungern zu, aber er und Martens befanden sich in einer ähnlichen Situation. Am Wochenende lungerten sie wie ausgesperrte Hunde um ihre Arbeitsstätten herum.

War das schlimm?

Ja, behauptete die Polizeipsychologin, es sei nicht gut, wenn das Team die Familie, und die Kaserne das Zuhause ersetzten.

Ja, behauptete auch seine Tochter. «Du willst doch nicht die nächsten dreissig Jahre deines Lebens mit Kaffeemaschinen verbringen!» hatte sie protestiert, als er vorgeschlagen hatte, den Gutschein für den Golfschnupperkurs, den er vor drei Jahren von seiner Familie zum Fünfzigsten geschenkt bekommen hatte, gegen eine fünfzigjährige La Pavoni aus Italien einzutauschen. Seine Leidenschaft für alte Kaffeemaschinen hielt sie für ähnlich asozial wie Briefmarkensammeln oder Modelleisenbahnbauen. Immerhin führte ihn seine Leidenschaft einmal pro Woche ins «Nullpunkt». Ein Argument, das er sich für die nächste Diskussion aufsparen wollte.

Im «Nullpunkt» war noch nicht viel los, halb Bern schien verreist zu sein. Die Bedienung war neu, und das erinnerte ihn daran, dass sich auch Roberto – sein Lieblingsbarista – für den Rest des Sommers in die Toskana abgemeldet hatte. Er betrieb dort zusammen mit seinem Bruder eine Strandbar. Für Limacher mit ein Grund, sich seit langem wieder einmal Gedanken über Ferien am Meer zu machen.

Er holte sich die Zeitung und wartete auf die Kellnerin, die sich ziemlich intensiv von einem Gast verabschiedete. Sie löste sich aus der Umarmung eines Mannes, den Limacher zwar nur von hinten sehen konnte, der ihm aber in Aussehen und Gehabe irgendwie bekannt vorkam. Als der Gast sich auf das nicht verkehrsregelkonform geparkte Motorrad vor dem Bistro schwang, konnte er kurz dessen Gesicht sehen. Es war tatsächlich dieser Thomas, der an Liz' Gartenparty die Ambulanz bestellt hatte.

Die Neue war mit Ann angeschrieben und hatte einen auffallenden Akzent. Limacher brachte in Erfahrung, dass sie Amerikanerin mit Wurzeln in Bern war. Den

Job im «Nullpunkt» hatte sie völlig ungeplant von einer erkrankten Kollegin übernommen. In der Sommerferienzeit herrschte in Bern Personalknappheit.

Während Limacher die Zeitung auseinanderfaltete, beobachtete er verstohlen, wie sie die Espressomaschine bediente. Mit einer Dalla Corte konnte eigentlich auch eine Newyorkerin nicht viel falsch machen. Trotzdem hatte er seine Bedenken. In kulinarischer Hinsicht war Amerika für ihn ein Entwicklungsland.

Ann bemerkte seinen Blick und lächelte ihm keck zu.

Limacher steckte die Nase in die Zeitung und überflog die Schlagzeilen. Binggeli hatte es noch nicht in die Printmedien geschafft, und Niederhausers Tod in der Kanalisation war kein Thema mehr. Er war nicht wirklich beruhigt. Zweifellos würde Binggelis Geschichte umso ausgiebiger in der Sonntagspresse ausgeschlachtet werden.

Schlagzeile machte an diesem Samstag der Anschlag auf eine Tierhandlung in der Nähe des Bahnhofs. Die Aufnahme der verschmierten Schaufenster füllte eine halbe Seite. «Schluss mit Tierhandel!» «Tiere sind keine Ware!» «Freiheit für alle Tiere!» Mit solchen und ähnlichen Parolen hatte man die Scheiben dekoriert. Die Vermutung, dass hinter dieser Aktion die gleiche Täterschaft steckte, die im vorigen Winter die Schaufenster eines Pelzgeschäftes in der Altstadt verunstaltet hatte, lag nahe, war allerdings von offizieller Seite noch nicht bestätigt worden. Beunruhigend war, dass bis nach Redaktionsschluss noch immer ein paar Reptilien vermisst wurden. Man bat um sachdienliche Hinweise.

«Warum überfallen Tierschützer eine Tierhandlung?»,

fragte Ann, als sie ihm den Espresso brachte und sah, dass er sich für den Artikel interessierte.

«Der Anschlag galt ja nicht den Tieren. Es geht um den Protest gegen den Tierhandel.»

«Trotzdem! Für mich ist das nicht logisch.»

«Apropos Tiere! Könnte ich vielleicht in Ihrem Lokal eine Annonce aushängen? Ich vermisse meinen Kater.» Die entwichenen Tiere hatten Limacher daran erinnert, dass er Carlo in den letzten drei Tagen nicht zu Gesicht bekommen hatte.

«Sie wohnen hier?»

«Wohnte», korrigierte Limacher. «Vor vier Monaten bin ich weggezogen. Nicht nur mich, auch meinen Kater zieht es manchmal in die alte Heimat zurück.»

«No problem», meinte Ann und bediente den nächsten Tisch.

Limacher sah ihr nachdenklich nach.

Es war nicht nur ihre Frage nach dem Motiv des Überfalls auf die Tierhandlung, die ihn beschäftigte. Ihre Stimme und der Blick, den sie ihm zuletzt zugeworfen hatte, waren ihm vertraut vorgekommen. Er konnte sich nicht entscheiden, ob sie ihn mehr an seine Tochter oder mehr an Liz in jungen Jahren erinnerte. Er fand sie sympathisch und irgendwie störte ihn der Gedanke, dass sie einen Freund hatte, der genau so gut ihr Vater hätte sein können.

Er führte das Tässchen an die Nase und schnupperte konzentriert. Ein leises Unbehagen beschlich ihn. Erstens war seine Nase nicht ganz frei und zweitens entsprach das, was ihm sein Riechorgan meldete, in keiner Weise dem

Aroma eines italienischen Espresso. Das Getränk roch bestenfalls schal, und als er einen kleinen Schluck probierte, spürte er einen metallenen Geschmack im Mund.

Aber auch das Wasser, mit dem er nun den Mund spülte, schmeckte nicht nach Wasser. Völlig entgegen seinen Gewohnheiten mischte er Rahm und Zucker in den Espresso. Dann wagte er noch einmal einen kleinen Schluck. Das Gesöff war nicht wirklich geniessbarer geworden.

23

Sie hatten sich wieder im «Jungbrunnen» verabredet.

«Wo stehen wir?» lautete Teutenbergs knappe Frage nach der ebensolchen Begrüssung.

«Die Sicherheitsmassnahmen wurden verschärft. Ich treffe mich am Montag, wie von Ihnen vorgeschlagen, mit Doktor Stauffer. Das Problem ist, dass die Tiere geschützt sind ...»

«Haben Sie die vermissten Tiere aufspüren können?» unterbrach Teutenberg ungeduldig.

«Menitz arbeitet daran. Binggeli hat sie in der Zoohandlung in der Muesmatt abgeliefert; dort wurden sie von einem Velokurier abgeholt. Wir wissen inzwischen, dass der Mann, den Menitz' Leute in der Matte gestellt haben, nichts mit dem Einbruch zu hatte.»

Wagner legte die Tageszeitung mit dem Bild der verunstalteten Zoohandlung auf den Tisch. «Menitz vermutete die Tiere in diesem Geschäft. Er hat es gründlich durchsucht ...»

«Ist das das Werk von Menitz' Leuten?», fragte Teutenberg kühl.

«Genau.» Wagner grinste zufrieden. «Raffiniert nicht? Er hinterlässt haufenweise Spuren, die verhindern, dass man ihn findet ...»

«Und er, was hat er gefunden?», unterbrach Teutenberg scharf.

«Noch nichts», gab Wagner zu, «aber er ist überzeugt, dass der Weg zu den Tieren über diesen Umweltschützer ...»

«Tierschützer», korrigierte Teutenberg.

«... diesen Tierschützer führen könnte. Er heisst Hector Simonnet. Im Moment hält er sich in Kalifornien auf. Tierkongress. Menitz schlägt vor, seine Rückreise abzuwarten. Bis dann sollten wir uns ruhig verhalten ...»

«Ruhig verhalten!» Teutenberg fiel ihm ins Wort, als hätte er nur auf das Stichwort gewartet. «Eine Schlägerei in der Matte, ein Toter in der Lorraine, eine verwüstete Zoohandlung in der Stadt! Ich verlange absolute Diskretion und was liefert Menitz? – Eine Schlagzeile nach der andern!»

«Binggeli war ein Unfall und der Einsatz in der Zoohandlung auch ein Ablenkungsmanöver! Solange keine Zusammenhänge erkennbar sind ...»

«Was heisst ‹solange›?», fuhr Teutenberg auf. «Es gibt keine Zusammenhänge! Nicht einmal für Menitz! Ich will doch sehr hoffen, dass Sie sich daran halten!»

«Selbstverständlich», versicherte Wagner, «offiziell sind Menitz und seine Leute immer noch als Security für den Investorenanlass in zehn Tagen engagiert ...»

«Okay!» Teutenberg schien etwas beruhigt. «Bis dann möchte ich alles unter Kontrolle wissen. Simonnet ist ein echtes Risiko. Stauffer soll dafür sorgen, dass die Laborservice AG nicht negativ in die Presse kommt, das könnte ein schlechtes Licht auf das FEY werfen und dies wiederum auf Coopers Projekt. Es ist wie beim Obst. Hat jemand einen braunen Flecken entdeckt, erklärt er den ganzen Apfel für faul.»

«Es ist alles unter Kontrolle», versicherte Wagner. «Und sollte jemand einen Flecken finden, dann haftet er an Menitz' Leuten. Was sage ich Stauffer konkret?»

«Die Laborservice AG soll rechtlich gegen Hector Simonnet vorgehen. Und zwar so, dass wir mindestens bis zum Investorenanlass Ruhe vor ihm haben.»

«Das könnte schwierig werden. Wir werden Anzeige erstatten müssen. Als Tierschützer hat er die Sympathien auf seiner Seite.»

«Aber nicht als Wirtschaftsspion!»

«Da müssten wir etwas in der Richtung gegen ihn in der Hand haben.»

«Richtig, Herr Wagner! Sie haben drei Tage Zeit. Sorgen Sie dafür, dass bei Simonnet genügend Material gefunden wird, um ihn ein paar Tage aus dem Verkehr zu ziehen.»

«Zum Beispiel durch eine Untersuchungshaft?» Wagner begann zu begreifen.

«Zum Beispiel – aber das bestimmt dann letztlich unser Anwalt. Für die Auslagen inklusive Stauffers Honorar habe ich Fünfzigtausend auf das Spesenkonto der Laborservice AG überweisen lassen.» Teutenberg lächelte freundlich. «Wieviel davon für Sie bleibt, hängt auch von Ihrem Verhandlungsgeschick mit dem Rechtsanwalt und von Menitz' Erfolg ab. Wir sehen uns in drei Tagen.»

Teutenberg verabschiedete sich und verliess das Sitzungszimmer Richtung «Schweizerhof». Wagner steckte nachdenklich die Zeitung ein. Er konnte Teutenbergs schlechte Laune nicht nachvollziehen. Menitz leistete für die Mistviecher vollen Einsatz und er lief sich für den Investorenanlass die Hacken ab.

Worum ging es Teutenberg eigentlich? Was spielte er für eine Rolle? Er schien sich mehr um Professor Coopers Ruf zu sorgen als jedes andere Geschäftsleitungsmitglied. Dabei tauchte sein Name weder im Organigramm der Laborservice noch des FEY irgendwo auf. Wagner sah nur, dass ihm Teutenbergs Zusatzaufträge in den letzten zwei Jahren mehr eingebracht hatten als seine Anstellung bei der Laborservice AG.

Während er den Jungbrunnen Richtung FEY verliess, überlegte er, wie er die Fünfzigtausend am effizientesten einsetzen, sprich, wie er die Ausgaben möglichst tief halten konnte. Er kannte Stauffer. Ein knallharter Anwalt mit einer reinen Weste. Aber Wagner wusste auch um ein paar Schwachpunkte und Dreckflecken.

24

Limacher fand den Rechtsmediziner buchstäblich in seine Arbeit vertieft.

«Ich suche noch die Nebenniere, dann bin ich bei

dir», erklärte Martens und beugte sich wieder über die Leiche.

«Kein Problem, die Luft hier ist gut für meine Nase. Eben noch glaubte ich meinen Geruchssinn zu verlieren und jetzt rieche ich bereits wieder das Formalin.»

«Das hat wenig mit Riechen zu tun», belehrte ihn Martens. «Formalin reizt ganz einfach die Schleimhäute, das würden sogar Menschen mit abgestorbenem Geruchssinn feststellen können.»

«Mein Geruchssinn ist nicht abgestorben, sondern gestört. Ich fürchte, der Gang in die Kanalisation hat meine Nase ruiniert.» Er schnäuzte sich kräftig. «Alles stinkt, sogar der Kaffee.»

«Das nennt man Kakosmie», dozierte Martens in den Bauch der Leiche, «wenn das andauert, solltest du es abklären lassen. Meist steckt ein psychisches Problem dahinter, aber auch ein Eiterherd oder gar ein Hirntumor kommen als Ursache in Frage.»

«Du hast eine seltsame Art, deinen Patienten Trost zu spenden.»

«Ich bin Rechtsmediziner. Meine Aufgabe ist nicht zu trösten, sondern die Wahrheit zu finden. Und du bist nicht mein Patient – aber ich rate dir trotzdem, eine Maske zu nehmen, anstecken kannst du dich auch mit kaputter Nase.»

Limacher blickte auf die Leiche. «Immer noch die Sommergrippe?»

«Wir tappen noch im Dunkeln. Gestorben ist sie an einem HUS, da kommen viele Ursachen in Frage.»

«Was ist ein HUS?»

«HUS steht für Hämolytisch-Urämisches Syndrom. Das heisst auf gut Deutsch etwa so viel wie: Die Blutkörperchen lösen sich auf, und die frei werdenden Eiweisse verstopfen die Nieren. Geht die Störung weiter, steigen nach und nach weitere Organe aus. Multiorganversagen nennt sich das dann.»

«Wie bei unserer Abwasserleiche?»

«Ähnlich! Bei Niederhauser führte eine Blutvergiftung zur Zersetzung des Blutes, bei der Patientin hier vermutlich eine Panne im Abwehrsystem. Das Resultat ist das gleiche: Erst lösen sich die Blutkörperchen auf, dann versagen die Organe.»

«Eine Panne?»

«Wenn sich das Abwehrsystem gegen den eigenen Körper richtet, ist das ähnlich fatal, wie wenn euer Bewachungskorps auf die Idee käme, die eigenen Leute unter Beschuss zu nehmen.»

«Das wäre dann keine Panne, sondern ein Aufstand. Und Aufstände haben Ursachen.»

«Genau deshalb ist die Leiche hier. Ich soll die Ursache finden. Die Ärzte vermuten ein Virus. Die Angehörigen geben den Medikamenten, anders gesagt: den Ärzten die Schuld …» Es war unschwer herauszuhören, was Martens von dem Verdacht hielt.

«Die Frau ist jung! Ich kann die Angehörigen verstehen …»

«Man kann auch jung sterben! Es gibt keine Garantie auf durchschnittliche fünfundachtzig Jahre. Das Leben ist endlich, zum Sterben braucht es nicht immer einen Schuldigen, und schon gar nicht immer einen Mörder …»

Martens richtete sich auf und blickte Limacher offen an. «Es war eine Lungenembolie.»

Limacher benötigte einen Moment, bis ihm klar war, dass er von seiner Mutter sprach. «Eine Lungenembolie?»

«Eine Lungenembolie», wiederholte Martens. «Eine typische Komplikation bei Bettlägerigkeit – und in diesem Sinn eine natürliche Todesursache.»

«Keine Fragezeichen?»

«Natürlich kann man sich fragen, ob blutverdünnende Spritzen angebracht gewesen wären. Vielleicht hätte sie dann statt der Embolie eine Hirnblutung erlitten, und vielleicht läge sie jetzt statt im Sarg irgendwo auf einer Pflegeabteilung. – Ich kann mir vorstellen, dass es für dich nicht einfach ist. Aber glaube mir, für deine Mutter war es der ideale Abgang.»

«Danke!» Limacher klopfte Martens auf die Schulter. «Du hast mir wirklich sehr geholfen ...»

«Stör ich die Herren?» Die beiden hatten Petras Eintreten gar nicht bemerkt.

«Absolut nicht! Du kommst gerade richtig!» Wie erlöst legte Martens das Sezierbesteck zur Seite. «Ich wechsle gern die Leiche. Handfeste Verletzungen sind mir um einiges lieber als obskure immunologische Pannen!»

Er führte die beiden in den Demonstrationsraum und startete den Projektor. «Der Fall lehrt uns wieder einmal: Ziehe nie voreilige Schlüsse! Wir fanden bei Binggeli diese äusseren Verletzungen, aber der Scan zeigt: die Todesursache liegt im Innern!»

Martens klickte sich durch eine Reihe von Bildern, die Limacher an eine zertretene Roulade erinnerten. Martens stoppte den Bilderlauf und deutete mit dem Pointer auf eine spitz zulaufende Kontur. «Das ist der Querschnitt durch Binggelis Körper auf der Höhe der Brustwarzen. Wir sehen die Rippen, die Lungen, das Herz, die verkalkten Herzkranzgefässe und dann als Hauptbefund», Martens zoomte, «am Herzmuskel die typischen Zeichen eines Infarktes!»

«Wir müssen es dir einfach glauben», meinte Limacher resigniert.

«An derartige Bilder müsst ihr euch langsam gewöhnen. Das MRI liefert uns eine Obduktion in Zweimillimeterscheiben, ohne Säge und ohne Messer und vor allem: ohne die Gefahr, wichtige Spuren zu verwischen ...»

«Also starb Binggeli eines natürlichen Todes?»

«Wir werden es noch mittels Gewebeproben überprüfen, ich erwarte jedoch keine grossen Überraschungen, – aber», Martens klickte ein paar Bilder weiter, «fest steht nun auch, dass Fundort und Todesort nicht identisch sind. Diese Flüssigkeitsansammlungen im Gewebe entsprechen Totenflecken. Die bilden sich normalerweise auf der Unterseite des Körpers. Bei Binggeli finden wir sie fast rundum. Das bedeutet, dass er in den ersten Stunden nach dem Tod umgelagert wurde.»

«Was macht das für einen Sinn?», fragte Petra.

«Wenn du eine Leiche loswerden willst, musste du sie irgendwie abtransportieren», erklärte Limacher. «Du legst sie vielleicht in einen Kofferraum, fährst mit ihr von A nach B und dann legst du sie irgendwo ab und hoffst, dass sie erst gefunden wird, wenn sie bis zur Unkenntlichkeit verwest ist.»

«So ist es», bestätigte Martens, «und noch etwas kann ich sagen: Binggelis Verletzungen stammen höchstwahrscheinlich nicht von einem Sturz, sondern von Schlägen …»

«Das passt!» sagte Petra, «wir haben die Werkstatt überprüft. Wir fanden Blutspuren und Zeichen eines Kampfes. Das könnte bedeuten, dass Binggeli in seiner Werkstatt umgebracht wurde …»

«Er starb am Infarkt», widersprach Martens, «die äusseren Verletzungen sind nicht lebensgefährlich.»

«Es könnte ja trotzdem zusammenhängen», meinte Petra, «ohne die Verletzungen hätte das Herz nicht versagt …»

«Einverstanden. Aber juristisch gesehen macht das einen Unterschied. Vollendete vorsätzliche Tötung, schwere Körperverletzung oder unterlassene Hilfeleistung …»

«Und der Todeszeitpunkt?», unterbrach Limacher die Diskussion.

«Wie immer, eine schwierige Frage», Martens schloss die Präsentation. «Wenn wir alles mitberücksichtigen – ich meine nicht nur die Bilder, sondern auch die Körpertemperatur, die Totenflecken, die Totenstarre, den Mageninhalt, das Madenwachstum und – ihr wisst schon, was ich meine –, würde ich den Todeseintritt auf sechsunddreissig Stunden vor unserem Eintreffen schätzen; plusminus drei Stunden. Aber wie immer: Es ist eine Schätzung! Nach der Aufarbeitung der Gewebeproben …»

«Ergäbe Todeszeitpunkt Donnerstagnachmittag!» Petra hatte nachgerechnet. «Das stimmt mit den Aussagen der Nachbarin überein. Sie will Binggeli am Donnerstagmorgen noch gesehen haben.»

«Na bitte», Martens schaltete den Beamer aus, «der Fall klärt sich, wie die trübe Lösung in der Kristallisation ...»

«Für dich vielleicht! Für uns liegen am Boden der klaren Lösung immer noch zwei Leichen mit einer undurchsichtigen Geschichte. Binggeli und Niederhauser waren in unbekannter Mission in der Kanalisation unterwegs, und eine Woche später sind beide tot. Meine Nase sagt mir, dass das ein Zufall zu viel ist ...»

«Hast du nicht eben noch behauptet, deine Nase streike?»

Wie immer überging Limacher Spöttereien über seine Nase. «Hast du Zaugg erreicht?», wandte er sich an Petra.

«Montagmorgen halb acht ist für ihn möglich.» Sie blickte fragend zu Martens.

«Wer ist Zaugg?» fragte dieser zurück.

«Der Arzt, der Niederhauser erste Hilfe geleistet hat. Er soll uns bestätigen, dass Binggeli und Niederhauser tatsächlich zusammen unterwegs gewesen waren. Die Beschreibungen der Rettungssanitäter sind hier widersprüchlich ...»

«Montagmorgen passt.» Martens nickte.

«Sonst noch was?» fragte Limacher.

«Was war eigentlich letzte Nacht in der Tierhandlung los?», wollte Petra wissen.

«Ein paar Tierschützer haben eine Zoohandlung überfallen», erklärte Limacher. «Die Kollegen vom Einbruch sind dran. Es gibt ein paar tote Tiere, aber diese Leichen landen zum Glück nicht bei uns.»

«Tierschützer töten Tiere?», wunderte sich Petra.

«Nur wenn sie Hunger haben …», kicherte Martens.

25

Dank anhaltend trockenem Wetter hatten die Patienten kaum Schmutz ins Haus gebracht. Frau Liechti hinderte das nicht daran, das Treppenhaus auch an diesen Samstagmorgen feucht aufzunehmen. Sie war gerade dabei, ihr Putzzeug zu installieren, als an der Ausfahrt der Tiefgarage ein Motorrad auftauchte.

Doktor Zaugg unterwegs zu einem dringenden Hausbesuch, kombinierte sie; Hausbesuch, weil Arztkoffer auf dem Gepäckträger aufgeschnallt; dringend, weil dem Aufheulen des Motors nach bestimmt schon zu schnell unterwegs, Doktor Zaugg, weil erkennbar am topfförmigen Helm, der gemäss ihrem Mann, seines Zeichens Motorradfahrer-Veteran der Schweizer Armee, den Kopf nicht besser schützte als eine Salatschüssel. «Fahrlässig», hatte er kommentiert, als er den Arzt kürzlich mit kurzärmligem Hemd und Sandaletten auf dem Motorrad gesehen hatte. Und zu ihrem Ärger hatte er dies nicht nur sie, sondern auch Zaugg wissen lassen.

«Und bei so einem willst du putzen?», hatte er gefragt.

Seit sie nämlich in Erfahrung gebracht hatte, dass Zauggs Putzfrau demnächst in Pension gehe, spekulierte sie auf die Praxis. Der Job lag buchstäblich vor ihrer Haustür und es hiess, der Doktor zahle gut.

Natürlich hatte sie auch ihre Bedenken. Die gründeten aber nicht in den Fragen rund ums sichere Motorradfahren, sondern in den Geschichten um den Doktor. Zum Beispiel, dass er regelmässig in der Reitschule verkehre, dass er Lebensmüden das Sterben erleichtere und dass er auch schon wegen Verdachts auf Erbschleicherei vor Gericht gestanden habe.

«Und bei so einem willst du putzen?», fragte sie sich manchmal auch selber.

Sie hatten die Diskussion schon oft geführt.

Völlig in Gedanken war sie im Keller angelangt, wo sie ihren Putzeimer mit Wasser füllte. Sie war gerade in Begriff die Treppe wieder hochzusteigen, als sie hinter sich ein Rascheln zu hören glaubte. Sie wandte sich um. Der Gang war leer. Sie spähte durch das Gitter des nächstgelegenen Kellerabteils. Es gehörte zur Praxis und war ziemlich vollgestopft. Da lagerten neben ausgedienten Laborgeräten, Instrumenten, Aktenschränken und einem ansehnlichen Weinvorrat ein halbes Dutzend Holzkisten, die mit einem Kleber «Vorsicht Glas» versehen waren. Die grösste dieser Kisten war fast mannshoch. Sie hatten schon oft über den möglichen Zweck dieser Behälter diskutiert. Ihr Mann behauptete, gesehen zu haben, dass die Kisten innen mit Stoff ausgeschlagen waren. «Wie Särge! ... und bei so einem willst du putzen ...?»

Da Frau Liechti die vielfältige Sammlung schon oft studiert hatte, fiel ihr gleich eine kleinere Holzkiste in der hintersten Ecke auf. Der Deckel war entfernt und die Öffnung mit einem feinmaschigen Gitter abgedeckt worden. Das Ganze erinnerte an das Gehege, in welchem sie früher die Meerschweinchen ihrer Kinder untergebracht hatten.

Etwas beunruhigt verliess sie den Keller. Wenn sie ihre Entdeckung ihrem Mann mitteilte, würde er Stunk machen. Haustiere waren verboten. Vor Gott und dem Feldweibel sind alle gleich oder so ähnlich lautete das Motto des Veteranen.

26

Schon nur das Aufsitzen und Entblössen des Oberkörpers hatte sie ausser Atem gebracht. «Kein Wunder, hat es mich erwischt!», keuchte Frau Haller zwischen den Hustenstössen. «Im Speisesaal wird zurzeit mehr gehustet als gegessen …»

«Atmen sie tief durch den offenen Mund ein und aus!», forderte Doktor Zaugg sie auf und setzte das Stethoskop an.

Sie tat zwei tiefe Atemzüge, dann brach sie erneut in einen Hustenanfall aus. «Sobald ich tief Luft hole, kommt dieser Reiz im Hals!»

Der Arzt tätschelte ihr den feuchten Rücken, bis der Anfall vorbei war. «Versuchen wir es einfach noch einmal!»

Noch während er ihre Atemgeräusche abhörte, meldete sich sein Mobiltelefon. Zaugg richtete sich auf. «Danke, das reicht. Sie können sich wieder anziehen. Ich erledige unterdessen den Anruf.»

Frau Haller rückte das Nachthemd zurecht und legte sich ziemlich geschafft ins Bett zurück. Doktor Zaugg hatte ihr den Rücken zugewandt, aber sie konnte trotzdem jedes Wort verstehen.

«Nicole war in Behandlung bei Cooper. Sie erhielt mehrere Infusionen! … Das weiss ich auch nicht, aber da müssen wir ansetzen, Marianne. Wenn euer Labor nicht in der Lage sein will, die Antikörper zu untersuchen, kümmere ich mich darum …»

Während der Doktor jetzt diese Marianne sprechen liess, trat er ans Fenster und spähte konzentriert auf den Bahnhofplatz. Sie konnte ein leises Husten nicht unterdrücken. Doktor Zaugg wandte sich kurz um, schien aber durch sie hindurch zu blicken.

«Nein, mit Brunner kann ich nicht zusammenarbeiten. Da krieg ich selber Antikörper …, dazu haben wir schlicht keine Zeit, Marianne. Was auch immer Nicole krank gemacht hat: sie benötigt Dialyse, Plasmapherese, Kortison, das volle Programm …, wir sprechen uns!»

Er beendete das Gespräch und blieb am Fenster stehen.

«Ärger im Spital?», fragte sie vorsichtig.

Doktor Zaugg nickte lediglich. Er wirkte immer noch abwesend, als er erklärte: «Ich überlege gerade, ob das Spital nicht auch für Sie die richtige Lösung wäre. Sie haben keine Sommergrippe, sondern eine Lungenentzündung …»

«Das hatten wir schon vor zwei Jahren», meinte Frau Haller unbeeindruckt. «Ich lag fünf Tage im Spital und bekam Antibiotika. Da kann ich genauso gut hierbleiben. Sie verschreiben mir die nötige Medizin. Die Pflege krieg ich hier auch ...»

«Sie sind zwei Jahre älter», wandte Zaugg ein. «Das ist nicht zu unterschätzen ...»

«Ich weiss», lächelte Frau Haller, «das Alter! – Soll ich Ihnen was verraten? Der Tod lauert vor meiner Tür, ob ich im Spital oder im Altersheim liege. Er kommt mir so oder so jeden Tag ein bisschen näher. Manchmal wechseln wir bereits ein paar Worte miteinander. In gegenseitigem Respekt, sozusagen. Ich weiss, dass ich ihn irgendwann einlassen muss; aber keine Angst: der Moment ist noch nicht gekommen.»

«Dann sollten wir uns erst recht die stationäre Therapie überlegen.»

«Behandlung ja, Spital nein!» bestimmte Frau Haller. Und während Zaugg seinen Koffer nach den geeigneten Medikamenten durchsuchte, erklärte sie: «Das ist das Gute am Alter: Man hat volle Entscheidungsfreiheit. Wenn man jünger ist, kommt Sterben nicht in Frage, wenn Sie wissen, was ich meine.»

«Ich kenne Leute, für die kommt Sterben auch im Alter nicht in Frage», brummte Zaugg. «die klammern sich an den Glauben an ewiges Leben.»

«Sie meinen die Kirchenbesucher?», fragte Frau Haller mit Blick zum Fenster, wo direkt hinter dem Bahnhofplatz die Heiliggeistkirche zu sehen war.

«Ich dachte eigentlich mehr an die Besucher des Institutes gleich hinter der Kirche!»

«Ah! Das FEY. Das kenn ich nur vom Hörensagen.

Ein paar meiner Altersgenossinnen verkehren dort regelmässig. Sie lassen sich ihre Falten glätten und fühlen sich dann jünger. Als ob ein Neuanstrich das Gebäude vor dem Einsturz retten könnte!» Frau Haller kicherte.

«Die Hoffnung stirbt eben ganz zuletzt.» Zaugg zog eine Medikamentenpackung aus dem Koffer.

«Und sie lässt sich gut verkaufen, ganz egal, ob ewiges Leben vor oder nach dem Tod. Bei einem seiner letzten Besuche hat mich der Pfarrer auf die Möglichkeit eines Legats an die Kirche aufmerksam gemacht. Wenn ich ihn richtig verstanden habe, würde das meine Chance auf einen Platz im Paradies deutlich verbessern. Und von meinen Kolleginnen weiss ich, dass sich die Behandlungskosten im FEY auf einem Preisniveau bewegen, das keine Fragen über die Wirksamkeit zulässt. Ich sage immer, ihre Rechnung kann gar nicht aufgehen. Sie fürchten sich vor dem Älterwerden und gleichzeitig bezahlen sie dafür, ihr Leben zu verlängern ...»

«Das ist auch eine lebensverlängernde Massnahme», meinte Zaugg, während er die Dosierung auf die Packung schrieb.

Frau Haller kramte in ihrem Nachttischchen und streckte dem Arzt eine Aufnahme entgegen.

«Das war an meinem letzten Geburtstag: Meine Enkelin, meine Tochter und ich.»

«Drei schöne, starke Frauen», bemerkte Zaugg anerkennend.

«Vier Frauen. Die Urenkelin steckt noch im Bauch meiner Enkelin. Dank irgendwelchen Gentests weiss man heute ja schon im Voraus, dass es ein Mädchen wird. Wir haben uns vorgenommen, nach der Geburt die vier Frauengenerationen noch einmal festzuhalten.»

«Ich würde sagen, das ist die Medizin wert!» Zaugg überreichte ihr eine Tablette mit einem Glas Tee.

Während Frau Haller das Medikament mit kleinen Schlucken hinunterspülte, spähte Zaugg angestrengt aus dem Fenster.

«Gefällt Ihnen meine Aussicht?»

Zaugg wandte sich wieder ihr zu. «Hätten Sie etwas dagegen, wenn ich Sie in den nächsten Tagen etwas häufiger als nötig besuchte?»

«Wie soll ich das verstehen? Steht es so schlecht um mich oder sind auch Sie auf der Suche nach zusätzlichen Einnahmen?»

«Weder noch», grinste Zaugg und packte seine Sachen zusammen. «Mir gehts tatsächlich einfach nur um Ihre Aussicht!»

27

Stauffer passte Wagners Auftritt nicht.

Er hatte sich als Sicherheitsexperte vorgestellt, aber mit seiner massig-stämmigen Statur, dem hellblauen Anzug und der viel zu breiten und viel zu roten Krawatte, erinnerte er mehr an einen Aussendienstangestellten einer Putzmittelfirma als an den Sicherheitschef eines hochspezialisierten Labors. Zudem war er gar nicht sicher, ob er Wagner überhaupt schon einmal in der Laborservice AG begegnet war.

Wahrscheinlich war sich der Mann nicht bewusst, wofür der Name Weiss & Stauffer stand. Zu den Kunden der Kanzlei zählten nicht ängstliche Einfamilienhaus- oder Ladenbesitzer, sondern international tätige Handels- und Industriekonzerne. Weiss & Stauffer untersuchte nicht Einbrüche und vermittelte keine Fenstergitter oder Stahltüren. Wer sich an Weiss & Stauffer wandte, suchte Schutz vor Haftpflichtklagen, vor Patentstreitigkeiten, vor Export-, Währungs- und anderen unternehmerischen Risiken. Seine Geschäftspartner waren keine Türsteher, sondern Geschäftsleitungsmitglieder.

Wenn er Wagner etwas in Sicherheitsfragen zutraute, dann allenfalls, dass er sein Grundstück mit der Flinte verteidigte. Der Gedanke belustigte ihn, und als er Wagners Erklärungen unterbrach, hatte er ein nachsichtiges Lächeln im Gesicht. «Was ist Ihr Anliegen, Herr Wagner?»

«Wir hatten kürzlich einen Einbruch in unserem Labor. Das dürfte Sie interessieren.»

«Aber sicher ...» Stauffer nickte ungeduldig. Natürlich interessierte ihn das.

Er hatte den Aufbau des Labors juristisch begleitet. Es war darum gegangen, für Firmen aus dem Gesundheitsbereich eine Möglichkeit zu schaffen, gewisse Risiken auszulagern. Risiken wie Handel mit Plazentagewebe und Blutprodukten, Medikamententests und Forschung an Tieren, Herstellung und Vertrieb von Arzneien ausserhalb der Arzneimittelliste, gewisse gentechnologische Verfahren und anderes mehr – die Liste der heiklen Geschäfte im Gesundheitswesen war erstaunlich lang. Bei Problemen stand die Laborservice AG in der Verantwortung und schützte auf diese Weise ihre Auftraggeber nicht nur vor der Justiz, sondern auch vor schlechter Presse. Das Modell hatte sich bewährt, und der Kundenkreis wuchs noch immer. Mittlerweile zählte sogar die Universität dazu.

Und während ihm Wagner den Einbruch schilderte, fragte er sich, warum er in dieser Angelegenheit nicht direkt vom Verwaltungsratssekretariat orientiert worden war.

«Bis jetzt verzichteten wir bewusst darauf, Anzeige zu erstatten – im Sinne der Risikobegrenzung.» Wagner kam zum Schluss seiner langatmigen Ausführungen und fügte an: «Tatsächlich wurde das Risiko einer offiziellen Untersuchung des Einbruchs initial höher eingeschätzt als das Risiko des Einbruchs an sich.»

«Das müssen Sie mir schon genauer erklären!», forderte Stauffer ihn auf, obwohl er sich die Gründe für dieses Vorgehen durchaus vorstellen konnte.

«Stellen Sie sich vor, Sie beraten einen Klienten, der nach dem Bordellbesuch seine Brieftasche mit sämtlichen Ausweisen vermisst. Was raten Sie ihm? – Anzeige erstatten? Mit all den unangenehmen Fragen? – Oder den Verlust akzeptieren?» Und als Stauffer nicht gleich antwortete, fuhr Wagner fort: «Ich vermute, Sie würden ihm anbieten, der Sache nachzugehen, ohne viel Aufhebens und ohne Polizei. Stimmt's?»

«Wie kommen Sie dazu, die Laborservice mit einem Bordell zu vergleichen?» Stauffer versuchte in Wagners Gesicht zu ergründen, ob er das Beispiel zufällig gewählt hatte.

«In beiden Fällen schätzen die Kunden das Angebot,

aber im Falle von Problemen bleibt man gern auf Distanz!», hielt Wagner arglos fest und zog aus seinem Aktenkoffer ein Blatt mit der Aufnahme eines Gesichts. «Hector Simonnet», erklärte er, «ein militanter Tierschützer, der seine Nase gern in Dinge steckt, die ihn nichts angehen. Dabei schreckt er auch vor illegalen Taten nicht zurück. Wir wissen inzwischen, dass er den Einbruch in die Laborservice angezettelt hat …»

«Wer genau schickt Sie?», unterbrach Stauffer, jetzt schon weniger freundlich.

«Ich bin für die Sicherheit des Labors zuständig.» Die Frage beantwortete er nicht. «Simonnet hält sich zurzeit in Amerika auf. Er will in zwei Tagen in die Schweiz zurückreisen. Wir möchten verhindern, dass er irgendwelchen Wirbel auslöst …»

«Welche Art Wirbel?»

Wagner zog eine weitere Aufnahme aus der Tasche. «Zum Beispiel einen Wirbel um dieses Tier. Das ist ein Nacktmull. Er spielt eine zentrale Rolle in einem Forschungsprojekt, das die Laborservice AG begleitet. Beim Einbruch wurden ein paar dieser Tiere entwendet. Wir wissen, dass Simonnet hinter dem Einbruch steckt, aber wir wissen noch nicht genau, was er im Schilde führt. Wir benötigen eine hieb- und stichfeste Handhabe, den Tierschützer ohne grosses Aufsehen für eine gewisse Zeit mundtot zu machen. Am besten wäre, wir könnten ihn für ein paar Tage einbuchten …»

«Für eine Anzeige benötigen Sie belastendes Material und, wie es aussieht, ist eher Simonnet derjenige, der dies besitzt.»

«Das sehen wir anders.» Wagner schob ihm das Dossier zu.

Stauffer blätterte lustlos darin. Man vermutete, dass neben den Tieren auch Unterlagen zu Forschungsprojekten entwendet wurden. Wirtschaftsspionage nannte sich das, und die Fakten schienen Stauffer relativ klar. Fragte sich nur, warum die Laborservice die Anklage nicht gleich selber erhoben hatte. Wollte sie wie gewisse Firmen schlechte Risiken auslagern?

«Wer genau schickt Sie?», wiederholte Stauffer.

Als Wagner lediglich entschuldigend lächelte, hatte er genug. Er schob das Dossier zurück, und es tönte ziemlich herablassend, als er sagte: «Tut mir leid, Herr Wagner. Die Laborservice unterhält einen Rechtsdienst. Wenn dieser meinen Rat benötigt, stehe ich zur Verfügung. Ich sehe nicht ein …»

«Ich habe auch noch nicht alle Argumente vorgebracht», unterbrach Wagner ruhig. «Der Einbruch gefährdet Professor Coopers Forschungsprogramm. Für Leute, die bei ihm Geld investiert haben, keine schönen Aussichten …»

Stauffer horchte auf. Sein Sitz im Verwaltungsrat der Firma Laborservice AG war offiziell im Handelsregister eingetragen, und dass sich Verwaltungsräte finanziell in einer Firma engagierten, war nichts Aussergewöhnliches. Ebenso offiziell war die Beraterrolle, die Weiss & Stauffer bei gewissen Vertragsabschlüssen der Laborservice eingenommen hatte. Aber sein persönliches Engagement in Coopers Projekt war alles andere als offiziell. Es lief über eine Finanzfirma auf den Bahamas, von deren Existenz nicht einmal sein Buchhalter etwas wusste.

«Wie Ihnen bekannt sein dürfte, findet in zehn Tagen in Bern eine Information für die Investoren statt», hörte er Wagner weiter erklären, «mindestens bis dahin möchten wir vor Simonnet Ruhe haben. Coopers Resultate sollen zwar überzeugend sein, aber wir wissen ja, wie sich eine negative Presse auswirken kann – es bleibt immer etwas hängen, nicht wahr?»

Wagner sah ihn erwartungsvoll an und Stauffer versuchte erneut vergeblich, im Gesicht des Gegenübers zu lesen, wieviel er wusste.

Noch bevor ihm richtig klar geworden war, wie sehr er Wagner unterschätzt hatte, legte dieser nach: «Tut uns übrigens leid, dass Ihre Frau nicht mitmachen kann. Konnten Sie in Erfahrung bringen, wie es ihr geht?»

Stauffer griff nach dem Mineralwasser. Sein Mund fühlte sich auf einmal trocken an. Wagner hätte ebenso gut sagen können: ‹ich weiss, dass ihr nicht mehr miteinander redet!› Da war offenbar jemand ziemlich gut über seine verletzlichen Stellen orientiert. Dabei waren seine Eheprobleme noch das kleinste Übel. Wenn Wagner, oder die Kreise hinter Wagner, Kenntnis hatten von seinen privaten Abkommen mit den Kunden der Laborservice, seinen Off-Shore-Geschäften und möglicherweise auch seinen Bordellbesuchen, dann … er mochte gar nicht weiterdenken.

«Wer schickt Sie?»

«Im Fall einer Zusage erhalten Sie alle nötigen Informationen», versprach Wagner.

«Und im Fall einer Absage?»

«Mein Auftraggeber ist zuversichtlich, dass wir uns finden!»

Obwohl Stauffer klar war, dass er keine Wahl hatte, zögerte er. «Mit der Entwendung geschützter Tiere macht man sich zwar vor dem Gesetz strafbar, aber moralisch gesehen zum Helden; der Robin-Hood-Effekt, wenn Sie wissen, was ich meine.»

«Das sehen wir auch so. Wirtschaftsspionage hingegen ist ein weit weniger ehrenhaftes Motiv.» Wagner schob ihm den Stift zur Unterschrift zu.

28

Als Kerstin ihre Nachtschicht antrat, sah sie schon beim Verlassen des Aufzuges, dass das Inselspital auch an diesem Wochenende an seine Kapazitätsgrenzen stiess. Im Korridor stauten sich die Betten. Keine leeren Betten, wohlverstanden. Betten mit Inhalt, Patienten, umringt von allerlei Apparaten und ratlos wirkenden Angehörigen. Dazwischen bewegte sich ihr Kollege von der Spätschicht wie auf einem Hindernisparcours.

«Die Nacht hat noch kaum richtig begonnen, und wir sind schon überbelegt», begann er, sichtlich gestresst, seinen kurzen Rapport. Fliegender Wechsel nannte sich das Vorgehen. Es galt als Risikofaktor für die Patientensicherheit und liess sich doch nicht immer vermeiden. «Zwei der Patienten im Gang warten auf den Transport auf die Abteilung. Die Frau gleich neben dem Eingang kommt in Koje zwei ...»

«Koje zwei?», wunderte sich Kerstin. «Frau Stauffer ist doch privat versichert?»

«Die Lange hat entschieden. Frau Stauffer ist weder instabil noch leidet sie an einer ansteckenden Krankheit ...»

«Ihr Mann wird keine Freude haben ...», bemerkte Kerstin.

«Er hat nicht reklamiert», meinte der Kollege mit Blick auf die Koje, wo ein Besucher an Nicole Stauffers Bett sass.

«Das ist nicht ihr Mann. Das ist ihr Hausarzt», erklärte Kerstin.

«Was macht der da?», ärgerte sich der Kollege. Einer der Apparate meldete mit unüberhörbarem Piepen eine Störung.

«Ich kümmere mich darum», beruhigte ihn Kerstin und ging zu Koje zwei.

Doktor Zaugg machte heute einen ziemlich anderen Eindruck als in der vorherigen Nacht, wie sie etwas enttäuscht feststellte. Er trug eine abgewetzte Lederjacke, sein Gesicht glänzte schweissig und das Haar, das er straff nach hinten gekämmt hatte, schien an der Kopfhaut zu kleben. Er hantierte an der Infusion, und noch bevor sie die Koje erreichte, brach der Alarm ab.

«Was war denn hier los?» Sie kontrollierte das Gerät.

«Ich fürchte, meine Schuld. Ich muss mich an der Infusion verfangen haben.» Der Doktor lächelte entschuldigend und raffte seine Sachen zusammen. «Wie ich gehört habe, wird es hier gleich eng. Ich bin froh, wenn Sie trotzdem ein waches Auge auf Frau Stauffer haben. Wir sind in einer entscheidenden Phase!»

«Wir?» wollte Kerstin einwenden und schaffte es gerade noch zum Satz: «Wir – geben unser Bestes!»

«Danke!», sagte Zaugg sehr ernst und verabschiedete sich.

Kerstin kontrollierte den Venenzugang. Auf dem Laken, gleich unter der Einstichstelle am Arm, zeichnete sich ein Blutfleck ab. Irgendwie musste sich die Verbindung zum Venenkatheter gelockert haben, aber Doktor Zaugg hatte offensichtlich alles wieder korrekt fixiert.

«Wenn ihr Mann das wüsste!», meinte ihr Kollege, als sie zurück im Office war.

«Was?», fragte Kerstin, obwohl sie genau wusste, wovon er sprach.

«Na, diese nächtlichen Visiten des Hausarztes!»

«Er macht sich halt Sorgen», sagte Kerstin und wusste selber nicht, warum sie den Doktor in Schutz nahm.

«Normal ist das trotzdem nicht!»

Kerstin erwiderte nichts. Sie gab es ungern zu, aber ihr Kollege hatte recht.

29

Valérie hatte Hectors nächtlichen Anruf einfach ignorieren wollen, aber das unablässige Surren des Handys begann sie zu nerven. Und sie wusste, wie hartnäckig ihr Bruder sein konnte.

«Weisst du, wie spät es ist?», sagte sie anstelle einer Begrüssung. «Zeitverschiebung ist wohl ein Fremdwort für dich!»

Hector fand es nicht nötig, sich zu entschuldigen. «Ich wollte mich nur mal nach dem Stand der Dinge erkundigen. Und Binggeli kann ich nicht erreichen.»

«Wer ist Binggeli?»

«Er hat die Maus gefangen.»

«Nemo ist keine Maus ...»

«Binggeli sprach von einer misshandelten Maus!»

«Nemo ist ein Nacktmull!»

«Ein Nacktmull?», staunte Hector. «Das ergibt keinen Sinn. In diesem Labor werden für das Schönheitsinstitut in der Schweizerhofpassage Mäuse mit Botox tot gespritzt ...»

«Derjenige, der das Tier für mich abgeholt hat, behauptet etwas anderes», unterbrach ihn Valérie. «Und er hat keine Freude an dem Tier. Nicht nur, weil es zu einer geschützten Spezies gehört. Deine Helfer haben irgendwelchen Mist gebaut, einen Unfall oder was weiss ich. Er hat geraten, die Polizei zu informieren ...»

«Wer er?»

«Ich musste ihm versprechen ...»

«Schon gut», unterbrach Hector ungeduldig. «Versuch einfach, den Typen hinzuhalten. Erklär ihm, dass es für eine gute Sache ist! Sobald ich zurück bin, kümmere ich mich um das Tier. Ob Maus oder Nacktmull – ein Skandal ist es allemal!» Und nachdem er ihr einmal mehr den monströsen Tierverschleiss der Schönheitsindustrie vorgerechnet hatte, legte er auf.

Valérie blieb grübelnd am Bettrand sitzen. Ihre Gedanken bewegten sich im Kreis. Wenn sie zur Polizei ging, würde publik, dass sie – als Mitarbeiterin einer Stiftung, die sich für eine sachliche Information und Diskussion rund um die Themen der Gentechnologie einsetzte – verstrickt war in einen Einbruch in ein Forschungslabor! Wenn sie schwieg, blieb sie weiterhin ihrem Bruder ausgeliefert. Beides keine schönen Vorstellungen. Sie hätte ihr Problem gern mit Christian Limacher besprochen, aber dann konnte sie geradesogut den nächsten Polizeiposten anrufen.

Also blieb Tom. Mit ihm verband sie zwei Semester Pharmazie, die Korrektur seiner Doktorarbeit und drei Nächte in Rom. Das war nicht viel, aber anders als bei ihrem Bruder wirkte die Erinnerung an die gemeinsame Zeit beruhigend.

Sie griff zum Telefon und schrieb eine kurze Nachricht: Wir müssen uns sprechen! Bitte keine Polizei!

Sie drückte auf Senden und versuchte wieder zu schlafen.

30

«Wie bitte? Sie haben was?»

Frau Doktor Lange wich unwillkürlich zurück. Konrad Stauffer war aufgesprungen und einen Moment befürchtete sie, der Mann könnte handgreiflich werden. «Ich habe den Fall mit dem Hausarzt diskutiert.»

«Doktor Zaugg mischt sich ein?» Stauffer geriet noch mehr in Rage.

«Er denkt mit. Ist das für Sie ein Problem?»

«Und ob das ein Problem ist!» Stauffer rang nach Worten. «Jetzt hören Sie mir mal gut zu, Frau Doktor. Was ich jetzt sage, sage ich als Rechtsanwalt. Ich verbiete Doktor Zaugg, oder sonst irgendwelchen externen Ärzten, Besuche und erst recht jegliche Einmischung in die Behandlung. Ich stand mit Zaugg schon einmal vor Gericht. Das ist kein Doktor, das ist ein …» Stauffer brach ab.

«Doktor Zaugg mischt sich nicht ein, sondern liefert Impulse», versuchte Frau Lange zu beruhigen, «wertvolle Impulse, die Ihrer Frau zugutekommen.»

«Meiner Frau zugutekommen?» Stauffer lachte verächtlich und blickte in Richtung Bett.

Von Nicole Stauffer war wenig zu sehen.

Wegen der Verschlechterung ihres Zustandes hatte man sich in der Nacht gezwungen gesehen, sie in ein künstliches Koma zu versetzen. Ihr Gesicht war weitgehend zugepflastert und in ihrem Mund steckte ein Tubus. Beatmungsgerät, Dialysegerät, Infusionsautomaten, Spritzenpumpen, Monitore und andere Apparate umstellten ihr Bett. Ein Netz von Kabeln und Schläuchen verband die Patientin mit den Maschinen. Displays lieferten im Sekundentakt und in allen Farben Angaben zu Sauerstoffsättigung, Puls, Tropfenzahl, Blutdruck und anderen Messwerten und sorgten für eine Aktivität, die in krassem Gegensatz zum Zustand der Patientin stand. Nicole Stauffer lag scheinbar leblos da, nur ihr Brustkorb bewegte sich im Takt des Beatmungsgerätes.

Stauffer wandte sich wieder der Ärztin zu. «Wenn meine Frau irgendwelchen Schaden davon trägt, ziehe ich Sie und Ihre ganze Abteilung mitsamt Doktor Zaugg zur Verantwortung.»

Marianne Lange war sich gewohnt, dass eine intensivmedizinische Behandlung bei Angehörigen zu einer emotionalen Überforderung führen konnte. Aber Stauffers Aggressivität traf sie. Zusammen mit ihrem Team hatte sie die Nacht mehr oder weniger durchgearbeitet, hatte ihr Bestes gegeben – und jetzt dieser Zusammenschiss. Als etwas anderes konnte sie Stauffers Reaktion nicht sehen, und sie wollte sie nicht einfach hinnehmen.

«Jetzt hören Sie mir mal gut zu», gab sie ihrem Ärger Luft, «Wir sind hier nicht im Gerichtssaal, sondern im Spital. Es geht ums Wohl der Patientin. Demnach haben hier nicht Juristen, sondern Ärzte das Sagen. Und ich erinnere Sie daran, dass Ihre Frau sich in keiner Weise gegen die Besuche des Hausarztes gewehrt hat, im Gegenteil ...»

«Jetzt haben wir eine neue Situation», fiel ihr Stauffer

ins Wort, «meine Frau ist nicht mehr entscheidungsfähig. Ich muss ihnen wohl nicht erklären, was das bedeutet. Aber wenn Sie wünschen, kann ich es Ihnen schriftlich geben. Entscheide, die meine Frau betreffen, sind nicht mit Doktor Zaugg, sondern mit mir zu besprechen. Und wenn Sie sich nicht daran halten, lasse ich meine Frau verlegen ...»

«In diesem Zustand ist sie nicht transportfähig.»

«Schlimmer kann es wohl nicht mehr kommen! Wenn sich Zaugg weiterhin einmischt, verklage ich Sie wegen Verletzung des Arztgeheimnisses.»

«Ihre Frau hat seine Besuche geschätzt!», wiederholte Frau Doktor Lange.

«Ich kenne Zaugg!», sagte Stauffer bitter. «Sie halten sich besser an das, was ich Ihnen sage. Ich bin nicht nur Nicoles Ehemann, ich bin auch ihr Rechtsanwalt!»

Mit diesen Worten verliess er den Raum.

«Was ist bloss in den gefahren?», fragte die Assistenzärztin, die die Szene mitverfolgt hatte.

«Der überforderte Ehemann. Besonders gefährlich bei Juristen. Er glaubt, man könne Krankheiten angehen wie Verbrechen. So nach dem Motto: Hauptsache einen Schuldigen finden ... Seine Frau schwebt in Lebensgefahr und das erste, was ihm einfällt, ist sie zu entmündigen. – Und aus irgendeinem Grund ist er stinksauer auf den Hausarzt.»

«Oder eifersüchtig!»

«Dazu gibt es überhaupt keinen Anlass!»

«Die Nachtwache behauptet, die beiden hätten Händchen gehalten.»

«Die haben kein Verhältnis! – Und selbst wenn dem so wäre: Ist das unser Problem?»

«Wie sieht das eigentlich rechtlich aus?», fragte die Assistenzärztin, «Können wir einer verheirateten Patientin die Besuche des Liebhabers verbieten?»

«Zaugg ist nicht ihr Liebhaber!»

«Ich meine, nur einmal angenommen.»

«Der Wille der Patientin zählt. Wenn die Patientin nicht entscheidungsfähig ist, wird die Situation schwieriger.»

«Jetzt haben wir eine schwierige Situation! Wie verhalten wir uns konkret?»

Marianne Lange wandte sich dem Krankenbett zu. «Unsere Aufmerksamkeit gilt der Patientin», erklärte sie und deutete auf einen der Monitore. «Die Sauerstoffsättigung ist rückläufig und die Pulsfrequenz steigend.» Sie zog ihr Stethoskop aus der Tasche. «Wir sollten die Lungen kontrollieren ...»

«Und wenn der Hausarzt wieder auftaucht?», insistierte die Kollegin.

Die Oberärztin entblösste die Brust der Patientin und setzte das Stethoskop an. «Wir sind Ärztinnen, nicht Polizistinnen!» sagte sie und konzentrierte sich auf Nicole Stauffers Atemgeräusche.

31

«Johnny!»

Johnny, alias Hans Gerber, Besitzer des «Red Light», des Clubs im Herzen der Schweiz, der alles bot: Kino,

Bar, Dancing, Motel und Anschluss an die Autobahn, verliess die Theke und ging in die kleine Nische neben dem Eingang. Kevin hatte ihn zu sich gewinkt.

«Was machen wir mit dem?» Der Türsteher vom Dienst deutete auf den Bildschirm der Überwachungskamera am Eingang. «Er will den Helm nicht ausziehen! Was bildet der sich ein? Soll er sich doch zuhause einen runterholen, wenn er zu feige ist, sein Gesicht zu zeigen.»

«Gewöhn dir endlich diesen Ton ab!», fiel ihm Johnny ins Wort. «Unsere geschätzten Kunden holen sich nicht einen runter, sondern befriedigen ihre Bedürfnisse! Wie oft muss ich dir das noch sagen!»

«Mit dem stimmt doch etwas nicht!», verteidigte sich Kevin. «Und eine Andrea, mit der er es treiben will, gibt es nicht im Angebot!»

«Lass ihn rein», sagte Johnny. «Ich kenne ihn.»

«Und woher nehme ich die Andrea?»

«Lass ihn rein», wiederholte Johnny, «Andrea wird auch noch kommen. Ich habe das persönlich mit ihm durchgesprochen.»

Während Kevin widerstrebend den Türöffner betätigte, betrachtete Johnny den Besucher. Ob mit oder ohne Helm, es war unverkennbar Tom. Nur schon wie er da stand, mit der immer noch beneidenswerten Figur und dem leicht erhobenen Kopf, als blicke er von der Schiffsbrücke übers Meer.

Wenig später erschien der neue Gast an der Theke. Den Helm hatte er inzwischen abgelegt.

«Tom!» Johnny umarmte ihn herzlich. «Willkommen

in meiner bescheidenen Hütte. Darf ich dich zu einem Drink einladen? Oder bist du im Dienst?» Er deutete auf die Tasche, die sich der Besucher umgehängt hatte.

«Ist Andrea schon da?»

Johnny schüttelte den Kopf.

«Ein kaltes Bier wäre fein!»

«Zwei Brooklyn!», rief Johnny der Dame im Bikini zu.

«Immer noch voll im Amerikafieber!» Tom lächelte erstmals.

«Yes», sagte Johnny. «Wenn ich genug Knete habe, verkauf ich den Club und wandere nach Florida aus. Das Leben ist verdammt zu kurz, um das halbe Jahr unter einer Nebeldecke zu verbringen. Wir gehen beide steil gegen die Sechzig, verstehst du was ich meine?»

Die Bardame brachte das Bier.

Johnny entging nicht, wie sie Tom interessiert musterte. Sie prosteten einander zu.

«Ich will noch etwas haben vom Leben! Da bin ich im Grunde nicht anders als meine Kunden. Die kommen hierher, um sich einen Moment jung zu fühlen.»

Er betrachtete Tom, dessen Blick durch den Raum glitt. Sein Interesse galt offensichtlich nicht den knapp bekleideten Animationsdamen, sondern den Gästen. «Du solltest dir die Haare färben, so wie ich. Du würdest um Jahre jünger aussehen. Neulich habe ich mir erstmals Botox spritzen lassen. Ich muss sagen, der Effekt ist super …»

«Wo?», fragte Tom interessiert.

«Hier!» Johnny tippte auf seine Stirn, «und hier.»

«Das meinte ich nicht», Tom grinste. «In Bern, in Zürich, in Lugano?»

«In Zürich. Ich bin zufrieden mit Botox. Ich fühle mich jünger …»

«Aber du bist dir schon bewusst, dass diese Spritzen gegen das Alter etwa gleichviel helfen wie das Abdecken der Gletscher gegen das Abschmelzen.»

«Fürs Geschäft ist es gut! – Ich bin die Visitenkarte des Clubs, musst du wissen, und mit einer zerknitterten Visitenkarte kannst du keine Geschäfte machen.»

«Vielleicht solltest du die Branche wechseln. In meinem Geschäft zählt Reife», witzelte Tom.

«Ich gäbe einiges dafür, das Rad ein paar Jährchen zurückzudrehen. Deine Pillen in Ehren, aber es ist halt trotzdem nicht mehr wie früher. Meinst du, ich sollte es mal mit Testosteron versuchen? Ich habe gelesen, das ist unser Problem, der sinkende Testosteronspiegel!»

«Keine Ahnung!» sagte Tom. «Ich genehmige mir lieber mal einen Whisky …»

«Das wirkt?»

«Ein Walker für Johnny hört sich doch wirksam an!»

«Andrea ist da!» meldete in diesem Moment der Türsteher. «In Zweiundzwanzig.»

«Wo ist das?»

«Die Treppe hoch und dann geradeaus.»

Tom leerte das Bier in einem Zug. «Nimm's mir nicht übel, Johnny, aber nach dem Treffen muss ich gleich wieder los!»

«Was soll der Stress, Tom? Ohne Entspannung läuft hier gar nichts.»

«Du weisst, dass ich nicht zum Vergnügen hier bin.»

«Dann verstehe ich nicht, warum du deinen guten Ruf mit einem Bordellbesuch aufs Spiel setzt.»

«Hatte ich den je?» Tom raffte seine Sachen zusammen.

«Irgendwelche krummen Touren?», fragte Johnny neugierig.

Tom deutete auf seine Tasche. «Nein. Aber was ich mit mir rum trage, hat einem Mann das Leben gekostet und einen weiteren ins Spital befördert. Da bin ich lieber vorsichtig.»

Johnny klopfte ihm freundschaftlich auf die Schulter. «Mir kannst du es sagen; du weisst, dass ich dicht halte!»

«Ich erzähle es dir, wenn es vorbei ist, einverstanden?»

«Und wenn es dir gleich ergeht wie dem einen?»

«Dann bin ich tot!», meinte Tom trocken und verabschiedete sich.

Johnny wartete, bis Tom im oberen Stock verschwunden war, dann verliess auch er die Bar. Er wusste, es war nicht rechtens, was er im Sinn hatte, aber die Neugier war grösser. Kaum im Büro, aktivierte er mit dem Geheimcode das Sicherheitsprogramm. Auf dem Bildschirm erschien die Bildergalerie der Überwachungskameras.

«Weisst du was?», platzte in diesem Moment der Türsteher ins Büro. «Andrea ist ein Mann!»

«Anklopfen!», fuhr ihn Johnny an und schloss das Programm, «Steht, verdammt noch mal, gross genug an der Tür!»

«Sorry, Chef! Ich habe gedacht, interessiert dich vielleicht.»

«Von mir aus! Und jetzt möchte ich nicht mehr gestört

werden!» – «Fuck you», fügte er an, kaum war die Türe ins Schloss gefallen.

Er hoffte nur, dass Kevin nichts hatte erkennen können. Von einigen Überwachungskameras wusste nicht einmal sein Sicherheitspersonal. Das war auch besser so. Wie hätte er sonst herausgefunden, dass der frühere Rausschmeisser ihn und seine Kunden beklaut hatte? Und warum war er bei der letzten Steuerkontrolle ungeschoren davongekommen? Gewisse Aufzeichnungen waren mehr wert als ein Strafverteidiger. Sie lagerten denn auch in einem Banksafe. Nicht um Geld zu machen, sondern als Lebensversicherung. Oder sagen wir, fast nur als Versicherung. Ab einem gewissen Preis konnte man auch über Prinzipien hinwegsehen. Wie neulich, im Fall dieses Anwaltes …

Die Bilder waren wieder da, und Johnny schaltete auf die Zweiundzwanzig. Die beiden Männer sassen an der Bettkante und hatten der Kamera den Rücken zugewandt. Tom hatte einen zylindrischen Behälter in der Hand und sprach auf den Mann in einer Sprache ein, die Johnny nicht verstand. Italienisch vermutete er, als der Besucher wiederholt ‹Madonna› und ‹Porca miseria› ausstiess. Dann zog Tom aus seiner Tasche eine Art Schachtel, nicht viel grösser als eine Kleenex Box, und während sie den Inhalt begutachteten – bewegte sich da etwas!? –, diskutierten sie eifrig weiter. «Irgendwann muss ich eine zweite Kamera installieren», brummte Johnny, dem der Blick durch die Männer versperrt war. Etwas später packte Tom Schachtel und Zylinder wieder ein, die Tasche wechselte den Besitzer und Andrea verliess den Raum.

Tom blieb noch eine Weile sitzen und beschäftigte sich mit seinem Smartphone. Nach einem Blick auf die Uhr erhob er sich. Bevor er das Zimmer verliess, drehte er sich kurz um und winkte zum Abschied in die Kamera.

Verblüfft winkte Johnny mechanisch zurück. Es war ihm schleierhaft, wie Tom die Kamera im Brandmelder entdeckt haben konnte. Oder hatte er einfach gepokert?

Johnny blieb grübelnd sitzen. Trotz gemeinsamer Vergangenheit – immerhin drei Jahre Internat und ein paar Wochen Knast, war er nie ganz schlau aus Tom geworden. Auf der einen Seite war er ein gerissener Hund, im Poker unschlagbar, und auf der andern Seite brachte er sich mit seinem Leichtsinn immer wieder in Schwierigkeiten. Wie damals, als sie nach einem Unfall wegen Fahrerflucht eingebuchtet worden waren, oder im Internat, als er sich mit ein paar Gramm hatte erwischen lassen …

Ein paar Gramm … Benutzte Tom sein Lokal, um irgendwelches Drogenzeugs umzuschlagen?

Dealen kam in seinem Club nicht in Frage.

Knastbruder hin oder her.

32

Nach dem Besuch in der Insel fuhr Stauffer direkt zur Kanzlei.

Der Sitz von Weiss & Stauffer thronte hoch über der Aare, in einem villenähnlichen Bau aus dem vorletzten

Jahrhundert. Stauffer liebte das Gebäude. Es stand für Erfolg und Stil – genau wie sein neuer Jaguar, den er wenig später auf die mit Kies belegte Vorfahrt lenkte.

Er stieg aus und umrundete den Wagen. Erfolg darf sichtbar sein!

Diesen Standpunkt vertrat er nicht nur, er lebte ihn. Es störte ihn nicht, wenn ihn gewisse Leute deswegen für überheblich hielten. Im Gegenteil. Er sah hinter ihrer Kritik in erster Linie Neid, und den wiederum genoss er als unfreiwilliger Applaus der Unterlegenen. Und würde ein erfolgreicher Sportler nur aus Angst, als Angeber zu gelten, je auf Pokal oder Podestplatz verzichten? Darum ging es doch im Leben! Der Jaguar als Pokal und der Firmensitz als Podestplatz.

Er machte ein paar Schritte zu der kleinen Plattform neben dem Park. Von hier bot sich ein malerischer Ausblick auf die Altstadt, wahrscheinlich eine der meistverkauften Ansichten Berns. Seine Aufmerksamkeit galt aber nicht der historischen Kulisse direkt vor ihm, sondern der etwas entfernteren und weniger pittoresken Skyline im Westen der Stadt.

Das Inselspital war dank seiner Grösse leicht auszumachen. Die Tatsache, dass seine Frau dort auf der Intensivpflege lag, beschäftigte ihn unerwartet stark. Nicole hatte zwar bereits einige Zeit gekränkelt, aber schwer krank war sie ihm nicht vorgekommen. Er wusste, dass sie noch anfangs Woche für die Winterkollektion vor der Kamera gestanden hatte. Vorletzte Nacht hatte sie dann offenbar von sich aus die Notfallstation des Inselspitals aufgesucht, angeblich wegen Atemnot. Auch das hatte Stauffer nicht wirklich beunruhigt. Nicole neigte zu Übertreibungen.

Aber Intensivstation – das war etwas anderes. Das machte ihm Sorgen, nicht mal primär ihrer Gesundheit wegen. Das würden die Ärzte hinkriegen. Das Problem lag woanders. Nicole hatte ihm gleich nach dem Eintritt signalisiert, dass sie im Moment keine Besuche von ihm wünschte, dabei gab es zwischen ihnen einiges zu bereden. Die ohnehin schwierige Trennungsverhandlung verzögerte sich weiter.

Und dann Zaugg! Seine Hand ballte sich zur Faust.

Der Arzt war ihm schon einmal in die Quere gekommen. Es war um die Nachfolgeregelung in einer angesehenen Baufirma gegangen. Der Deal platzte, weil Zaugg seinen Mandanten kurz vor der Gerichtsverhandlung für unzurechnungsfähig erklärt hatte. Anstatt zum geplanten Verkauf, war es zu einer Übernahme der Firma durch das Management gekommen. Ein wenig vorteilhaftes Geschäft für die Familie, und vor allem eine schlechte Referenz für seine Kanzlei.

In der Folge hatte er den Arzt stets im Auge behalten, immer auf eine Gelegenheit lauernd, ihm den Schaden heimzuzahlen. Jetzt schien der Moment gekommen.

Stauffer kniff die Augen zusammen: Es war so gut wie sicher, dass durch eine frühzeitigere Spitaleinweisung das Schlimmste hätte verhindert werden können. Und nach reiflicher Überlegung konnte er sogar Zauggs Besuchen bei seiner Frau etwas Positives abgewinnen: Eine Affäre mit dem Hausarzt würde die Trennungsverhandlungen mit Nicole in neue Bahnen lenken!

Er klopfte sich innerlich auf die Schulter. Noch einmal, wie im Fall der Laborservice AG, hatte er in einer schwierigen Situation den richtigen Ausweg gefunden.

Krisen nutzen als Chancen.

Der Satz gefiel ihm. Er würde ihn auf die Homepage der Kanzlei aufnehmen.

Voller Tatendrang wandte er sich dem Gebäude zu. Er konnte es kaum erwarten, gegen Zaugg vorzugehen.

33

Wäre nicht der Termin mit Zaugg gewesen, Limacher hätte sich am Montag krank gemeldet. Den Sonntag hatte er mehr oder weniger im Bett verbracht, und dennoch fühlte er sich alles andere als erholt. Zudem hatte sich seine Nase über Nacht definitiv verschlossen. Sie steckte wie ein Keil zwischen seinen Augen und anstatt ihn zu führen, drückte sie ihm ins Gesicht. Aber noch stärker als der Druck irritierte ihn das Fehlen von Gerüchen. Nachdem er aufgestanden war, roch er erst an seinen Socken, dann an der Seife, dann am Katzenklo und schliesslich an der Kaffeedose. Als er auch die besonders aromatische Mischung des afrikanischen Waldkaffees nicht von Kaffeesatz zu unterscheiden vermochte, gab er auf.

Die verstopfte Nase machte ihn nicht nur geruchlich blind, sie schien ihn auch zu lähmen. Obwohl er auf das Frühstück verzichtete, erschien er verspätet in der Rechtsmedizin.

Er wurde ungeduldig erwartet. «Um acht beginnt

Doktor Zauggs Sprechstunde», erklärte Petra, «er hatte übers Wochenende verständlicherweise keine Möglichkeiten, umzudisponieren ...»

«Von mir aus können wir gleich loslegen», schlug Limacher vor und blickte fragend in die Runde. «Alles klar?», fragte er Berner, der die letzten drei Tage abwesend gewesen war.

«Ich bin auf dem Laufenden. Petra hat mich orientiert.»

Limacher sah zu Martens. Der stand bereits am Tisch, wo sich unter einem Laken Binggelis korpulenter Körper abzeichnete. «Ich bin bereit.»

«Du machst keinen wirklich guten Eindruck», meinte Berner zu Limacher, während Petra Zaugg holte. «Spann doch mal ein paar Tage aus. Wir hatten es richtig angenehm im Oberland. Tagsüber warm und nachts Temperaturen um die zehn Grad. Ich hätte nicht gedacht, dass ich mich in diesem Sommer je über einen warmen Pullover freuen würde ...»

Petra erschien mit Zaugg und Berner brach ab.

Limacher musterte den Arzt interessiert. Wenn er nach dem Abend bei Liz oder nach der Begegnung im «Nullpunkt» eine Kurzbeschreibung von Zaugg hätte abgeben müssen, würde sie gelautet haben: Lebhaftlockerer Mitvierziger, gepflegt bis eitel. Der Zaugg, der jetzt vor ihm stand, war ein abgespannter Mitfünfziger, der mit seinem Zweitagebart und der nachlässigen Kleidung bestenfalls als schräg bezeichnet werden konnte. Seine Frisur, die ihm an der Vernissage einen künstlerischen Touch verliehen hatte, erinnerte heute – vielleicht wegen der Lederjacke mit Metallbeschlägen – an einen alternden Rocker.

Limacher registrierte, dass es Petra ähnlich erging. Auch sie musterte Zaugg sichtlich irritiert.

Etwas von der Rolle erklärte er nach der Begrüssung in kurzen Sätzen den Grund für das heutige Treffen. «Ihre Mitarbeit ist für unsere Ermittlungen sehr wertvoll», schloss er seine Einführung, «gerade auch, weil es bezüglich Niederhausers Begleitung ein paar Unsicherheiten gibt.»

Sie traten an den Tisch. Als Martens das Tuch vom Gesicht des Toten zurückschlug, fuhr Zaugg merklich zusammen.

«Der Mann heisst Rolf Binggeli», klärte Limacher ihn auf. «Wenn Sie die Sonntagzeitung gelesen haben, wissen sie bereits, dass seine Leiche in der Nacht von Freitag auf Samstag im Altenbergquartier aufgefunden wurde. Wir möchten von Ihnen wissen, ob Sie diesen Mann als Joseph Niederhausers Begleiter identifizieren können.»

Zaugg hatte sich gefasst. «Ich habe ihn mit Bart in Erinnerung. Und der Haarschnitt scheint mir auch anders. Dürfte ich mal seine Beine sehen?»

«Warum die Beine?», fragte Martens.

«Er hinkte. Vermutlich ein Hüft- oder Knieproblem rechts.»

«Stimmt. Eine nicht ganz folgenfrei verheilte Oberschenkelfraktur.»

«Nein!», entfuhr es Zaugg, als Martens die Leiche vollständig entblösste.

«Ist er es doch nicht?», fragte Limacher.

«Sieht richtig übel aus …»

«Er wurde vermutlich zusammengeschlagen.»

«Und die Todesursache?»

«Eine berechtigte Frage, Herr Kollege!» Martens nickte. «Er starb nicht an diesen Verletzungen, wenn Sie das meinten. Er litt an einer koronaren Herzkrankheit, und die unmittelbare Todesursache war ein Herzinfarkt. Inwiefern Infarkt und Verletzungen in Zusammenhang stehen, ist unklar.»

«War das Niederhausers Begleiter?» Limacher wiederholte seine Frage.

«Er ist es», bestätigte Zaugg.

«Haben Sie den Mann gekannt?»

Zaugg schüttelte den Kopf. «Wissen Sie etwas über die Täter?»

«Wie kommen Sie darauf, dass es mehrere waren?»

«Erstens: Ein Mann wie dieser wird sich nicht so leicht unterkriegen lassen. Zweitens: Es ist noch keine Woche her, da wurde ein Radfahrer in der Matte spitalreif geschlagen. Soviel ich weiss, wird nach zwei Männern gefahndet.»

«Ein interessanter Gedanke», Limacher musterte Zaugg aufmerksam.

Dieser blickte auf die Uhr. «War das alles?»

«Im Moment ja. Vielen Dank. Wie Sie sich denken können, sind die Untersuchungen noch nicht abgeschlossen. Wir zählen auf Ihre Diskretion.» Limacher überreichte ihm seine Karte. «Falls Ihnen noch etwas einfallen sollte!»

Zaugg starrte erst auf die Karte und dann auf die Leiche. Einen Moment sah es aus, als ob er noch etwas sagen wollte. Aber nach einem neuerlichen Blick auf die Uhr verabschiedete er sich.

Während Petra Zaugg hinausbegleitete, beobachteten Limacher und Berner schweigend, wie Martens die Leiche zudeckte. Kaum war Petra zurück, ging die Diskussion los.

«Und da heisst es immer, Ärzte seien abgebrüht!», meinte sie.

«Was willst du damit sagen?», fragte Limacher.

«Als er den Toten erblickte, ist er erschrocken. Und als er die Verletzungen sah, befürchtete ich einen Moment, er könnte umkippen, so blass ist er geworden. Er kann einem direkt leidtun.»

«Ich hatte eher den Eindruck von Angst als von Betroffenheit», wandte Berner ein.

«Warum sollte er Angst haben?»

Limacher sah zu Martens. «Was hat der Arzt von einem Toten zu befürchten?»

«Bei meiner letzten Leiche fürchtete ich mich vor einer Ansteckung ...»

«Ein Herzinfarkt ist nicht ansteckend!»

«Richtig, Berner!» Martens nickte anerkennend. «Als Hausarzt könnte man sich angesichts eines unerwarteten Todesfalles beispielsweise vor einer verpassten Diagnose fürchten ...»

«Zaugg war nicht sein Hausarzt!»

«Alle Achtung, Berner! Die Bergluft hat deinen Verstand geschärft!», witzelte Martens. Dann fuhr er fort: «Das letzte Mal, als ich mit Zaugg zu tun hatte ...»

«Du kennst ihn?» Limacher horchte auf.

«Der Name kam mir gleich bekannt vor. Das war vor

ein paar Jahren. Wenn ich mich richtig erinnere, ging es um Mord ...»

«Mord?», fragten Petra und Berner wie aus einem Mund.

«Sagen wir es so: für gewisse Kreise ging es um Mord. Die anderen nennen es Sterbehilfe. Da scheiden sich die Geister, ähnlich wie bei der Abtreibung. Die einen sehen darin einen Segen, die andern einen Fluch ...»

«Hatte die Sache etwas mit der Familie von Stein zu tun?» Limacher erinnerte sich an den Zwischenfall mit Liz' Mutter im Altenberg.

Martens schüttelte den Kopf: «Nein, Keller, Koller oder so ähnlich hiess das Opfer. Ich hatte ein Gutachten zu erstellen, dass der Patient tatsächlich sozusagen todgeweiht war ...»

«Und?», fragte Petra. «Wie lautete das Urteil?»

«Wie gesagt, das ist ein paar Jahre her», wich Martens aus. «Ich glaube schon, dass Zaugg schuldig gesprochen wurde, aber mehr symbolisch ...»

«Symbolisch?», staunte Berner, «seit wann werden wir vor Gericht symbolisch. Entweder du hast jemanden umgebracht oder nicht.»

«Schwarz oder weiss gibt es nur auf dem Papier, mein Lieber», entgegnete Martens. «Das Leben ist bunt, im schlechtesten Fall grau.»

«Tot ist tot.»

«Einverstanden. Aber Sterben ist nicht gleich Sterben. Sterbehilfe war früher ein Tabu, heute fordern nicht nur Sterbehilfeorganisationen, dass der Mensch sein Lebensende selber bestimmen darf.»

«Du nimmst Zaugg in Schutz?» Limacher beobachtete Martens interessiert.

«Ich sage lediglich, der Fall hat eine wichtige Diskussion ausgelöst. In gewissem Sinn war Zaugg der Zeit voraus. Er ist ein wacher Geist – und zudem ein guter Beobachter. Er hat Binggelis Beinleiden richtig erkannt. Er besitzt nicht nur auffällige, sondern auch scharfe Augen.»

«Gefährliche Augen», ergänzte Berner.

«Find ich nicht», entgegnete Petra, «sein Blick hat Tiefe ...»

«Mir sagt sein Blick, dass er uns etwas verschweigt», schaltete sich jetzt auch noch Limacher ein.

«Was soll diese esoterische Diskussion?», staunte Martens. «Wo bleiben die Fakten?»

«Fakten alleine helfen auch nicht immer!» Limacher putzte sich die Nase. «Es gibt Situationen, wo man sich auf seine Nase verlassen muss ...»

«Die scheint mir aber tüchtig angeschlagen, mein Lieber.»

«Wo er recht hat, hat er recht», bestätigte Berner mitleidig.

«Ich bin Rechtsmediziner ...»

«Du hast immer recht!», kam ihm Petra zuvor.

34

«Wo stehen wir?»

«Simonnet wird bei seiner Ankunft in Zürich von der Grenzpolizei erwartet. Stauffer rechnet damit, dass man den Tierschützer mindestens bis nach der Durchsuchung seiner Wohnung festhalten wird. Und Menitz wird dafür sorgen, dass in der Wohnung belastendes Material gefunden wird. Dann wird man ihn wegen Verdunkelungsgefahr inhaftieren. Wir erstatten Anzeige, nicht wegen dem Verlust der Tiere, sondern wegen der Entwendung der Dokumente. Was Binggeli alles mitlaufen liess, kann ihn ja keiner mehr fragen.»

«Verstehe», Teutenberg schien nicht ganz beruhigt. «Simonnet könnte den Nacktmull ins Spiel bringen.»

«Stauffer schlägt Salamitaktik vor: Erst völlige Ahnungslosigkeit – je nach Beweislage, nichts abstreiten, aber auch nichts bestätigen. Volle Kooperation mit der Polizei da, wo wir sicher sind, dass sie nichts finden werden, Verzögerungstaktik wo nötig, Druck machen in Sachen Wirtschaftsspionage – Stauffer ist überzeugt, dass die Untersuchungen zum Nacktmull im Sande verlaufen werden.»

«Stauffer soll das Labor auch in diesen Punkten vertreten», entschied Teutenberg. «Was noch?»

«Was wir bisher über Simonnets Umfeld in Erfahrung gebracht haben, ist nicht gerade beruhigend», fuhr Wagner fort. «Hector Simonnet hat eine Schwester ...»

«Valérie Simonnet?»

«Genau.» Wagner staunte. «Sie bekleidet eine leitende Stelle in der Stiftung ProGena und arbeitet in diesem Kongresszentrum auf der Riederfurka ...»

«Ich weiss, wer Valérie Simonnet ist und was sie macht», unterbrach Teutenberg, «was soll mit ihr sein?»

«Hector Simonnet hat seine Schwester von den USA

aus wiederholt kontaktiert. Sie war letzten Freitag in Bern. Ein Tag nach Binggelis Ausscheiden. Gut möglich, dass sie mit ihrem Bruder unter einer Decke steckt. Vielleicht sollten wir ihr ebenfalls auf den Zahn fühlen.»

Teutenberg überlegte nur kurz. «Manchmal bringt es mehr, seine Gegner zu beobachten, anstatt sie anzugreifen. Sie soll unter Beobachtung gestellt werden – unauffällig! – richten Sie das Menitz aus. Wenn sie wirklich etwas mit dem Einbruch zu tun hat, wird sie uns möglicherweise ganz unbeabsichtigt helfen, die fehlenden Tiere zu finden.»

Wagner nickte.

«Sonst noch was?»

Wagner fragte sich einmal mehr, ob es überhaupt möglich war, Teutenberg irgendetwas zu verschweigen. «Professor Cooper hat mich über eine Anfrage aus dem Inselspital orientiert. Eine Klientin aus seinem Programm wird dort behandelt. Der Professor weiss nicht recht, wie er sich verhalten soll.»

«Inwiefern?»

«Bei der Patientin handelt es sich um Frau Stauffer …»

«Nicole Stauffer?»

«Genau. Sie ist als Botschafterin für die Promotion von Ambrosia vorgesehen. Das Werbematerial wurde mit ihr gestaltet und am Informationsanlass ist ein Auftritt mit ihr geplant. Aber so, wie es im Moment aussieht …»

«Wir suchen eine neue Botschafterin», bestimmte Teutenberg, «Cooper hat noch acht Tage Zeit, das sollte reichen. Aber was war das für eine Anfrage aus dem Inselspital?»

«Frau Stauffer ist ernsthaft erkrankt. Man möchte Auskunft über Coopers Therapie ...»

Teutenberg horchte auf. «Warum?»

«Weil irgendetwas mit ihrem Hormonhaushalt und Immunsystem nicht stimmen soll.»

«Was sagt Cooper dazu?»

«Wie gesagt, er weiss nicht recht, wie er sich verhalten soll. Er glaubt zwar nicht, dass ihre Krankheit etwas mit seiner Therapie zu tun hat, aber er fürchtet, sie lassen nicht locker. Vor dem Anlass gilt höchste Diskretion ...»

Teutenberg war aufgestanden und ging ein paar Schritte auf und ab. «Cooper soll sich in der Kommunikation gegen aussen von Stauffer beraten lassen. Und ich werde dafür sorgen, dass die Fragerei aus dem Inselspital ein Ende nimmt.»

35

Rominger betrat das Casino durch den offiziellen Eingang und wandte sich gleich in Richtung Toilettenanlage. Etwa auf halbem Weg befand sich eine Tür, die mit Privat angeschrieben war und sich nur mit einer Magnetkarte öffnen liess. Dahinter lag ein fensterloser Korridor, der zu einer weiteren, gleichermassen gesicherten Türe führte. Zutritt nur für Berechtigte, hiess es diesmal und über dem Hinweise klebte das Wappen mit den Symbolen der Turnerschaft: Degen, Kreuz und Ringe.

An einem gewöhnlichen Montagmittag in den Sommerferien herrschte nicht viel Betrieb im Vereinslokal.

Fechtbahn und Bar waren verlassen, im Salon sassen lediglich ein paar ältere Herren, allesamt deutlich älter als Rominger. Da zeigte sich auch gleich das Hauptproblem der Turnerschaft: die Überalterung. Fast mehr noch als andere Studentenverbindungen hatte man mit Nachwuchsproblemen zu kämpfen. Auch wenn sich die Verbindung heute gegen aussen lockerer gab, in den Grundsätzen und Ritualen war sie ihrer fünfhundertjährigen Tradition treu geblieben. Es war eine der letzten rein männlichen und schlagenden Verbindungen. Die sichtbare Narbe aus dem Fechtkampf der Mensur, der sogenannte Schmiss, stand immer noch für Tapferkeit und Ergebenheit.

Rominger grüsste die Altherren mit gebührendem Respekt. Es waren verdiente Persönlichkeiten. In ihrem elitären Denken suchten die Mitglieder bewusst nach Führung und Verantwortung, sei es in der Privatwirtschaft, im öffentlichen Dienst oder in der Politik. Als ein Journalist neulich die Verbindung als Filz bezeichnete, hatte er nicht ganz unrecht. Aber im Gegensatz zum Autor des Artikels sah Rominger darin nichts Verwerfliches, und schon gar nichts Unrechtes. Indem die Mitglieder der Turnerschaft ihre Beziehungen nicht – oder wenigstens nicht nur – für persönliche, sondern auch für öffentliche Interessen einsetzten, bekam das Beziehungsnetz seine moralische Berechtigung. «Nutze deine Privilegien, aber nütze sie nicht aus», lautete das Credo der Mitglieder.

Stauffer erwartete ihn an einem Tisch etwas abseits.

Sie sprachen erst über das Wetter, das hiess den Jahrhundertsommer, die Börse, das hiess die Frankenstärke, den Wein, das hiess einen Tessiner Merlot, der dank einem Jahr im Barrique ein gehaltvolles Bouquet entwickelt hatte, dann kam Stauffer zur Sache.

«Es geht um meine Frau und um eine Anzeige der Laborservice AG.»

«Wie geht es Nicole?», wollte Rominger wissen. Die Spitaleinweisung des prominenten Models hatte sich herumgesprochen.

«Sie liegt seit vier Tagen auf der Intensivpflegestation der Insel.»

«Wegen der Sommergrippe?» Auch das hatte sich herumgesprochen.

«Genaugenommen weiss man es nicht. Sie leidet an einem sogenannten Multiorganversagen. Ohne Intensivmedizin wäre sie bereits tot.»

«Das tut mir leid!» Rominger meinte es ehrlich. Er hatte Nicoles Gesellschaft stets als angenehm empfunden. Trotz Erfolg und Attraktivität hatte sie eine erfrischende Natürlichkeit bewahrt, in ihren Kreisen eher eine Ausnahme. «Wie kann das passieren? Ich meine, Nicole war doch immer gesund ...»

«Das ist genau das Problem!» Stauffer nickte heftig. «Fakt ist, dass sich Nicole seit Wochen nicht fit fühlte und der behandelnde Arzt es unterlassen hat, sie genauer zu untersuchen – oder besser gesagt: in die falsche Richtung gesucht hat. Nicole ging es von Woche zu Woche schlechter, und das einzige, was ihm einfiel, waren Drogentests! Das ist so verkehrt, wie wenn du bei einem Mordverdächtigen zuerst einmal den Führerschein kontrollieren würdest. Im Spital stand die Diagnose nach fünf Minuten.»

«Tönt übel», bemerkte Rominger.

«Es ist übel! Ich habe mich entschlossen, gegen den Arzt vorzugehen. Er hat nicht nur die Diagnose verpasst, jetzt lässt er Nicole auch im Spital nicht in Ruhe. Ich weiss nicht, ob er etwas zu vertuschen versucht oder ob er ihr nachstellt.» Stauffer legte einen USB-Stick auf den Tisch. «Ich habe dir die wichtigsten Punkte zusammengestellt. Ich verklage den Arzt wegen Verletzung der Sorgfaltspflicht und Stalking.»

«Sowohl Stalking als auch Behandlungsfehler sind extrem schwierige Anzeigepunkte», gab Rominger vorsichtig zu bedenken. «Für Stalking fehlen griffige Gesetzesgrundlagen und ohne Kunstfehler ...»

«Ich weiss», unterbrach ihn Stauffer schroff, «Hauptteil meiner Anzeige ist nicht das Stalking, sondern fachliches Versagen. Und da sehe ich genügend Argumente: Verzögerte Abklärung, falsche Diagnose, falsche Therapie, unterlassene Einweisung ins Spital, und wie gesagt: Verletzung der Sorgfaltspflicht ...»

«Was sagen die Insel-Ärzte?»

«Eine Krähe pickt der anderen bekanntlich kein Auge aus! Die geben die Schuld nicht dem Kollegen, sondern dem Immunsystem! Aber sie kennen Zauggs Vorgeschichte nicht!» Stauffer tippte auf den Stick. «Wenn du seine Akte gelesen hast, wirst du mich verstehen. Eigentlich unbegreiflich, dass dieser Mensch überhaupt eine Approbation erhielt.»

«Dir ist schon klar, dass Emotionen vor Gericht nicht zählen ...»

«Natürlich! Und wenn ich könnte, würde ich mich

mit ihm auf der Fechtbahn duellieren. Aber es geht nicht um Emotionen. Es geht um Recht und Gerechtigkeit – und um die Ehre. Ich stand schon einmal mit diesem Kerl vor Gericht. Damals ist er mir in den Rücken gefallen. Und jetzt habe ich den Verdacht, dass er meine Frau gegen mich aufwiegelt. Zaugg gehört endlich eine Lektion …»

«Zaugg?» Rominger horchte auf. «Sprechen wir von Doktor Thomas Zaugg?»

«Du kennst ihn?»

«Wenn wir von der gleichen Person sprechen, dann haben wir im Moment ziemlich mit ihm zu tun. Wir benötigten seine Aussage in Zusammenhang mit einem Unfall in der Kanalisation. Er leistete einem verunglückten Kanalarbeiter erste Hilfe. Alles in allem eine recht unklare Geschichte …»

«Es ging um einen Einbruch!», warf Stauffer ein.

«Das ist denkbar.»

«Rolf Binggeli und Joseph Niederhauser sind in das Forschungslabor der Laborservice AG im Käfiggässchen eingedrungen», erklärte Stauffer und überreichte Rominger einen Umschlag. «Die Laborservice AG erstattet Anzeige. Ich vertrete die Laborservice AG in dieser Angelegenheit!»

«Wie kommst du zu diesen Annahmen?», fragte Rominger verblüfft.

Stauffer zog einen zweiten Stick aus der Jackentasche. «Es gab eine interne Untersuchung. Die Informationen sind vertraulich und ohne Gewähr – aber ich weiss, dass sie dir bei deiner Arbeit helfen werden. Nutze deinen

Vorteil, aber sei vorsichtig. Offiziell dürfen nur Informationen verwendet werden, die auch offiziell gewonnen wurden!»

«Wie im letzten Fall?»

«Genau!» Stauffer hob das Glas und prostete Rominger zu. «Du wirst die Untersuchungen in die richtige Richtung lenken und man wird einmal mehr deinen Scharfsinn loben!»

«Danke!», sagte Rominger beeindruckt. «Wie kann ich mich ...»

«Zaugg!» Stauffers Antwort kam wie aus der Pistole geschossen. «Endlich habe ich etwas gegen ihn in der Hand. Diesmal will ich ihn fertig machen!»

36

«Rominger sucht dich schon überall!» Berner empfing Limacher sichtlich gestresst und mit einem vielsagenden Blick auf die Uhr.

«Guten Morgen Reto, danke der Nachfrage», erwiderte Limacher, «es geht mir tatsächlich besser; meine Nase meldet sich langsam zurück, ich rieche bereits wieder den Schweiss meiner Kollegen, und letzte Nacht ist mein verloren geglaubter Kater wieder aufgetaucht …»

«Hallo Christian, das ist die Polizeikaserne!» Berner wedelte mit den Handschellen, die auf Limachers Pult lagen. «Die Spürst-du-mich-Gruppe trifft sich um halb elf auf der andern Seite des Platzes; das heisst, natürlich nur die, die wirklich Lust dazu haben …»

«Weisst du, gestern Nachmittag habe ich die sterblichen Überreste meiner Mutter im Krematorium abgeholt!» Limacher schaltete die Kaffeemaschine ein. «Wenn du das Häufchen Asche siehst, das vom Leben bleibt, dann wird alles relativ.»

«Sorry. Das mit deiner Mutter hatte ich ganz vergessen», entschuldigte sich Berner. «Und Rominger wahrscheinlich auch. Er führt sich auf, als wärst du nicht einen Nachmittag, sondern eine ganze Woche weg gewesen.»

«Ich werde versuchen, trotzdem nett zu ihm zu sein!» Limacher warf die Kaffeemaschine an. «Hat er gesagt, was er auf dem Herzen hat?»

«Rominger hat nicht etwas auf dem Herzen, sondern einen neuen Fall, Chef! Er will uns sprechen, unverzüglich! Es gibt Neuigkeiten zu Binggeli. Die Kollegen aus Zürich haben Akten angefordert …»

«Gestern musste ich übrigens an dich denken», sagte Limacher unbeeindruckt. «Es gab doch diesen Film, der dir so imponiert hat, wie hiess er gleich, du weisst schon, wo die Leute eine Art Schleuse betreten, um dann irgendwo in einer andern Welt wieder aufzutauchen …»

«Star Gate?»

«Genau! – das Tor zu den Sternen. So ist mir der Ofen im Krematorium vorgekommen. Du wirst hineingeschoben, es gibt ein Leuchten am Guckloch und dann ist der Ofen leer. Ich habe mich gefragt, ob meine Mutter jetzt irgendwo auf einem andern Planeten des Universums zu neuem Leben aufersteht. Im Grunde wissen wir es nicht. Verstehst du, was ich meine?»

Berner schüttelte nur den Kopf. «Bei allem Verständnis, Chef, ich fürchte, du sitzt im falschen Film. Ich würde Rominger nicht länger warten lassen …»

Limacher nahm das Tässchen mit dem Espresso und hielt es unter seine Nase. Einmal mehr testete er nicht das Getränk, sondern seinen Riecher. Der Geruch nach Kaffee war da, aber noch ziemlich undefiniert. Er vermisste eine ganze Palette von Nebengerüchen. «Kannst du das verstehen?», fragte er Berner und stellte die Tasse zur Seite. «Das Getränk riecht nach Zichorie, dabei ist es ein lupenreiner …»

«Ich schlage vor, wir machen uns auf den Weg!» Berner schob seinen Chef aus dem Büro.

Entgegen Berners Befürchtungen wirkte Rominger ziemlich gelassen. «Alles in Ordnung, Christian?», erkundigte er sich zunächst nach Limachers Befinden.

«Danke, ja. Das Gröbste ist vorbei. Die Abdankung haben wir auf August verschoben ...», Limacher musste sich schnäuzen.

«Wenn ich etwas für dich tun kann ...», sagte Rominger mitfühlend.

Limacher winkte ab. «Danke. Meine Nase läuft nicht wegen meiner Mutter, sondern wegen diesen Drecksrückständen aus der Kanalisation.»

«Sehr gut!» Die Erleichterung war Rominger anzusehen und er wartete, bis Limacher seine Nase fertig geputzt hatte. «Wir sind nämlich auf deine Spürnase angewiesen, Christian. Ich möchte, dass du dich unverzüglich in einen neuen Fall einarbeitest. Nachdem der Fall Binggeli auf guten Wegen ist, werden wir dich ...»

«Auf guten Wegen? Ausser der Todesursache ist so ziemlich alles auf Abwegen. Weder wissen wir, was die beiden in der Kanalisation zu suchen hatten ...»

«Wissen wir!», unterbrach Rominger.

«Tatsächlich?» Limacher war platt. «Und warum weiss ich nichts davon?»

«Du warst gestern Nachmittag nicht da!», sagte Rominger ohne jeden Vorwurf. «Rolf Binggeli und Joseph Niederhauser hatten weder das Bundeshaus noch die Nationalbank im Visier, sondern ein Labor im Käfiggässchen.»

«Und was hofften sie dort zu finden?»

«Sie hofften nicht, sie fanden!» Rominger tippte auf eine der Akten auf seinem Pult. «Und zwar Unterlagen zu wichtigen Forschungsprojekten. Sie waren mit einem klaren Auftrag unterwegs. Wir kennen sogar den Namen des mutmasslichen Drahtziehers: Hector Simonnet.»

Rominger legte eine Kunstpause ein.

«Sollte mir der Name etwas sagen?», fragte Limacher arglos, obwohl er gleich an Valérie denken musste.

«Der Tierschutzaktivist! Sein Pamphlet wird in regelmässigen Abständen an sämtliche Haushalte verschickt. Simonnet ist der Oberguru der Veganer und Tierschützer. Wenn es nach ihm ginge, wäre die Schweiz fleischfrei. Er kämpft gegen Batteriehaltung, Tierversuche, Fleischfabriken, Pelzmäntel und was sonst alles den Tieren das Leben schwer macht oder verkürzt.»

«Fliegenklatschen!» warf Berner ein.

«Ging der Überfall auf das Pelzgeschäft in der Marktgasse im letzten Winter nicht auch auf sein Konto?», fragte Limacher.

«Ist offen geblieben! Aber hier deutet alles auf besagten Hector Simonnet als Drahtzieher sowie Binggeli und Niederhauser als seine Handlanger hin. In der Wohnung des Tierschützers wurden Dokumente sichergestellt, die die Einbrecher entwendet haben. Ich bitte euch, diese Informationen absolut vertraulich zu behandeln. Gemäss Einschätzung der Kollegen von der Wirtschaftsabteilung in Zürich droht Verdunkelungsgefahr.»

«Kollegen von der Wirtschaft?», wunderte sich Limacher.

«Genau. Hector Simonnet wurde heute Morgen am Flughafen Zürich festgenommen. Es besteht der dringende Verdacht auf Wirtschaftsspionage.»

«Ein Tierschützer als Wirtschaftsspion?» Limacher schüttelte ungläubig den Kopf. «Das passt doch wie die Faust aufs Auge! – Und wer hat Binggeli umgebracht?»

«Binggeli ist an einem Herzversagen verstorben», hielt Rominger fest. «Gut möglich, dass seine Verletzungen und sein Tod überhaupt nichts mit dem Einbruch zu tun haben. Aber du hast natürlich recht. Die Umstände zu Binggelis Tod müssen geklärt und der Einbruch ins Labor muss untersucht werden. Aber mit diesen Fragen werden sich deine Kollegen beschäftigen. Wir benötigen dich nämlich ab sofort an anderer Stelle.»

Limacher horchte auf. Es war in der Regel kein gutes Zeichen, wenn ein Fahnder von einem laufenden Fall abgezogen wurde. «Ich werde versetzt?»

«Bewahre, nein!» Rominger hob abwehrend die Hände. «Befördert, würde ich das nennen. Du hast ausgezeichnete Arbeit geleistet! Fakt ist: Der Fall Binggeli ist überschaubar geworden und bietet eine Bewährungsprobe für Petra Loosli und Reto Berner. Auf der andern Seite», Rominger griff nach dem neuen Dossier, als könnte er sich daran die Finger verbrennen, «auf der andern Seite bringt Doktor Stauffer einen Fall ein, der Erfahrung erfordert …»

«Der Wirtschaftsanwalt?»

«Wirtschaftsrecht ist sein Gebiet», nickte Rominger. «Aber bei seiner Anzeige geht es um eine familiäre Angelegenheit. Genauer gesagt, um seine Frau …»

«Die Beinahe-Miss oder die von vorher?», fragte Berner.

«Frau Stauffer ist keine Beinahe-Miss, sondern ein bekanntes Model und eine gefragte Schauspielerin.»

«Und was ist ihr Problem?», wollte Limacher wissen.

«Kurzversion: Frau Stauffer liegt schwer krank im Inselspital. Doktor Stauffer vermutet, dass der Hausarzt erstens etwas verpasst hat und zweitens nicht nur medizinisch an seiner Frau interessiert ist …»

«An der Stauffer sind viele interessiert», kommentierte Berner, «gab es nicht erst kürzlich diese Affäre mit dem Fernsehmoderator …»

«Doktor Stauffer spricht von Stalking!»

Rominger sagte es ganz ruhig, aber die Narbe an seinem Kinn begann sich zu röten, ein untrügliches Zeichen für Ärger, wie Limacher wusste. «Für Stalking ist die Sitte zuständig», bemerkte er.

«Stalking ist lediglich ein Nebenthema! Hauptpunkt seiner Anzeige ist der Verdacht auf einen ärztlichen Fehler. Und dafür ist Leib und Leben zuständig. Stauffer möchte, dass sich unsere fähigsten Leute mit dem Fall beschäftigen.»

«Seit wann bestimmen diejenigen, die Anzeige erstatten, über unser Team?»

«Du kannst es durchaus als Ehre betrachten! Dein Einsatz ist von oberster Stelle abgesegnet. Der Fall erfordert neben seriöser Fahndungsarbeit vor allem auch Fingerspitzengefühl.»

«Du meinst Samthandschuhe!»

«Versteh mich nicht absichtlich falsch! Doktor Stauffer ist nicht irgendein Klient …»

«Vor dem Gesetz sind wir alle gleich.»

Die Narbe an Romingers Kinn leuchtete. «Alle gleich gibt es nicht! Du weisst selber, welchen Unterschied es macht, ob wir ein Sicherheitsproblem in der Reitschule oder im Stadttheater haben! Stauffer ist ein angesehener Anwalt! Wir wollen ganz einfach nichts anbrennen lassen.»

«In drei Tagen verreise ich ins Wallis.» Limacher machte einen letzten Abwehrversuch.

«Ist mir bewusst, Christian. Petra Loosli wird dich unterstützen und bei Abwesenheit vertreten. Sie ist die ideale Ergänzung. Sie hat bei der Sitte gearbeitet und Erfahrung mit Stalking. Wichtig ist, dass die Ermittlungen unverzüglich aufgenommen werden. Der Gesundheitszustand von Frau Stauffer ist kritisch und es gilt, keine Zeit zu verlieren. Ich erwarte bis Ende Woche eine erste Beurteilung. Das sollte möglich sein, denn Doktor Stauffer hat ausgezeichnete Vorarbeit geleistet.»

Rominger schob ihm das Dossier zu.

«Wie heisst der fehlbare Arzt?» Limacher hatte kapituliert.

«Doktor Zaugg.»

«Unser Doktor Zaugg?»

«Exakt der!»

«Sieh mal einer an!» Limacher langte interessiert nach der Akte.

37

Ziemlich besorgt machte sich Professor Brunner nach der morgendlichen Visite auf den Weg zum «Schweizerhof». Ein Viktor Teutenberg wünschte ihn dringend zu sprechen.

Brunner sagte der Name etwas, aber erst nach einer kurzen Recherche im Internet wusste er wieder warum. Teutenberg hatte sich auf dem Gebiet der Gentechnologie einen Namen gemacht, zuerst als Forscher und später als Unternehmer. Er sass in Verwaltungs- und wissenschaftlichen Räten zahlreicher Firmen. Es gab Spekulationen, dass er die Unternehmen über Beteiligungsfirmen teilweise auch kontrollierte. Zu diesen Unternehmen zählte unter anderen auch Genetic Solutions. Und eben diese Genetic Solutions gehörte zum kleinen Kreis der Firmen, die sich an der Universität Bern finanziell engagierten. Genetic Solutions kam für die Kosten einer vollen Professur auf, seiner Professur.

Brunner erinnerte sich, dass er Teutenberg einmal kurz getroffen hatte, nämlich am Rande eines Anlasses, bei dem es darum gegangen war, den Sponsoren der Universität die Ehre zu erweisen. Das hatte ihm und seiner Frau einen eindrücklichen Ausflug nach London eingebracht. Neben einem Podiumsgespräch zu den aktuellen Kontroversen über pränatale Gentests hatten ein Besuch der europäischen Zentrale von Genetic Solutions, ein Konzert der Londoner Philharmonie in der Royal Festival Hall und ein Diner bei Jamie Oliver auf dem Programm gestanden. Inklusive Businessflug Bern-London retour.

Brunner hatte damals die Einladung vorsichtshalber von der Universitätsleitung absegnen lassen. Sein Ausflug nach London war nicht nur geduldet, sondern begrüsst worden. Wollte Bern im universitären Konkurrenzkampf mithalten, waren Sponsorengelder schlicht nicht mehr wegzudenken.

Natürlich gab es auch kritische Stimmen zur zunehmenden Verflechtung von Universität und Privatwirtschaft. «Die medizinische Fakultät am Tropf der Pharma» – oder so ähnlich hatte die Presse das Engagement von Genetic Solutions kommentiert.

Aber jetzt waren es nicht die möglichen Interessenskonflikte, die Brunner Sorgen machten. Er konnte sich nicht vorstellen, worüber er sich mit Viktor Teutenberg unterhalten sollte, wenn nicht über das Geld. Sparen, Sparen, Sparen. Das Wort fiel an den Sitzungen der Spitalleitung häufiger als Arbeiten. Für ihn war klar, bei einem Wegfall der Sponsorengelder würde sein Lehrstuhl wackeln. Sein Team leistete zwar ausgezeichnete Arbeit, aber neue Patienten brachte seine Grundlagenforschung dem Inselspital bislang nicht. Und so lief sein Programm unter dem Motto «Nice to have». Oder anders gesagt, sein Job existierte wahrscheinlich nur so lange, wie er gesponsert wurde.

«Vielen Dank, dass Sie sich so kurzfristig Zeit genommen haben, Herr Professor», begrüsste ihn Teutenberg wenig später sichtlich erfreut in der Hotelsuite. «Professor Cooper», stellte er den andern Mann vor, «ich nehme an, die Herren kennen sich?»

«Bislang leider nur über die Fachliteratur», sagte Professor Cooper gewinnend, während er Brunner die Hand schüttelte. «Ich habe Ihren letzten Artikel im New English Journal mit Interesse gelesen. Ihre Arbeiten helfen mit, die Ergebnisse der Grundlagenforschung an den Patienten zu bringen. Ich sage immer, Gentechnik ist die Therapieform des einundzwanzigsten Jahrhunderts. Fehlleistungen des Körpers, vom Bluthochdruck bis zum Krebs, werden in Zukunft nicht mehr durch Pillenschlucken behandelt, sondern durch Umprogrammieren der Gene. Das Übel wird sozusagen an der Wurzel gepackt!»

«Ihre Forschungsarbeiten haben die volle Aufmerksamkeit Ihrer Sponsoren», schaltete sich Teutenberg ein, «und damit möchte ich gleich zur Sache kommen. Genetic Solutions plant, das Engagement in Bern auszuweiten.»

«Das sind ja erfreuliche Neuigkeiten!» Professor Brunner fiel ein Stein vom Herzen.

«Und im Moment noch höchst vertrauliche Neuigkeiten», fuhr Teutenberg fort. «Wie Sie sich vorstellen können, engagiert sich Genetic Solutions nicht nur an Universitäten. Seit zwei Jahren läuft gleich hier im Institut nebenan unter der Leitung von Professor Cooper ein interessantes Forschungsprojekt. Wie Sie wissen, ist die Altersmedizin sein Steckenpferd und er leitet ein Team, das sich mit den gentechnologischen Möglichkeiten auf diesem Gebiet beschäftigt.»

Brunner nickte vorsichtig. Soweit er sich erinnern konnte, hatte Cooper letztmals mit einem Verjüngungselixier aus Plazentablut von sich reden gemacht. Im Tierversuch war nachgewiesen worden, dass bei alten Mäusen durch die Transfusion von Blut junger Mäuse der Alterungsprozess verzögert werden konnte. Cooper hatte sich diese Erkenntnis zu Nutze gemacht. Immortalis – Unsterblich, hatte er seine Therapie unbescheiden benannt. Und obwohl der Beweis einer Wirkung beim

Menschen bis heute ausstand, wurde im FEY munter weitertherapiert, wie er gehört hatte.

Das Institut genoss im Inselspital einen zwiespältigen Ruf. Trotzdem waren etliche Kollegen mehr oder weniger regelmässig im FEY tätig. Und dies betraf bei weitem nicht nur den plastischen Chirurgen. Dermatologen, Ophtalmologen, Gynäkologen, Kardiologen – abgesehen von Pädiatrie, Neonatologie und seiner eigenen Disziplin – Gentechnik – war wohl schon jede Fachrichtung gefragt gewesen. Natürlich nur konsiliarisch, wie man stets versicherte, und nur in diesem einen Fall, wo es schliesslich um ein Staatsoberhaupt, einen Filmstar, einen Scheich oder auch mal um die beste Freundin eines Freundes ging.

«Ich darf sagen, dass Genetic Solutions im Moment im FEY eines der aussichtsreichsten Projekte der letzten Jahre am Laufen hat», hörte er Teutenberg weiter erklären. «Wir stehen vor einem wichtigen Schritt und die Verantwortlichen haben gemerkt, dass für die weitere erfolgreiche Entwicklung dieses Standortes zusätzliche Fachkompetenz unabdinglich ist. Genetic Solution hat deshalb beschlossen, den wissenschaftlichen Beirat, der das Projekt in Bern begleitet, zu erweitern. Sie stehen ganz oben auf der Wunschliste der Konzernleitung.»

«Vielen Dank, aber da müsste ich schon etwas mehr wissen!» Brunner versuchte nicht abwertend zu klingen. «Lifestyle und Antiaging zählen nicht gerade zu meinen Kernkompetenzen.»

Teutenberg lächelte lediglich. «Bitte, Herr Professor!», forderte er Cooper auf.

«Ich denke, Sie gehen mit mir einig, Herr Kollege,

wenn ich sage, dass der Alterungsprozess grundsätzlich genetisch vorbestimmt ist. Bei gewissen Tieren, wie zum Beispiel dem Nacktmull, fehlen bestimmte Teile der Alterungsgene und der Alterungsprozess ist entsprechend verlangsamt. Hier setzten wir mit unserer Therapie gegen das Alter an.»

Cooper überreichte Brunner einen Hochglanzprospekt. «Das ist das Handout für unseren Informationsanlass nächste Woche. Gehen Sie auf Seite neun. Dort finden sie schematisch dargestellt, wo sich das Alterungsgen im menschlichen Erbgut lokalisiert und welche Gene dem Nacktmull fehlen.»

«Das ist ein bekanntes und interessantes Phänomen», bestätigte Brunner, «aber für die Medizin noch kaum relevant.»

«Noch! Das haben Sie richtig bemerkt. – Gehen Sie eine Seite weiter! Da sehen Sie unsere Studienanordnung!»

«Sie benutzen den Nacktmull, um Antikörper herzustellen?»

«Genau. Die Antikörper, die der Nacktmull gegen gewisse Gene des Menschen bildet, führt die genetische Schere an die richtigen Stellen im menschlichen Zellkern. Mittels der CRISPR/CAS-Methode werden dann die angesteuerten Abschnitte aus dem menschlichen Genom entfernt.»

«Die Alterungsgene wegschneiden?», staunte Brunner. «Das soll funktionieren?»

«Gehen Sie auf die folgende Seite!»

«Ihre Therapie nennt sich Ambrosia?»

«Götterspeise, genau», sagte Teutenberg beinahe feierlich. «Wir fanden, das passt. Laut griechischer Mythologie soll sie ewiges Leben verleihen.»

«Vielleicht nicht gerade ewiges, aber längeres Leben», fuhr Cooper fort. «Abbildung eins zeigt, wie die genetische Variabilität im Zellkern mit dem Alter normalerweise abnimmt. Abbildung zwei zeigt die Veränderung im menschlichen Zellkern unter Ambrosia.»

«Sehe ich das richtig? Das sind Resultate aus einer klinischen Studie?» Brunner staunte.

«Sie sehen es richtig. Die beiden nächsten Grafiken zeigen die Wirkung von Ambrosia auf Haarwachstum und die Herzleistung. Nach nur drei Monaten Therapie erreichen wir bei unseren Patienten annähernd gleiche Werte wie in einer zwanzig Jahre jüngeren Kontrollgruppe. Die Daten lassen den Schluss zu, dass die Vorgänge auf molekularer Ebene einen positiven Einfluss auf den Körper haben. Oder anders gesagt, der Alterungsprozess wird durch die Gene gesteuert, und wenn wir die Gene ausschalten, kann der Prozess aufgehalten werden. Oder nochmal anders gesagt: Der Alterungsprozess unterscheidet sich in seiner Entstehung nur unwesentlich von genetisch vorbestimmten Krankheiten. Das Alter ist eine Krankheit und somit auch behandelbar!»

«Ich bin beeindruckt!», gab Brunner zu. «Aber der Beweis, dass Ambrosia auch tatsächlich das Leben verlängert, ist damit nicht wirklich erbracht …»

«Eine absolut berechtigte Kritik!» Teutenberg schien Brunners Einwand zu freuen. «Wir wissen, dass wir erst am Anfang stehen, aber die Resultate sind ermutigend.»

«Und sie werden mit jedem Monat besser!», ergänzte Cooper.

«Haben Sie bereits eine Publikation eingereicht?», wollte Brunner wissen.

«In einer Woche orientieren wir die Investoren, erst dann treten wir an die Öffentlichkeit. Bis zu diesem Zeitpunkt sind diese Informationen streng vertraulich.»

«Die Zahlen sind noch relativ klein», wandte Brunner ein, als suchte er einen Haken.

«Da geben wir Ihnen ebenfalls recht», sagte Teutenberg. «Aber das Interesse an dieser neuen Therapie ist gross. Sowohl bei Investoren wie bei Patienten …»

«Wir führen zurzeit eine Warteliste mit weiteren Probanden», präzisierte Cooper.

«Gentechnologiebasiertes Antiaging setzt nicht mehr bei der Kosmetik, sondern im Zellkern an!», fuhr Teutenberg feierlich fort. «Das FEY entwickelt sich vom Schönheitsinstitut zu einem modernen Zentrum für Altersmedizin. Wir stehen am Anfang einer gewaltigen Entwicklung. Für die nächsten Schritte benötigen wir mehr Leute, mehr Geld und mehr Knowhow.» Teutenberg wartete, bis Brunner den Blick von der Broschüre hob. «Sie haben das nötige Wissen», fuhr er fort, «Deshalb möchten wir Sie an Bord holen. Als Mitglied im wissenschaftlichen Beirat.»

Brunner war unwillkürlich aufgestanden und ans Fenster getreten. Während Teutenberg von einem Kompetenzzentrum von internationaler Ausstrahlung schwärmte, beobachtete er das Treiben der Menschen auf dem Bahnhofplatz. Sie kamen ihm vor wie emsige

Ameisen, die aus dem Schlund des Bahnhofs auftauchten und wieder verschwanden. – Aber das waren keine Ameisen. Das waren Menschen. Menschen mit ihren Sorgen, mit ihren Plänen und mit ihren Hoffnungen. Vor allem Hoffnungen. Hoffnung auf Gesundheit, Hoffnung auf ein gutes, langes Leben und vielleicht sogar Hoffnung auf Unsterblichkeit. Nein. Es brauchte nicht ewiges Leben zu sein. Schon ein paar Jahre mehr an Lebensqualität, ein paar Jahre weniger Schmerzen, weniger Atemnot, ohne Krebs, ohne Demenz, – oder ganz einfach ohne Probleme beim Wasserlösen, erinnerte sich Brunner an sein eigenes Gebrechen. Die Vergrösserung der Prostata ist keine Krankheit, sondern lediglich eine Alterserscheinung, hatte ihn der Kollege von Urologie zu beruhigen versucht.

Die Vorstellung, dass sich all diese naturgegebenen Vorgänge bremsen oder sogar stoppen liessen, war mehr als verlockend. Wenn schon nur zehn Prozent von dem, was Cooper ihm eben präsentiert hatte, Realität wurde, bedeutete das für die Medizin ein Erdbeben der Stärke sieben. Brunner fragte sich einen Moment, ob sich die beiden der Bedeutung ihrer Entdeckung überhaupt bewusst waren.

«Der Rat tagt einmal im Monat», hörte er Teutenberg weiter erklären, «je nach Thema in Bern oder am Hauptsitz in London. Je nach Traktanden und Tagungsort werden sie mit einem bis anderthalb Tagen Arbeit rechnen müssen. Die Entschädigung für das Mandat liegt im Moment bei etwas über Hunderttausend im Jahr. Sitzungsgelder und Spesen werden separat abgerechnet.

Eine Erfolgsbeteiligung gibt es erst, wenn wir schwarze Zahlen schreiben.»

Brunner setzte sich wieder an den Tisch.

«Die Konkurrenz schläft nicht. Wir stehen unter Zeitdruck. Wir möchten den Investoren den neuen Beirat am nächsten Dienstag vorstellen. Wenn Sie sich nicht entschliessen können, haben wir natürlich Verständnis, aber den Platz für Sie freizuhalten können wir uns nicht leisten.»

Brunner überlegte nur kurz. Wenn nicht er, dann ein anderer. Und damit wahrscheinlich auch das Ende der Zusammenarbeit zwischen der Universität und Genetic Solutions. Ein Angebot zu einem derartigen Karrieresprung – wissenschaftlicher Beirat in einem international tätigen Konzern! – gab es nur einmal im Leben. Er wandte sich wieder Teutenberg zu. «Ich bin bereit!»

«Gratuliere!» Teutenberg schüttelte ihm die Hand. «Ich wusste, dass Sie diese Herausforderung interessiert. Sie werden gleich mit Direktor Brinks die vertraglichen Modalitäten durchgehen können!» Er sah auf die Uhr. «Wir haben noch ein paar Minuten, und das gibt uns Gelegenheit, noch etwas ganz anderes zu besprechen. Es betrifft eine Patientin von Professor Cooper, die im Moment im Inselspital liegt.»

«Das Inselspital ist gross!» lächelte Brunner.

«Es geht um eine Frau Nicole Stauffer. Sie ist eine prominente Persönlichkeit …»

«Ich weiss», unterbrach Brunner wichtig, «ich wurde in ihrem Fall bereits beigezogen.»

«Wunderbar!» freute sich Teutenberg. «Nicole Stauffer liegt uns am Herzen. Sie hat nicht nur bei verschiedenen Kampagnen des Instituts mitgemacht, sie ist – oder besser gesagt – war auch Kundin des FEY.»

38

Unverzüglich! hatte Rominger gefordert. Zaugg war möglichst rasch mit der Anzeige zu konfrontieren, noch vor irgendwelchen andern Abklärungen. Laut Rominger ging es erstens darum, den Überraschungseffekt auszunützen, und zweitens, den nächtlichen Visiten Zauggs ein Ende zu setzen. Und wohl auch darum, Stauffer zu beeindrucken, ergänzte Limacher drittens für sich selber.

Nachdem er sich einen Überblick über Zauggs Akte verschafft hatte, machte er sich mit Petra auf den Weg.

«Mist!» Er klopfte seine Taschen ab. «Ich habe die halbe Ausrüstung im Büro liegen lassen.»

«Ich bin bewaffnet, falls es dich beruhigt», scherzte Petra, die den Dienstwagen lenkte.

«Nach allem, was ich über Zaugg gelesen habe, könnte eine gewisse Vorsicht durchaus angezeigt sein. Stauffer ist nicht der einzige, der dem Arzt nicht über den Weg traut!» Er dachte an den Zwischenfall mit Liz' Mutter im Altenberg.

«Was soll er denn so alles auf dem Kerbholz haben?»

«Er soll nicht, er hat! Was ich bisher gesichtet habe, liest sich wie die Biographie eines Unverbesserlichen: Schwierigkeiten zuhause, Schwierigkeiten in der Schule,

Schwierigkeiten im Internat und Schwierigkeiten im Erwachsenenalter. Zaugg hat bislang siebenmal vor Gericht gestanden und zweimal im Gefängnis gesessen. Aktuell laufen, gemäss den verfügbaren Unterlagen, zwei weitere Verfahren gegen ihn.»

«Krass!» Petra schüttelte ungläubig den Kopf.

«Ist aber so!», sagte Limacher mit Nachdruck. Ihm schien, seine junge Kollegin wolle vor den Tatsachen die Augen verschliessen.

«Und was sind das für laufende Verfahren?»

«Weiss ich noch nicht. Wir behindern uns selber. Datenschutz! Die rechte Hand soll auch bei der Polizei nicht wissen, was die linke tut! Verbrecherschutz könnte man dem auch sagen!»

«Wissen wir wenigstens, welche Stellen sich mit ihm beschäftigten?» Petra steuerte den Wagen in einen der Patientenparkplätze direkt vor der Praxis.

«Strassen- und Steuerbehörde. Die Anträge auf Akteneinsicht sind bereits unterwegs.» Limacher öffnete die Wagentür. Der Parkplatz lag zwar noch im Schatten, aber die Hitze begann bereits wieder zu drücken.

«Schon wieder die Polizei!», begrüsste sie eine etwas füllige Frau, die offenbar in Begriff war, die Geranien zu giessen. Sie musterte sie unverhohlen. «Ihre Kollegin habe ich gleich erkannt. – Tschuldigung, ich will ja nicht neugierig sein, aber geht es noch immer um diesen Unfall in der Kanalisation?»

«Fragen dürfen Sie. Aber Auskunft können wir Ihnen keine erteilen», sagte Limacher nicht eben freundlich. «Und Sie sind?»

«Frau Liechti. Schon klar, dass Sie nichts sagen dürfen. Ist auch recht so. Fragen darf man trotzdem, sag ich immer. Als Hausmeisterin muss man die Augen offen halten. Besonders in einem Haus, wo so viele Leute ein- und ausgehen, – die Praxis liegt im ersten Stock!» informierte sie nahtlos, als sie Limacher die Anzeigetafel neben dem Eingang studieren sah.

«Vielen Dank», Limacher betrat das Treppenhaus und hielt Petra die Tür auf.

«Ich will ja nichts gesagt haben, aber wenn die Polizei auftaucht, ist meistens die Praxis gefragt», äusserte Frau Liechti freimütig, «das heisst, seit Doktor Zaugg die Praxis führt. Bei Doktor Fischer war das anders. Das war noch ein richtiger Doktor, einer von der alten Schule, meine ich …»

«Wir riskieren es trotzdem», meinte Petra mit einem Augenzwinkern und schlüpfte ins Haus.

«Falls Sie mich brauchen, ich bin da!» Frau Liechti griff wieder zur Giesskanne. «Bei der Hitze könnte man den ganzen Tag Blumen giessen.»

«Die beobachtet schärfer als eine Überwachungskamera!», raunte Petra, als sich die Türe hinter ihnen geschlossen hatte.

«Nicht auszuschliessen, dass sie uns noch nützlich sein kann.» Limacher musste niesen. Der schwache Geruch nach Desinfektionsmittel in der Praxis reizte seine empfindliche Nase.

Mit der Frage «Haben Sie einen Termin?» streckte ihm die Praxisassistentin die Schachtel mit Mundschutz und Sterilium entgegen. Die Sommergrippe ist ansteckend!

Bitte beachten Sie unsere Hygienevorschriften! informierte das Schild auf der Theke.

«Es war nur ein Reiz in der Nase», erklärte er. «Wir möchten Doktor Zaugg sprechen.»

«Haben Sie einen Termin?», wiederholte die Praxisassistentin.

«Nein.» Limacher zeigte sein Dienstmarkte.

Die Praxisassistentin schluckte weitere Einwände hinunter. «Das Wartezimmer ist voll und hier am Empfang kann ich Sie nicht gut warten lassen», überlegte sie laut und führte sie schliesslich in ein freies Sprechzimmer. «Aber viel Zeit wird Doktor Zaugg für Sie nicht erübrigen können!»

Sie setzten sich auf die Besucherstühle und sahen sich schweigend um. Die Untersuchungsliege und der Rollkorpus mit den medizinischen Utensilien zeigten, dass man sich in einer Praxis befand, der antike Holztisch mit Schieferplatte, der als Pult diente, und die zahlreichen Bilder an den Wänden verliehen dem Zimmer aber auch etwas Wohnliches.

«Das gefällt mir.» Petra zeigte auf ein etwas grösseres Bild an der Wand hinter dem Pult.

Es handelte sich um ein abstraktes Gemälde mit Kreisen und Gitterlinien, was Limacher unwillkürlich an den Flur im Untersuchungsgefängnis erinnerte.

«Das Bild ist von DD!», staunte er, als er die Initialen am Bildrand bemerkte. «Wie kommt Zaugg dazu?»

«Warum sollte er nicht?», fragte Petra zurück. «DD lebt in Bern und seine Bilder sind gefragt.»

«Das meine ich nicht! Ich spreche vom Preis. Ich habe an einer Ausstellung gesehen, was DDs Bilder kosten.

Unter fünfzigtausend geht gar nichts! Da heisst es immer, Hausärzte verdienten schlecht ...» Er brach ab.

Vor der Tür waren Schritte zu vernehmen und wenig später trat Doktor Zaugg ein.

«Es kommt mir so vor, als sähe ich in letzter Zeit mehr Polizisten als Patienten», begrüsste er die beiden.

Limacher staunte. Im Vergleich zu seinem Auftritt an Binggelis Leichenschau wirkte Zaugg heute wieder gepflegter und vor allem lockerer. Ob der weisse Kittel den Unterschied ausmachte? Oder die Tatsache, dass sich Zaugg auf heimischem Terrain sicherer fühlte?

«Wir sind nicht die einzigen, die sich für Sie interessieren?» fragte er.

«Gestern war die Steueraufsicht da, heute Leib und Leben und nächste Woche habe ich einen Gerichtstermin mit Ihren Kollegen vom Verkehrsdienst.» Zaugg setzte sich hinters Pult.

«Dann umso mehr: Vielen Dank, dass Sie sich kurzfristig die Zeit nehmen!», meinte Limacher, etwas überrumpelt von Zauggs Offenheit.

«Gibt es Neuigkeiten zu Rolf Binggeli?», wollte Zaugg wissen.

«Ja, es gibt in der Tat Neuigkeiten im Fall Binggeli, aber heute geht es um etwas anderes.»

«Ach ja?» Zaugg horchte auf.

«Gegen Sie wurde Anzeige erstattet!»

Limacher sprach absichtlich nicht weiter, um Zauggs Reaktion zu beobachten. Er hatte schon mehrfach die Erfahrung gemacht, dass mit Geduld mehr Informationen zu erhalten waren, als mit Druck.

Zaugg sah ihn gespannt an und Limacher stellte sich vor, wie der Arzt in diesem Moment im Schnelllauf sein Leben nach möglichen Fehltritten durchforstete. Er wartete schon lange auf das Gerät, das in dieser Situation die Gedanken seines Gegenübers zu lesen vermochte.

«Da müssen Sie mir schon etwas mehr verraten!»

Auch Zaugg schien auf Abwarten zu spielen.

«Es geht um den Verdacht eines Behandlungsfehlers.»

«Okay», sagte Zaugg nach kurzem Überlegen, «wenn Sie von mir eine Auflistung aller möglichen Fehlleistungen erwarten, können wir einen ganzen Morgen zusammensitzen. Ich verschreibe stündlich Medikamente mit potentiell gefährlichen Nebenwirkungen, ich erfülle täglich den Tatbestand einer einfachen Körperverletzung und ich stelle jede Woche eine Diagnose, von der ich weiss, dass sie vorerst nichts als eine Arbeitshypothese ist. Nur dank meiner Haftpflichtversicherung kann ich noch ruhig schlafen.»

Obwohl Limacher klar war, dass Zaugg seine Taktik durchschaut hatte, blieb er vage: «Wir ermitteln in Zusammenhang mit der Erkrankung von Nicole Stauffer!»

«Nicole Stauffer?» Zaugg war sichtlich überrascht.

«Das erstaunt Sie?,» fragte Limacher.

«Kommt drauf an, wer klagt.» Und als Limacher keine Anstalten zu weiteren Erklärungen machte, fügte Zaugg mit einem Blick auf die Uhr an: «Für ein Ratespiel fehlt mir wirklich die Zeit!»

«Sie sind der Hausarzt der Patientin?»

Zaugg wiegte den Kopf. «Jein.»

«Wie ist das zu verstehen?»

«Nicole fragt mich zwar immer wieder um Rat, aber ihr Hausarzt bin ich trotzdem nicht. – Und wenn das alles war, was Sie von mir wissen wollten, sehe keinen Grund, meine Patienten länger warten zu lassen.» Zaugg schickte sich an aufzustehen.

Limacher kapitulierte. «Doktor Stauffer zeigt Sie an. Verdacht auf Behandlungsfehler, Verdacht auf Verletzung der Sorgfaltspflicht und Verdacht auf Stalking.»

«Anwalt Stauffer?» Zaugg schüttelte den Kopf und sein Blick irrte durch das Zimmer, als suchte er Halt. «Ich versteh das nicht. Ich frage mich, ob er weiss, was er tut.»

Limacher spürte, dass er Zaugg vielleicht doch noch dorthin drängen konnte, wo er ihn haben wollte: In der Ecke. «Anwälte wissen in der Regel ganz genau, was sie tun; besonders, wenn sie Anzeige erstatten! Was er gegen Sie vorbringt …»

«Ein Anruf für Sie!» Die Praxisassistentin streckte den Kopf ins Zimmer.

«Ist im Moment ungünstig …»

«Sie sagt aber, es sei dringend.» Die Praxisassistentin hielt ihm eine Notiz unter die Nase.

«Sie erlauben? Eine Minute!» Zaugg verschwand mit dem Telefon im Nebenzimmer.

«Er ist ziemlich unter Druck», bemerkte Limacher.

Draussen hörte man die Praxisglocke.

«Von allen Seiten», ergänzte Petra.

Wenig später war seine Stimme schon wieder im Vorraum zu vernehmen. «Sie wird sich noch einmal melden. Geben Sie ihr einen Termin …»

«Wir sind ausgebucht», hörten sie die Praxisassistentin protestieren.

«Dann bestellen Sie um!»

«Wie erklär ich das den Patienten?»

«Ein Notfall!»

Zaugg erschien bereits wieder im Zimmer, gestresster und eine Spur blasser als vor dem Telefonat. «Sie sehen, wir stecken mitten in der Sprechstunde und es hagelt Notfälle. Wir sollten einen Termin suchen, wo wir uns in Ruhe unterhalten können.»

«Da bin ich ganz Ihrer Meinung», sagte Limacher ruhig, «und bis auf weiteres sollten Sie sich von Nicole Stauffer fern halten ...»

«Morgen Nachmittag könnte ich mich nach Ihnen richten», bot Zaugg an.

«Vierzehn Uhr?», schlug Limacher vor, und da Zaugg keine Anstalten machte, sich zu setzen, erhob er sich ebenfalls.

«Einverstanden.» Zaugg war sichtlich erleichtert. «Wann hat Stauffer Anzeige erstattet?» fragte er im Hinausgehen.

«Gestern», sagte Limacher.

«Gestern?» In Zauggs Gesicht lag ein ungläubiges Staunen.

Limacher war fast sicher: Jetzt kommt noch etwas!

Aber da schellte schon wieder die Praxisglocke und Zaugg verabschiedete sich.

Sie gingen die Treppe hinab ohne ein Wort zu wechseln. Am Ausgang beschäftigte sich Frau Liechti noch immer mit den Geranien und sah ihnen erwartungsvoll entgegen. Petra nickte ihr kurz zu, Limacher ignorierte sie einfach. Da beschränkte sich Frau Liechti auf ein lautstarkes «Auf Wiedersehen!»

Als sie wieder im Wagen sassen, fragte Petra: «Und? Was sagt deine Nase?»

«Ich werde nicht schlau aus ihm. Selbst Leute, die wir beim Falschparken erwischen, reagieren betroffener. Die Praxis scheint ihn mehr zu beschäftigen als Stauffers Vorwürfe. Entweder ist er einfach ein guter Schauspieler oder er überschätzt sich!»

«Der Ärger stand dir ins Gesicht geschrieben», lächelte Petra. «Auf mich machte er einmal mehr einen ziemlich souveränen Eindruck.»

«Für mich grenzt seine Selbstsicherheit an Arroganz», schnaubte Limacher.

39

Wie angekündigt, besuchte Doktor Zaugg sie regelmässig.

Bereits am Sonntagabend hatte er in ihrem Schlafzimmer eine Videokamera installiert, mit der er das Geschehen rund um den Eingang des «Schweizerhofs» und der Schweizerhofpassage filmte.

Heute schien er weniger gelassen als sonst. Nach der Begrüssung blieb er unschlüssig stehen und sein Blick glitt durch die Wohnung, als vermute er irgendwo Gefahr.

«Wie geht es Ihnen?», fragte sie besorgt.

«Das ist meine Frage!» gab er zurück und öffnete den Arztkoffer.

«Besser», antwortete sie prompt. «Und ich erinnere Sie daran, dass sie heute Abend nicht wegen mir gekommen sind!»

«Stimmt. Aber, wenn Sie jemand fragt …» Zaugg zog ein flaches Gerät aus dem Koffer und schaltete es ein. Ein Bildschirm leuchtete auf.

«Schon gut! Ich bin zwar alt, aber nicht auf den Kopf gefallen.» Sie führte ihn ins Schlafzimmer und Zaugg ging direkt zur Kamera am Fenster. Nachdem er ein paar Tasten betätigt hatte, erschien auf dem Bildschirm der Eingang des Hotels vis-à-vis.

«Ich muss mir jetzt kurz die Aufzeichnungen ansehen», murmelte er entschuldigend.

«Machen Sie ruhig», Frau Haller setzte sich auf den Bettrand. «Ich weiss allerdings nicht, wie lange wir das noch unbemerkt durchziehen können. Es gibt eine ganze Reihe von Personen, die Zugang zu meiner Wohnung haben. Wenn ich nicht da bin, kann ich für nichts garantieren.»

«Schliessen Sie ab!», riet Zaugg ohne vom Bildschirm aufzublicken.

«Das nützt nichts. Hier herrscht dauernd Betrieb. Die Pflege macht ihre täglichen Kontrollgänge, es wird regelmässig gereinigt, frische Wäsche gebracht, Seife und Papier aufgefüllt, der Kehricht entsorgt und zudem empfange ich auch gern mal Besuch. Heute Morgen war jemand vom gemeinnützigen Frauenverein da, morgen hat sich der Pfarrer angemeldet.»

«Der hat hoffentlich nichts in Ihrem Schlafzimmer verloren!», scherzte Zaugg, immer noch mit den Aufnahmen beschäftigt, die er im Schnelllauf durchging.

«Nur über meine Leiche!», gab Frau Haller zurück und der Doktor grinste.

Sie ging zu ihrem Nachttischchen und zog ein Buch aus der Schublade. «Ich verrate Ihnen jetzt ein Geheimnis», erklärte sie feierlich. «Weitererzählen verboten. Sehen Sie den Bändel da?»

Sie hielt ihm eine Art Album unter die Augen, das unübersehbar mit Privat angeschrieben war. «Damit prüfe ich, wem ich vertrauen kann. Diese Schlaufe passt genau über meinen Daumen. Die Grösse der Schlaufe verändert sich zwangsläufig, sobald jemand das Buch aufklappt, nicht aber, wenn er das Buch nur weglegt. Wenn beispielsweise die Frau Sevalingam putzt, ist das Buch meist nicht mehr an der gleichen Stelle wie vorher, aber der Bändel ist unberührt. Bei Frau Hess ist es anders. Wenn ich während ihrer Putzarbeit im Zimmer bin, schaut sie weder links noch rechts, als interessiere sie nur für den Staub – von wegen! Sobald man sie aus den Augen lässt, stöbert sie in meinen Sachen. Das habe ich mehrfach getestet.»

«Raffiniert!», kommentierte Zaugg anerkennend.

«Und das ist Testgerät Nummer zwei!» Sie präsentierte ihm eine Schale mit Naschereien. «Ich kann Ihnen nicht nur sagen, wer vom Personal die Finger nicht davon lassen kann, ich kann Ihnen sogar sagen, wer Schokolade, wer Bonbons und wer Dörrfrüchte bevorzugt! Der Pfarrer beispielsweise steht auf süsssaure Bonbons!»

«Vor Ihnen muss man sich ja direkt in Acht nehmen!», lächelte Zaugg, den Blick immer noch auf den Bildschirm gerichtet.

«Danke gleichfalls! Sie sind zwar bis jetzt in keine meiner Fallen getappt, aber was man über Sie hört, ist nicht unbedingt vertrauensbildend!»

«Sie haben Referenzen eingeholt?»

«Eingeholt ist der falsche Ausdruck. Es gibt ein paar Leute in meinem Bekanntenkreis, die kommen ganz ungefragt auf Sie zu sprechen. Mit Anna von Stein beispielsweise pflege ich regelmässigen Kontakt. Wir beide waren die ersten Frauen im Burgerrat und unsere Männer selig liessen sich in Steuerfragen gern von Doktor Stauffer Senior beraten. Und Sie müssen sich vorstellen, ab einem gewissen Alter zählen Krankheiten und Ärzte zu den absoluten Lieblingsthemen. Wenn man den ganzen Klatsch für bare Münze nähme, lebte es sich nirgends gefährlicher als im Spital, man sollte keine Tabletten schlucken, und schon gar nicht einem Arzt trauen.»

«Und wie ist das Fazit meiner Referenzen?», fragte Zaugg ohne aufzublicken.

«Übel! Anna von Stein wünscht Sie ins Pfefferland. Dass Sie mit ihren beiden Töchtern im Bett gelegen haben, stört sie noch fast weniger, als dass in den Adern der einzigen Stammhalterin Ihr Blut fliessen soll. Ruth Stauffer wiederum plappert wohl nach, was ihr Sohn über Sie sagt. Sie traut Ihnen zu, dass Sie Leute nach eigenem Gutdünken ins Jenseits befördern. Jedenfalls riet sie mir, die Pillen, die Sie mir verschrieben haben, von neutraler Stelle untersuchen zu lassen.» Und als Zaugg nicht reagierte, fügte sie an: «Sie sehen, ich bin gut orientiert und ziemlich belehrungsresistent. – Ich denke, da sind wir uns wohl ähnlich. Und was ich nicht ausstehen kann, ist, wenn man mir nicht zuhört!»

«Ich habe Ihnen zugehört.» Zaugg stoppte den Bilderlauf und sah sie offen an. «Ich weiss, Ihr Vertrauen zu schätzen. Und ich weiss, dass Sie eine Persönlichkeit sind, die sich ihre eigene Meinung bildet.»

«Auch da sind wir uns ähnlich», sagte Frau Haller und deutete auf die Kamera. «Haben Sie gefunden, wonach Sie suchen?»

«Teilweise», antwortete er und verstaute das Tablet wieder im Arztkoffer. «Bei einigen Personen bin ich noch nicht sicher, ob sie dazugehören. Je mehr Material ich habe, desto grösser ist die Chance das Beziehungsnetz zu entschlüsseln.»

«Seit die Kamera hier steht, sitze ich vermehrt an diesem Fenster», gestand Frau Haller. «Es ist erstaunlich, wie man schon nach nur zwei Tagen in diesem scheinbar ungeordneten Gewusel Muster erkennen kann. Die Verkäuferin der Arbeitslosenzeitung am Eingang zur Schweizerhofpassage erschien an beiden Tagen um zehn. Der Mann mit dem Strohhut, der jetzt auf sie zugeht, hat gestern ebenfalls mit ihr gesprochen. Die Frau mit dem roten Kinderwagen habe ich gestern auch schon gesehen, ich vermute eine Grossmutter, die ihren Enkel zum Hüten abgeholt hat – und wen haben Sie eigentlich im Visier?»

Zaugg blickte auf die Uhr. «Ich werde es Ihnen morgen erklären. Ich sollte jetzt besser gehen. Ich möchte nicht, dass der Eindruck entsteht, ich besuche sie über Gebühr lange.»

Frau Haller begleitete ihn zur Tür und nachdem er gegangen war, setzte sie sich ans Fenster. Sie beobachtete wie Zaugg den Bahnhofplatz überquerte, gleich vis-à-vis vor der Kirche den Arztkoffer auf den Gepäckträger eines Motorrades schnallte und wenig später davonbrauste.

Tief in Gedanken blieb sie sitzen. Sie hatte Zauggs Vorhaben nur ihrer Tochter gegenüber erwähnt. Die konnte sie nicht verstehen. Sie fand es fahrlässig, dass sie aus purer Neugier die Warnungen ihrer Freundinnen in den Wind schlug.

Teil III

Sag mir, wer du bist.

Charles Berner, Kommunikationswissenschaftler

40

Als Petra am Mittwochmorgen Limachers Büro betrat, fand sie ihn über die Kaffeemaschine gebeugt. «Schon so früh an der Arbeit?»

«Ich fürchte, es gibt ein Leck.» Limacher blickte nicht auf.

«Ich spreche vom Fall Zaugg!» Petra deutete auf die Akten, die sich auf Limachers Pult stapelten.

«Das Material wird in der Tat immer umfangreicher!» Limacher hatte sich aufgerichtet. In der Hand hielt er ein kurzes Stück Schlauch. «Der Kerl beschäftigt die Justiz seit seinem zehnten Lebensjahr.»

Petra blätterte in einem der Ordner. «Was hat er denn in diesem zarten Alter schon verbrochen?»

Limacher ging zum Lavabo. «Es beginnt nach einem Krach mit seinen Eltern. Da hat er in der Dorfkirche ein Fenster demoliert.»

«Schwierige Verhältnisse?»

«Im Gegenteil!» Limacher untersuchte den Schlauch im Wasserbad auf seine Dichtigkeit. «Emmentaler Bauernfamilie mit eigenem Hof. Der Vater arbeitet im Winter nebenbei im Staatswald und die Mutter engagiert sich in der Kirche. Von den fünf älteren Geschwistern gerät kein einziges mit dem Gesetz in Konflikt.»

«Aus ihm ist immerhin ein erfolgreicher Arzt geworden!»

«Wie erfolgreich, wissen wir noch nicht. Er scheint zwar zu Geld gekommen zu sein, aber die Kollegen von der Steuerbehörde lassen sich Zeit. Da! Ich hab das Leck gefunden!» Zufrieden zog er den Schlauch aus dem Wasser, umwickelte die defekte Stelle mit einem Klebeband und setzte ihn wieder ein. «Wenn die Maschine nicht den richtigen Druck aufbauen kann, nützt die beste Kaffeemischung nichts.»

«In der Jugend hat manch einer eine Wut im Bauch.»

«Einverstanden. Aber die Hälfte der Akten betrifft Delikte im Erwachsenenalter. Er lebte einige Zeit in Zaffaraya und hat sich da etliches geleistet …»

«Das Leben in der autonomen Szene! Zaugg teilt die Biographie in dieser Beziehung mit anderen, weit bekannteren Berner Persönlichkeiten.»

«Auch das ist richtig! Nur haben diese Leute später die Autoritäten akzeptiert.»

«Summa cum laude!» Petra studierte Zauggs Diplome. «Die Bestnote! Und das im Medizinstudium!»

«Unglaublich, nicht?» Limacher schraubte die Abdeckung fest. «Im Internat kommt es nach knapp drei Jahren zum Rauswurf, das Biologiestudium bricht er ab und das Medizinstudium soll er mit Auszeichnung bestanden haben? Ich habe da so meine Zweifel!»

«Du meinst, er hat getrickst?»

«Ich trau ihm zu, dass er eine Professorin um den Finger gewickelt hat.» Er schilderte Petra seine Beobachtungen mit der Aushilfe im «Nullpunkt». «Er flirtete mit einer Serviertochter, die locker seine Tochter sein könnte; ich muss sagen, irgendwie passt Stauffers Anzeige schon …»

«Vielleicht ist sie ja seine Tochter!»

«Ja, und ich der Sohn des Papstes!» Limacher startete die Maschine.

«Wie er mit Nicole Stauffer in der Praxis umging, hatte nichts Anzügliches.»

«Es ist ja auch nicht sie, die klagt, sondern ihr Mann!» Limacher beobachtete, wie sich das Tässchen füllte. «Die Frauen scheinen Zaugg zu mögen, die Männer weniger. Das ist auch bei dir und Berner der Fall ...»

«Klar, dass Berner das anders sieht!» regte sich Petra auf, «der ist doch selber ständig am Scharren ...»

«Es ist leider so.» Limacher stellte das Tässchen enttäuscht zurück.

«Was meinst du genau?»

«Meine Nase ist noch nicht fit. Der Kaffee riecht nach Pisse. ...»

«Es ist hoffnungslos mit dir!» Petra verliess das Büro.

41

Valérie sass auf einem der Besucherstühle. Sie war so nervös, dass sie kaum sprechen konnte. «Was genau ist mit deinem Bruder?», fragte Zaugg.

«Sein Anwalt hat mich angerufen. Hector wurde am Flughafen festgenommen», brachte sie mühsam hervor. «Ich nehme an, es hat mit Nemo zu tun. Ich dachte, bevor ich mit dem Anwalt rede, sollten wir uns absprechen. Schliesslich hängen wir gemeinsam in der Sache drin. Und ich habe dich da reingeritten.»

Er reichte ihr ein Glas Wasser. «Trink in kleinen Schlucken, das beruhigt.»

«Danke! Tut mir leid, Tom, das wollte ich wirklich nicht!»

«Ich bin es gewohnt, die Polizei am Hals zu haben», erwiderte er trocken.

«Ich nicht! Wobei die Polizei noch das kleinere Übel ist. Wenn publik wird, dass ich in einen Einbruch verwickelt bin, bin ich meinen Job los.» Valérie stand die Angst ins Gesicht geschrieben. «Ich weiss nicht, was ich tun soll!»

«Als Schwester kannst du die Aussage verweigern. Das wäre im Moment sowieso das Beste.»

«Und was sagst du?»

«Wenn du schweigst, wird niemand auf die Idee kommen, mich zu fragen!»

«Und was ist mit meinem Bruder?»

«Dem schadet eine Denkpause nicht!»

«Er sitzt im Gefängnis!»

«Er hat immerhin zwei Leute auf dem Gewissen!»

«Er würde mir das nie verzeihen!»

«Er wird dir dankbar sein!»

Valérie sah ihn ungläubig an. «Du bist verrückt!»

«Ich habe nie etwas anderes behauptet», grinste Zaugg. «Ich brauche eine Woche, dann können du und Hector erzählen, was ihr wollt.»

Valérie sah ihn nur verständnislos an.

42

Limacher hatte sich vorgenommen, vor Zauggs Einvernahme Nicole Stauffer einen Besuch abzustatten. Da diese offenbar nicht in der Lage war, selber Auskunft zu erteilen, hatte er sich mit der zuständigen Ärztin, Frau Doktor Lange, verabredet.

Immer wenn er sich dem beeindruckenden Klinikkomplex näherte, stiegen in ihm die gleichen, zwiespältigen Gefühle auf: Bewunderung und Dankbarkeit auf der einen und Angst und Abneigung auf der andern Seite. Das hatte damit zu tun, dass ihn mit dem Inselspital zwei unauslöschliche und gegensätzliche Erlebnisse verbanden.

Zum einen hatte er vor ein paar Jahren, dank der Geistesgegenwart eines jungen Arztes und dank den Künsten der modernen Medizin, einen schweren Betriebsunfall – er war bei einem Einsatz buchstäblich über den Haufen gefahren worden – fast schadlos überstanden. Zum andern verfolgten ihn aus seiner Kindheit verschwommene Erinnerungen an das mühsame Sterben seines krebskranken Vaters. Und mindestens so eindrücklich wie der Todeskampf seines Vaters war ihm auch die Hilflosigkeit seiner sonst resoluten Mutter in Erinnerung geblieben. Damals hatte er begriffen, dass gewisse Dinge im Leben durch keine Autorität zu ändern waren. Dinge, wie der Verlust eines geliebten Menschen.

Völlig vertieft in seine Vergangenheit, fuhr er richtiggehend zusammen, als ihm jemand auf die Schulter tippte.

«Oh entschuldige, Christian! Ich wusste nicht, dass

Polizisten schreckhaft sind!» Liz schien ob seiner Reaktion fast ebenso erschrocken wie er.

«Bin ich eigentlich auch nicht. Aber ich war mit meinen Gedanken woanders.»

«Das geht wohl den meisten so, wenn sie hierherkommen. Und nach einem Todesfall wahrscheinlich erst recht.»

«Der liegt ein halbes Jahrhundert zurück!»

Liz sah ihn verständnislos an.

«Ich spreche vom Tod meines Vaters. Er starb vor fast fünfzig Jahren hier in der Insel. Im Moment ist mir sein Tod näher als der meiner Mutter vor zehn Tagen, eigenartig nicht?»

«Wenn wir älter werden, schwimmt Vergangenes aus der Tiefe auf, das erlebe ich auch so», meinte Liz verständnisvoll. «Aber du bist nicht wirklich wegen Kindheitserlebnissen hier?»

«Beruflich», erklärte Limacher knapp. «Und du?»

«Wegen meiner Mutter. Nach dem Kollaps am letzten Freitag, – du erinnerst dich? –, wollte sie auf gar keinen Fall länger als eine Nacht im Spital bleiben; mit dem Resultat, dass sie gestern erneut eingewiesen werden musste. Und obwohl sie gemäss Einschätzung der Ärzte alles andere als über den Berg ist, versucht sie bereits wieder, den Austritt zu organisieren. Es wird schwierig werden, sie zur Vernunft zu bringen. Begriffe wie Schwäche, Krankheit und Alter hat sie nicht in ihrem Wortschatz.»

«Wie alt ist sie eigentlich?»

«Dreiundachtzig.»

«Sie sieht aber jünger aus!»

«Sag das bloss nie in ihrer Gegenwart!»! Liz verwarf die Hände. «Sie blendet ihr Alter auch ohne derartige Komplimente völlig aus. Als neulich eine ihrer Schulkolleginnen verstarb, meinte sie, das Hedi habe schon immer gekränkelt. Und es ist noch gar nicht so lange her, da hat sie eine Therapie gegen das Alter begonnen. Der Typ, der ihr das aufgeschwatzt hat, ist wohl der gleiche, der den Eskimos Palmen verkauft …»

«Gar nicht mehr so abwegig, beim momentanen Klima!» Limacher wischte sich den Schweiss von der Stirn.

«Erst waren es noch Cremen und Salben, dann Pillen und Botox, und neuerdings Infusionen. Als ob das Alter eine Krankheit wäre! Wenigstens ist jetzt die Idee, sich einfrieren zu lassen, vom Tisch. Sie ist im Grunde ein intelligenter Mensch, aber hier scheint die Vernunft zu versagen.»

«Jeder Mensch hängt am Leben. Wann man loslassen soll, ist das Problem …»

«Tom hat sie deswegen schon mehr als einmal geneckt: Investitionen in ein untergehendes Unternehmen verstiessen doch eigentlich gegen ihre Geschäftsprinzipien! Das hat sie gar nicht gern gehört …»

«Vertragen sich die beiden deshalb nicht?»

«Wie kommst du darauf?»

«Ich habe am Freitag mitbekommen, wie sie seine Hilfe ablehnte.»

«Ach so!» Liz winkte ab. «Nein. Es ist wegen einer Familienangelegenheit.»

«Und was muss ich mir unter Familienangelegenheit vorstellen?»

«Das lässt sich nicht so einfach erklären ...» antwortete Liz ausweichend.

«Vielleicht besser bei einem Glas Wein?», schlug Limacher deshalb vor. «Ich hätte da nämlich auch noch eine Bitte an dich. Dieses Wochenende verreise ich in die Berge. Ich bräuchte jemanden, der mal kurz nach meinem Kater sieht. Wenn Carlo kein Fressen kriegt, reisst er aus.»

«Mach ich, klar, gerne!» Sie einigten sich auf die Schlüsselübergabe am Donnerstag. «Gibt es für deine Reise einen bestimmten Anlass?», wollte sie noch wissen, bevor sie sich verabschiedeten.

«Golf.»

«Du spielst Golf?»

«Nein. Das heisst: noch nicht. Ich besuche einen Schnupperkurs.»

«Eine neue Leidenschaft?»

«Eine Alterserscheinung. Es ist das Geschenk meiner Tochter zum letzten runden Geburtstag. Das Ablaufdatum des Gutscheins ist im Herbst.»

Limacher machte sich auf den Weg zu Frau Doktor Lange. Während er durch die Gänge schritt, filterte sein Hirn das eben geführte Gespräch. Zaugg spielte in der Familie von Stein eine Rolle, über die zu sprechen Liz schwerfiel. Eine interessante Konstellation. Er bereute, dass er nicht sofort nachgehakt hatte. Bei der Schlüsselübergabe würde er das nachholen.

43

Petra und Berner fanden die Laborservice AG erst im zweiten Anlauf. Der Eingang im Käfiggässchen war nicht besonders gekennzeichnet. Nur ein einfaches Schild neben der Klingel mit Gegensprechanlage wies auf die Firma hin. Die Tür entriegelte sich automatisch und eine Stimme hiess sie den Lift in den ersten Stock zu benützen.

«Jetzt bin ich mal gespannt», meinte Petra.

Sie hatten tatsächlich keine Ahnung, was sie erwartete. In den relativ spärlichen Informationen, die im Internet zu erhalten waren, pries sich die Laborservice AG als idealer Partner für innovative Unternehmungen im Bereich der Medizin an. Aufbau und Begleitung von Forschungsprojekten, Optimierung von Produktionsabläufen und Unterstützung in Marketingfragen seien ihr Kerngeschäft, so die Homepage, Kompetenz und Flexibilität ihre Stärken. Zum Kundenkreis gehörten hauptsächlich Unternehmen aus der Pharmaindustrie und Biotechnologie, aber auch universitäre und staatliche Stellen. Referenzen und Konditionen auf Anfrage.

«Macht keinen sehr aktiven Eindruck, die Firma», raunte Berner, als sie am Empfang auf eine verwaiste Theke trafen.

«Wir sind etwas reduziert», entschuldigte sich der Mann, der wenig später aus einem der Büros auftauchte. Er hiess Wagner und stellte sich als Verantwortlicher für die Sicherheit vor. «Im Moment sind viele Mitarbeiter in den Ferien. Aus diesem Grund blieb der Einbruch zunächst unbemerkt.»

«Wann genau haben Sie denn festgestellt, dass eingebrochen wurde?», wollte Berner wissen.

«Kurz bevor wir Anzeige erstatteten. Ich schlage vor, wir sehen uns gleich den Tatort an.»

Wagner führte sie an ein paar verwaisten Büroräumen vorbei zu einem internen Aufzug.

Sie fuhren direkt ins zweite Untergeschoss und betraten einen Raum, in dem sich Overalls, Hauben und Schuhüberzüge stapelten. «Bitte ziehen Sie Schutzanzüge und Masken an. Sie haben nichts zu befürchten. Es geht bloss darum, keinen Schmutz in die Labors einzuschleusen.»

Sie verliessen den Umkleideraum durch eine andere Tür und betraten ein weitläufiges Gangsystem. Die glatten, lindengrün gestrichenen Wände glänzten im hellen Licht.

«Wie in einem Operationstrakt», staunte Berner.

«Der Vergleich ist durchaus berechtigt. Hier wird steril gearbeitet. Zu Ihrer Linken befindet sich das Tierlabor. Rechterhand ist die Analytik untergebracht, wo die gewonnenen Proben untersucht werden können.»

«Was für Proben?», wollte Petra wissen und guckte durch eine Glastür in eines der Labors.

«Gewebeproben, Blutproben, Urin …»

«Puuh!», entfuhr es ihr. Eine Forscherin im Astronautenanzug war gerade im Begriff, einer Maus, die auf einer Platte festgenagelt war, den Bauch aufzuschlitzen. «Ist die tot?»

«Wenn nicht tot, dann bestimmt narkotisiert.»

«Sie hat gezuckt!», sagte Berner fasziniert. «Können wir uns das näher ansehen?»

Wagner schüttelte den Kopf. «Das ist ein Reinraum, absolut steril.»

«Ich kann gut verzichten», meinte Petra und wandte sich ab.

«Diese Versuche dienen der Medizin», hielt Wagner wie zur ihrer Beruhigung fest und drängte weiter. «Ich kann Ihnen versichern, den Tieren geht es gut. Sie werden nach modernsten Erkenntnissen gepflegt. Die Mäuse sind unter Tag sozusagen in ihrem natürlichen Lebensraum.»

Sie hatten das Ende des Ganges erreicht und Wagner entriegelte eine Tür zu einem kleinen Keller. Ausser einem Regal mit ein paar Ordnern war er leer.

«Unser Papierarchiv, eigentlich ein Auslaufmodell. Aus diesem Gestell wurden die Dokumente gestohlen. Und hier muss der Täter eingedrungen sein», er deutete auf einen Schachtdeckel im Boden in der Mitte des Raumes. «Der Deckel ist verschraubt. Leider nur von aussen. Eine Sicherheitslücke. Sie wurde inzwischen geschlossen ...»

«Wer weiss alles von diesem Archiv?», fragte Berner.

«Die meisten, die hier arbeiten. Aber ich nehme nicht an, dass es jemand internes war – wer würde sich schon die Mühe eines Umwegs über die Kanalisation antun. Ausserdem wissen die meisten, dass der Raum videoüberwacht ist.»

«Und was sind das für Dokumente, die gestohlen wurden?»

«Protokolle eines Forschungsprojekts.»

«Was heisst: ein Forschungsprojekt?», wollte Berner wissen.

«Fragen Sie mich nicht nach Details, ich bin für die Sicherheit verantwortlich.»

«Wichtige Dokumente?», hakte Berner nach.

«Hier gibt es nur wichtige Dokumente. Aber wie gesagt: Ich bin lediglich für die Sicherheit verantwortlich», wiederholte Wagner.

«Fehlt sonst noch was?»

«Nicht, dass ich wüsste.»

«Oder ist Ihnen etwas aufgefallen?»

«Vielleicht, dass der Einbrecher keine Spuren hinterlassen hat. Aber das kann auch damit zusammenhängen, dass die Labors übers Wochenende gründlich gereinigt und desinfiziert werden. Der Einbruch wurde erst nach der Reinigung entdeckt.»

Petra blickte zu Berner. «Damit erübrigt sich wohl die Frage nach der Spurensicherung?»

«Ich denke, die Videoaufzeichnungen sind Beweis genug», pflichtete ihr Wagner bei. «Aber bitte, tun Sie, was Sie tun müssen. Die Laborservice AG ist sehr daran interessiert, dass der Fall restlos aufgeklärt wird!»

44

Limacher überlegte sich den Rückzug.

Seit einer Stunde wartete er auf die zuständige Ärztin. Zweimal war er vertröstet worden, wegen eines Notfalls, wie es hiess. Er blickte einmal mehr auf seine Uhr. In knapp anderthalb Stunden stand Zauggs Einvernahme an. Er versuchte, die Zeit zum Studium von Zauggs Akte zu nutzen. Aber das Paar, das mit ihm den Warteraum der Intensivpflegestation teilte, verunmöglichte ein konzentriertes Arbeiten.

«Warum passiert uns das?», fragte die Frau jetzt wahrscheinlich zum hundertsten Mal. «Wir hätten ihn nicht gehen lassen sollen …»

«Es ist nicht unsere Schuld», versuchte der Mann sie zu beruhigen.

«Er darf nicht sterben.»

«Er wird nicht sterben.»

«Wenn er bloss nicht gesprungen wäre …»

«Er tat es nicht zum ersten Mal.»

«Er darf nicht sterben …»

«Nach der Untersuchung wissen wir mehr.»

«Warum passiert uns das?»

«Badeunfälle passieren einfach, wie Verkehrsunfälle …»

«Warum Jonas?»

«Ich weiss es nicht.»

«Warum unser Jonas?»

Die Frau wiederholte ihre Fragen wie in einer Endlosschleife, mal leise wimmernd, mal heftig weinend. Nach Limachers Einschätzung stand sie kurz vor einem Nervenzusammenbruch.

Er trat auf den Gang hinaus und checkte einmal mehr die Nachrichten auf seinem Mobiltelefon. Berner und Petra wollten mit ihm ihre Erkenntnisse aus dem Besuch in der Laborservice AG besprechen, der Kaffeeröster im Emmental hatte eine neue Mischung im Angebot, und Rominger wünschte ihn zu sprechen, möglichst unverzüglich.

Er wollte eben Romingers Nummer wählen, als die Ärztin auftauchte.

«Herr Limacher? – Ich bin Frau Doktor Lange. Tut mir leid, dass ich sie so lange warten liess!»

Sie führte ihn gleich in einen Raum, der mit ‹Besprechung› angeschrieben war und entnahm dem Wasserspender zwei Becher. «Bei der Hitze sollte man auf ausreichende Flüssigkeitszufuhr achten», hielt sie fest, bevor sie selber einen Schluck trank.

Frau Lange machte ihrem Namen alle Ehre, sie überragte Limacher um einen halben Kopf und sie machte trotz der Hitze einen beneidenswert frischen Eindruck. Mit ihrer fürsorglichen Art, dem schulterlangen, gelockten Haar, dem sehr weiblichen, aber sichtlich gut trainierten Körper und der offenen Freundlichkeit, mit der sie Limacher empfing, entsprach sie für ihn, und das war nicht abschätzig gedacht, ziemlich dem Ärztinnenklischee.

«Es geht um Frau Stauffer?», fragte sie, nachdem sie sich gesetzt hatten.

«So ist es.» Und während sie seinen Ausweis studierte, erklärte er ihr in groben Zügen Stauffers Anzeige. Frau Lange hörte zu, ohne auch nur einmal zu unterbrechen. «Ich bin Ihnen sehr dankbar, wenn Sie mir ein paar Fragen beantworten», schloss er seinen kurzen Bericht.

«Bitte sehr. Ich versuche Ihnen zu helfen, soweit es das Arztgeheimnis zulässt.» Sie reichte ihm den Ausweis zurück.

«Wir unterstehen beide einem Berufsgeheimnis», bemerkte Limacher vorsichtig. «Was wir besprechen, bleibt vertraulich. Genau gleich, wie Sie auf meine, muss ich auf Ihre Diskretion zählen können. Aber das Interesse an Frau Stauffers Wohlergehen berechtigt uns, glaube ich, zu einer gewissen Offenheit.» Er musste sich schnäuzen, bevor er weitersprechen konnte. Irgendetwas reizte seine Nase. «Natürlich wären wir auch an der Aussage der Patientin interessiert.»

«Das ist im Moment absolut unmöglich. Erstens kann sie keine Auskunft geben, und zweitens wäre ein Besuch nur schon wegen der Ansteckungsgefahr unverantwortlich.»

«Ist ihre Krankheit derart gefährlich?»

«Nein! Umgekehrt: Sie sind die Gefahr!» Frau Doktor Lange blickte unmissverständlich auf seine Nase. «Eine grosse Gefahr», fügte sie lächelnd an.

«Ist auf dem Weg der Besserung ...», versicherte Limacher, konnte aber ein Niesen nicht unterdrücken.

«Gesundheit!», wünschte ihm Frau Doktor Lange, und mit ihren Händen machte sie eine Bewegung, die als «Hab ich's nicht gesagt?» verstanden werden konnte.

Sie ging zu einem Fenster mit geschlossen Jalousien. Auf einen Knopfdruck öffneten sich die Lamellen und der Blick auf die Intensivpflege wurde frei. «Das ist das einzige, was ich Ihnen von Frau Stauffer zeigen kann», sagte sie. «Sie liegt in Koje zwei.»

Limacher brauchte einen Moment um sich zu orientieren. Er sah vor allem Apparate und Bildschirme. Irgendwo war auch etwas von einem Gesicht zu erkennen. Nichts, aber auch gar nichts erinnerte an die Bilder, die er vom Model Nicole Stauffer im Internet gefunden hatte.

Ein Pflegefachmann hantierte mit einem dünnen Schlauch.

«Ihr Hustenreflex ist derart abgeschwächt, dass das Sekret aus ihren Bronchien abgesaugt werden muss. Ich kann Ihnen beim besten Willen nicht sagen, wann sie wieder in der Lage sein wird, zu sprechen.»

Limacher schluckte leer. «Was ist passiert?»

«Frau Stauffer leidet an einem HUS. Das ist die Abkürzung für das hämolytisch-urämische Syndrom. Es führt zu einer Art Schockzustand. Wir mussten sie intubieren, weil sich ihre Atmung erschöpfte. Im Moment könnte man ihren Zustand als ‹stabil schlecht› bezeichnen.»

«Ein Organversagen?» Limacher kam das Gehörte bekannt vor.

«Ein Multiorganversagen», bestätigte Frau Lange.

«Wir hatten kürzlich mit einem Unfall zu tun, da führte Abwasser in den Lungen zu einem Organversagen. Niederhauser. Vielleicht hatten Sie auch den behandelt?»

«Abwasser kommt hier weniger in Betracht», wich sie seiner Frage aus.

Limacher verzichtete aufs Nachhaken, er ahnte, dass es die Frau Doktor mit dem Arztgeheimnis sehr genau nahm. «Was vermuten Sie bei Frau Stauffer?»

«Wir kennen den Auslöser noch nicht!»

«Keine Grippe?» Limacher erinnerte sich an die Zeitungsmeldung, wonach Frau Stauffer an einer Grippe erkrankt sei.

«Wir wissen es nicht. Wir konnten bisher keinen verantwortlichen Krankheitserreger identifizieren. Frau Stauffer stand allerdings bis wenige Tage vor Spitaleintritt unter Antibiotika. Das erschwert die Diagnostik. Zumal auch Antibiotika als Ursache in Frage kommen.»

«Hat Doktor Zaugg ihr die Antibiotika verschrieben?»

Frau Lange nickte. «Frau Stauffer litt an einer Harnwegsinfektion.»

«Und die Behandlung löste die Krankheit aus!»

«Das ist eine Möglichkeit, aber wir wissen es nicht!» Erstmals schwang in ihrer Stimme eine gewisse Unmut mit. «Ein HUS ist wie ein Unfall im Immunsystem. Und Unfälle lassen sich nie ganz vermeiden. Das ist im menschlichen Körper nicht viel anders als auf der Strasse. Ein Restrisiko bleibt immer ...»

«Hier vermutet der Ehemann das Restrisiko beim Hausarzt!»

«Der Ehemann sucht einen Schuldigen; das ist bis zu einem gewissen Grad verständlich. Und dass selbst die modernste Medizin nicht jeder Krankheit etwas entgegenzusetzen hat, ist nicht für jedermann nachvollziehbar.»

Aus der Tasche ihrer Berufsschürze erklangen die ersten Takte eines Klavierkonzertes.

«Ja?», meldete sie sich und mit «ich komme», beendete sie das Gespräch gleich wieder.

«Ein Notfall, tut mir leid», erklärte sie ohne wirkliches Bedauern und schloss die Jalousien.

«Wenn ich Sie richtig verstehe, hat Kollege Zaugg aus Ihrer Sicht alles richtig gemacht?» Seine Frage tönte ungewollt zynisch.

«Sie verstehen mich richtig!» Frau Lange trat bereits auf den Gang hinaus.

Limacher folgte ihr. «Herr Stauffer hat sich beschwert,

seine Frau werde durch Doktor Zauggs Besuche belästigt!»

«Unsinn!», die Ärztin marschierte los. «Frau Stauffer schätzt seine Besuche.»

«Wie oft war der Doktor da?»

«Praktisch täglich.»

«Ist es üblich, dass Hausärzte ihre Patienten im Spital täglich besuchen.» Er konnte sich nicht erinnern, dass ihn sein Hausarzt je besucht hätte, als er nach seinem schweren Unfall über eine Woche im Inselspital gelegen hatte.

«Der Fall Nicole Stauffer ist für Doktor Zaugg von besonderem Interesse.»

«Inwiefern?»

«Erstens hat Doktor Zaugg auf dem Gebiet der Immunologie promoviert und zweitens kennen sich die beiden seit Jahren privat.» Das Klavier meldete sich erneut und während sie das Telefon aus der Tasche zog, reichte sie ihm die Hand. «Und jetzt müssen Sie mich wirklich entschuldigen!»

«Falls Ihnen noch etwas einfällt ...» Er konnte ihr gerade noch seine Karte überreichen, bevor sie durch die Milchglastür, die mit ‹Schockraum› angeschrieben war, verschwand.

Limacher verliess die Abteilung in die andere Richtung.

Machte es überhaupt Sinn, Ärztinnen und Ärzte über die Handlungen ihrer Kolleginnen und Kollegen zu befragen? Er erinnerte sich an eine Untersuchung in den eigenen Reihen, wo es um die Beurteilung der Verhältnismässigkeit von Gewaltanwendung bei der Polizei gegangen war. Kaum jemand wollte damals die Arbeit des Kollegen kritisieren, schon nur aus Angst, irgendwann selber in der Kritik zu stehen. Wahrscheinlich funktionierte das bei Ärzten nicht anders. Aber an wen sollte er sich sonst wenden? Gab es Leute, die Einblick in das ärztliche Handeln hatten und trotzdem unabhängig waren?

Er bekam die Antwort auf seine Frage unerwartet rasch, als er die Anzeigetafel der Aufzüge studierte.

«Sind Sie von der Polizei?», hörte er eine Stimme hinter sich.

Die Frau, die ihn angesprochen hatte, sah ihn erwartungsvoll an. Frau S. Beyeler, Fachangestellte Gesundheit, las er auf ihrem Personal-Badge.

«Das ist richtig», antwortete Limacher.

«Ich habe gehört, Sie sind wegen Frau Stauffer da?»

Das spricht sich ja schnell herum, dachte Limacher. «Auch das ist richtig.»

«Ich arbeite im Team, das Frau Stauffer betreut.» Sie zögerte. «Wir sind im Moment etwas verunsichert, wissen Sie.»

«Inwiefern verunsichert?»

«Wie wir uns verhalten sollen.»

Die Gesundheitsfachfrau wand sich und Limacher erkundigte sich freundlich: «Was ist passiert?»

«Herr Stauffer hat am Wochenende dem Hausarzt seiner Frau weitere Besuche untersagt.»

«Und?»

«Letzte Nacht tauchte Doktor Zaugg trotzdem wieder auf. Er liess sich von der Nachtwache nicht abhalten. Und Frau Doktor Lange war nicht bereit, ihn wegzuweisen. Wir seien nicht dazu da, die privaten Probleme der Stauffers zu lösen, lautete ihre Begründung.»

Es brauchte keinen besonderen Fähigkeiten um zu merken, was Frau Beyeler von der Einstellung der leitenden Ärztin hielt. «Welche privaten Probleme?»

«Das weiss ich nicht. Es ist ziemlich schwierig, wissen Sie.»

Limacher spürte, dass sie noch nicht alles gesagt hatte. «Tatsächlich keine einfache Situation», pflichtete er ihr bei.

«Vor allem nach dieser Nacht.»

«Was war denn noch in dieser Nacht?»

«Mein Kollege Seidel vermutet, dass sich Doktor Zaugg an der Patientin zu schaffen machte.»

«Wie zu schaffen?»

«Es gab einen Alarm. Als er nachsehen ging, hantierte Doktor Zaugg an der Infusion herum. Angeblich versuchte er, einen Fehler zu beheben. Gemäss den Kollegen von der Nachtwache war es nicht der erste derartige Vorfall.»

«Und was vermutet Seidel?»

«Das müsste er Ihnen schon selber erklären ...», sie errötete. «Er hat da so seine Beobachtungen gemacht.»

«Inwiefern?»

«Ich glaube, es ist besser, wenn Sie direkt mit ihm sprechen.»

Frau Beyeler verstummte und Limacher nickte verständnisvoll. «Wo finde ich Ihren Kollegen?»

«Er ist im Moment krankgeschrieben. Aber am Freitag sollte er wieder im Dienst sein.»

Während Limacher den Namen notierte, fragte Frau

Beyeler: «Wie verhalten wir uns, wenn der Doktor das nächste Mal auftaucht? Uns wäre es ehrlich gesagt am liebsten, wenn er sich nicht mehr blicken liesse.»

Sie sah ihn erwartungsvoll an.

«Die beiden sind befreundet», bemerkte Limacher, «einem Freund Besuche verbieten kann weder der Ehemann noch die Polizei. Ausser es wäre Gefahr in Verzug ...»

«Sprechen Sie mit Helmut Seidel!» forderte Frau Beyeler.

«Ich habe eben mit Frau Doktor Lange gesprochen», erwiderte Limacher. «Sie sieht keine Gefahr ...»

«Schon klar!»

«Schon klar?»

«Zaugg und sie stecken oft die Köpfe zusammen. Mehr möchte ich dazu nicht sagen.»

«Wir gehen der Sache nach», versprach Limacher, «im Rahmen der Abklärungen würde ich möglicherweise gern auf Sie zurückkommen.»

«Das dürfen Sie», versicherte Frau Beyeler, «Frau Stauffer ist eine tolle Frau. Ich hoffe, dass es ihr bald besser geht!»

«Das hoffen wir doch alle!» Limacher verabschiedete sich.

45

Über Mittag blieb Limacher noch etwas Zeit, sich auf Zauggs Einvernahme vorzubereiten. Dabei musste er sich weitgehend auf zusammenfassende Berichte beschränken.

Zauggs Biographie las sich zunächst wie eine Chronologie des Scheiterns: Zum Krach im Elternhaus kamen Probleme in der Schule und im Internat und später der Abbruch der Zimmermannslehre. Seine Jugendjahre waren ein Gang durch die sozialen und juristischen Institutionen der Schweiz. Am Tag nach seinem achtzehnten Geburtstag tauchte er ab und heuerte in Rotterdam auf einem griechischen Frachter an. Nach zwei Jahren, scheinbar die einzigen unbeschriebenen Seiten in seinem Leben, kehrte er in die Schweiz zurück und geriet prompt erneut mit dem Gesetz in Konflikt: Verstösse gegen das Betäubungsmittelgesetz, Beteiligung an Hausbesetzungen und unbewilligten Demonstrationen und als folgenreichstes Vergehen: Fahrerflucht, nachdem Zaugg auf der Schützenmatte mit dem Motorrad einen Fussgänger angefahren hatte. Er und sein Sozius, beide in angetrunkenem Zustand, bestritten jede Schuld und wurden nicht zuletzt der fehlenden Einsicht wegen zu einer Haftstrafe verurteilt.

Nach dem Gefängnisaufenthalt schien es sich zum Bessern zu wenden: Zaugg legte die eidgenössische Matura ab und begann ein Biologiestudium. Nach dem vierten Semester wechselte er zu Medizin und schloss sechs Jahre später mit Auszeichnung ab. Nach diversen Stellen als Assistenzarzt eröffnete er schliesslich eine eigene Praxis. In diese Zeit fielen der Prozess wegen unerlaubter Sterbehilfe und ein Strafverfahren mit mehrmonatigem Ausweisentzug wegen massiver Geschwindigkeitsüberschreitung.

Wenn es einen gemeinsamen Nenner in diesen unterschiedlichsten Vergehen gab, dann der, dass die Verfahren immer langwierig und von grossen Kontroversen begleitet waren. Entsprechend umfangreich war das Aktenmaterial. Und ähnlich widersprüchlich wie sein Werdegang und die Beurteilung seiner Straftaten durch die Anklage und die Verteidigung, waren die Eindrücke, die der Doktor auch hier und heute hinterliess: Petra fand ihn souverän, Berner traute ihm nicht. Frau von Stein lehnte seine Behandlung ab, Frau Stauffer schätzte seine Besuche. Liz schien ihn gut zu mögen, die Gesundheitsfachfrau fand ihn gefährlich. Stauffer will ihn vor Gericht bringen, die Lange nahm ihn Schutz.

Hatte Zaugg mehrere Gesichter? – Und wenn ja, welches war das wahre?

Mit dieser Frage im Hinterkopf ging Limacher am Nachmittag in die Einvernahme. Rominger hatte neben Berner und Petra auch Martens aufgeboten. «Ein Mediziner im Team kann nicht schaden», begründete er dessen Anwesenheit. Rominger, Martens und Berner verfolgten die Einvernahme hinter dem venezianischen Spiegel, während Limacher und Petra das Gespräch führten.

Auf die formellen Fragen antwortete Zaugg freundlich, aber knapp. Die Eröffnung der Untersuchung liess er ohne sichtbare Emotionen über sich ergehen, fast hatte man den Eindruck, Petra hätte ihm ebensogut den Wetterbericht für die nächsten Tage vorlesen können. Den Eindruck des Unbeteiligten vermittelte er immer noch, als ihm Limacher erklärte: «Sie haben jetzt die Möglichkeit, zu den Vorwürfen Stellung zu nehmen!»

Zaugg hatte sich zurückgelehnt und blätterte in den

Papieren. Wie er so da sass, im Sommeranzug, die Beine lässig übereinandergeschlagen, hätte er besser mit einer Illustrierten ins Gartenkaffee gepasst als mit einer Anzeigeschrift in die Polizeikaserne.

«Was da drin steht, wurde Ihnen bereits mitgeteilt», sagte Limacher, nachdem Zaugg keine Anstalten machte, sich zu äussern. «Wenn von Ihrer Seite keine Bemerkungen und Fragen sind, werden wir mit unserer Befragung starten.»

«Ich verstehe das Motiv nicht», liess sich Zaugg nach einigem Nachdenken vernehmen.

«Die Frage nach dem Motiv stellt sich für uns nicht beim Opfer, sondern beim Täter!»

«Da sind wir uns einig!»

«Sie sehen sich als Opfer?», fragte Petra interessiert.

«Wenn ich die Anzeige als Angriff auf meine Person betrachte …»

«Es geht um Frau Stauffer!» Limacher machte aus seinem Befremden keinen Hehl. «Die Ärzte ringen um ihr Leben! Sie stand in Ihrer Behandlung. Sie besuchen sie im Spital auffallend häufig, obwohl Sie nicht mehr der behandelnde Arzt sind. Es ist für mich durchaus verständlich, wenn Ihr Verhalten beim Ehemann Fragen aufwirft. Gerade auch, wenn man Ihre Vorgeschichte kennt.»

Endlich eine Reaktion!

«Benötigt die Staatsanwaltschaft meine Vorgeschichte, um Argumente zu finden?» Zauggs Augen blitzten giftgrün auf und sein Blick glitt zur Scheibe mit dem Spiegelglas, als ob er wüsste, dass Rominger dort das Gespräch mitverfolgte.

«Natürlich nicht», entgegnete Limacher. «Die Anzeige des Ehemanns ist auch ohne Vorgeschichte verständlich.»

«Für mich nicht!»

Limacher beschloss, auf weitere Diskussionen in dieser Hinsicht zu verzichten. «Seit wann kennen Sie Frau Stauffer?»

«Seit ihrem achtzehnten Lebensjahr.»

«Wie haben Sie sie kennengelernt.»

«Sie stand Modell bei einem befreundeten Kunstmaler.»

«Bei DD?»

«Genau!»

«Sie verkehren mit Ihrer Patientin auch privat?»

«Ich verkehre mit Nicole vor allem privat. Uns verbindet nicht ihre Krankengeschichte, sondern eine langjährige Freundschaft!»

«Was verstehen Sie unter Freundschaft?»

«Was verstehen Sie denn unter Freundschaft?», fragte Zaugg zurück.

«Direkt gefragt: Hatten oder haben Sie eine intime Beziehung mit Frau Stauffer?»

«Nein! – Ich kenne Nicole zwar besser als ihr Ehemann», ein Grinsen huschte über sein Gesicht, «aber nicht, weil ich mit ihr im Bett war!»

«Sie betreuten Frau Stauffer auch ärztlich?»

«Beraten wäre der treffendere Ausdruck. Meist sucht mich Nicole auf, wenn Sie meine Meinung zu irgendwelchen Therapien hören will. Sie konsultiert ja dauernd irgendwelche Ärzte …»

«Sie ist krank?»

«Nein. Es geht um ihre Gesundheit und ihr Aussehen. Beides ist ihr sehr wichtig, sozusagen von Berufes wegen. Sie will dann jeweils meine Meinung wissen, obwohl sie kaum je auf meinen Rat hört. Manchmal denke ich, ihre Besuche bei mir dienen eher der Beichte als der Beratung. Immerhin ist es mir das eine oder andere Mal gelungen, sie von einer unsinnigen Therapie oder Operation abzuhalten.»

«Das letzte Mal kam sie aber zu Ihnen, weil sie krank war!» Und als Zaugg lediglich nickte, hakte Limacher nach: «In diesem Fall haben Sie Frau Stauffer nicht nur beraten, sondern auch behandelt. Sie haben ihr eine Woche vor Spitaleintritt Antibiotika verschrieben und fünf Tage später eine Blutuntersuchung angeordnet.»

«Das ist richtig.»

«Warum haben Sie keine Einweisung ins Spital veranlasst?»

«Ihr Zustand war zum Zeitpunkt der Untersuchung nicht kritisch.» Limacher musste sich schnäuzen und Zaugg fügte an: «Wir können nicht jeden Patienten mit einem Schnupfen gleich ins Spital schicken – obwohl wir wissen, dass sich in seltenen Fällen aus dem Schnupfen eine lebensgefährliche Lungenentzündung entwickeln kann.»

Fast etwas verstohlen verstaute Limacher sein Taschentuch und Petra konnte sich ein Lächeln nicht verkneifen. «Frau Stauffer litt aber offensichtlich an etwas Gefährlicherem als an einem Schnupfen!»

«Genau», bestätigte Zaugg, «als ich die Resultate der

Blutuntersuchung erhielt, versuchte ich auch gleich, sie zu erreichen.»

«Und als Sie sie nicht erreichen konnten, haben Sie ein Drogenscreening veranlasst.»

«Richtig.»

«Warum?»

«Aufgrund der Konstellation der abnormen Laborwerte.»

«Nicht auch auf Grund der Vorgeschichte von Frau Stauffer?»

«Nein.»

«Und warum liessen Sie diese Untersuchungen heimlich machen?»

«Was verstehen Sie unter heimlich?»

«Die Patientin war nicht informiert und die Korrespondenz lief über Ihre Praxis.»

«Um Nicole zu fragen, reichte die Zeit nicht und die Rechnung liess ich über die Praxis laufen, um Nicole Schwierigkeiten zu ersparen.»

«Welche Schwierigkeiten?»

«Schwierigkeiten mit ihrem Mann.»

«Welche Schwierigkeiten befürchteten Sie denn?»

«Ich kenne Stauffers Familienverhältnisse. Und ich befürchtete, wenn der Ehemann von den Drogentests erfährt, sieht er rot! Stauffer weiss längst nicht alles über seine Frau ...»

«Zum Beispiel, dass sie Drogen nimmt?»

«Nein, das meinte ich nicht ...»

«Dass sie sich heimlich mit Ihnen trifft?»

«Ich kenne keine heimlichen Treffen!»

«Sie besuchen Frau Stauffer nachts.»

«Tagsüber arbeite ich in der Praxis»

«Sie arbeiten bis Mitternacht?»

«Das kann vorkommen ...»

«Und warum haben Sie sie besucht?»

«Warum machen Ärzte Krankenbesuche?», fragte Zaugg zurück.

«Weil der Patient sie ruft», konterte Limacher. «Aber Frau Stauffer hat Sie nicht gerufen.»

Zaugg schwieg.

«Herr Stauffer sagt, Ihre Besuche seien unerwünscht», fuhr Limacher fort.

«Hat er gesagt, weshalb?»

«Das steht in der Anzeigeschrift!»

«Betrachten Sie es einmal andersrum», Zaugg tönte zum ersten Mal nicht mehr ganz so unbeteiligt, «Nicole Stauffer ist unglücklich verheiratet. Sie konsumiert verbotene Substanzen und sie sucht eine neue Beziehung. Was gibt es da anzuzeigen?» Und als Limacher nicht gleich antwortete, fuhr er fort: «Wo liegt Stauffers Motiv? Wären Sie auf die Idee gekommen, gegen den Freund Ihrer Exfrau Anzeige zu erstatten?»

Limacher war einen Moment platt. Woher wusste Zaugg über sein Privatleben Bescheid? Liz?

«Damit wir uns richtig verstehen», erwiderte er betont ruhig. «Wir ermitteln gegen Sie und nicht umgekehrt.»

«Sie machen Ihre Untersuchungen und ich die meinen», erklärte Zaugg.

«Wie muss ich das verstehen?»

«Sie brauchen das überhaupt nicht zu verstehen. Aber

möglicherweise hat einer der Herren hinter dem Glas eine Erklärung.»

«Was meinen Sie damit?»

«Ich meine, Sie stellen nicht nur die falschen Fragen, Sie suchen auch an der falschen Stelle.»

Limacher sah kurz zu Petra und ihr schien es ähnlich zu ergehen. Zauggs Verhalten war irritierend.

«Was sind denn Ihrer Meinung nach die richtigen Fragen?», fragte er.

«Die entscheidende Frage lautet doch nicht, ob ich mit Nicole im Bett gelegen habe, sondern weshalb Stauffer Anzeige erstattet. Und noch wichtiger: Warum wurde Nicole krank?»

«Und? Wie lautet Ihre Antwort?»

Zaugg zögerte, aber schliesslich zuckte er lediglich mit den Schultern.

«Kommen wir noch zu Ihrem Verhältnis zu Doktor Stauffer. Sie haben schon einmal mit ihm vor Gericht gestanden?»

«Das ist richtig.»

«Worum ging es da?»

«Das steht in Ihren Akten!»

Und so ging es noch eine Weile weiter. Vorkommnisse und Daten bestätigte Zaugg einsilbig, bei Fragen zum aktuellen Fall berief er sich auf sein Recht zu schweigen. Je länger die Einvernahme dauerte, umso unkooperativer wurde er. Limacher beschloss, dem einseitigen Gespräch ein Ende zu setzen.

«Haben Sie noch etwas vorzubringen?», lautete wie immer seine letzte Frage.

Zaugg blickte auf. «Ja, ich hätte einiges vorzubringen. Aber Zeit und Ort stimmen nicht. Mit dieser Anzeige drehen wir uns im Kreis.»

«Wir drehen uns im Kreis, weil Sie unsere Fragen nicht beantworten!»

Zaugg verharrte in Schweigen.

Limacher blickte zu Petra und die schüttelte nur kurz den Kopf. Auch ihr war klar, dass sie heute nicht weiterkommen würden.

«Dann war's das für den Moment.» Limacher erhob sich. «Solange die Untersuchungen laufen, erwarten wir, dass Sie uns für weitere Fragen zu Verfügung stehen. Die Abläufe sind Ihnen ja bestens vertraut!»

Zaugg ging nicht auf die Anspielung ein. «Ich wünsche allseits einen erfolgreichen Nachmittag!», bemerkte er und verneigte sich kurz in Richtung venezianischer Spiegel.

Dann liess er sich von Petra hinausbegleiten.

Kaum waren die beiden verschwunden, tauchte Rominger mit Berner und Martens im Vernehmungsraum auf. «Arroganter Schnösel», kommentierte er.

«Er verkennt seine Situation völlig!» fand Berner.

«Er hat immerhin den Staatsanwalt hinter dem Glas vermutet, und er weiss offenbar Bescheid über dein Privatleben, mein Lieber», Martens klopfte Limacher auf die Schulter, «und dein Schnupfen ist ihm auch nicht entgangen.»

Petra kam zurück.

«Plötzlich steht er vor deiner Tür!» warnte Berner

Limacher. «Wie im Fall Hertig. Der hat mir nach dem Kreuzverhör nachgestellt. Wenn Zaugg deine Familienverhältnisse kennt, weiss er bestimmt auch, wo du wohnst. Er hat ja direkt gedroht, seine eigenen Untersuchungen zu machen ...»

«Vielleicht ist er der Hausarzt deiner Ex?», grinste Martens.

«Das mit Gisela kann ein Zufall sein, Bern ist klein», brummte Limacher.

«Er geht wohl davon aus, dass die Anklage auf wackeligen Beinen steht, und ich denke, nicht ganz zu Unrecht», meinte Martens. «Der Behandlungsfehler ist eine Hypothese und wenn Nicole Stauffer Zauggs Besuche wünschte, dann sehe ich in Stauffers Klage nicht viel anderes als einen Versuch, dem Arzt eins auszuwischen ...»

«Nur können wir Frau Stauffer im Moment leider nicht befragen!», sagte Limacher.

«Aber wir können Stauffer befragen», schaltete sich Rominger wieder ein. «Er hat sich bereits beschwert, dass er noch nichts von uns gehört hat!»

«Unsere Terminvorschläge haben ihm nicht gepasst!»

«Jetzt hat er Zeit», wusste Rominger. «Im Übrigen gebe ich Doktor Martens recht. Wir benötigen griffigere Argumente ...»

«Ist Doktor Zaugg noch da?», meldete sich in diesem Moment die Sekretärin mit dem Telefon in der Hand.

«Ich habe ihn eben hinausbegleitet», sagte Petra, «was gibt es?»

«Die Kollegen von der Wirtschaftsabteilung aus Zürich fragen nach ihm.»

«Er wird in der Praxis sein! Worum geht es denn?»

«Wollten sie nicht sagen ...», die Sekretärin verschwand wieder in ihr Büro.

«Was hat das zu bedeuten?» fragte Berner.

«Vielleicht geht es um sein Steuerproblem?»

«Welches Steuerproblem?»

«So viel ich bis jetzt weiss, ermittelt die Steuerbehörde wegen eines ungeklärten Vermögenszuwachses in den letzten Jahren», erklärte Rominger.

«Ungeklärter Vermögenszuwachs?» staunte Petra. «Was heisst das?»

«Dass plötzlich ein paar Tausender mehr auf deinen Konten liegen, als du verdient hast», liess sich Berner vernehmen. «Im besseren Fall wegen einer Erbschaft oder einem Lottogewinn, im schlechteren Fall wegen irgendwelcher illegaler Einnahmen; da gibt es viele Möglichkeiten, von Wettspielen über Geldwäsche bis zum Drogenhandel ...»

«Ich glaube es nicht!» Petra schüttelte den Kopf.

Berner verwarf die Hände. «Wach endlich auf, Schätzchen! Es liegt im Blut! Einmal kriminell, immer kriminell!»

46

«Es ist besser so, glaub mir, Tom.» Marianne Lange legte ihre Hand beschwichtigend auf Zauggs Arm. «Wenn wir jetzt nach unten gehen, habe ich die halbe Abteilung gegen mich ...»

«Wir schliessen in fünf Minuten», meldete die Frau, die die Tische und Stühle zusammenrückte.

Sie standen an der Brüstung des Personalrestaurants auf dem Dach des Bettenhochhauses. Vor ihnen verschwand die Abendsonne hinter den Quellwolken am fernen Horizont.

«Ich will nur noch eine einzige Probe», sagte Zaugg.

«Brunner hat den Fall übernommen. Jede Blutentnahme, jede Therapieänderung, jeder Besuch, nichts geht ohne seine Zustimmung. Er hat extra eine Sitzwache organisiert.»

«Kannst du nichts dagegen unternehmen?»

Marianne schüttelte den Kopf. «Erstens haben Privatpatienten freie Arztwahl, zweitens will Stauffer Brunner und drittens begannen die ständigen Diskussionen das Team zu belasten. Die jetzige Lösung findet Zustimmung von der Abteilung bis zur Klinikleitung.»

«Ausgerechnet Brunner!» Zaugg schüttelte den Kopf.

«Vielleicht bringt es etwas, wenn du mit ihm redest …»

«Ich kann nicht!»

«Ich weiss, dass er dich rausgeworfen hat. Aber das ist Jahre her, Tom. Du musst die alten Geschichten begraben.»

«Darum geht es nicht!», sagte Zaugg heftig und erntete einen neugierigen Blick der Hausangestellten. «Darum geht es nicht», wiederholte er mit gesenkter Stimme.

«Worum geht es dann?»

«Es geht darum, dass Brunner sich so plötzlich für Nicole interessiert und dass sein Lehrstuhl von Genetic Solutions gesponsert ist.»

«Der Lehrstuhl unseres Kardiologen wird von Metronic unterstützt, die Mobiliar beteiligt sich an der Klimaforschung im Hydrologischen Institut – es gibt x weitere Beispiele, Tom! Heute wird jeder dritte Lehrstuhl von privaten Investoren gesponsert! Da kann Brunner doch nichts dafür!»

«Natürlich nicht. Aber Genetic Solutions ist an der Laborservice AG und dem FEY beteiligt – und da war Nicole zuletzt in Behandlung. Denkst du, Brunner wird die Hand, die ihn füttert, beissen?»

«Wir wissen nicht, ob zwischen ihrer Krankheit und der Behandlung im FEY tatsächlich ein Zusammenhang besteht …»

«Was denkst du, warum sie dir den Fall weggenommen haben!», schnaubte Tom und Marianne musste trotz allem lächeln. Seine Augen funkelten, wie damals, als sie in der WG endlose Diskussionen über Haben oder Sein geführt hatten. «Manchmal frage ich mich schon, ob du je erwachsen wirst! Die Zeiten haben sich geändert, Tom. Vor dreissig Jahren kämpften wir gegen Hausbesitzer und Vielverdiener – und jetzt gehören wir selber zu dieser Sorte, auch du. Das ist die Realität, manchmal muss man nicht die Welt ändern, sondern seine Meinung!»

«Hier geht es nicht um Gesellschaftskritik, sondern um Ärzte, die ihre Grenzen nicht kennen.»

«Brunner kennt seine Grenzen.»

«Ich spreche nicht von Brunner, sondern von diesem Professor im FEY. Und Brunner mag meinetwegen als Forscher seine Qualitäten haben, aber am Krankenbett bist du ihm allemal überlegen!»

«Auch Heuchler müssen sterben!» Sie war trotz allem geschmeichelt. «Dass wir uns jetzt nicht am Krankenbett, sondern hier oben unterhalten müssen, daran bist du nicht ganz unschuldig, mein Lieber. Distanz, im übertragenen und im wörtlichen Sinn, wirkt manchmal Wunder. Ich finde, du nimmst das alles zu persönlich.» Als Zaugg nichts erwiderte, fuhr sie fort. «Mal ganz nüchtern betrachtet Tom: Was hilft es uns, wenn wir die Ursache kennen. Wenn sich ihr Zustand weiter verschlechtert, haben wir nichts mehr in der Hand.»

«Doch!» widersprach Zaugg heftig. «Und genau deswegen benötige ich eine weitere Blutprobe. Andrea Torrini glaubt, dass er etwas gefunden hat ...»

«Wer ist Torrini?»

«Ein befreundeter Biologe – und garantiert unabhängig von Genetic Solutions. Er macht ein paar Analysen für mich. Ich habe dir nicht alles erzählt, weil ich dich nicht mit reinziehen wollte.»

«Reinziehen in was?»

«Es geht nicht nur um Nicole», sagte Zaugg. Und während er weitersprach, blickten beide in die Ferne, wo sich über dem Jura die Quellwolken zu dunklen Wattetürmen aufbauschten, die ersten Vorboten für einen Wetterumschwung.

«Da kommt etwas auf uns zu», sagte Marianne, als Zaugg geschlossen hatte. Es war nicht klar, ob sie das Wetter oder Zauggs Erklärungen meinte.

«Auf uns?» fragte er.

«Auf uns!»

«Danke!» Er drückte ihr die Hand.

47

Rominger bekam recht, Stauffer hatte Zeit.

Am Donnerstagmorgen, keine Stunde nach dem Telefonat, empfing er sie im Sitzungszimmer von Weiss & Stauffer. «Bei diesen Temperaturen kann man nicht früh genug an die Bar!», meinte er mit einem Augenzwinkern, während er ihnen das Mineralwasser servierte.

Ihm selber schien die Hitze wenig auszumachen. Er wirkte frisch und ziemlich locker, trotz Massanzug und Krawatte. Limacher konnte sich lebhaft vorstellen, welch attraktives Paar die Stauffers abgegeben haben mussten, trotz des beträchtlichen Altersunterschiedes. Er selber kam sich in seinen abgetragenen und bereits wieder leicht verschwitzten Klamotten auf dem weich gepolsterten Ledersessel etwas deplatziert vor.

«Ich gestehe Ihnen ganz offen, glücklich bin ich nicht über meine Anzeige», kam Stauffer dann gleich zur Sache. «Ich habe lange mit mir gerungen. Das wichtigste ist doch, dass Nicole wieder gesund wird, nicht wahr?» Er erwartete keine Antwort und fuhr fort: «Auf der andern Seite bringt bei Verdacht auf einen Behandlungsfehler – und von diesem gehe ich aus – Abwarten nichts. Je später die Untersuchung eingeleitet wird, desto schwieriger, etwas nachzuweisen. Das muss ich Ihnen wohl nicht erklären!»

Limacher und Petra nickten zustimmend und Stauffer

fuhr fort: «Es geht mir um beides: Um Nicole und um die Gerechtigkeit.»

«Ihre Anzeige hat ja auch zwei Aspekte», bemerkte Petra. «Der Verdacht auf einen Behandlungsfehler und der Verdacht auf Stalking.»

«Es sind zwei Anklagen, das ist richtig. Aber die Thematik ist im Grunde die gleiche: Vertrauensmissbrauch! Als Patient muss ich darauf vertrauen können, dass der Arzt verantwortungsvoll handelt, richtige Entscheide fällt, Hilfe holt, wenn er nicht weiterkommt, und vor allem keine eigenen Interessen verfolgt. Darum geht es doch in jedem Job, ob Sie nun Polizist, Anwalt oder Arzt sind. Und nicht nur der Patient, auch die Angehörigen müssen sich auf den Arzt verlassen können, erst recht, wenn es um die eigene Frau geht!»

«War Zaugg früher auch Ihr Hausarzt?», wollte Petra wissen.

«Gott bewahre!» Stauffer verschüttete beinahe das Wasser. «Ausgeschlossen! – Ich habe nie verstanden, warum Nicole nicht von ihm los kam.»

«Das tönt ja fast, als hätte Doktor Zaugg Ihre Frau an sich angebunden?»

«Ich halte es nicht für ausgeschlossen, dass der Doktor sie unter Druck gesetzt hat.»

«Wie kommen Sie auf diesen Verdacht?»

«Zaugg kennt Nicole länger als ich. Es gibt ein paar Dinge aus ihrer Jugendzeit, die meine Frau nicht mit der Öffentlichkeit teilen möchte.»

«Wovon sprechen Sie?»

«Das möchte ich an dieser Stelle nicht erörtern. Aber

was ich Ihnen sagen kann: Dieser Doktor versteht es, Druck auszuüben. Ich habe ihn vor Gericht erlebt. Was ich jetzt im Inselspital erlebe, ist wie ein Déjà-vu. Nur beeinflusst er diesmal nicht die Geschworenen, sondern die Ärzte.»

«Gemäss den zuständigen Ärzten interessiert er sich für den Krankheitsverlauf Ihrer Frau …»

«Ich kann Ihnen sagen, wofür sich dieser Arzt interessiert!», fiel Stauffer Limacher ins Wort, «für Frauen, für Motorräder und für Geld. Kein Wunder, wenn da die Arbeit leidet: Keine saubere Diagnose, keine saubere Therapie, dafür ein Drogenscreening. – Das ist so verkehrt, wie wenn Sie ein gestohlenes Auto in der Fussgängerzone suchen! Ohne Inselspital wäre meine Frau längst tot. Und jetzt erfrecht er sich auch noch, ihr nachzustellen.»

«Gemäss den Aussagen der betreuenden Ärztin hatte Ihre Frau nichts gegen seine Visiten.»

«Typisch Nicole!», sagte Stauffer seufzend. «Sie beschwert sich nie!»

«Sie haben das Drogenscreening erwähnt. Hatte Ihre Frau in der Vergangenheit mit Drogen zu tun?»

Stauffer schüttelte entschieden den Kopf. «Ab und zu ein Glas Wein, aber ansonsten gönnt sie sich keine Genussmittel. Sie achtet strikt auf Ihre Gesundheit.»

«Aber irgendeinen Grund wird Doktor Zaugg für die Tests gehabt haben.»

«Da zweifle ich nicht daran!» Stauffer lachte bitter. «Ich kann mir verschiedene Gründe vorstellen. Erstens: Wer selber Drogen konsumiert, denkt zuerst an Drogen. Zweitens: Zaugg hat Nicole irgendwelche Stoffe verabreicht und wollte wissen, ob noch etwas nachweisbar war. Vielleicht hat er auch deshalb mit der Einweisung gezögert, weil er etwas zu verheimlichen hatte. Ich traue ihm alles zu …»

«Sie meinen, er könnte ihr Drogen verabreicht haben?»

«Wie gesagt: Ich traue ihm alles zu.»

«Warum sollte er das tun?»

«Warum verabreichen Männer Frauen KO-Tropfen?»

«Nach unserem Wissen standen sich Ihre Frau und Doktor Zaugg nahe. Da macht es keinen Sinn …»

«Keinen Sinn?!» rief Stauffer aus und Limacher fiel auf, dass sich an seinem Hals, knapp am Rand des weissen Hemdkragens, ein rötlicher Strich abzeichnete, die ihn an Romingers Narbe am Kinn erinnerte. «Es muss auch keinen Sinn machen! Haben Sie die Gutachten nicht gelesen? Zaugg hat sich emotional nicht im Griff! Er war über Jahre in psychologischer Behandlung …»

«Das war in seiner Jugendzeit …», warf Limacher ein.

«Richtig! Das war in seiner Jugendzeit. Und wann entscheidet sich, ob wir später dick oder dünn werden, ob wir Fussball oder Klavier spielen, ob wir das Gesetz respektieren oder straffällig werden?» Stauffer holte Luft und der Strich am Hemdkragen blasste ab. «Machen wir uns nichts vor: Die psychologische Behandlung wurde nicht beendet, weil Zaugg geheilt war, sondern weil er sie abbrach, sobald er volljährig wurde. Aus meiner Anwaltserfahrung kann ich Ihnen sagen, der erste Schritt zur Besserung ist die Einsicht. Das alte Sprichwort gilt bis heute. Aber wo, bitte, erkennen Sie in Zauggs Lebenslauf Einsicht?»

Limacher machte sich ein paar Notizen und Petra fragte weiter: «Was denken Sie, haben oder hatten ihre Frau und Doktor Zaugg ein intimes Verhältnis?»

«Wenn Sie mich vor einer Woche gefragt hätten, würde ich geantwortet haben: Sicher nicht! Heute muss ich sagen: Ich weiss es nicht. Wir führen beide ein sehr eigenständiges Leben, wissen Sie. Sie hat ihre Termine und ich die meinen. Es gibt Wochen, da sehen wir uns kaum. Ich weiss nur, dass ich meiner Frau vertraut habe …»

Stauffer wirkte zum ersten Mal etwas verloren, und er tat Petra leid. «Gibt es andere wichtige Ergänzungen zu Ihrer Anzeige?»

«Ich mache mir Sorgen um die Sicherheit meiner Frau. Falls es weiterhin nicht möglich sein sollte, Zaugg von ihr fernzuhalten, werde ich sie in ein Privatspital verlegen lassen.»

«Eine engere Überwachung als auf einer Intensivpflegestation ist eigentlich kaum denkbar», versuchte ihn Petra zu beruhigen.

Limacher dachte an die Aussagen der Pflegefachfrau. «Wir werden den Sicherheitsaspekt überprüfen», versprach er vorsichtig, nicht zuletzt eingedenk der ferienbedingten Personalknappheit.

«Ja, ja – meine Frau liegt im Sterben und Sie prüfen sorgfältig», bemerkte Stauffer zynisch, wurde aber gleich wieder freundlicher. «Entschuldigen Sie, ich weiss, dass Sie einen guten Job machen. Erst wenn es einen selber trifft, merkt man, wie langsam die Räder der Justiz drehen. Ich bin einfach dankbar, wenn Sie die Ermittlungen mit allen Kräften und in aller Härte vorantreiben.»

Die weitere Befragung lieferte keine neuen Erkenntnisse. Stauffer wiederholte im Wesentlichen die Punkte seiner Anzeige und die Wichtigkeit einer raschen Abklärung.

«Halten Sie diesen Doktor von meiner Frau fern», warnte er sie zum Abschied, «sollte ihr etwas zustossen, mache ich Sie mit haftbar, darauf können Sie sich verlassen!»

Auf dem Rückweg schwiegen sie in stiller Übereinkunft, bis sie in die Viktoriastrasse eingebogen und damit Stauffers Sichtfeld entschwunden waren.

«Der macht ziemlich Druck», eröffnete Petra die Diskussion.

«Wenn seine Verdachtsmomente stimmen, ist er berechtigt», meinte Limacher. «Und vergessen wir nicht: Er ist nicht der einzige, der dem Arzt nicht traut.»

«Die Zwei können sich nicht leiden, soviel ist klar», sagte Petra. «Zaugg ärgert Stauffer mit seinen Besuchen und Stauffer ärgert Zaugg mit der Anzeige. Vielleicht buhlen sie so einfach um die Schönheitskönigin?»

«Du solltest Nicole Stauffer im jetzigen Zustand sehen! Kein schönes Bild, das sage ich dir. Wenn ihre Krankheit tatsächlich einem Fehler Zauggs zuzuschreiben ist, möchte ich nicht in seiner Haut stecken. – Und in zwei andern Punkten gebe ich Stauffer ebenfalls recht.»

«Nämlich?»

«Erstens: Zaugg fehlte es schon einmal an Einsicht. Denk an den Unfall mit dem Motorrad. Zweitens: Zauggs Jugend verlief alles andere als in geordneten Bahnen. Er hatte grosse Probleme. Gestörte Persönlichkeiten handeln oft nicht nach unserer Logik ...»

«Zaugg macht auf mich nicht den Eindruck eines Psycho ...»

«Erinnerst du dich an den Heiler von Bern, oder den Frauenschänder von Zürich, oder an den Millionenbetrüger von Luzern? Sie alle täuschten ihre Opfer aufs unglaublichste. Es gab Geschädigte, die den Täter noch in Schutz nahmen, als der Straftatbestand bereits erwiesen war! Ich muss mit der Psychologin sprechen, bei der Zaugg damals in Therapie war.»

«Was versprichst du dir davon? Die ist sicher längst pensioniert!»

«Zaugg hat bei der gestrigen Einvernahme zu verstehen gegeben, dass er sich nicht als Täter, sondern als Opfer sieht. Das finde ich interessant, denn das Thema scheint sich zu wiederholen. Die Kirche soll er nicht aus Wut, sondern als Reaktion auf die beengende Erziehung beschädigt haben, ins Internat für schwererziehbare Jugendliche wurde er nicht seines Verhaltens wegen, sondern wegen der Überforderung der Lehrkräfte gesteckt, die Sterbehilfe hat er nicht aus selbstsüchtigen Motiven, sondern im Dienst am Menschen begangen. Immer wird der Täter zum Opfer. Wie der Stalker, der für seine Anzüglichkeiten nicht seine Geilheit, sondern die Reize der Belästigten verantwortlich macht. – Ist dir die Narbe an seinem Hals auch aufgefallen?»

«Von wem sprichst du?»

«Stauffer. Wenn er sich ärgert, leuchtet sie auf.»

«Wie der Schmiss bei Rominger?»

«Genau! Könnte sein, dass sie in der gleichen Verbindung stecken.»

«Und?»

«Ich frage mich, ob unser Staatsanwalt in diesem Fall nicht in den Ausstand treten müsste?»

48

«Ich wollte nicht, dass du es vom Staatsanwalt erfährst ...»

«Danke! Aber das habe ich bereits hinter mir», sagte Zaugg trocken. «Ich hatte Besuch aus Zürich.»

«Tut mir leid, Tom, der Anwalt liess nicht locker, du warst nicht zu erreichen – und ohne Nemo kommt Hector nicht frei!»

«Ich hatte einen Termin bei der Polizei!»

«Tut mir leid», sie griff nach seiner Hand, «tut mir leid, dass ich dich mit reingezogen habe. Ich habe nur an mich gedacht.»

Zaugg entzog ihr die Hand, aber erstmals seit sie die Praxis betreten hatte, huschte ein Lächeln über sein Gesicht. «Ich erinnere mich gerade, wann du das das letzte Mal gesagt hast.»

Sie sah ihn nur gross an.

Zaugg stand auf und trat ans Fenster. «Es war nach den Krawallen in der Aarbergergasse. Ich verschaffte dir ein Alibi, weil du um deine Stelle fürchtetest, genau wie jetzt.»

«Und trotzdem ist es nicht das Gleiche. Jetzt habe ich

nämlich die Geheimniskrämerei satt, verstehst du, Tom! Seit Hectors Verhaftung bin ich nicht mehr ich selber. Ich frage mich dauernd, was als nächstes kommt. Weder möchte ich als Tierschützerin noch als Helferin eines Einbruchs in die Schlagzeilen geraten. Und ich möchte einfach wieder in Ruhe schlafen können. Je länger wir schweigen, desto schwieriger wird …»

«Hast du mit sonst noch jemandem darüber gesprochen?», unterbrach Zaugg sie, während er aus dem Fenster spähte.

«Nur mit Teutenberg. Ich hielt es für besser, reinen Tisch zu machen.»

«Mit Teutenberg!»

Zaugg hatte ihr immer noch den Rücken zugekehrt und Valérie konnte nicht erkennen, ob seine Stimme vor Erstaunen oder vor Schrecken fast tonlos klang. «Er hätte es früher oder später sowieso erfahren. Er kennt eine Menge Leute, gerade auch aus dem Umfeld des betroffenen Labors. Ich dachte, besser er vernimmt es von mir als aus der Zeitung. Ich glaube, es war die richtige Entscheidung. Er hat Verständnis signalisiert und ich fühle mich um Zentner leichter, seit ich mit ihm gesprochen habe. Er will sich sogar für Hectors Freilassung einsetzen. – Stimmt etwas nicht?»

Zaugg hatte sich wieder gesetzt und schüttelte immer wieder den Kopf.

«Deinen Namen habe ich natürlich nicht erwähnt. Aber ich rate auch dir, reinen Tisch zu machen, Tom! Am Wochenende treffe ich mich mit Christian Limacher, er arbeitete bei der Kantonspolizei.»

«Ich kenne ihn!»

«Ein feiner Mensch, nicht wahr? Wegen der Sache mit meinem Bruder konnte ich mich gar nicht so recht auf das Treffen freuen. Das Thema hätte zwischen uns gestanden wie eine verminte Zone. Ich möchte mit Christian über alles sprechen können ...»

«Auch über mich?» die Frage klang zynisch.

«Natürlich nicht!» sagte Valéry leicht eingeschnappt. «Und über dich würde ich sowieso nur Gutes sagen ...»

«De mortuis nil nisi bene ...»

«Was soll das jetzt heissen?»

«Über die Toten soll man nur Gutes sagen ...»

«Es ist doch nicht ums Sterben zu tun, Tom! Es geht darum, im Reinen mit sich selber zu sein.»

«Es geht sehr wohl ums Sterben. Rolf Binggeli und Joseph Niederhauser sind tot. Und ich fürchte, sie sind tot, weil sie deinen Chef verärgert haben!»

«Meinen Chef?» Valérie verstand nicht.

«Ich spreche von Teutenberg.»

«Er ist nicht mein Chef. Er sitzt lediglich im Stiftungsrat ...»

«Hast du wirklich nie an der Neutralität von ProGena gezweifelt?»

«Was soll diese Frage? Willst jetzt auch du mir meinen Job schlechtreden?»

«Woher hat ProGena das Geld?» fragte Zaugg unbeirrt weiter.

«Es ist eine Stiftung! Eine NPO, eine Non Profit Organisation. Uns unterstützt, wer eine neutrale Plattform für Fragen rund um die Gentechnologie befürwortet. Wir erhalten Geld aus den unterschiedlichsten Kreisen. Das garantiert unsere Unabhängigkeit.»

«Hauptsponsoren sind gentechnologisch orientierte Firmen», wandte Zaugg ein.

«Natürlich kriegen wir Geld von der Industrie. Das ist kein Geheimnis. Aber bei all unseren Anlässen kommen stets beide Seiten zu Wort: Befürworter und Kritiker.»

«Hast du gewusst, dass Teutenberg über Finanzgesellschaften an Firmen beteiligt ist, die ProGena mitfanzieren?»

«Teutenberg ist nicht ProGena», erwiderte Valérie leicht trotzig. «Sieh dir mal unsere Homepage an! Sämtliche Stiftungsräte und Sponsoren sind detailliert aufgelistet, alle unsere Anlässe sind öffentlich, mehr Transparenz findest du nirgendwo!»

«Undurchsichtig wird es erst unter der Oberfläche! Teutenberg betreibt ein ganzes Geflecht von Firmen, nur um seinen Einfluss zu verbergen. Gegen aussen gibt er sich offen und kritisch. Aber im Grunde will er das, was alle Investoren wollen: Geld verdienen. Dabei setzt er voll auf Gentechnologie. Er investiert unter anderem in Genetic Solutions. Das macht er über die Finanzgesellschaft Geninvest, welche ihrerseits zu Worldwidebioinvest gehört und hinter dieser wiederum stehen Institute, die wahrscheinlich nicht viel mehr als einen Briefkasten besitzen»

«Das tönt alles ziemlich verworren …»

«Genau das ist doch das Ziel! Der Name Teutenberg taucht höchstens am Rande auf und im Hintergrund zieht er die Fäden. Er gibt sich neutral, dabei ist er der Hauptinvestor.»

«Er ist eben auch Unternehmer!» Valérie wurde heftig. «Für ProGena ist das nur positiv. Du solltest ihn mal erleben, wenn er in der Villa Cassel ist. Mit seiner Initiative und mit seinen Beziehungen bringt er die Stiftung vorwärts. Denkst du, er würde Zigtausend für das Referat eines Gentechnologie-Kritikers bewilligen, wenn ihm nicht an einer ehrlichen Auseinandersetzung gelegen wäre?»

«So hat er die Kritiker unter Kontrolle!»

«Er sagt, er tue es für seine Enkelkinder!»

«Auch Tyrannen haben Familiensinn.»

«Eigentlich mag ich darüber gar nicht diskutieren», sagte Valérie betupft, «du bist noch schlimmer als mein Bruder!»

Rebecca atmete auf.

Die Stimmen näherten sich der Tür, ein untrügliches Zeichen, dass die Konsultation dem Ende entgegen ging. Sie sah auf die Uhr. Der Mittag war gerettet, selbst wenn Frau Simonnet noch ein EKG benötigte. Eigentlich rechnete sie damit. Frau Simonnet war eine der Patientinnen, die ihr Chef als VIP bezeichnete.

«Eines müssen Sie sich merken», hatte er ihr mehrfach eingeschärft, «es gibt Patienten, die kriegen immer einen Termin. Verstehen Sie? Immer! Ob überbelegt, ob Abend oder Wochenende: Immer!»

Wobei VIP bei Zaugg nicht für Very Important Person, sondern für Very Ill Person stand. Zu diesen sehr kranken Menschen gehörte zum Beispiel Frau Zurbrügg, die schon beim Sprechen kurzatmig wurde und eigentlich nur noch auf ein neues Herz hoffen konnte; oder

Herr Fahrni, bei dem nach der Chemotherapie anstatt ein paar tausend nur noch ein paar hundert Abwehrzellen pro Milliliter Blut zirkulierten und für den bereits ein Schnupfen lebensbedrohlich werden konnte; und nun also auch Valérie Simonnet, wegen Verdachts auf Herzrhythmusstörungen.

«Sie wird sich melden, wenn ihr Herz stolpert. Sie geben ihr dann sofort einen Termin», hatte Zaugg sie nach der gestrigen Konsultation instruiert, und tatsächlich hatte Frau Simonnet schon heute wieder vor der Tür gestanden.

Wie eine Very Ill Person kam Rebecca die Frau, die jetzt mit Zaugg auf den Gang hinaustrat, allerdings nicht vor.

«Schreiben wir noch ein EKG?», fragte sie gespannt.

«Heute nicht!» Zaugg verschwand wieder im Sprechzimmer.

Nachdem Frau Simonnet gegangen war, las Rebecca den Eintrag in der Krankengeschichte. Der war noch dürftiger als der gestrige. Ausser ein paar Fremdwörtern, die auf eine Angstkrankheit deuteten, hatte ihr Chef nichts festgehalten, nicht mal Blutdruck und Puls. Sie fragte sich, was Frau Simonnet auf der VIP-Liste zu suchen hatte.

49

«Alles in Ordnung bei Ihnen?» Professor Cooper justierte die Tropfenzahl.

«Alles tipptopp.» Frau Bischoff war zufrieden. «Das ist aber eine Ehre, dass Sie mich persönlich behandeln!»

«Wir behandeln alle Kunden persönlich. Und zudem sind Sie unser Aushängeschild! Da will ich mich vergewissern, dass es Ihnen gut geht!»

«Es geht mir in der Tat ausgezeichnet. Ich fühle mich so fit wie schon lange nicht mehr. Gestern war ich mit meiner Enkelin in der Aare. Ich konnte problemlos mithalten – und das nach knapp vier Monaten Ambrosia ...»

«Sehr schön!» Der Professor tätschelte ihr die Hand. «Das ist genau die richtige Botschaft für nächsten Dienstag! Mit dieser Aussage schlagen Sie die Brücke zwischen Theorie und Praxis.»

«Ich bin schon etwas nervös», gestand Frau Bischoff. «Mein letzter Auftritt vor der Kamera ist Jahrzehnte her. Da war ich Wetterfee bei Tele Best. Kommt dazu, dass ich mir mit dreissig geschworen habe, nie über mein Alter zu sprechen. Und jetzt tu ich es öffentlich!»

Professor Cooper lächelte. «Dank Ambrosia wird man vielleicht schon sehr bald sehr gern über sein Alter sprechen. Dann nämlich, wenn man mit siebzig aussieht wie andere mit vierzig.»

«So habe ich das noch gar nie betrachtet.»

«Dürfen Sie aber ruhig. Man wird Sie schon jetzt beneiden. Und unsere Stylistin wird Sie noch weitere zehn Jahre jünger machen.»

Professor Cooper verabschiedete sich.

Frau Bischoff griff nach dem Prospekt, den sie längst kannte. Aber sie konnte es nicht oft genug lesen: «Ambrosia, das Rezept der Götter gegen den Alterungsprozess! – Ambrosia setzt da an, wo unser Lebensende vorprogrammiert ist: im Zellkern. Durch den Einsatz spezifischer Antikörper und der sogenannten CRISPR/CAS-Methode gelingt es, im Genom …»

Frau Bischoff liess die Broschüre sinken. Die technischen Details verstand sie nicht.

Aber sie vertraute dem Professor, der Wissenschaft und ihrem Mann, einem erfolgreichen Chirurgen. Er stand ebenfalls auf der Warteliste für Ambrosia.

Sie griff nach dem Gurken-Gazpacho. Es schmeckte ausgezeichnet – kein Wunder, kam es doch aus der Küche des nahen «Schweizerhofs». Nachdem sie ihre kalorienarme Mahlzeit beendet hatte, unterzog sie ihren Körper einer kurzen Prüfung. In fünf Tagen wollte sie buchstäblich eine gute Figur machen.

Sie wusste, dass sie auch ohne viel Kosmetik gut zehn Jahre jünger wirkte, und mit entsprechendem Outfit war sie auch schon als ältere Schwester ihrer Tochter durchgegangen. Sie hob den Arm und straffte die Muskeln. Trotz regelmässigem Krafttraining bildeten sich an den Rückseiten der Oberarme verräterische Fältchen. Ob sich da etwas machen liess? Sie musste den Professor bei der nächsten Visite unbedingt darauf ansprechen.

Für ihren Auftritt spielte das eh keine Rolle mehr; genau dieser Falten wegen hatte sie sich entschlossen, auf das ärmellose Kleid zu verzichten – trotz Hitze.

Sie lehnte sich zurück. Wie hatte es der Professor neulich formuliert? – Madame Bischoff: Botschafterin der ewigen Jugend! Der Satz gefiel ihr und sie stellte sich vor, wie er nächste Woche Schlagzeile machte. Sie lächelte zufrieden. Den Aufwand war es wert, schon nur, wenn sie an die neidischen Blicke ihrer Freundinnen dachte.

50

Im Sitzungszimmer einen Stock höher und ein paar Türen weiter ging es um das gleiche Thema, aber die Stimmung war weniger euphorisch. Nach den neusten Vorkommnissen in Zürich hatte Teutenberg Wagner kurzfristig zu einer Lagebesprechung in den «Jungbrunnen» aufgeboten.

«Das Ziel war Simonnet mundtot zu machen und vom Nacktmull abzulenken – und wo stehen wir jetzt?», wetterte Teutenberg, «der Fall findet den Weg in die Presse und die Polizei sucht nach dem Nacktmull!»

«Wir sind trotzdem einen grossen Schritt weiter», gab sich Wagner überzeugt, «wir kennen jetzt die involvierten Personen. Menitz ist bereits an Zaugg dran.»

«Wer ist Zaugg?»

«Der Mann, der die Nacktmulle in der Zoohandlung abgeholt hat. Ein Arzt und ein Bekannter von Valérie Simonnet. Menitz meint, dass er die Tiere entweder versteckt hält oder verschwinden liess. Über seine Motive wissen wir noch nichts.»

«Ein Tierschützer?»

«Eher nicht. Aufgrund der bisherigen Informationen hält es Menitz eher für möglich, dass Zaugg versuchen könnte, Forderungen zu stellen.»

«Er will uns erpressen?»

«Wir wissen es nicht. Es fällt jedenfalls auf, dass er

damit bisher nicht zur Polizei gegangen ist, obwohl er etliche Gelegenheiten dazu gehabt hätte.»

«Was für Gelegenheiten?»

«Zaugg ist bei der Polizei kein unbeschriebenes Blatt. Es laufen gleich mehrere Untersuchungen gegen ihn. Auch Stauffer lässt gegen ihn ermitteln ...»

«Stauffer lässt gegen Zaugg ermitteln?», horchte Teutenberg auf, «warum weiss ich nichts davon?»

«Es geht um eine private Angelegenheit, im Zusammenhang mit seiner Frau, die uns nicht ...», wollte Wagner beschwichtigen, aber Teutenberg fiel ihm ins Wort.

«Wir versuchen Nicole Stauffer aus der Schusslinie zu nehmen und Stauffer lässt ermitteln!»

Wagner hielt es für besser, nichts zu sagen.

«So geht das nicht, Herr Wagner!» bestimmte Teutenberg. «Stauffer muss gestoppt werden. Seine Anzeige kann Coopers Projekt nur schaden und der vermeintliche Schlag gegen Simonnet wird zum Eigentor. Stauffer ist aus dem Geschäft raus! – Haben Sie das?», fragte er, als Wagner nicht gleich antwortete.

«Klar ...»

«Gut. Dann soll Menitz endlich die Nacktmulle sicherstellen, und bitte vor der Polizei – und nicht erst in einer Woche ...»

«Menitz ist an Zaugg dran. Er lässt ihn beschatten, er hat sein Telefon angezapft, sein Motorrad markiert und die Praxis verwanzt. Er wird nicht mal kacken können ohne Menitz' Wissen ...»

«Der Doktor interessiert mich nicht. Ich will wissen,

wo die Tiere stecken, und wenn sie im Kochtopf eines Chinesen gelandet sind!»

51

«Kommen Sie weiter?», fragte Frau Haller und beobachtete, wie ihr Doktor die Aufnahmen durchging. Ab und zu stoppte er den Schnelllauf, spulte etwas zurück oder vor, und sicherte die Aufnahme. Sie konnte sich nicht vorstellen, dass es bei dem Tempo, mit dem er die Bilder durchklickte, etwas zu entdecken gab. Auf der andern Seite hatte die von Stein mal behauptet, Zaugg lese an einem Sonntagnachmittag locker zwei Bücher. Er liest nicht, er fotografiert, hatte sie erklärt.

«Ich denke schon», antwortete Zaugg und zeigte ihr eine der Aufnahme.

«Konrad Stauffer?», rief Frau Haller verblüfft. «Stellen Sie ihm nach, weil er Sie angezeigt hat?» Der Arzt hatte ihr davon erzählt.

Er lächelte geheimnisvoll. «Könnte sein, nicht? Aber mich interessiert, mit wem er sich trifft!»

«Ich kenne eine Menge Leute, die im «Schweizerhof» verkehren. Konrad passt dahin.»

Zaugg hatte ein paar Bilder zurückgespult. «Gestern sahen wir Professor Cooper …»

«Bei dem ist Anna von Stein in Behandlung …»

«… und Nicole Stauffer. Und das ist Professor Brunner vom Inselspital …»

«Die Brunners kenn ich auch! Als wir noch das Abonnement im Theater hatten, sassen sie in der Reihe vor uns. Ich finde sie nett.»

«… und noch etwas früher Brinks …»

«… kenn ich nicht …»

«Brinks ist CEO von Genetic Solutions. Und das ist Viktor Teutenberg.»

«Wer ist Teutenberg?»

«Die einen bezeichnen ihn als Kunstliebhaber, die andern als risikofreudigen Investor. Er selber gibt sich am liebsten als moralischer Hüter des Fortschritts aus.»

«Und woraus schliessen Sie, dass diese Leute etwas miteinander zu tun haben?», fragte Frau Haller zweifelnd, «es gab Zeiten, da verabredete ich mich mit meinen Freundinnen ganz gern im «Schweizerhof». Dort traf man regelmässig auf irgendwelche Prominenz. Ich erinnere mich, einmal sass die Della Casa am Tisch nebenan – da hätten Sie wohl vermutet, Frau Haller treffe sich mit der Opernsängerin …»

«Es ist das Muster. Wenn wir die Bilder der Zeiträume, die Teutenberg im Hotel verbringt, sozusagen übereinanderlegen, ergeben sich Häufungen. Bis jetzt habe ich zehn Übereinstimmungen gefunden, also Leute, die wiederholt auftauchten, wenn Teutenberg da war.» Zaugg zeigte Frau Haller eine weitere Aufnahme. «Wie zum Beispiel dieser Mann: Viermal taucht er auf, mal eine halbe Stunde vor, mal eine Viertelstunde nach Teutenberg. Er heisst Wagner und ist Sicherheitschef in einem Labor. Ich bin sicher, dass er sich mit Teutenberg trifft. Oder nehmen wir Professor Brinks von Genetic solutions, wen sollte er treffen, wenn nicht Teutenberg?»

Zaugg schloss das Programm und verstaute die Kamera in einer gewöhnlichen Einkaufstasche. «Ich nenne das den Kongruenztest. Es sind immer andere Bilder, aber die Muster sind kongruent, wenn Sie wissen was ich meine.»

«Nicht ganz», gab Frau Haller zu. «Viele meiner Bekannten verkehren im «Schweizerhof»!»

Zaugg trat ans Fenster. «Sehen Sie die beiden Männer vor der Kirche?»

«Ich sehe mindestens hundert Männer.» Frau Haller lächelte. Es ging bereits gegen Ladenschluss und die Menschen strömten dem Bahnhof zu.

«Ich spreche von den Typen neben dem Eingang: Beide mit Sonnenbrille, Mütze und Lederjacke trotz der Hitze – wahrscheinlich um ihre Waffen zu verbergen ...»

«Was ist mit ihnen?»

«Die beiden verfolgen mich, seit ich die Praxis verlassen habe.»

«Und warum sollten sie?»

«Ich vermute, aus dem gleichen Grund wie ich die Aufnahmen mache: Sie wollen wissen, mit wem ich in Kontakt stehe, was ich so treibe ...»

«Und warum stehen sie vor der Kirche und nicht vor dem Heim?»

«Weil sie dort meine Spur verloren haben. Sie vermuten mich im Warenhaus. Ich muss mich den beiden zeigen, bevor sie abziehen. Sonst kommen sie womöglich noch auf die Idee, ich könnte sie absichtlich abgehängt haben.»

Zaugg zog einen Umschlag aus der Einkaufstasche. «Das war vorläufig mein letzter Besuch. Ich werde mich ab morgen täglich telefonisch bei Ihnen melden. Ich erkundige mich nach Ihrem Gesundheitszustand. Kein Wort über die Kamera am Telefon. Ich habe den Verdacht, dass mein Telefon abgehört wird.»

«Dann rufen Sie doch erst gar nicht an!»

«Wäre auch eine Variante», sagte Zaugg, «aber ich rufe Sie trotzdem an. Und falls ich mich einmal achtundvierzig Stunden nicht bei Ihnen gemeldet habe, übergeben Sie diesen Brief Christian Limacher. Er ist Fahnder bei der Kantonspolizei. Anschrift und Telefonnummer stehen auf dem Couvert.»

«Das tönt ja richtig gefährlich!»

«Wenn Sie eine besondere Beobachtung machen, wenn sich jemand für Sie interessiert oder Sie jemand über mich ausfragt, oder wenn Sie sonst etwas mit mir besprechen möchten, dann verlangen sie einen Hausbesuch – aber nur aus gesundheitlichen Gründen! Haben Sie das verstanden?»

Frau Haller nickte und begleitete Zaugg zur Tür. «Wann kommen Sie das nächste Mal auf Visite?»

«In einer Woche. Dann sollte alles vorbei sein!»

Frau Haller sah ihm nach, bis er im Treppenhaus verschwunden war. Dann ging sie zurück in die Wohnung und setzte sich ans Fenster. Nachdenklich beobachtete sie die beiden Männer. Sie standen noch an der gleichen Stelle, der eine hatte sich eine Zigarette angesteckt, der andere beschäftigte sich mit seinem Telefon. Es machte gar nicht den Anschein, als lägen sie auf der Lauer, sondern als erwarteten sie ihre Frauen vom Einkauf zurück.

Zauggs Verhalten erinnerte sie an einen ehemaligen

Nachbarn in der Postgasse. Der hatte das Wetterleuchten als intergalaktischen Krieg wahrgenommen, hinter dem defekten Fernseher einen Lauschangriff russischer Spione vermutet, und als er an Diabetes erkrankte, war er überzeugt, dass ihn Ausserirdische zu vergiften versuchten. Zuletzt verschanzte er sich in seiner Wohnung, und wäre nicht der Briefkasten übergequollen, wäre er wohl verhungert. Paranoide Schizophrenie hatte gemäss Anna von Stein die Diagnose gelautet. Die gleiche Anna glaubte auch zu wissen, dass Doktor Zaugg wiederholt in psychiatrischer Behandlung gewesen war und versuchte ihr wohl auch deshalb seit Monaten ihren Hausarzt auszureden. Bis jetzt hatte Frau Haller Annas Verdächtigungen kaum ernst genommen, denn sie wusste, dass Annas Aversion Zaugg gegenüber andere Gründe hatte.

Aber was, wenn Zaugg wirklich krank war?

Es dauerte einen Moment, bis sie realisierte, dass Bewegung in die Männer vor Kirche gekommen war. Während der eine noch telefonierte, schritt der andere in Richtung Hirschengraben. Vielleicht dreissig Meter vor ihm, glaubte sie, Zaugg mit der Einkaufstasche zu erkennen.

Sie war nicht schnell genug. Bis sie den Operngucker in Position gebracht hatte, waren die Männer aus ihrem Blickfeld verschwunden.

52

Limacher hatte gehofft, am Tag vor seiner Abreise den Pendenzenberg abtragen zu können. Aber eine Wasserleiche, die vierte in diesem Sommer, machte ihm einen Strich durch die Rechnung. Statt im Büro verbrachte er den Rest des Morgens an der Aare, und auch den Besuch bei Zauggs Therapeutin am Nachmittag musste er verschieben. Denn obwohl von Anfang an klar war, dass der Ertrunkene aus dem Aufnahmezentrum in Thun stammen musste, gestaltete sich die Bestätigung seiner Identität mühsam. Seine Mitbewohner schwiegen, wohl in der Annahme, dass ihr Kollege nach dem negativen Vorentscheid seines Asylgesuchs, in einem andern Sinn untergetaucht sei.

Am Abend war der Stapel der unerledigten Arbeiten nicht kleiner geworden, sondern angewachsen: Die Zürcher Kollegen interessierten sich für Zauggs Händel mit den Steuerbehörden, Frau Liechti glaubte, eine wichtige Beobachtung mitteilen zu müssen, und das Altersheim hatte eine Nachricht geschickt, wonach das Ölbild, das im Gang neben Mutters Zimmertüre gehangen hatte, deren Eigentum gewesen sei und möglichst bald abgeholt werden sollte, zusammen mit ein paar Kleidungsstücken, die nachträglich in der Wäscherei aufgetaucht waren.

Wäre er am Samstagabend nicht mit Valérie auf der Riederfurka verabredet gewesen, hätte er den Golfkurs abgesagt. Damit wäre auch der Termin mit Liz zur Schlüsselübergabe hinfällig geworden. Aber auch den wollte sich Limacher eigentlich nicht entgehen lassen. Es ging ihm bei diesem Besuch längst nicht mehr nur ums Überleben seines Katers. Er hoffte von Liz mehr über Zaugg zu erfahren, Dinge, die nicht in den Akten standen und die vielleicht etwas Licht in dessen undurchsichtige

Lebensgeschichte bringen konnten. Und schliesslich wollte er die Kunsthändlerin auch noch nach dem Wert des Ölbildes befragen. Ihn selber hatte das Blumenbild nie angesprochen, aber er erinnerte sich, dass seiner Mutter viel daran gelegen war.

Ein Blick auf die Uhr zeigte, dass er sich beeilen musste. Sie trafen sich nicht wie ursprünglich abgemacht in seiner Wohnung im Altenberg, sondern in Liz' Elternhaus. Ihre Mutter lag noch immer im Spital und Liz hatte die Aufgabe übernommen, den Familiensitz oder besser gesagt, den Hund zu hüten.

Um von der Polizeikaserne zur Junkerngasse zu gelangen, musste er die Altstadt queren. Der kurze Spaziergang durch Berns Gassen zeigte, dass der Jahrhundertsommer der Stadt nicht nur Rekordtemperaturen und Wasserleichen, sondern auch mediterranes Flair bescherte. Selbst an einem gewöhnlichen Donnerstagabend herrschte in den Strassen und auf den Plätzen ein Treiben, wie es Bern sonst nur bei Grossanlässen kannte. Der Feierabend spielte sich draussen ab. Auch wenn tagsüber fleissig über die Hitze geklagt wurde, am Abend wurde sie gefeiert.

In der Junkerngasse herrschte die gewohnte vornehme Ruhe. Hier gab es weder Strassenbeizen noch Imbissbuden, und weil das Publikum fehlte, mieden die Gaukler und Strassenmusiker den Ort. Hinter den unspektakulären, aber gepflegten Fassaden gab es keine Geschäfte und Boutiquen, sondern vornehme Kanzleien und diskrete Agenturen, und die Wohnungen belegten nicht Studenten-WGs, sondern Prominente und alteingesessene Berner Familien.

Wie zum Beispiel die von Steins.

Liz hatte ihm einmal erzählt, dass das Haus seit über dreihundert Jahren im Besitz der Familie war. Der Stammbaum reichte noch ein paar hundert Jahre weiter zurück, und wie der Name andeutete, hatten sich Liz' Vorfahren ihr Vermögen ursprünglich im Steinbruch verdient. Später kam der Handel mit Rohstoffen dazu; erst Kohle, dann Öl und neuerdings auch Edelmetalle. Aus dem Familienbetrieb war eine AG geworden und Liz' Bruder war nicht mehr Patron, sondern Vorsitzender des Verwaltungsrates. Liz hatte immer betont, dass sie die Geschäfte der Familie nicht besonders interessierten, aber im Grunde setzte sie mit dem Kunsthandel die Familientradition fort.

Wie würde Berner sagen? – Einmal Händler, immer Händler.

«Achte bitte nicht auf das Durcheinander», begrüsste sie ihn wenig später, «ich nutze den Hütedienst zum Entrümpeln». In der Eingangshalle standen ein paar Umzugskisten und im Wohnzimmer stapelten sich Ordner und Papiere. Sie drückte ihm ein Tablett mit Knabbereien und zwei Gläsern in die Hand. «Zum Garten nur immer geradeaus», komplimentierte sie ihn an der Unordnung vorbei.

Ziemlich beeindruckt durchschritt Limacher den Salon, der so gross war wie seine gesamte Wohnung. Der Boden war mit einem Eichenparkett ausgelegt, und die Decke zierte eine feine Stuckatur. Die Möblierung bestand aus einer stilvollen Kombination von Alt und Neu: Essplatz mit Klostertisch und modernen Lederstühlen, Sitzgruppe vor dem Kamin mit Sesseln von Le Corbusier und Louis-irgendwann. Feine Spots in Nischen imitierten Kerzenlicht und die Wände zierten ausgewählte Bilder. Limacher zweifelte nicht, dass die Bleistiftzeichnung von Klee über dem Esstisch ebenso original war wie der fast mannshohe Giacometti am Ausgang zum Garten.

Die Pergola war so angelegt, dass man freien Blick auf die Aare hatte, von der Stadt aber kaum etwas zu sehen bekam. Das permanente Rauschen des Flusses schluckte jeglichen Verkehrslärm, was das Gefühl der Abgeschiedenheit noch verstärkte. Während die Stadt kochte, wehte hier eine leichte, erfrischende Brise. Limacher kam sich vor wie in einer andern Welt. Er streckte die Beine und spürte das erste Mal an diesem Tag so etwas wie Entspannung.

Der Rosenbogen, der sich über den Gartenweg spannte, erinnert ihn an Mutters Gemälde. Er zog das Mobiltelefon aus der Tasche und suchte nach der Aufnahme, die ihm das Altersheim geschickt hatte.

Wenig später erschien Liz mit dem Wein. Sie warf einen Blick auf sein Handy und stutzte. «Ein Kreidolf!»

«Kreidolf!» Limacher schlug sich an die Stirn. «Jetzt wo du es sagst, erinnere ich mich. Es war ein Hochzeitsgeschenk. Meine Mutter hielt es in Ehren, Vater hielt es für Kitsch. Eigenartig, wie ein Name eine ganze Erinnerungswelle auslösen kann.»

«Das Bild gehört deinen Eltern?», fragte Liz interessiert.

«Gehörte. Und jetzt weiss ich nicht, was ich damit anfangen soll. Ich dachte, bevor ich es ins Brockenhaus …»

«Wie bitte?» Liz riss ihm beinahe das Telefon aus der Hand. «Das ist ein Ölbild von Kreidolf, Christian! Das hat Seltenheitswert. Je nach Zustand und Grösse bekommst du für das Bild ohne weiteres ein paar Tausend, möglicherweise sogar Zehntausend.»

«Zehntausend», staunte Limacher. «Dann wäre es das teuerste Erbstück, und es steht nicht mal auf der Inventarliste.»

«Pass auf, dass sich der Fahnder nicht der Erbschleicherei schuldig macht», lächelte Liz und prostete ihm zu. «Wenn du willst, kann ich eine Schätzung machen.»

«Sehr gern. Limacher steckte das Telefon weg. «Obwohl: Gefallen tut mir das Bild trotzdem nicht.»

«Eine Käuferin hätte ich möglicherweise. Meine Mutter besitzt eine Sammlung seiner Kinderbücher.»

«Wie geht es ihr?»

«Sie kämpft tapfer, aber bis jetzt ist keine Besserung in Sicht. Ihre grösste Sorge ist momentan, dass sie die Sitzungen im FEY verpasst. Sie ist immer noch überzeugt, Professor Cooper würde sie vor dem Altern retten. Wie wäre sie sonst dazu gekommen, sich mit dreiundachtzig noch einmal einen Hund zuzulegen?»

Der Dackel wedelte mit dem Schwanz, als hätte er auf einen Einsatz gewartet.

«Die Medizin macht schon erstaunliche Fortschritte», sagte Limacher, «bei einem Kollegen wurde vor fünf Jahren Leukämie diagnostiziert und heute ist er fitter als ich. Eine Tablette täglich, die irgendein Gen blockiert, macht's anscheinend möglich.»

«Bei der Therapie gegen das Alter scheint das nicht

so einfach. Tom hält es nicht für ausgeschlossen, dass sie Coopers Therapie nicht verträgt.»

«Auf jeden Fall verträgt sie Zaugg nicht!», scherzte Limacher. Liz lachte nicht und Limacher hakte nach. «Warum vertragen sich die beiden nicht?»

«Warum interessiert dich das?»

«Es interessiert mich einfach», sagte er leichthin.

«Als Fahnder?»

Der Blick, den sie ihm zuwarf, hatte etwas Reserviertes und gleichzeitig etwas Lauerndes; Eigenschaften, die Limacher an Liz eigentlich nicht kannte.

«Er hat dir davon erzählt?»

Sie nickte.

Limacher fragte sich, ob Liz von Binggeli oder von Nicole Stauffer wusste – oder sogar von beiden Fällen?

«Wie gut kennst du Zaugg eigentlich?»

«Gut genug, um zu wissen, dass du gegen ihn ermittelst», antwortete sie. «Und gut genug, um zu wissen, dass er ein Gespräch über sich in seiner Abwesenheit nicht schätzen würde.»

«Er hat dich vorgewarnt?» Noch bevor er die Frage fertig formuliert hatte, merkte er, dass er sich offenbar im Ton vergriffen hatte.

Liz warf ihm erneut diesen skeptischen Blick zu, nur intensiver, um nicht zusagen: feindseliger.

«Eigentlich wollten wir nicht über Tom, sondern über die Katze sprechen. Was frisst dein Carlo denn so am liebsten?»

«Er frisst alles.» Der Themenwechsel passte ihm nicht. Offenbar hatte er mit seiner Frage einen wunden Punkt getroffen. «Darf ich dich trotzdem noch etwas zu Doktor Zaugg fragen?»

«Nein», sagte Liz entschieden.

«Und warum nicht?»

Liz zögerte. «Wir stecken in einer Art Beziehungskrise, verstehst du?»

«Nein! Ich verstehe weder Beziehung noch Krise.»

«Ich will und kann mit dir im Moment nicht über Tom sprechen», wiederholte Liz. «Erst recht nicht, solange du gegen ihn ermittelst.»

Limacher versuchte im Halbdunkel ihr Gesicht zu erforschen. Er war nicht sicher, aber er glaubte, in ihren Augen einen feuchten Schimmer zu erkennen.

«Entschuldige», murmelte er.

«Du kannst nichts dafür!» Sie versuchte ein Lächeln. «Also, sag mir: was habe ich mit Carlo zu tun ...»

Die anschliessende Konversation über Katzenfutter, Kreidolf, Raubkunst und Platzreife geriet immer wieder ins Stocken. Und als Liz keine Stunde später mit dem Hinweis auf unerledigte Arbeiten ihr leeres Glas auf das Tablett zurückstellte, erhob er sich beinahe erleichtert. Es kam ihm so vor, als verabschiedeten sie sich wie zwei Menschen, die nicht sicher waren, ob sie sich je wieder begegnen würden.

Wieder auf der Strasse, sah er nachdenklich zum Haus zurück.

Über dem Eingang hing das Familienwappen der von Steins. Es zeigte eine Waage auf einem Fels. Das Wappen wurde gehalten von einem Merkurstab, dem Symbol für Handel, wie Limacher wusste. Der Merkurstab mit

Schlange erinnerte an den Äskulapstab der Mediziner. Limacher fragte sich, welche weiteren Gemeinsamkeiten Liz und Zaugg verbinden mochten.

Eigentlich war er genau dieser Frage wegen hergekommen.

Er hatte gehofft, über Liz näher an Zaugg zu gelangen und nun hatte er das Gegenteil erreicht. Zaugg hatte sich wie eine Trennwand zwischen sie geschoben und Liz hatte ihn sozusagen vor die Türe gesetzt.

Missmutig machte er sich auf den Rückweg.

53

Etwas lag in der Luft, als Limacher sich am Freitagmorgen in aller Frühe auf den Weg ins Inselspital machte. Er konnte nicht sagen, ob es an der Aare – sie floss wegen des tiefen Pegelstandes ungewohnt träge und roch abgestanden – oder an der hohen Luftfeuchtigkeit lag. Der kurze Aufstieg vom Altenbergsteg zur Altstadt trieb ihm den Schweiss aus allen Poren und sein frisches Hemd begann zu kleben, noch bevor er den verwaisten Waisenhausplatz erreichte.

Vielleicht lag das Besondere an diesem Morgen aber gar nicht in der Luft, sondern in seinem Kopf? Ein junges Paar mit zwei Überseekoffern im Schlepptau erinnerte ihn daran, dass er heute ebenfalls verreisen würde, und beim Gedanken an Valérie spürte er ein angenehmes Ziehen in seiner Brust.

Die unbestimmte Vorahnung verflüchtigte sich, als er sich dem Inselareal näherte. Hier herrschte bereits emsiges Treiben. Unzählige Angestellte strebten in sehr unterschiedlichem Wachzustand dem Spital zu. Limacher versuchte zu tippen, wer wenig später eine Verbandschere, wer ein Küchenmesser, wer ein Skalpell und wer eine Gartenschere in der Hand halten würde. Er hätte sich nicht festlegen wollen. Einzig die Besucher liessen sich mit ihren suchend-bangen Blicken relativ klar von den Angestellten unterscheiden.

Auf der Intensivstation war die Arbeit bereits voll im Gange. Eine Putzequipe war daran, Zimmer und Gänge zu reinigen, Betten wurden verschoben, Material wurde angeliefert und vor dem Stationszimmer steckten ein paar Weisskittel die Köpfe zusammen.

«Suchen Sie etwas Bestimmtes?», sprach ihn einer der Ärzte an.

«Herrn Seidel.» Limacher zeigte seinen Ausweis.

«Wir haben keinen Patienten mit diesem Namen.»

«Herr Seidel arbeitet in der Pflege.»

«Ach der Helmut!» Das Gesicht des Arztes wurde freundlicher. «Es geht um Frau Stauffer?»

Limacher nickte. Seine Abklärungen hatten sich herumgesprochen. «Sie kennen sie?»

«Seit ihrem Eintritt. Ich bin der zuständige Nachtarzt – aber nur noch bis zum Wochenende.»

«Wie geht es ihr?»

«Was soll ich sagen? Stabil schlecht. Wir sehen das allerdings bereits als Erfolg. Wir haben einen ähnlichen Fall, da geht's nur noch bergab. Wir müssen zufrieden sein.»

«Was heisst ein ähnlicher Fall?»

«Duplizität der Fälle, nennen wir das. Da hat man monatelang kein HUS und dann gleich zwei Fälle innert kurzer Zeit.»

«Kennen Sie auch Doktor Zaugg?»

«Natürlich. Er kommt ja praktisch jede Nacht vorbei.»

«Sie haben mit ihm gesprochen?»

«Klar. Er will alles wissen. Und er versteht etwas von

Immunologie, das merkt man. Er war der erste, der die Plasmapherese vorgeschlagen hat.»

«Was ist Plasmapherese?»

«Eine Art Blutreinigung. Ein Verfahren, bei dem Eiweisse aus dem Blut gefiltert werden; in diesem Fall die krankmachenden Eiweisse.»

«Denken Sie, eine frühere Einweisung ins Spital hätte das alles verhindern können?» Der Assistenzarzt schien ihm gesprächiger als Frau Lange vor zwei Tagen.

«Keine Ahnung. Im Nachhinein sind wir immer schlauer, nicht wahr?»

«Was meinte Frau Stauffer zu Zauggs Besuchen.»

«Sie freute sich, ich meine, solange sie das noch äussern konnte ... Aha! Da sehe ich den Helmut kommen, und ich sollte zum Rapport. – Zaugg ist ein guter Arzt!», fügte er an, bevor er davoneilte. Limacher fragte sich, wie der Nachsatz zu verstehen war. Als Kompliment oder doch eher als Schadensbegrenzung?

Im Gegensatz zum Nachtarzt machte der Pfleger einen ziemlich abgespannten Eindruck. Limacher erinnerte sich, dass er krankgemeldet gewesen war.

«Wieder gesund?», fragte er.

«Ich war gar nicht richtig krank», erklärte Helmut Seidel, «aber auf dieser Abteilung gilt bereits ein Kratzen im Hals als Risiko.»

«Wegen der Ansteckungsgefahr?»

«Für unsere Patienten kann bereits eine banale Erkältung gefährlich werden.»

«Wie Sie wahrscheinlich bereits wissen, führen wir im

Fall Nicole Stauffer gewisse Ermittlungen durch», kam Limacher gleich zur Sache. «Ihre Kollegin sagt, Sie hätten uns etwas mitzuteilen?»

Seidel sah sich unsicher um.

«In Zusammenhang mit den Besuchen des Hausarztes», ergänzte Limacher seine Frage.

Seidel nickte und trat etwas zur Seite. «Seit Frau Stauffer bei uns liegt, taucht Doktor Zaugg praktisch jede Nacht auf. Manchmal zum Schichtwechsel, manchmal aber auch erst um Mitternacht. Anfänglich sprachen die beiden miteinander und Zaugg sprach auch mit den Ärzten ...»

«Das ist mir bekannt. Was haben Sie denn beobachtet, Herr Seidel?»

Seidel holte Luft. «Es war am Sonntag, am Tag, als Frau Stauffer intubiert werden musste. Der Doktor tauchte relativ spät auf. Er setzte sich gleich zur Patientin, obwohl er nicht mit ihr sprechen konnte. Wir beganden uns alleine im Raum, ich meine, abgesehen von den andern Patienten. Meine Kollegin war unterwegs zum Nachtrestaurant und ich mit der Vorbereitung einer Infusion beschäftigt, als in Koje 2 der Alarm losging. Ich konnte nicht gleich alles liegen und stehen lassen. Zaugg hantierte an der Infusion und der Alarm brach wieder ab. Der Doktor gab mir zu verstehen, dass alles in Ordnung sei. Wenig später brach er auf. Als er aufstand, hatte ich den Eindruck, dass er etwas zu verstecken versuchte ...»

«Und weiter?», fragte Limacher, als Seidel zögerte.

«Er bewegte sich irgendwie ungelenk, wenn Sie wissen was ich meine?»

Limacher schüttelte den Kopf und Seidel senkte die Stimme. «Ich hatte den Eindruck, dass sich vorne auf seiner Hose ein länglicher Gegenstand abzeichnete. Als er meinen Blick bemerkte, hielt er sich rasch die Jacke vor den Schoss. Er reagierte wie einer, der ertappt wurde …»

«Warum ertappt?»

«Ich denke, er versuchte eine Erektion zu verstecken …» Seidel stockte, es war ihm anzusehen, dass ihm die Sache peinlich war.

«Wie kommen Sie darauf?», fragte Limacher verblüfft.

«Seine Visiten waren von Anfang an auffällig. Er interessiert sich zwar für die Krankengeschichte, aber manchmal kam es mir vor, wie wenn er die Koje belagerte. Wieso verharrte er am Bett, obwohl er doch nicht mehr mit der Patientin sprechen konnte?»

«Man sagt, dass Leute auch im Koma wahrnehmen, was um sie vorgeht …»

«Im Nachhinein glaube ich, dass der Alarm losging, weil er sich an Frau Stauffer zu schaffen machte.»

«Wie zu schaffen?»

«Na, wie zu schaffen? Gefummelt hat er, nehme ich an! – bis der Alarm ihn stoppte.»

«Aber gesehen haben Sie es nicht?»

«Nein – aber von alleine ging der Alarm auch nicht los. Und klauen konnte er der Frau nichts …»

Limacher versuchte, Seidels Aussage einzuordnen. Selbst wenn die beiden ein intimes Verhältnis verband, warf Seidels Vermutung ein ziemlich schräges Licht auf Zaugg. «Ist Ihnen sonst noch was aufgefallen?»

Seidel schüttelte den Kopf. «Die beiden folgenden

Nächte war er nur kurz da. Ich glaube, er ahnte, dass ich ihn beobachte.»

Sie schwiegen einen Moment. «Was sagen die andern?»

Seidel zuckte die Schultern. «Die einen finden, ich sehe Gespenster, wie zum Beispiel unsere Oberärztin. Die hat wohl den Narren an Zaugg gefressen. Die andern waren der Meinung, dass ich meine Beobachtung melden sollte, was ich somit auch getan habe.»

Wenig später strebte Limacher dem Ausgang zu. Seidels Aussage passte irgendwie zu seiner Beobachtung im «Nullpunkt»: Der alternde Arzt macht sich an die junge Amerikanerin ran.

Er trat vor das Spital und atmete durch. Wenn der Verdacht des Pflegers stimmte, galt es nicht nur Nicole und die Kellnerin vor diesem Arzt zu schützen.

54

Er lag auf dem Rücken. Er wusste, er sollte weglaufen, aber er klebte am Teer fest. Und selbst als der Mann zum Schlag ausholte, war er nicht in der Lage zu reagieren. Die Faust traf ihn mitten ins Gesicht. Der Schlag katapultierte ihn weg, in den leeren Raum zwischen Leben und Tod. Hier verharrte er in der Schwebe, regungs- und atemlos, vielleicht sogar leblos, – bis ihn der Schmerz im Gesicht zurück in die Realität brachte. Der Traum war vorbei, was blieb, waren der Angstschweiss und die Schmerzen.

Seit er in der Altstadt zusammengeschlagen worden war, wiederholte sich der Alptraum vor jedem Erwachen; egal zu welcher Zeit, ob mitten in der Nacht oder am Morgen; egal was ihn aus dem Schlaf gerissen hatte, ob der Druck im Gesicht oder die Nachtwache, die ihre Runden drehte.

Er horchte in den Raum und versuchte zu orten, was ihn dieses Mal geweckt hatte.

Auf der Abteilung war es ruhig. Das feine Zischen der Sauerstoffzufuhr und das gleichmässige Schnarchen seines Zimmernachbarn wurden durch die Watte in seinen Ohren merklich gedämpft. Umso deutlicher hörte er den eigenen Puls an die Schläfen pochen.

Langsam öffnete er die Augen, das hiess das linke Auge. Das rechte war verklebt. Es musste noch geschützt werden. Der Faustschlag hatte ein Loch in die Netzhaut gerissen und es war noch nicht klar, wieviel seiner Sehkraft verloren war. Das Zimmer lag im Dämmerlicht.

Vorsichtig wendete er den Kopf, um einen Blick auf die Uhr zu werfen.

Da traf ihn der Schreck wie ein lähmender Blitz.

Diesmal war es kein Traum.

Der Mann stand direkt neben seinem Bett. Er hatte einen überdimensionierten Kopf und obgleich er seine Augen nicht sehen konnte, wusste er, dass er auf ihn hinunterblickte.

Er wollte schreien, aber ihm fehlte nicht nur die Luft dazu, er war nicht einmal in der Lage, den Mund zu öffnen.

Der unheimliche Besucher hielt ihm ein Stück Papier vors Gesicht. «Wenn Sie den Mann wiedererkennen, geben Sie uns Bescheid.»

Die Stimme tönte dumpf, er wusste nicht, ob es an der Watte in seinen Ohren oder an der Tatsache, dass der Mann einen Motorradhelm trug, lag.

«Haben Sie verstanden?», fragte der Mann, als er nicht gleich reagierte.

Er nickte.

Der Mann legte die Aufnahme auf die Bettdecke und verschwand so lautlos und plötzlich, wie er gekommen war.

Er blieb regungslos liegen. Er hielt die Augen geschlossen, konzentrierte sich ganz auf das, was in seinem Kopf geschah. Es war, als hätte der kurze Blick auf das Foto, das jetzt auf seiner Brust lag, in seinem Gedächtnis eine Tür aufgestossen.

Er sieht sich mit dem gestohlenen Bike den Sulgenrain runterfahren, er sieht, kurz vor der Matte, das Motorrad, das ihn überholt und ihm wenig später den Weg versperrt. Er sieht den Mann, der sich ihm nähert und auf einmal hat der Mann in seinem Traum ein Gesicht!

Er griff nach dem Papier. Je länger er das Bild betrachtete, desto sicherer wurde er. Er hörte den Mann «wo sind die Tiere» schreien …

«Guten Morgen, Herr Eberhardt. Sind wir schon wach?» Der Pfleger von der Frühschicht wedelte mit der Spritze.

Er brachte lediglich ein Nicken zustande.

«Alles in Ordnung, Herr Eberhardt?» fragte der Pfleger, während er die ausgewählte Stelle an seinem Oberschenkel desinfizierte. «Sie sind ja ganz verschwitzt!»

«Hatte ich Besuch?», wollte Florian Eberhardt wissen.

«Nicht dass ich wüsste.» Der Pfleger injizierte ihm den Blutverdünner. «Dann träumen Sie mal ruhig weiter!» meinte er und setzte seinen Rundgang fort.

Florian träumte nicht. Im Gegenteil: er war hellwach. Und er rang mit sich selber.

«Wenn Sie den Mann wiedererkennen, geben Sie uns Bescheid!», klangen die Worte des nächtlichen Besuchers nach. Auf der Rückseite des Papiers war eine Telefonnummer notiert. War man dem Schläger auf der Spur? Oder war es eine Falle? Wollte der Täter sein Erinnerungsvermögen testen?

Er hielt die Ungewissheit nicht länger aus und wählte die angegebene Nummer.

«Kantonspolizei Bern», meldete sich prompt eine wache Stimme.

55

«Christian! Wo hast du gesteckt?» Petra begrüsste ihn, als sei er eine ganze Woche weg gewesen. «Rominger sucht dich schon überall!»

«Schon wieder? Ich war im Inselspital», erklärte Limacher unbeeindruckt. «Und jetzt brauch ich erstmal einen richtig starken Kaffee!»

«Du hast mit dem Pfleger gesprochen?»

Limacher nickte und schaltete die Espressomaschine ein.

«Und? Hat es sich gelohnt?»

«Und ob! Wenn dieser Seidel recht hat, sollten wir Zaugg die Besuche verbieten …»

«Christian!» platzte Rominger ins Büro, «ich hatte schon befürchtet du seist bereits verreist!»

«Ich war im Inselspital», wiederholte Limacher, «in Sachen Doktor Zaugg …»

«Genau deshalb muss ich dich sprechen», unterbrach ihn Rominger erleichtert. «Doktor Stauffer zieht seine Anzeige zurück!»

«Doktor Stauffer tut was?»

«Er hat mich heute Morgen orientiert. Er zieht seine Anzeige zurück – in allen Punkten.»

«Was soll das?» Limacher schüttelte ungläubig den Kopf. «Der war doch richtig scharf darauf, Zaugg vor Gericht zu bringen.»

«Er hat es sich anders überlegt. Er will seiner Frau den Rummel ersparen.»

«Ich fürchte, dazu ist es zu spät!»

«Was soll das heissen?»

Limacher rapportierte in kurzen Zügen seinen Besuch in der Insel. «Nach Seidels Aussage können wir jetzt nicht einfach einen Strich ziehen. Mit oder ohne Stauffers Anzeige.»

Rominger blieb für einmal stumm, nur die Rötung seiner Narbe zeigte, dass ihm Limachers Widerrede nicht passte.

«Könnte es sein, dass Zaugg Stauffer unter Druck

setzt?», hakte er nach. «Der Doktor weiss wahrscheinlich mehr über Stauffers Privatleben als wir alle!» Und als Rominger immer noch zögerte, fügte er hinzu: «Wenn Zaugg in Bedrängnis kommt, geht er in die Offensive, das lesen wir aus seiner Biographie.»

«Die Ermittlungen sind vorläufig auszusetzen», bestimmte Rominger. «Jeder Mensch hat ein Recht auf Privatsphäre. Über das weitere Vorgehen entscheiden wir, sobald dein Bericht vorliegt.»

«Das wird knapp. Ich verreise …»

«Ich habe auch nicht gesagt, dass ich den Bericht vor dem Wochenende erwarte», unterbrach ihn Rominger.

«Und was ist mit Zaugg?»

«Ich meine, er hat ein Recht darauf, orientiert zu werden. Noch vor deiner Abreise. – Was hast du eigentlich vor im Wallis?», fragte Rominger, bevor Limacher protestieren konnte.

«Golf spielen.»

«Du spielst Golf?»

«Ich besuche einen Schnupperkurs.»

«Golf scheint sich langsam zum Volkssport zu entwickeln …», meinte Rominger abschätzig und rauschte ab.

«Ich betrachte es als Weiterbildung. Golfschläger sind beliebte Mordinstrumente …», rief ihm Limacher nach und startete die Espressomaschine. «Was soll der Zickzackkurs?», ärgerte er sich. «Erst kann es nicht schnell genug gehen und jetzt soll ich auf die Bremse treten?»

«Mein Bauchgefühl sagt mir, Rominger enthält uns etwas vor!»

Limacher schnupperte am Espresso. «Du hast deinen

Bauch und ich meine Nase», lächelte er, «und die sagt mir, dass wir Zaugg im Auge behalten sollten ...»

56

«Wir haben dich an der Besprechung vermisst. Es gibt interessante Neuigkeiten ...»

Limacher war noch immer in seine Schreibarbeit vertieft, als Berner zusammen mit Martens und Petra in seinem Büro aufkreuzte.

«Eigentlich bin ich schon weg», erklärte er, «einzig der Bericht hält mich noch zurück; der Gedanke, dass sich dieser Arzt weiter als Grabscher in der Insel rumtreiben könnte, gefällt mir nicht.»

«Du kannst getrost verreisen. Zaugg dürfte im Moment andere Sorgen haben!»

«Welche denn?»

«Die Kollegen von der Wirtschaftsabteilung rücken ihm so richtig auf die Pelle. Er hat uns zünftig an der Nase herumgeführt! In den Fall Binggeli ist er viel stärker involviert, als er uns glaubhaft gemacht hat. Gemäss den Erkenntnissen aus Zürich hat Binggeli bei seinem Einbruch nicht nur Papiere, sondern auch Tiere mitlaufen lassen.»

«Nacktmulle, eine geschützte Spezies», ergänzte Petra.

«Zaugg hat die geklauten Tiere dann in einer Zoohandlung abgeholt und seither sind sie verschollen. Er behauptet, sie seien ihm abhandengekommen ...»

«Du erinnerst dich an das eBike des niedergeschlagenen Fahrraddiebes mit der Katzenkiste?», fragte Petra, und als Limacher nickte, sagte sie: «Es gehört Zaugg.»

«Im Nachhinein muss man sich fragen, ob Zaugg wirklich nur zufällig zugegen war, als Binggeli mit dem verletzten Niederhauser aus der Kanalisation aufstieg», warf Berner ein.

«Das macht doch alles keinen Sinn», widersprach Martens. «Hector Simonnet war es, der den Einbruch in die Laborservice angezettelt hat. Und was sollte Zaugg mit einem Nacktmull wollen? Er ist weder ein Tierschützer noch hält er Haustiere.»

«Du nimmst Zaugg in Schutz!» Limacher musterte Martens interessiert. «Das ist mir schon bei der Leichenschau aufgefallen ...»

«Er gehört zur Gilde. Auf den weissen Kitteln seiner Kollegen lässt unser Rechtsmediziner keine dunklen Flecken zu!», spottete Berner.

«Unsinn! Ich denke nur logisch. Und ich sehe in Zaugg weder den Sittenstrolch noch den Einbrecher. Er ist einfach unkonventionell. Das war schon so, als er noch Assistent auf der Immunologie war. Wir machten zusammen ein paar klinisch-pathologische Besprechungen. Die Zusammenarbeit mit ihm war spannend. Eigentlich schade, dass er gehen musste ...»

«Gehen musste?»

«Es gab Differenzen mit seinen Vorgesetzten ...»

«Differenzen mit seinen Vorgesetzten!», wiederholte Berner. «Warum erstaunt uns das nicht?»

«Damals wurde gemunkelt, dass es den Falschen getroffen habe», fuhr Martens unbeirrt fort. «Jedenfalls kam es nach Zauggs Abgang zu weiteren Kündigungen. Auch die Abteilungsleiterin musste gehen.»

«Zaugg und die Frauen!» rief Berner aus.

Martens warf ihm einen verärgerten Blick zu. «Zaugg ist der Hausarzt meiner Mutter und sie hat kein Problem mit ihm!»

«Sie hat vielleicht auch noch nie an einer Misswahl teilgenommen», konterte Berner und erntete Beifall.

«Macht euch nur lustig, ich geh lieber wieder zu meinen Leichen, die geben mir Antworten ohne blöde Sprüche zu machen.»

«Das war nicht persönlich gemeint», rief ihm Berner als Entschuldigung nach und als Martens weg war, fügte er kleinlaut an: «Man muss doch den Tatsachen ins Auge sehen!»

«Bei seiner Mutter hört der Spass offenbar auf», sagte Petra und legte Limacher ein Fahndungsfoto aufs Pult. «Nach diesem Mann suchen wir. Gemäss Aussage des Velodiebes einer der Schläger ...»

«Der hat doch eine Gedächtnislücke!»

«Die sich geschlossen hat dank dieser Aufnahme.»

«Ach ja?», staunte Limacher, «und wo kommt das Bild plötzlich her?»

«Angeblich hat es ihm jemand von uns heute Morgen in der Früh aufs Bett gelegt – Rominger meinte, vielleicht du?»

Limacher schüttelte den Kopf und griff nach dem Foto. «Noch nie gesehen ...»

«Der Mann heisst Jan Kostenko und stammt aus der Ukraine. Ausbildung in der Armee zum Grenadier. Nach seiner Entlassung arbeitete er für verschiedene private Sicherheitsdienste. Er stand zweimal vor Gericht: einmal wegen unverhältnismässiger Gewaltanwendung und einmal wegen Korruptionsverdachts. Momentaner Arbeitgeber und Aufenthaltsort sind unbekannt.»

«Tut mir leid, dass ich euch nicht weiterhelfen kann», sagte Limacher mit echtem Bedauern und sah auf die Uhr. «Vor meiner Abreise darf ich Zaugg noch einen Besuch abstatten, um ihn über Stauffers Rückzieher zu orientieren ...»

«Vielleicht weiss er es ja schon», meinte Berner. «Falls Stauffer die Anzeige tatsächlich unter Druck zurückgezogen haben sollte ...»

«Unter Druck? Von wem?» fragte Petra.

«Dreimal darfst du raten!» sagte Berner.

57

Wagner trug für einmal nicht Anzug mit Krawatte, sondern Bermudashorts und Schirmmütze. Auf dem T-Shirt prangte das Logo des Gurtenfestivals und er unterschied sich nicht von den Campern, die an einem gewöhnlichen Freitagnachmittag ein schattiges Plätzchen im Restaurant «Eichholz» suchten. Er sass an einem Tisch etwas abseits und beobachtete das Aareufer, wo Menitz wenig später im Trainingsanzug auftauchte.

«Was soll das Theater?», machte Menitz seinem Unmut Luft. «Ich sehe hier nichts als Touristen und wir spielen Verstecken.»

«Wie kommt die Polizei zu dieser Aufnahme?», zischte Wagner und legte das Bild von Jan Kostenko auf den Tisch. «Jemand hat euch beobachtet!»

«Hat Jan beobachtet, wenn schon», präzisierte Menitz. «Mich beobachtet keiner unbemerkt!»

«Die Frage lautet, warum ging derjenige, der das Bild gemacht hat, nicht gleich selber zur Polizei?»

«Wir spielen Verstecken und er spielt Verstecken.»

«Und wer spielt Verstecken mit uns? Vielleicht jemand aus den eigenen Reihen?»

«Ich lege für jeden einzelnen meiner Männer die Hand ins Feuer», versicherte Menitz. «Vielleicht ist Stauffer sauer, weil wir ihm vorschreiben, was er zu tun hat. Er hat schon einmal Informationen an die Polizei weitergeleitet.»

«Wir möchten, dass du dein Team überprüfst», sagte Wagner ernst, «und wir möchten, dass Zaugg enger überwacht wird. Möglicherweise steckt er dahinter …»

«Und warum ging er damit nicht gleich selber zur Polizei? Das könnte ihm immerhin ein paar mildernde Umstände einbringen.»

Wagner legte einen Schlüssel auf den Tisch. «Was tust du, wenn du einen Schlüssel findest?»

«Kommt drauf an in welches Schloss er passt. Wenn es der Schlüssel zu einem Tresor wäre …»

«… rennst du damit nicht unbedingt zur Polizei!» ergänzte Wagner.

«Richtig!» grinste Menitz.

«Das Tier ist ein Schlüssel.»

Menitz sah ihn verständnislos an.

«Das Tier ist ein Schlüssel und solange der Schlüssel nicht gefunden ist, bleibt ihr am Arzt dran!»

«Ich brauche zusätzliche Leute. Jan muss die Schweiz verlassen …»

«Du besorgst dir, was du benötigst», Wagner steckte den Schlüssel wieder ein, «Hauptsache du lieferst endlich die verdammten Mistviecher!»

58

Limacher brachte einen fragwürdigen Rekord zustande: Er packte zum dritten Mal um.

Das hatte einerseits mit der unsicheren Wetterlage und andererseits mit seinen verschiedenen Vorhaben zu tun. Von Deutschland näherte sich eine Kaltfront und für Samstagabend wurden nördlich der Alpen kräftige Gewitter vorhergesagt. Für das Wallis gab es widersprüchliche Prognosen. Es war nicht klar, ob auf der Riederalp das nördliche Tief oder das südliche Hoch wetterbestimmend sein würde. Die prognostizierten Temperaturen reichten von gegen dreissig Grad am Samstagmittag bis zu null Grad in der Nacht auf Sonntag. Martens hatte ihm geraten, genügend warme Sachen einzupacken, schliesslich gäbe es in den Bergen mehr Tote durch Erfrieren als durch Hitzschläge. Aber im Moment triefte ihm der Schweiss aus allen Poren und es kam ihm absurd vor, Pullover und Daunenjacke einzupacken.

Eine weitere Herausforderung bot der Dresscode auf dem Golfplatz. Man empfahl robuste, bequeme, aber auch gepflegte Bekleidung. Limacher tauschte den Trainingsanzug gegen die Mammutwanderhose und das T-Shirt gegen ein Hemd aus.

Für Samstagabend hatte er sich mit Valérie in der Villa Cassel verabredet. Sie war nur über einen Wanderweg erreichbar. Trotzdem war er unsicher, ob die Turnschuhe, die er zum Golfen vorgesehen hatte, das passende Schuhwerk waren, denn immerhin zählte das Haus zu den Small Luxury Hotels. Also auch noch anständige Schuhe.

Während er zwischen Garderobe und Schlafzimmer pendelte, folgte ihm Carlo auf Schritt und Tritt. Er strich ihm miauend um die Beine, als versuchte er ihn von der Reise abzuhalten. «Oder musst du mal raus?» Limacher öffnete die Balkontüre.

Prompt sprang der Kater an ihm vorbei ins Freie, verschwand kurz unter dem Gartentisch und tauchte mit einer angenagten Maus in der Schnauze wieder auf. Die Maus war ziemlich klein und nackt. «Schämst du dich nicht, unschuldige Kinder zu jagen», schimpfte Limacher nicht wirklich böse und schloss eilig die Tür, um zu verhindern, dass der Kater den Kadaver in die Wohnung brachte.

Er schickte sich an, seine Packarbeit zu beenden.

Plötzlich hielt er inne.

Er machte kehrt und stürzte zurück auf den Balkon. Er sah sich suchend um. Kater und Kadaver waren verschwunden.

Wenig später stand er wieder vor dem Kleiderstapel, der mittlerweile doppelt so gross wie das Fassungsvermögen seiner Reisetasche geworden war. Schliesslich tauschte er die Tasche gegen den Überseekoffer. Damit lösten sich auf einen Schlag jegliche Entscheidungsschwierigkeiten und Platzprobleme. Aber die Frage, ob sein Kater nicht eben einen Nacktmull gefressen haben könnte, ging ihm nicht mehr aus dem Kopf.

Keine halbe Stunde später sass er im Wartezimmer von Zauggs Praxis und rechnete nach: wenn der Arzt pro Patient zehn Minuten einplante, musste er sich auf eine Wartezeit von einer Stunde gefasst machen, bei einer Viertelstunde schon anderthalb Stunden. Das würde bedeuten, dass er es nicht vor Einbruch der Dunkelheit auf die Riederalp schaffen würde.

Er beschloss, bei der Praxisassistentin einen Vorstoss zu wagen. Er verliess das Wartezimmer – und stiess beinahe mit Zaugg zusammen, der mit seiner Patientin ebenfalls auf den Gang hinaus getreten war.

«Hoppla!» meinte der Doktor und Limacher konnte nicht sagen, ob mehr Überraschung oder mehr Beunruhigung in seinem Blick lag.

«Wie geht es weiter?», fragte die Patientin.

«Wir veranlassen ein MRI», der Arzt hatte sich ihr wieder zugewandt, «dann wissen wir es genauer ...»

«Muss ich mir Sorgen machen?»

«Das Knie ist wegen der Flüssigkeit im Gelenk dick geworden. Wenn der Meniskus einen Riss hat, könnte allerdings eine Operation ratsam sein ...»

«Hoffentlich ist es nur der Meniskus», sagte die Patientin besorgt. «Bei meinem Bruder hiess es damals auch, es sei Arthrose – und ein Jahr später ist er an Knochenkrebs gestorben ...»

«Darauf besteht absolut kein Verdacht», beruhigte Zaugg sie.

Die beiden verabschiedeten sich und nach ein paar Instruktionen an die Praxisassistentin wandte sich Zaugg Limacher zu. «Ich dachte, wir beide sind miteinander fertig?»

«Sie wissen es also schon?»

«Stauffer liess mich orientieren. Es scheint ihm auf einmal viel daran gelegen, dass ich ruhig schlafen kann!»

«Wir von unserer Seite haben die Akte noch nicht geschlossen!»

«Was hält Sie davon ab?»

«Das möchte ich lieber nicht an der Theke besprechen.»

«Kommen Sie ...» Zaugg schob Limacher in Richtung frei gewordenes Sprechzimmer.

«Gleich kommt noch ein Notfall», liess sich die Praxisassistentin vernehmen, «Bauchschmerzen rechts!»

«Er soll sich auf den Weg machen», sagte Zaugg und zu Limacher: «Fünf Minuten!»

«Er ist schon auf dem Weg!», protestierte Rebekka.

«Ganz kurz!» Zaugg lotste Limacher ins Zimmer.

«Ganz kurz – wir sind eine Stunde in Verzug!»

«Was hält Sie davon ab?», wiederholte Zaugg, nachdem er die Sprechzimmertüre geschlossen hatte. «Die Kollegen aus Zürich?»

«Nein, die Aussagen der Pflege!» Limacher schilderte, was ihm Seidel mitgeteilt hatte. Er schloss mit den Worten: «Ich erwarte, dass die Untersuchung auch ohne Stauffers Anzeige weitergeführt werden.»

«Einen Moment!» Zaugg verschwand im Labor und

tauchte wenig später wieder auf. Er trat vor Limacher und öffnete demonstrativ seine Berufsschürze. Im Schritt zeichnete sich eine Kontur ab, die durchaus an ein erigiertes Glied erinnerte.

«Geil, nicht?» Zaugg grinste und zog aus dem Hosensack einen zylinderförmigen Plastikbehälter hervor. «Das Teil benutze ich, wenn ich meine Nebenbuhler beeindrucken will. Natürlich lässt sich dieser Phallus auch zum Transport von Blutproben verwenden, aber das fänden Sie sicher pervers.»

Nach einem kurzen Klopfen streckte Rebekka den Kopf ins Zimmer: «Der Notfall ist da; er hat starke Schmerzen …»

«Wir sind gleich soweit!» Zaugg schob den Plastikbehälter in die Schublade seines Schreibtisches.

«Soll ich Ihnen einen Tipp geben?», wandte er sich wieder an Limacher.

«Wenn es Sie glücklich macht!»

«Stauffer hat die Hatz gegen mich nicht freiwillig aufgegeben.»

«Das sieht der Staatsanwalt genauso. Und wer sollte ihn dazu veranlasst haben?»

«Warum fragen Sie nicht einfach mal den Fahrer des Zivilpanzers, der am Ende der Strasse parkt?» Zaugg deutete zum Fenster.

«Was wollen Sie damit sagen?»

«Darf ich ihm ein Schmerzmittel verabreichen?», meldete sich die Praxisassistentin erneut. «Er sagt, er halte es nicht mehr aus!»

«Ich komme!» Zaugg trat an die Tür. «Tut mir leid,

Inspektor! Wir werden unser Gespräch ein anderes Mal fortsetzen, das verspreche ich Ihnen!» Und damit verschwand er im nächsten Zimmer.

Limacher blieb am verwaisten Empfang stehen, unschlüssig, ob er auf Zaugg warten sollte oder nicht. Einerseits hatte er seine Mission erfüllt, andererseits schien ihm Zaugg redseliger als auch schon. Vielleicht bestand für einmal die Chance, dass er nach einem Treffen mit ihm schlauer war als vorher? Ansonsten kam es ihm vor wie immer: Als verfolgte er eine Spur in sandigem Gewässer – je angestrengter er suchte, desto mehr Sand wirbelte auf, der ihm die Sicht trübte.

Aus dem Behandlungszimmer waren Stimmen zu hören und Rebekka tauchte kurz auf, um sich irgendwelches Material aus dem Labor zu holen. Sie würdigte ihn keines Blickes. Es machte wohl keinen Sinn, auf Zaugg zu warten.

Am Hauseingang zückte er sein Handy. Während er den Fahrplan aufrief, beobachtete er unauffällig die Strasse. Tatsächlich parkte in Wurfdistanz zur Praxis ein bulliger Offroader, hinter dessen getönten Scheiben sich die Umrisse zweier Köpfe abzeichneten. Zauggs Vermutung war nicht ganz abwegig: Es konnte sich durchaus um einen Dienstwagen handeln und Limacher hielt es nicht für ausgeschlossen, dass die Kollegen von der Wirtschaftsabteilung Zaugg observierten.

Er notierte sich das Kennzeichen des Wagens und studierte die Zugverbindungen ins Wallis. Wenn er sich beeilte, konnte er die Riederalp eine Stunde früher als geplant erreichen; früh genug, um auf der Hotelterrasse bei einem Bier den Sonnenuntergang zu geniessen.

Teil IV

Der Krug geht zum Brunnen bis er bricht.

Sprichwort

59

«Ich muss los. Um acht kommt der erste Patient!» Zaugg erhob sich enttäuscht.

«Ich versteh es nicht», meinte Ann, «er sagte, er komme jeden Samstagmorgen …»

«Falls er doch noch aufkreuzt, richte ihm bitte aus, er soll mich anrufen.» Zaugg gab ihr einen Kuss auf die Wange. «Pass auf dich auf!»

«Das sagst ausgerechnet du!» Sie räumte die Kaffeetasse vom Tisch.

Zaugg schwang sich aufs Motorrad, das er direkt vor dem «Nullpunkt» geparkt hatte.

«Und die Zeche bezahle ich?», fragte sie mit gespielter Empörung.

«Du kannst es dem Erbe anrechnen!» Zaugg setzte den Helm auf.

«Liz hat recht. Dein Humor ist gewöhnungsbedürftig. Über den Tod macht man sich nicht lustig …»

«Entschuldige!» Zaugg hielt sich kurz die Hand aufs Herz und brauste los.

Sie sah ihm nach, wie er die Schanzenstrasse runter fuhr. Zuerst entschwand das Motorrad ihrem Blick, dann sein Körper und am Schluss der Kopf. Als wenig später ein weiteres Motorrad in gleicher Weise abtauchte, verspürte sie einen starken Drang, Tom zu folgen. Denn da war auf einmal die Angst, er könnte so unerwartet, wie er in ihr Leben getreten war, auch wieder verschwinden. Eine fordernde Stimme riss sie aus ihren Gedanken: «Krieg ich den Kaffee noch warm?»

60

Interessiert betrachtete er die Sprechzimmereinrichtung.

Beeindruckender als die medizinischen Geräte und Instrumente waren für ihn die Zeichnungen und Gemälde, welche die Wände schmückten. Der Holzschnitt mit einem Gesicht, das im Entfernten an Mona Lisa erinnerte, kam ihm bekannt vor. Er versuchte gerade, die Signatur des Künstlers zu entschlüsseln, als eine Stimme hinter ihm kommentierte: «Franz Gertsch.»

Hector fuhr herum. Zaugg war eingetreten. Er nickte kurz in seine Richtung, machte aber ansonsten keine Anstalten ihn zu begrüssen. Er sah kurz aus dem Fenster und danach setzte er sich hinter den Schreibtisch.

«Ein Original?», fragte Hector.

«Ein frühes Werk», gab Zaugg Auskunft und fuhr nicht eben freundlich fort: «Sie sind nicht meiner Bilder wegen gekommen.»

«Ich will mich bei Ihnen bedanken. Dank Ihrer Aussage wurde ich aus der Untersuchungshaft entlassen.»

«Bedanken Sie sich bei Ihrer Schwester. Ich habe es für sie getan!»

Hector war etwas aus dem Konzept. Nicht nur der kühlen Begrüssung wegen. In Zauggs Blick lag eine Spannung, um nicht zu sagen etwas Lauerndes, das im Widerspruch zu dem sonst eher lässigen Erscheinungsbild des Arztes stand. Er wählte den direkten Weg. «Dann habe ich auch noch eine Bitte. Ich brauche die Nacktmulle für meinen Artikel. Es geht um die Machenschaften der Kosmetikindustrie.»

«Ich habe die Tiere nicht!», fiel ihm Zaugg ins Wort.

«Ursprünglich plante ich einen Artikel zum Thema Botox und Tierversuche», fuhr Hector unbeirrt weiter. «Jetzt will ich am Beispiel des Nacktmulls aufzeigen, wie der Tierschutz gerade auch bei bedrohten Tierarten versagt. Und es ist nicht nur die Industrie, die sündigt, es ist auch der Konsument. Wir kennen das bereits vom Nashorn, vom Elefanten, von gewissen Schlangenarten ...»

«Ich habe die Tiere nicht», wiederholte Zaugg.

«Sie brauchen mir nur zu sagen, wo ich sie finde, c'est tout!»

«Ich will Ihnen etwas sagen», erklärte Zaugg nach kurzem Schweigen. «In dieser Geschichte geht es nicht um Tiere, sondern um Menschen. Mit Ihrem Fanatismus haben Sie bereits Niederhauser und Binggeli in tödliche Gefahr gebracht ...»

«Niederhausers Sturz war ein Unfall und Binggeli scheint neben dem Auftrag sein eigenes Ding gedreht zu haben. Weiss der Kuckuck ...»

«Ich finde, es gibt bereits genügend Tote!» fiel ihm Zaugg ins Wort. «Wenn Sie etwas wirklich Gutes tun wollen, dann schreiben Sie keinen Artikel, sondern bringen Ihre Schwester von dieser Villa weg. Ich konnte sie nicht überzeugen ...»

«Wir haben abgemacht, einander in Ruhe zu lassen.»

«Vergessen Sie Ihre Abmachungen! Bringen Sie Valérie in Sicherheit! Eines kann ich Ihnen prophezeien: In ein paar Tagen werden Sie genügend Stoff nicht nur für einen Artikel haben, sondern für ein ganzes Buch. Jetzt geht es aber erst einmal um das Leben Ihrer Schwester.» Zaugg deutete zum Fenster. «Wussten Sie, dass Sie beschattet werden?»

Hector wollte aufstehen, um hinauszuschauen, aber Zaugg schnellte aus seinem Sessel und drückte ihn mit erstaunlicher Kraft in den Stuhl zurück.

«Wenn die wissen, dass Sie wissen, dass Sie beschattet werden, werden Sie Ihrer Schwester kaum mehr helfen können!»

«Sie sind verrückt!»

Zu seinem Erstaunen, reagierte Zaugg mit einem Lächeln. «Das höre ich nicht zum ersten Mal.» Er wurde aber gleich wieder ernst. «Wo wohnen Sie?»

«In Genf. Was soll die Frage?»

«Genf», Zaugg blickte auf die Uhr, «wir haben nicht viel Zeit. Erstens würde es auffallen, wenn Sie hier zulange bleiben und zweitens benötigen Sie Zeit, um Ihre Verfolger loszuwerden. Verstehen Sie?»

«Rien du tout!» Und wie Zaugg jetzt auf ihn hinunterblickte, fragte Hector sich, ob dem Arzt nicht tatsächlich eine Sicherung durchgebrannt war. Aber als er eine halbe Stunde später die Praxis verliess, hielt er sich an die Instruktionen. Er ging direkt zum Bahnhof und bestieg den nächsten Zug nach Genf. Nicht nur seiner Schwester, sondern mindestens so sehr der in Aussicht gestellten Story wegen.

61

Er hatte täglich zu rapportieren. Auch am Wochenende. Teutenberg hatte das so verlangt, mindestens bis der Investorenanlass über die Bühne war. Wagner konnte nicht ganz nachvollziehen, was den sonst so kühlen Strategen derart nervös machte. Er vermutete, dass es mit Menitz' Methoden zusammenhing und hatte deshalb vorgeschlagen, dessen Leute abzuziehen und die Suche nach den vermissten Tieren aufzugeben.

«Kommt nicht Frage!» Teutenberg hatte ungewohnt heftig reagiert.

«Okay!» Wagner wusste, wann Widerrede zwecklos war. «Wir bleiben dran. Simonnet ist auf dem Weg nach Hause und seine Schwester bleibt übers Wochenende im Wallis, das hat Menitz im Griff. Etwas schwieriger macht es uns der Doktor, er ist viel unterwegs und in seiner Praxis gehen zahlreiche Leute ein und aus. Aber Menitz kriegt auch das hin. Zaugg macht keinen Schritt ausser Haus und führt kein Telefongespräch, ohne dass wir es mitbekommen.»

Er blätterte in seinen Notizen. «Gestern war ziemlich viel Betrieb. Vierzig Besucher und fast so viele Telefonanrufe. Es handelte sich vor allem um Patientenkontakte, eine Ausnahme bildete der Besuch der Polizei.»

«Limacher?», fragte Teutenberg.

Wagner nickte. «Ein kurzer Besuch. Wie wir aus dem Umfeld der Polizei wissen, rein informativ von wegen Stauffers Rückzieher.»

«War Zaugg im Inselspital?»

«Eher nein», sagte Wagner vorsichtig. «Es gibt allerdings eine Lücke von zwei Stunden. Als er die Praxis kurz nach acht mit dem Motorrad verliess, verloren ihn Menitz' Männer einen Moment aus den Augen …»

«Das darf nicht passieren!»

«Wird auch nicht mehr passieren. Wir wussten nicht, dass er zwei Motorräder besitzt. Aber nun haben wir auch beim zweiten einen Sender angebracht.»

«Und weiter?»

«Die Nacht verbrachte er in der Lorraine. Heute Morgen auf dem Weg in die Praxis Halt im «Nullpunkt», einer Kaffeebar, wo er offenbar die Bedienung kennt. Sprechstunde wie immer lebhaft. Dann der Besuch von Hector Simonnet. Wir wissen aus den abgehörten Telefongesprächen, dass dieser sich bei Zaugg bedanken wollte. Im Moment ist er in der Galerie von Stein. Da war er auch gestern zweimal. Das finde ich auffällig …»

«Zaugg sammelt Kunst», erklärte Teutenberg nicht weiter beeindruckt.

«Dann wäre diese Frage geklärt», notierte Wagner und rapportierte weiter: «Er plant am Nachmittag ins Wallis zu fahren. Aufgrund der abgehörten Gespräche wegen einer Motorradausstellung. Er interessiert sich für schnelle Räder …»

«Was meint Menitz?»

«Menitz ist sicher, Zaugg ahne, dass er unter Beobachtung steht. Er findet sein Verhalten, sagen wir mal, auffällig unauffällig. Er ist ebenfalls der Überzeugung, dass er etwas mit dem Auftauchen der Aufnahme von Jan Kostenko zu hat.»

«Was schlägt er vor?»

«Er meint, wenn seine Leute ihn in die Zange nähmen, hätten wir Antworten und Tiere.»

«Die Frage ist, ob Zaugg wirklich so zufällig in die Sache reingezogen wurde, wie es Valérie Simonnet geschildert hat. Er hat mal auf der Immunologie gearbeitet, er besucht Nicole Stauffer und er interessiert sich für den Nacktmull!»

Wagner sah Teutenberg verständnislos an. «Will heissen?»

«Menitz soll die Sache zu Ende bringen – möglichst vor Dienstag!» Damit war die Sitzung beendet.

62

Limacher stand am Abschlag zu Loch sieben und wartete, bis das Grün frei wurde. Die Amerikaner, die vor ihm spielten, diskutierten intensiv über einen Ball, der ein paar Zentimeter ausserhalb des Rasens gelandet war.

Während er schon mal seinen Abschlag vorbereitete, pfiff er leise vor sich hin. Wider Erwarten machte ihm das Spiel Spass. Die Kombination von Geschicklichkeit und Taktik, aber auch das Naturerlebnis mit einem angenehmen Mass an Bewegung, behagten ihm.

Er war unsicher, welchen Schläger er wählen sollte. Die Bahn kam ihm sehr lang vor, er war nicht sicher, ob er die Distanz zum Grün in einem Schlag schaffen würde.

Hilfesuchend blickte er zu seinem Lehrer. Aber Toni hatte im Moment kein Auge für ihn. Er hatte sich hinter

Steffi, seine Mitschülerin, gestellt und versuchte offenbar, ihr beim Abschlag den richtigen Hüftschwung beizubringen. Sie führten den Schläger gemeinsam und das Bild, das die beiden abgaben, erinnerte eher an eine lateinamerikanische Tanzstunde als an eine Golflektion.

Limacher wandte sich wieder der Bahn zu. Die Amerikaner waren weitergezogen. Er entschied sich für Holz eins und nach einem weiteren unerwiderten Blick zu seinem Lehrer holte er zum Schlag aus. Er hatte die Bewegung noch nicht zu Ende geführt, als sein Handy surrte. Das leise Vibrieren führte prompt zu einem leichten Rucker – der Ball landete im Niemandsland. Während er sich dessen etwaige Position zu merken versuchte, zog er das Telefon aus seiner Tasche.

Die Nummer seiner Dienststelle. Nach kurzem Zögern nahm er das Gespräch an.

«Hallo Christian! Wie läuft's auf dem Golfplatz?» Es war Berner.

«Dein Anruf hat mich aus der Bahn geworfen, mein Lieber. Das kostet dich ein Bier.»

«Es war Romingers Idee. Ich soll dich orientieren.»

«Moment», unterbrach Limacher. Toni und Steffi waren offenbar soweit. Er liess den beiden den Vortritt. «Schiess los!», forderte er seinen Kollegen auf, als er ausser Hörweite war.

«Zaugg hat sich gemeldet. Er will mit dir reden.»

«Ach! Worüber will er denn reden?»

«Über Nicole Stauffer.»

«Warum spricht nicht Rominger mit ihm?»

«Zaugg hat abgelehnt. Und Rominger meinte, es wäre

gut, wenn du nicht erst am Montag mit ihm sprichst – du weisst schon: unverzüglich! Ich wusste nicht, ob ich Zaugg deine Nummer geben darf.»

«Die hat er doch!»

«Nur die offizielle.»

«Ich setze eine Runde aus!», rief Limacher Toni zu, der ihm zu verstehen gab, dass er jetzt abschlagen könne.

«So kommst du aber nie zur Platzreife», spöttelte Berner.

«Damit kann ich leben. Gib mir mal Zauggs Nummer, ich ruf ihn an.»

«Apropos Nummer: Wir haben den Wagen vor Zauggs Praxis überprüft. Gehört einem Autoverleih. Mieterin ist eine Privatdetektei aus Österreich. Wir haben nachgefragt. Sie interessieren sich nicht für Zauggs Praxis, sondern für einen Besucher des Bordells am andern Ende der Strasse.»

«Zaugg sah das anders!»

«Vielleicht ist unser Doktor einfach etwas paranoid. Der Privatdetektiv vor dem Puff passt auf jeden Fall besser als der Privatdetektiv vor der Praxis!»

«Zaugg sah das anders», wiederholte Limacher.

«Zaugg sieht alles anders! Besonders, wenn er die Wahrheit verdrängt. Erinnerst du dich an Binggelis Leichenschau? Er spielt den Schockierten und gleichzeitig hilft er, die Beute zu verstecken. Und warum hat er uns nichts von Hector Simonnet erzählt? Ich sage dir: Auf Zauggs Aussagen gebe ich wenig …»

«Apropos Simonnet: Wissen wir, wie viele Tiere er aus dem Labor klauen liess?»

«Nein. Warum die Frage?»

Limacher erzählte ihm von Carlos Fang.

«Wenn dein Kater Beweismaterial vernichtet hat, werden wir ihn unverzüglich auf die Liste der Verdächtigen aufnehmen müssen.»

Limacher beendete das Gespräch.

Er setzte sich auf eine nahegelegene Bank und wählte Zauggs Nummer. Wenige Meter vor ihm grasten Eringerkühe die ausgetrocknete Alpwiese ab. Die eher kleingewachsenen Tiere mit ihrem treuherzigen Blick wirkten friedlich, um nicht zu sagen: niedlich. Dass sie zu Kampfzwecken gezüchtet wurden, war für Limacher bei deren Anblick im Moment schwer vorstellbar. Während er über Sein und Schein sinnierte, meldete sich Zauggs Combox.

«Limacher», sprach er ins Telefon, «Sie wollten mich sprechen. Sie erreichen mich unter der verwendeten Nummer.»

Er sah sich um. Toni und Steffi waren aus seinem Blickfeld verschwunden. Im Süden stachen die weissen Spitzen der Viertausender messerscharf in den tiefblauen Sommerhimmel. Über einzelnen Gipfeln hatten sich Quellwolken gebildet, laut Toni ein untrügliches Zeichen, dass ein Wetterumschwung bevorstand. Sein Blick glitt weiter zur Riederfurka. Wie ein Märchenschloss thronte die Villa Cassel über der Alp.

Er sah auf die Uhr. Noch gut zwei Stunden bis zum Rendez-vous mit Valérie. Seine Freude am Golfspiel, durch Berners Anruf bereits arg gedämpft, war jetzt völlig dahin. Toni hatte sicher nichts dagegen, wenn er sich vorzeitig abmeldete, so konnte er sich voll und ganz auf seine Schülerin konzentrieren. Und ihm blieb genug Zeit, in aller Ruhe zu duschen, die Garderobe zu wechseln und zur Villa aufzusteigen.

63

Der Kellner des «Simplon» beobachtete, wie sich der Mann den Helm vom Kopf streifte und sich so an die Bar stellte, dass er freien Blick auf die Strasse hatte.

Er nahm die Bestellung auf.

Wegen der Sonnenbrille, die der Mann trug, konnte er nicht erkennen, ob seine Augenfarbe wirklich so aussergewöhnlich war, wie man sie ihm beschrieben hatte. Aber auch so war er sicher, dass es sich um den erwarteten Kurier handeln musste. Dazu passten nicht nur die Motorradkluft und sein Verhalten, sondern auch seine Mähne.

«Drinnen ist es kühler», sagte er zu ihm. «Ich serviere Ihnen das Getränk am Tisch unter dem Ventilator.»

«Mir passt es hier!», entgegnete der Mann.

«Sie sollten es wenigstens versuchen», der Kellner trug das Mineralwasser direkt an besagten Tisch.

Nach einem prüfenden Blick auf die Strasse folgte ihm der Mann.

«Prego», sagte der Kellner und während er ihm den Stuhl zurechtrückte, raunte er ihm über die Schulter zu: «Gruss von Andrea Torrini. Das Material ist in der Tasche unter dem Tisch», und mit den Worten: «Zum Wohl!» ging er zurück an die Theke.

Während er ein paar Gläser reinigte, behielt er den Mann im Auge. Er wusste, dass sich in der Fototasche neben der Kamera anstelle von Objektiven zwei Stahlbehälter befanden, die wie zu klein geratene Thermosflaschen aussahen.

Der Fremde machte zunächst keine Anstalten, die Tasche zu durchsuchen. Er trank das Wasser, nicht gemächlich, aber auch nicht allzu hastig, und zählte das Geld auf den Tisch. Der Kellner fürchtete schon sich getäuscht zu haben, als der Mann sich duckte, das Seitenfach der Fototasche öffnete und die beiden Behälter mit einer raschen Bewegung in seine Jacke gleiten liess. Wenig später stand er auf, streifte den Helm über den Kopf und verliess die Bar mit einem kurzen Nicken in seine Richtung.

Der Kellner atmete auf. Er wartete fünf Minuten, dann räumte er den Tisch leer und trug die Fototasche zur Garderobe, wo sie so unauffällig abgeholt werden sollte, wie sie gebracht worden war.

Er war gerade im Begriff sie auf der Hutablage zu deponieren, als eine Stimme hinter ihm sagte: «Eine falsche Bewegung, und du bist tot!»

Er wollte sich umdrehen, aber ein stechender Schmerz in seinem Rücken hinderte ihn daran.

«Wir werden uns kurz unterhalten», befahl die Stimme und die Hand auf seiner Schulter, die sich wie ein Schraubstock anfühlte, dirigierte ihn zur Herrentoilette.

64

«Das sind Schwarznasen», erklärte Valérie. «Ich finde sie süss. Vor allem das Kleine dort, das möchte man doch am liebsten mit ins Bett nehmen.»

«Im Schlafzimmer – ich weiss nicht», erwiderte Limacher.

Einen Moment lang beobachteten sie die Schafe, die direkt neben der Terrasse der Villa Cassel weideten. Die Jungtiere hatten wirklich das Zeug zum Kuscheltier: ein flauschig-zottiges Fell, das selbst die Ohren überzog, der treuherzige Blick, der durch die schwarze Zeichnung um die Augen noch verstärkt wurde, und vor allem eine breite, weiche, schwarze Stupsnase.

«Was sagt dein Arbeitgeber dazu?», fragte Limacher.

«Zu den Schwarznasen?»

«Nein. Zu dieser Werbung». Er deutete auf das Schild mit der Aufschrift «Gentechfreie Gemeinde», das direkt neben der Wiese mit den Tieren stand. «Das sieht doch aus wie eine Provokation.»

«Natürlich haben ein paar Leute hier ein Problem damit. Aber Teutenberg sieht es positiv. Er findet Provokation in Ordnung, solange sie zu Diskussionen und nicht zu Blockaden führt.»

«Eine tolerante Haltung.»

«Das ist typisch Teutenberg. Er bringt die unterschiedlichsten Leute zusammen und schafft es, dass sie sich vertragen.»

«Ich kenn ihn nicht», bemerkte Limacher. Eigentlich

interessierte er sich im Moment weder für Gentechnologie noch für Schwarznasenschafe. Ihn interessierte einzig, wie es mit ihm und Valérie weitergehen sollte. Da war auf der einen Seite die Angst vor einer neuen Beziehung und auf der andern Seite das unheimlich behagliche Gefühl, in ihrer Nähe zu sein.

«Du solltest ihn aber kennenlernen. Er ist ein feiner Mensch. Er hat mich immer unterstützt, auch als ich eine Dummheit gemacht habe.»

«Welche Dummheit?»

«Es hat mit meinem Bruder zu tun ...»

«Hector?»

«Genau. Der versuchte, mich da in eine Sache reinzuziehen ...»

«Der Einbruch in Bern?»

Valérie nickte. «Ich war zwar nur ganz am Rande involviert, aber es hat mich ziemlich belastet. Ich bin froh, dass es nun vorbei ist. Und eigentlich hatte ich den Kontakt zu meinem Bruder längst so gut wie abgebrochen ...»

«Entschuldigen Sie, Frau Simonnet», meldete sich in diesem Moment eine Kellnerin. «Da sind ein paar Gäste, die sich noch von Ihnen verabschieden möchten.»

«Ich komme», antwortete Valéry, und wandte sich nochmal Limacher zu: «Meine letzte Amtshandlung für heute, versprochen.»

Limacher realisierte erst jetzt, dass auf der Terrasse Aufbruchsstimmung herrschte. Tatsächlich war das Wetterleuchten, das schon eine Weile zu beobachten gewesen war, häufiger und heller geworden und das Donnergrollen tönte nicht mehr so fern wie auch schon. Limacher schob seinen Stuhl zurück und legte die Serviette auf den Tisch. «Wenn ich noch trockenen Fusses auf die Alp hinunter will, sollte ich mich auf den Weg machen …»

«Warte noch einen Moment!» Valérie drückte ihn sanft auf den Stuhl zurück. «Ich bin gleich wieder da!»

65

Teutenberg und Wagner sassen einmal mehr im «Jungbrunnen». Wagner hatte einen Laptop vor sich. Der Bildschirm zeigte einen Kartenausschnitt des Oberwallis. Er deutete auf den roten Punkt, der sich auf der Hauptstrasse gegen Westen bewegte. «Das Signal kommt von Zauggs Motorrad. Er ist an der Ausstellung vorbeigefahren. Wahrscheinlich ist von Anfang an das Treffen in Brig sein Ziel gewesen. Dort ist es ihm gelungen, seinen Verfolgern kurz zu entschwinden und in einer Bar irgendwelche Ware abzuholen. Soweit sie vom Kellner in Erfahrung bringen konnten, wurden die Behälter aus einem Labor in Italien angeliefert.»

Teutenberg war aufgestanden und ging unruhig auf und ab. «Zaugg führt Menitz an der Nase herum und arbeitet mit einem Labor in Italien zusammen. Seine Komplizin trifft sich in der Villa Cassel mit einem Fahnder …»

«Jetzt ist er in Gampel nach Goppenstein abgebogen», informierte Wagner, der immer noch vor dem Laptop sass. «Er kommt zurück nach Bern!»

«Wo sind Menitz' Leute?» Teutenberg war hinter Wagner getreten und starrte auf dem Bildschirm.

«Ungefähr einen Kilometer hinter ihm.»

«Zaugg darf Bern nicht erreichen», entschied Teutenberg.

Wagner sah auf.

«Menitz soll ihn aus dem Verkehr ziehen. Und die Simonnet.»

«Das wird aber kaum zu machen sein, ohne Aufsehen zu erregen.»

«Menitz hat freie Hand», sagte Teutenberg. «Es muss ein Ende nehmen.»

«Definitiv?»

«Definitiv!»

66

Limacher beobachtete, wie sich Valérie von den Gästen verabschiedete. Die Frage, ob sie etwas von den Machenschaften ihres Bruders wusste, hatte ihn schon lange beschäftigt. Er war froh, dass sie das Thema von sich aus aufgegriffen hatte. Und noch mehr erleichterte ihn, dass sie sich so klar von ihm distanzierte.

Er lehnte sich zurück. Simonnet, Zaugg, Rominger, Bern – diese Welt war in die Ferne gerückt. Er konnte nicht sagen, was es ausmachte: die Abgeschiedenheit der Riederfurka, Valéries Gesellschaft oder der Wein.

Er genehmigte sich noch einen Schluck. Der Shiraz entfaltete eine ganze Palette von Aromen, fruchtig, würzig, mit einer rauchigen Komponente. Die Bergfrische hatte seine Nase definitiv gereinigt.

Er hatte das Glas noch nicht wieder abgestellt, als ein heller Blitz aufleuchtete und kaum eine Sekunde später der Donner krachte. Es schien, als lauerte das Gewitter bereits hinter dem Riederhorn, und die ersten schweren Tropfen klatschten auf den Tisch.

Limacher leerte das Glas in einem Zug und raffte seine Sachen zusammen. Wenn er sich beeilte, konnte er das Hotel in weniger als einer Viertelstunde erreichen. Er stand auf und hielt nach Valérie Ausschau. Sie kam ihm bereits entgegen.

«Ich muss mich beeilen», er deutete zum Himmel.

Valérie stellte sich vor ihn. «Ich möchte, dass du bleibst!» Sie sah ihn herausfordernd an.

«Ich habe aber nichts dabei ...» Limacher hielt ihrem Blick stand.

«Perfekt!» Valérie schlang ihre weichen Arme um seinen Hals.

67

In Martigny musste Hector trotz Rückstand auf den Fahrplan eine Pause einlegen. Er benötigte dringend einen starken Kaffee. Die Fahrt über den Col de la Forclaz war anstrengend gewesen, vor allem, nachdem der Regen eingesetzt hatte. Sie hatte ihn nicht nur Zeit, sondern auch Kraft gekostet. Von Genf nach Martigny hätte es kürzere Wege gegeben, aber Zaugg hatte darauf bestanden, dass er den Umweg über Frankreich machte. Mit der Grenzkontrolle und dem Wechsel vom Zug auf einen Mietwagen in Annecy – Zaugg hatte für ihn vorreserviert – sollte er seine Verfolger loswerden.

Der Plan schien aufzugehen. In Annecy hatte er die Leute, die mit ihm den Zug verliessen, genau beobachtet. Niemand erinnerte auch nur im Entferntesten an einen Privatdetektiv, und auf der Passstrasse war er über weite Strecken völlig alleine unterwegs gewesen.

Er studierte auf seinem Handy die weitere Route. Gemäss Zaugg konnte er über einen Forstweg praktisch bis zur Alp hochfahren. Die Strasse war zwar mit einem Fahrverbot belegt, aber Zaugg hatte ihm versprochen, allfällige Bussen zu übernehmen. Von der Benützung der Gondelbahn hatte er ihm abgeraten, weil es erstens zu riskant war, und zweitens keine Fahrten mehr nach Mitternacht gemacht wurden.

Er sah auf die Uhr. Vor Mitternacht würde er es eh nicht mehr schaffen.

Der verrückte Doktor hatte wirklich an alles gedacht.

68

Gheorghe gab Gas. Er wollte möglichst rasch Sichtkontakt herstellen. Nicht nur der einsetzenden Dämmerung wegen. Die Order war klar. Bei der erstbesten Gelegenheit würden sie zuschlagen, möglichst bevor Zaugg die Verladestation in Goppenstein erreicht hatte. Auf der steilen Strasse, die sich nach Gampel in engen Kurven den Berg hinaufwand, war es mit dem schweren Motorrad ein Leichtes, Wagen um Wagen zu überholen. Bei der Einfahrt in den Mittaltunnel sahen sie bereits das Rücklicht von Zaugg.

«Mach dich bereit!», sagte er zu seinem Bruder auf dem Sozius, mit dem er über Funk verbunden war. «Aber unauffällig, hier gibt es alle paar hundert Meter eine Kamera.» In seinem Rücken spürte er, dass Andrej den Schalldämpfer aufschraubte.

«Bereit!», erklärte Andrej, kurz bevor sich der Tunnelausgang in einem dunklen Grau abzuzeichnen begann.

«Verdammt, ausgerechnet jetzt Nebel!», fluchte Gheorghe.

Aber es war kein Nebel, der sie erwartete. Es war ein Wolkenbruch. Innert weniger Sekunden waren sie völlig durchnässt. Gheorghe musste vom Gas, denn Regen und Gischt nahmen ihm die Sicht. Daran änderten auch die Blitze, die in immer kürzeren Abständen das Grau erhellten, nichts. Der Donner verfing sich in den Bergen zu einem unablässigen, bedrohlichen Grollen. Ein Höllenritt!

Es folgten ein paar kürzere Tunnels, wie Verschnaufpausen. Gheorghe nutzte sie trotz Überholverbot zum Aufholen. Sie kamen Zaugg immer näher. Aber da begann auch dieser zu überholen und Ghorghe fragte sich, ob und wenn ja, wie er bemerkt hatte, dass sie ihm auf den Fersen waren. Als sie Goppenstein erreichten, lagen sie immer noch drei Wagen hinter ihm.

Wie erwartet bog Zaugg zum Autoverlad ein. Gheorghe schnitt die Kurve und gewann wieder eine Wagenlänge. «Mach dich bereit!», schrie er Andrej zu. Aber noch bevor die Linkskurve zu Ende war, schwenkte Zaugg plötzlich rechts ab.

«Scheisse», fluchte Gheorghe und riss das Rad herum.

«Er will sich verstecken!», rief Andrej.

Zaugg hatte die Strasse verlassen und fuhr direkt in eine Art Werkhof ein, wo offensichtlich Unterhaltsmaterial für den Tunnel gelagert wurde. Er schlängelte sich zwischen Kabelrollen, Bahnschwellen und Containern Richtung Tunnel, in dem eben ein Autozug verschwand. Der Werkhof endete am Fels neben dem Tunnel.

«Das ist eine Sackgasse», schrie Gheorghe. «Er fährt in die Falle!»

Wiederum machte der Verfolgte einen Schwenker und fuhr jetzt direkt auf die Gleise zu, wo sich in einiger Distanz im Regennebel die verschwommenen Lichter des Bahnhofs abzeichneten. Da bremste er ab.

«Er will zum Bahnhof!», rief Andrej.

«Schiess!» Hinter sich gab es einen dumpfen Knall und vor sich sah Gheorge Zaugg zusammenzucken. Einen Moment schien es, als käme er zu Fall.

Andrej gab einen weiteren Schuss ab.

Am Masten neben Zauggs Kopf flogen Funken. Er duckte sich und gab Gas. Das Motorrad schnellte nach vorn und flog buchstäblich über die ersten Gleise.

Andrej schoss noch einmal, ohne zu treffen.

«Halt dich fest!» Gheorghe setzte nach.

Zaugg bremste ab, riss das Rad herum und gab wieder Gas.

«Er fährt in den Tunnel! Wir dürfen ihn nicht entkommen lassen!»

Gheorghe zögerte nicht lange und nahm die Verfolgung auf.

Kaum hatten sie den Eingang erreicht, hörte auf einen Schlag das Trommeln auf dem Helm auf. Umso deutlicher dröhnte das Knattern der Motoren. Die ratternde Fahrt über die Bahnschwellen war aber im Vergleich zur Fahrt im peitschenden Regen fast angenehm. Zaugg fuhr keine hundert Meter vor ihnen. Als er eine Weiche passierte, konnte er nur mit Mühe einen Sturz vermeiden. Gheorghe war vorgewarnt, musste zwar abbremsen, überfuhr aber die Weiche unbehelligt. Sie hatten etwas Terrain gutgemacht, aber Zaugg hatte bereits wieder beschleunigt. Auch Gheorghe gab Gas. Die Vibrationen wurden stärker und er musste den wild ausschlagenden Lenker mit aller Kraft festhalten.

«Wir holen auf!», schrie Andrej. «Wir haben mehr Gewicht und mehr PS!»

Nach einer leichten Kurve tauchte im Tunneldunst das Rücklicht des Autozuges auf. Sie fuhren zwischen den Gleisen der rechten Spur, der Zug auf der linken. Jetzt erhellten ab und zu die Funken des Stromabnehmers der Lokomotive das Dunkel und liessen Zauggs Schatten wie einen gespenstischen Vogel über die Tunnelwand fliegen.

Sie kamen ihm langsam, aber stetig näher. Als Zaugg den Schlusswagen erreicht hatte, konnte Gheorghe in dessen Lederjacke das Blut glänzen sehen.

«Er ist angezählt», rief er seinem Bruder zu.

Während sich der Verfolgte langsam am Triebwagen vorbeischob, offensichtlich entschlossen, den Zug zu überholen, gab Andrej erfolglos ein paar weitere Schüsse ab.

«Ich fahr ihn um! Halt dich fest!» Gheorghe schaltete einen Gang höher.

Zaugg schien seine Absicht erraten zu haben und zog sein Rad nach links, näher an den Autozug.

«Was zum Teufel ...», Gheorghe erstarrte.

Vor sich sah er drei Lichter, die in raschem Tempo auseinanderzudriften schienen. Als er die Bremsen zog, konnte er bereits den Lokführer im Gegenzug erkennen. Er sah, wie Zaugg auf die Schiene in der Mitte auffuhr und mit ausgestreckten Armen in Richtung Autozug stürzte, er hörte noch das schrille Pfeifen der Lokomotive und den dumpfen Knall eines Aufpralls – dann flog ihnen Zauggs Motorrad entgegen wie ein riesiges Geschoss.

69

Er lag in einem grosszügigen Doppelbett, eingebettet wie früher bei seinen Grosseltern, Unterleintuch, Oberleintuch, Wolldecke, Duvet und ein Kopfkissen, das bequem für zwei gereicht hätte. Das Zimmer lag im Halbdunkel. Decke und Wände waren mit einer kunstvoll verzierten Täfelung versehen. Es roch nach Holz und frischer Wäsche – und nach Valérie. Er wendete den Kopf, obwohl er wusste, dass er alleine im Bett lag. Von irgendwo war ein Rauschen zu vernehmen und er vermutete, dass sie unter der Dusche stand.

Er schälte sich aus dem Bett. Nach einigem Suchen fand er seine Unterhose irgendwo am Fussende. Er ging zum Fenster und zog die schweren Vorhänge zurück. Das Rauschen kam nicht aus der Dusche. Draussen regnete es in Strömen. Nach einem Kontrollblick ins Bad legte er sich wieder ins Bett zurück, diesmal auf Valéries Seite.

Das Laken war kalt.

Er erinnerte sich, dass irgendwann, nachdem er bereits eingeschlummert war, ihr Telefon geklingelt hatte. «Ich muss noch einmal kurz nach unten», hatte sie ihm ins Ohr geflüstert, dann war er wieder eingeschlafen.

Er grub seine Nase ins Kissen und im leisen Duft des Parfums entfaltete sich die Erinnerung an die Nacht. Es war richtig gut gewesen. Innig und intensiv, von der vorsichtigen Annäherung bis zur Ekstase. Und er hatte eine

Erektion gehabt, wie in seinen besten Jahren, einen Ständer für die ganze Uniform, um es mit Berners Worten zu beschreiben.

In seinem Fahnderhirn tauchte die Frage auf, ob ihm die gelernte Pharmakologin in den Schlummertrunk, den sie ihm vor dem Zubettgehen mit einem verheissungsvollen Augenzwinkern offeriert hatte, irgendwelche potenzsteigernde Mittel gemixt hatte. Seinem Männerhirn war die Antwort egal. Er würde es sofort wieder tun.

Er wäre gern noch etwas in seiner Traumwelt geblieben, aber sein Polizistenhirn hatte die Arbeit aufgenommen. Er setzte sich auf. Wo steckte Valérie? Organisierte sie ein Frühstück? Dann wäre das Bett noch warm gewesen. Hatte sie ihm eine Nachricht hinterlassen? Er stand zum zweiten Mal auf, diesmal um sein Telefon zu checken. Erfolglos durchsuchte er sämtliche Taschen.

Er ging unter die Dusche.

70

«Die Rückreisewelle ist ein Problem!» Ogi, der zuständige Mann von der örtlichen Verkehrspolizei, machte keinen Hehl aus seinem Ärger. «In drei Kantonen gehen die Schulferien zu Ende. Mit jeder Stunde, die der Tunnel gesperrt bleibt, verschlimmert sich die Situation in Goppenstein. Im Moment ist die Ausweichroute über den Grimselpass noch offen, aber die Schneefallgrenze sinkt kontinuierlich. Es kann gut sein, dass wir die Strasse noch vor Mittag schliessen müssen.»

«Es ist keiner der üblichen Personenzwischenfälle.» Rominger klärte Ogi über den Stand der Ermittlungen auf. Aufgrund der Videoaufzeichnungen vom Bahnhof Goppenstein ging man von drei Todesopfern aus, allerdings war eine genaue Aussage und Identifikation ohne DNA-Untersuchung nicht möglich. Die Körper der Unfallopfer waren durch den Aufprall mit der Lok buchstäblich zerplatzt, und ihre Leichteile verteilten sich über eine Strecke von gut hundert Metern. Der einzige Augenzeuge, der Lokführer des entgegenkommenden Zuges, stand unter Schock und war bislang nicht in der Lage gewesen, eine brauchbare Aussage zu liefern. «Und die Erkenntnis, dass es eine Schiesserei gegeben hat, machte die Sache noch komplizierter. Nötigenfalls werden wir den ganzen Tunnel auf Projektile absuchen müssen.»

«Wie informieren wir?» Ogi hatte kapituliert.

«Ausweichroute übers Unterwallis.»

«Voraussichtlich bis wann?»

«Voraussichtlich bis wir fertig sind!» Und als der Verkehrspolizist sichtlich unzufrieden davonstampfte, rief ihm Rominger nach: «Wir sind auch nicht zum Vergnügen hier! – Was stellt sich der Mann eigentlich vor?», wandte er sich an Berner und Petra, «wir würden wegen den Urlaubern auf unsere Untersuchungen verzichten?»

Sie starrten zum Tunnel, wo ein Zug mit Material für die Spurensicherung verschwand. Das Zelt, das als Kommandozentrale diente, lag keine hundert Meter vom Portal entfernt, trotzdem war der Tunneleingang hinter dem Regenvorhang nur zu erahnen.

«Wie kommt man auf die Idee, mit dem Motorrad

durch einen Eisenbahntunnel zu fahren?» Petra schüttelte den Kopf.

«Denk an die Spinner, die sich von diesen Felsen stürzen», erklärte Berner und deutete auf die Bergwände, die sich seitlich auftürmten und von denen das unablässige Rauschen der Wasserfälle hallte. «Tunnelfahren ist ihr Schlechtwetterprogramm.»

«Erstens war Zaugg kein Basejumper und zweitens wurde geschossen», sagte Petra.

«Noch ist Zaugg nicht bestätigt», bemerkte Rominger.

«Aber sein Motorrad», gab Berner zurück.

Rominger nickte abwesend. «Hat sich Limacher eigentlich schon gemeldet?», fragte er.

«Negativ», Petra schüttelte den Kopf. «Er hat zwar im ‹Riederhof› eingecheckt, aber offenbar nicht dort übernachtet. Auf dem Mobile meldet sich lediglich die Combox. Es ist sonst nicht seine Art, einfach zu verschwinden.»

«Immer das Gleiche», wetterte Rominger, «wenn man die Leute braucht, sind sie nicht da!»

71

Der Regen war in Schnee übergegangen. Die nassen Flocken fielen plump vom Himmel und bedeckten den Weg mit Matsch. Als er vor dem eigentlichen Abstieg noch einmal zurückblickte, sah er nichts als Grau, als hätten sich Alp und Villa in Schnee und Nebel aufgelöst. Das Schneetreiben verhüllte nicht nur die Umgebung, es schluckte auch jeglichen Lärm. Limacher kam es vor, als befände er sich in einer Welt ohne Raum und Zeit. Das Gefühl der Orientierungslosigkeit hatte aber nicht nur mit dem Nebel zu tun. Der Abend mit Valérie hatte ihn auf dem Spielbrett seines Lebens auf ein Feld zurückgeworfen, das er hinter sich geglaubt hatte. Er war zwar noch keine sechzig. Und trotzdem gab es immer mehr Tage, an denen er schon zufrieden war, wenn er feststellte, dass es ihm nicht schlechter ging als am Vortag. Die Lust auf Veränderung hatte abgenommen, vielleicht weil Veränderungen meist auch Abbau bedeuteten. Diese betraf die Familie, die Gesundheit und bald schon den Beruf. Er fühlte sich zwar noch wohl in seiner Arbeit, gewisse Defizite gegenüber den Jungen konnte er mit Erfahrung wettmachen. Aber nicht erst seit dem Tod seiner Mutter zählte er mehr rückwärts als vorwärts: Noch so und so viele Jahre bis zur Pension, bis zum Eintritt ins Altersheim und bis zum statistischen Todesjahr. Er hatte diese Perspektiven akzeptiert, wie die Tatsache, dass auf den Sommer der Herbst folgt.

Und jetzt war ihm Valérie passiert. Auf den Herbst folgte der Frühling! Es ging nicht rückwärts, sondern vorwärts. Als hätte Valérie ihn umgedreht. Und nun, wo sie verschwunden war, drohte sich die Aufbruchstimmung aufzulösen wie die Landschaft im Nebel.

Gemäss Auskunft der Rezeption hatte sie das Hotel mitten in der Nacht mit einem Unbekannten verlassen. Ohne jede Nachricht. Der Nachtportier wusste weder den Namen noch die Herkunft des Mannes. Vielleicht war er in seinem Alter, vielleicht etwas jünger. Kein Hiesiger. Mit Akzent. Die beiden hätten sich gekannt, das sei klar. Aber er hatte trotzdem den Eindruck, als ob Valérie nicht ganz freiwillig mitgegangen sei. Wohin hätten sie nicht gesagt. Und warum sie die Villa Cassel verlassen hätten, natürlich auch nicht.

Limacher fand selber auch keine Antworten. Als sich im Schneenebel die Umrisse der ersten Häuser abzeichneten und er wenig später vor seinem Hotel stand, hatte er das Gefühl, aus einem Traum zu erwachen.

«Aaah! Herr Limacher, wie schön Sie zu sehen!» Der Hoteldirektor kam auf ihn zu und schüttelte ihm sichtlich erleichtert die Hand. «Wir haben uns bereits Gedanken darüber gemacht, ob wir eine Suchaktion starten sollen!»

«Tut mir leid, ich habe absolut nicht daran gedacht, dass ich vermisst werden könnte», entschuldigte er sich. «Ich bin von diesem Gewitter überrascht worden …»

«Genau das hat uns Sorgen bereitet!» Der Direktor nahm ihm den Schirm ab und führte ihn in die Lobby. «Gestern Sommer und heute Winter. Das gibt es nur in den Bergen. Aber ich vermute, Sie haben irgendwo Unterschlupf gefunden?»

«Ich habe in der Villa Cassel übernachtet.»

«Sehr vernünftig», meinte der Direktor. «Wir sind im Übrigen nicht die einzigen, die Sie vermisst haben. Da waren auch noch ein paar Anrufe für Sie. Wir haben sie zusammengestellt. Und Golfen fällt heute in den Schnee. Ich empfehle Ihnen unsere Bibliothek. Wir haben den Kamin eingefeuert; sie finden neben Büchern und Zeitschriften auch die aktuelle Sonntagspresse. Dazu offerieren wir allen Gästen einen Glühwein. Wenn Sie lieber einen Tee oder ein Glas Portwein geniessen möchten, ist das natürlich ebenfalls in Ordnung.»

«Vielen Dank, vielleicht etwas später», unterbrach ihn Limacher. «Ich glaube, ich sollte mich erst mal umziehen.»

«Lassen Sie sich ruhig Zeit», der Direktor überreichte ihm den Zimmerschlüssel und die Anrufliste. «Heute verpassen Sie nichts!»

Auf dem Weg in sein Zimmer überflog Limacher die Liste. Sie war ziemlich umfangreich. Rominger, Berner, Petra, verschiedene Dienststellen und sogar Martens hatten es gleich mehrfach versucht – da musste ziemlich was los gewesen sein, in dieser Nacht in Bern!

Die Nummer, die ihn wirklich interessierte, suchte er vergeblich.

Im Zimmer blinkte ihm das Mobiltelefon entgegen. Es hing am Ladegerät und zeigte fünfzehn verpasste Anrufe und fast ebenso viele neue Mitteilungen an. Die Absender entsprachen ziemlich genau der Liste vom Hotel – und auch hier keine der erwarteten Nachrichten, weder von Zaugg noch von Valérie.

Limacher wählte ihre Nummer und trat auf den Balkon.

«Der gewünschte Mobilteilnehmer ist momentan nicht erreichbar ...» Limacher unterbrach die Verbindung. Während er sich überlegte, was er Valérie auf die Combox sprechen wollte, beobachtete er den Schneefall. Die Flocken waren jetzt kleiner und leichter geworden. Wie Daunen schwebten sie vom Himmel herab und legten eine weisse, weiche Decke über die Landschaft. Während es in ihm rumorte, herrschte um ihn eine grosse Ruhe.

In diesem Moment meldete sich sein Handy.

Es war eine Dienstnummer. Nach einigem Zögern nahm er ab.

«Christian! Endlich!», meldete sich Berner. «Du kannst dir nicht vorstellen, was bei uns abgeht!»

Limacher unterdrückte den Reflex, aufzulegen.

Keine Viertelstunde später stand er mit gepacktem Koffer in der Lobby.

72

Teutenberg hatte ihn nicht ins Sitzungszimmer, sondern in sein Büro in der Präsidentensuite bestellt. Wagner befürchtete das Schlimmste und staunte nicht schlecht, als er mit einem Glas Champagner empfangen wurde.

«Was ist der Anlass?», fragte er vorsichtig.

«Bevor ich nach London abreise, wollte ich mich bei Ihnen bedanken. Sie und Menitz haben auf dem Weg zum Erfolg für Coopers Projekt einen wichtigen Stein aus dem Weg geräumt. Auch wenn mir Menitz' Vorgehen nicht immer gefallen hat: Diesmal hat er ganze Arbeit geleistet. Zaugg ist aus dem Spiel.»

«Wir wissen im Grunde trotzdem nicht, welche Rolle er darin genau gespielt hat», gab Wagner zu bedenken.

«Einverstanden. Aber wir werden es auch nicht mehr wissen müssen. Hauptsache, er ist weg.»

«Für Menitz ist es kein Erfolg, sondern eine Katastrophe!» Wagner liess sich erschöpft in einen der Sessel fallen. Er hatte eine anstrengende Nacht hinter sich. «Wir haben langsam aber sicher ein Personalproblem. Jan Kostenko musste die Schweiz verlassen und nun hat Menitz zwei seiner besten Männer verloren!»

«Die Erfolgsprämie wird ihm darüber hinweghelfen.» Teutenberg hob das Glas. «Auf Ambrosia!»

«Ich finde, es gibt eh schon zu viele Alte auf der Welt», sagte Wagner trotzig. «Menitz' Männer waren jung!» Er trank den Kelch aus.

«Heute ist nicht Ihr Tag», bemerkte Teutenberg und schenkte nach. «Sie haben natürlich recht: Die Vorstellung, dass wir immer älter werden, hat tatsächlich zwei Seiten. Aber mit Ambrosia stehen wir auf der besseren. Und wissen Sie, was noch erfreulicher ist? Je besser Ambrosia wirkt, desto mehr werden wir davon verkaufen können. Prost!»

«Ich habe gehört, Professor Brunner sei da neulich weniger optimistisch gewesen.»

«Wer sagt das?», Teutenberg horchte auf.

«Cooper. Er hat sich über die Kritik des Kollegen ziemlich genervt.»

«Selbst wenn Coopers Resultate am Ende auch nur einen Bruchteil der Erwartungen erfüllen, das Marktpotential seiner Therapie ist riesig.»

Teutenberg leerte das Glas. Die gute Laune war verflogen. «Was ist mit Frau Simonnet?»

«Wie die Nacktmulle: vom Erdboden verschluckt!»

«Haben Menitz' Männer etwas damit zu tun?»

«Meines Wissens nicht. Aber wir werden sie nicht mehr fragen können!»

Teutenberg war aufgestanden und Wagner tat es ihm gleich. «Klären Sie das bis Dienstag!» Und damit war Wagner auch schon wieder entlassen.

73

«Du kommst nach dem Singen», begrüsste ihn Berner, als Limacher kurz nach Mittag in Kandersteg eintraf. «Wir brechen bereits die Zelte ab. Rominger erwartet uns in Bern.»

«Ich musste den Umweg über den Basistunnel nehmen!»

«Du hättest besser in Goppenstein gewartet. Vor einer Stunde wurde die Strecke freigegeben.»

«Hinterher ist man immer schlauer!» Limacher raffte die Jacke zusammen. Es regnete weiter in Strömen, aber er konnte den Schnee bereits riechen. «Was Neues?» Berner und Petra hatten ihn bereits telefonisch über den Stand der Ermittlungen orientiert.

«Zwei Motorräder, drei Männer! Das lässt sich aus dem gefunden Material und aus den Aufzeichnungen der Kameras am Bahnhof Goppenstein schliessen. So wie es aussieht, sass Zaugg alleine auf dem Motorrad.»

«Alle drei tot?»

«Die Bestätigung fehlt noch, aber wir gehen davon aus.»

«Wo liegt das Problem?»

«Das musst du nicht mich fragen! Drei Motorräder, drei Helme, drei unterschiedliche DNA – bei der Spurensicherung will man sich nicht festlegen.» Es war unschwer herauszuhören, was Berner von der Zurückhaltung der Kollegen hielt.

«Es ist wegen der DNA-Ergebnissen der Leichenteile», erklärte Petra. «Es gibt zwar Blutspuren von drei Männern, aber bei den Leichenteilen konnten bislang nur zwei DNA-Identitäten unterschieden werden.»

«Augenzeugen?», wollte Limacher weiter wissen.

«Negativ. Der Lokführer ist weiterhin zu keiner vernünftigen Aussage fähig. Zuerst hiess es der Schock, jetzt heisst es, er sei abgelenkt gewesen. Möglicherweise beschäftigte er sich zum Zeitpunkt des Aufpralls mit seinem Handy. Ich erwarte nicht, dass von dieser Seite innert nützlicher Frist etwas Brauchbares kommt.»

«Das Puzzle der Rechtsmediziner», sagte Berner und zeigte Limacher Aufnahmen der gefundenen Leichenteile. Sie hatten nichts Menschliches an sich, ausser dass man auf einer Aufnahme einen Helm erkennen konnte, aus dessen zertrümmertem Visier zwei leere Augen blickten. «Puhh!», entfuhr es Limacher. Der Kopf war direkt unter dem Helm vom Körper abgetrennt worden.

«Der Kopf gehört Andrej Delenau, Söldner und Waffennarr aus Rumänien, wird unter anderem der Waffenschieberei verdächtigt.» Petra kramte ein paar Aufnahmen hervor, die die beiden Motorräder an der Tunneleinfahrt zeigten. «Trotz regenbedingter Unschärfe lässt sich erkennen, dass Andrej hinten sass und mit einer Pistole bewaffnet war. Er dürfte die Schüsse abgegeben haben. Der Fahrer war sein Bruder Gheorghe, ebenfalls kein unbeschriebenes Blatt.»

«Das war kein Rennen unter Verrückten, das war eine

veritable Verfolgungsjagd. Zaugg steckt in irgendeiner üblen Sache drin. Fragt sich nur, in was für einer. Ist es überhaupt sicher, dass das Zaugg ist.» Limacher tippte auf die Aufnahme mit dem Motorrad ohne Sozius.

«Hundert Prozent. Es gibt Blutspuren von Zaugg am Motorrad, am Autozug und auch im Werkhof vor der Tunneleinfahrt von Goppenstein. Er muss schon verletzt gewesen sein, als er in den Tunnel hineinfuhr.»

«Und woher wissen wir so sicher, dass es Zauggs Blutspuren sind?»

«Seine DNA war archiviert», sagte Petra.

«Tatsächlich ...?» Limacher staunte.

«Also mich erstaunt das nicht!», liess sich Berner vernehmen.

«Aus welchem Grund?»

Petra ergriff das Wort. «In Zusammenhang mit der Abklärung einer Vaterschaft. Es ist offenbar erst wenige Wochen her, da gab es ...»

«Auch das erstaunt mich nicht!», hielt Berner fest.

«Es gab eine Anfrage aus den USA, und zwar aus ...»

«New York?», tippte Limacher.

«Nein. Boston. Zaugg hat offenbar eine Tochter in Boston!»

«Und die Mutter des Kindes heisst Ann Miller?», fragte Limacher gespannt.

«Miller könnte sein, aber der Vorname war länger. Wie kommst du auf Miller?», staunte Petra.

«Zauggs Freundin, sie arbeitet in meinem Stammkaffee ...», sagte Limacher. Er versuchte erfolglos, das Gehörte einzuordnen.

74

War da ein Klopfen gewesen? Oder das Tropfen einer Dachrinne?

Sie schlug die Augen auf und horchte in die Nacht. Es musste noch immer kräftig regnen, denn wenn ein Wagen den Bahnhofplatz passierte, war mehr ein Rauschen als Motorenlärm zu hören. Aus dem spärlichen Verkehr schloss Frau Haller, dass es noch sehr früh sein musste. Vier Uhr, bestätigte die Zeitanzeige des Weckers.

Und da war es wieder: Tock, tock, tock.

Doch ein Klopfen. Vom Gang? Von der Decke? Oder vielleicht von draussen? Sie blickte zum Fenster, wo der fahle Schein der Strassenlampen das Muster der Fensterunterteilung auf die gezogenen Vorhänge zeichnete. Die Fenster waren geschlossen, wie sie beruhigt feststellte.

Seit dem Frühjahr hatte es mehrere Einbruchversuche gegeben. Man hatte ihnen eingeschärft, vorsichtiger zu sein. Nicht immer waren die Einbrecher Diebe gewesen; auch Obdachlose auf der Suche nach einem Nachtlager hatten ins Heim einzudringen versucht.

Waren das Schritte auf dem Gang?

Sie setzte sich an den Bettrand und lauschte. Tatsächlich hörte sie wenig später die Stimme der Nachtwache.

Kein Einbrecher, sondern ein Mitbewohner, der keine Ruhe fand. Gut möglich, dass der Nellen wieder einmal Nacht und Tag verwechselte. Kürzlich hatte er versucht, mitten in der Nacht im Pyjama das Heim zu verlassen. Oder die Bucher. Die war in letzter Zeit auch nicht mehr ganz klar im Kopf. Es war noch keine Woche her, da hatte sie, auf der Suche nach ihrem vor drei Jahren verstorbenen Ehemann, den halben Stock aus dem Schlaf geschreckt.

Irgendwo ging eine Tür und es herrschte wieder Stille.

Frau Haller griff sich an den Bauch.

Wie des Öftern in letzter Zeit war da wieder dieses schmerzhafte Ziehen. Vielleicht hatte sie das geweckt. Auf den Schmerz folgte auch jetzt ein Rumpeln und sie wusste, jetzt musste sie sich beeilen. Wenn sie zu lange wartete, konnte es buchstäblich in die Hose gehen.

Sie erhob sich und ging ins Bad.

Hinter den Durchfällen vermutete sie eine Allergie, hatte aber immer wieder vergessen, Doktor Zaugg zu Rate zu ziehen. Das erinnerte sie daran, dass sich ihr Hausarzt seit Samstag nicht mehr bei ihr gemeldet hatte. Wenn das so blieb, würde sie heute diesen Polizisten kontaktieren müssen.

Tock, tock, tock, klopfte es jetzt direkt neben ihrem Kopf.

75

Es hatte die ganze Nacht geregnet und es regnete noch immer, als Limacher der Polizeikaserne zustrebte. Die Hitze der vergangenen Wochen war einer feuchten Kälte gewichen. Der neue Tag dämmerte zögerlich in verheissungslosem Grau. Unter den Strassenleuchten zog der Regen orange Bindfäden. Der Waisenhausplatz war leer. Wo vor zwei Tagen unter freiem Himmel getrunken und gelacht worden war, sammelten sich in Pfützen Abfallreste. Das kräftige Tief über dem Nordatlantik hatte den Sommer weggespült.

Limacher hatte den Eindruck, als verwässere der Regen auch seine Erinnerung. Die Nacht in der Villa Cassel war keine zwei Tage her, und trotzdem erschien sie ihm hier und jetzt nicht wirklicher als ein Sommernachtstraum. Bevor er die Polizeihauptwache betrat, checkte er sein Telefon. Noch immer keine Nachricht.

«Ich danke Ihnen, dass Sie so früh gekommen sind», eröffnete Rominger wenig später die Sitzung. «Wir haben einen langen Tag vor uns. Für einige von euch ist es der erste Arbeitstag nach den Ferien, und für andere der Tag nach einer kurzen Nacht …»

Limacher sah sich um. Es war nicht schwer, die Urlaubsrückkehrer von der Diensttruppe zu unterscheiden. Braungebrannte Entspannung dort und blasse, übernächtigte Anspannung da – Rominger inklusive.

«Ich gebe Ihnen einen Überblick, sozusagen das Wichtigste in Kürze. Weitere Details erhalten Sie anschliessend von Ihren Einsatzleitern.» Was Rominger in den nächsten fünfzehn Minuten hervorbrachte, warf nicht nur ein neues Licht auf den Unfall, sondern auch auf den Fall Binggeli.

Bislang hatten aus den Leichenteilen zwei Opfer identifiziert werden können: Die Gebrüder Gheorghe und Andrej Delenau aus Rumänien. Bevor sie sich selbständig machten, hatten sie in verschiedenen privaten Sicherheitsfirmen gearbeitet. Ihre Spezialität war Personenschutz und Personenermittlung. Ihre DNA war aktenkundig, weil sie sich in Österreich vor ein paar Jahren wegen Körperverletzung vor Gericht zu verantworten hatten.

Rominger projizierte drei Fingerabdrücke auf die Leinwand. «Diese Fingerabdrücke stammen alle von Andrej Delenau, gefunden wurden sie aber an drei unterschiedlichen Tatorten: Nummer eins auf der Katzenkiste in der Matte, Nummer zwei im Schuppen, in dem Binggeli aufgefunden wurde, und Nummer drei auf der Waffe aus dem Lötschberg. Im Schuppen und auf der Katzenkiste fanden sich auch Jan Kostenkos Fingerabdrücke. Damit verdichtet sich der Verdacht, dass die drei Ereignisse in Zusammenhang stehen! Soweit Überraschung Nummer eins.»

Rominger machte eine Kunstpause und projizierte das Bild eines Rollers an die Wand. «Überraschung Nummer zwei: Das ist eine Honda FES 125. Sie gehört einem Bahnangestellten aus Mitholz und wurde letzte Nacht aus dem Mofaunterstand am Bahnhof Kandersteg gestohlen. In unmittelbarer Nähe fanden sich frische Blutspuren, die sich eindeutig Zaugg zuordnen lassen. Das bedeutet, dass Zaugg erstens den Unfall überlebt und zweitens aller Wahrscheinlichkeit nach Kandersteg mit diesem Roller verlassen hat.»

Nach dem sich das Raunen gelegt hatte, fuhr Rominger fort: «Weitere Blutspuren fanden sich auf der Ladefläche eines leeren Waggons des Autozuges, der zur Zeit des Unfalls Richtung Kandersteg unterwegs war. Wir vermuten, dass es Zaugg gelungen ist, sich unmittelbar vor dem Crash irgendwie auf den Zug zu retten. Aufgrund der umfangreichen Blutspuren gehen wir davon aus, dass er ernsthaft verletzt ist. Er wird sich irgendwo behandeln lassen müssen. Die Notaufnahmen im Oberland und in Bern sind orientiert. Bisher allerdings ohne Ergebnis.»

«Muss ein Arzt überhaupt melden, wenn er jemanden verarztet?», fragte Berner.

«Nicht zwingend! Aber je nach Tatbestand könnte aus dem Schweigen rasch einmal Beihilfe werden!», erklärte Rominger. «Zaugg zu finden hat oberste Priorität. Wir konzentrieren uns vor allem auf Bern. Spitäler und Notfallpraxen werden in diesem Moment mit einem Steckbrief bedient. Streifen und Parkdienste halten bereits Ausschau nach dem Roller. Für seine Praxis und Z'ART liegen Hausdurchsuchungsbefehle vor.»

«Was ist Z'ART?», fragte einer der Braungebrannten.

«Z'ART steht für Zauggs Art AG. Die AG gehört Zaugg und hat den Zweck, Kunst zu fördern. Sie hat ihren Sitz in einer ehemaligen Druckerei in der Lorraine. Zaugg hat die Liegenschaft vor ein paar Jahren erworben und umgebaut. Es ist möglich, dass er sich dort verschanzt.»

Rominger blickte eindringlich an die Runde. «Im Tunnel wurde geschossen. Wir können nicht ausschliessen, dass er ebenfalls bewaffnet ist. Es ist äusserste Vorsicht geboten! Dass er schwer angeschlagen ist, verschafft uns einen grossen Vorteil. Ich erwarte deshalb rasche Ergebnisse!»

Die Aufgaben waren rasch verteilt: Limacher und Petra gingen mit zwei weiteren Kollegen zur Praxis, Berner mit drei Kollegen zu Zauggs Z'ART und die übrigen verfügbaren Kräfte schwärmten aus zu Spitälern und Ambulatorien.

76

Nach dem fünften Klopfen siegte die Neugier. Sie wollte wissen, wer sich da in aller Frühe im Heim herumtrieb, ging an die Tür und warf einen Blick durch das Guckloch.

Es war weder die Bucher noch der Nellen.

Der Mann stand etwas abgewandt und blickte in Richtung Gang. Er machte einen äusserst ungepflegten Eindruck. Das strähnige Haar klebte an seinem Kopf und die zerschlissene Lederjacke hatte ein paar üble Flecken. Frau Haller vermutete einen Drogenabhängigen, der entweder Zuflucht vor dem Regen oder Schutz vor der Polizei suchte. Oder beides. Sie wankte zwischen Abscheu und Mitleid.

Auf einmal, als ob er ihren Blick gespürt hätte, wandte der Mann sein Gesicht dem Guckloch zu.

«Mein Gott!» Frau Haller traute ihren Augen nicht.

«Einen Moment!», stammelte sie und entriegelte die Tür.

«Mein Gott!», wiederholte sie, als der Mann in ihre Wohnung taumelte.

«Nein, Ihr Arzt!» versuchte Zaugg zu scherzen, sein zerschlagenes Gesicht brachte aber lediglich ein gequältes Lächeln hervor, «es sieht schlimmer aus, als es ist ...», wollte er sie beruhigen – und konnte gerade noch einen Sturz verhindern, bevor er auf das Sofa sank.

«Nein!» Frau Haller hatte sich wieder gefasst und starrte auf die blutigen Verbände. «Es ist schlimmer, als es aussieht!»

77

Während ihn Petra durch die Stadt chauffierte, checkte Limacher einmal mehr sein Telefon. Valéries nachrichtenloses Verschwinden beschäftigte ihn mindestens so sehr wie Zauggs Untertauchen.

«In der Praxis brennt Licht!», riss ihn Petras Stimme aus seinen Gedanken.

«Es ist ja auch noch stockdunkel!»

«In deinem Kopf?» Petra parkte direkt vor der Praxis.

Bevor Limacher antworten konnte, klopfte es an die Scheibe. Es war Lauber, der Kollege, der das Gebäude observierte.

«Die Praxis hat normal geöffnet», rapportiere er. «Bisher haben wir drei Leute hineingehen sehen. Kurz nach sieben eine jüngere Frau, vermutlich die Praxisassistentin; wenig später einen älteren Mann, und vor zehn Minuten wiederum einen älteren Mann – und da kommt schon Patient Nummer drei», er deutete auf eine Frau, die am Stock ging und auf den Eingang zusteuerte.

«Das wär ein Ding: Wir suchen den Doktor in der halben Schweiz, und er macht Sprechstunde!», sagte Petra.

«Wahrscheinlicher, dass die Patienten einfach noch nicht wissen, dass ihr Doktor vermisst wird», meinte Limacher. «Wir werden es gleich erfahren ...»

Die Praxisassistentin sah kaum auf, als sie eintraten. Sie war am Telefon. Ihre Stimme klang ziemlich gestresst: «... nein, tut mir leid, Doktor Zaugg ist nicht da ... Doktor Eggimann macht die Sprechstunde ... nein, kann ich Ihnen nicht sagen ... wie Sie möchten ...»

Sie legte auf und das Telefon läutete erneut. «Praxis Doktor Zaugg, einen Moment bitte», sprach sie in den Hörer, bevor sie sich Limacher zuwandte. «Sie haben es gehört? Doktor Zaugg ist nicht da! Tut mir leid.»

«Wir bleiben trotzdem!», lächelte Limacher. «Sie wissen nicht zufällig, wo er steckt?»

Rebecca schüttelte den Kopf. «Ich war selber überrascht, als heute Morgen Doktor Eggimann aufgetaucht ist. Er übernimmt die Sprechstunde ...»

«Ihr checkt die Räume», wandte sich Limacher an Lauber und dessen Kollegen. «Wer ist Doktor Eggimann?», fragte er die Praxisassistentin.

«Die Vertretung für Doktor Zaugg», sie deutete zum Sprechzimmer. «Er hat noch nicht mit der Sprechstunde angefangen ...»

«Negativ», meldete in diesem Moment Lauber.

«Ihr nehmt euch die Wohnung vor. Petra und ich sprechen mit dem Doktor», entschied Limacher.

«Bitte –, jetzt bin ich für Sie da!», setzte die Praxisassistentin ihr Telefonat fort.

Am Schreibtisch im Sprechzimmer sass ein Mann, dessen Haare fast so weiss leuchteten wie die Berufsschürze. Limacher schätzte ihn auf weit über siebzig. Er war vertieft in irgendwelche Akten, und als sie sich vorstellten und ihre Ausweise präsentierten, sah er sie an, als kämen sie von einer fremden Galaxie.

«Eggimann», sagte er schliesslich und reichte ihnen die Hand. «Die Leute in Trub sagen einfach Eggi. Bitte!» Er deutete auf die beiden Besucherstühle. «Was kann ich für euch tun?»

«Wir suchen Doktor Zaugg.»

«Jäh so.» Doktor Eggimann beschloss, erst einmal die Türe zu schliessen.

Wie er sich erhob und zur Türe schritt, wirkte sehr gemächlich, um nicht zu sagen schwerfällig. «Thomas hat mich angerufen und gebeten, für ihn einzuspringen», erklärte er und sprach dabei genauso langsam wie er sich bewegte. «Er hatte einen Unfall ...»

«Das wissen wir», unterbrach Limacher ungeduldig. «Wann hat er Sie angerufen?»

«Gestern ...»

«Wann genau?»

«Am Nachmittag.»

«Um welche Zeit?»

«Ich arbeitete im Atelier. Da achte ich nicht auf die Zeit …»

«Was hat er Ihnen erzählt?»

«Eben –, dass er einen Unfall hatte. Und ob ich für ein paar Tage für ihn einspringen könne.»

«Zaugg hat Sie gestern angerufen und heute Morgen machen Sie für ihn Sprechstunde – ohne zu wissen, warum und für wie lange?» Limacher machte aus seinen Zweifeln keinen Hehl.

«So ist es! Ich kenne Thomas. Wenn er sagt, er brauche Hilfe, dann ist es so.»

«Woher kennen Sie Doktor Zaugg?», wollte Petra wissen.

Eggimann überlegte kurz. «Jääh, das ist eine komplizierte Geschichte. Eigentlich kenne ich den Thomas wegen dem Locher Dani. Der hat ihn zu mir gebracht. Den einen konnte ich für die Malerei und den andern für die Medizin begeistern. Der Dani ist heute ein gefragter Kunstmaler …»

«DD?»

Eggimann nickte erfreut. «Er ist bekannt geworden, nicht wahr. Ich habe noch geholfen, ihn auf die Welt zu stellen, und jetzt kennt man ihn sogar in Amerika. Ich war damals Hausarzt in Trub.»

«Zaugg ist aber nicht in Trub aufgewachsen», wandte Petra ein.

«Die beiden lernten sich im Internat kennen. Das hat

sie zusammengeschweisst. Sie hatten keinen einfachen Stand ...»

«Weil sie wiederholt beim Kiffen erwischt wurden.» Limacher erinnerte sich, sowas in den Akten gelesen zu haben.

«Das ist nur ein Teil der Wahrheit. Wenn zwei aufgeweckte Buben in eine Institution gesteckt werden, die im Geiste von Ora et Labora geleitet wird, besser gesagt: Halt die Klappe und arbeite – was bleibt ihnen anderes, als sich zu bekiffen?» Eggimann verlor etwas von seiner Ruhe. «Ein Wunder, dass am Ende doch noch alles gut gekommen ist ...»

«Ich kenne die Geschichte», unterbrach Limacher, «ich nehme an, Sie wissen, wo wir Zaugg finden?»

«Keine Ahnung!» Eggimann öffnete seine grossen, leeren Hände, wie als Beweis für seine Ahnungslosigkeit. «Ich vermute, er wollte mir nichts verraten, weil er geahnt hat, dass die Polizei mich mit diesen Fragen löchert! Thomas denkt immer ein paar Züge weiter als die andern. Das macht es auch so schwer, gegen ihn im Schach ...»

«Doktor Zaugg ist mit einem Motorrad in einen Eisenbahntunnel gefahren, er ist verwickelt in einen Unfall mit zwei Todesopfern, und er ist abgetaucht», fiel ihm Limacher ins Wort. «Wir sind wirklich dankbar, wenn Sie mit uns zusammenarbeiten!»

Eggimann nickte. «Er sagte, er sei einer Sache auf der Spur ...»

«Einer Sache auf der Spur?», fragte Petra.

«Genauso hat er es gesagt! Nicht mehr und nicht weniger.»

«Ich sage Ihnen, dieser Doktor ist nicht einer Sache auf der Spur, sondern tüchtig aus der Spur. Und das nicht zum ersten Mal!» Limacher verlor die Geduld.

«Jääh, mit der Spur ist es so eine Sache, nicht wahr? Spuren wir oder legen wir selber eine Spur? Das ist die Frage. Wissen Sie, warum Thomas ein paarmal aus der Spur geriet?»

«Ich kenne seine Geschichte!» wiederholte Limacher. «Die Schwierigkeiten hat er sich selber eingebrockt!»

Der Doktor wollte Einspruch erheben, aber Lauber streckte den Kopf ins Zimmer. «Die Wohnung ist sauber. Wir würden jetzt gerne die Computer checken ...»

«Hier mach ich gleich Sprechstunde», protestierte Eggimann.

Limacher präsentierte ihm wortlos den Durchsuchungsbefehl.

«Ihr macht den gleichen Fehler wie seinerzeit der Jugendschutz», sagte Eggimann, bevor er aus dem Zimmer ging, «die haben damals auch im Opfer den Täter gesehen!»

«Will der uns für dumm verkaufen?» ärgerte sich Limacher, als sie unter sich waren. «So naiv kann man doch gar nicht sein!»

«Das Opfer wird zum Täter, das hatten wir doch schon mal», bemerkte Petra.

«Zauggs Rede», brummte Limacher. «Ich werde beantragen, das Praxistelefon anzuzapfen, Arztgeheimnis hin oder her.»

Sie betraten die angegliederte Wohnung. Sie umfasste lediglich ein Zimmer mit Kochnische sowie ein kleines Bad.

«So, wie es aussieht, benutzte Zaugg das Studio vor allem als Garderobe und Büro», erklärte Laubers Kollege. «Das Bett ist unbenutzt, der Kehrichtsack leer, die Küche scheint kaum gebraucht und im Kühlschrank lagern lediglich Getränke. Bis jetzt haben wir keine Hinweise, dass Zaugg nach dem Unfall hier gewesen sein könnte. Der Computer wurde letztmals am Samstagmorgen benutzt. Wir haben ihn bereits eingepackt.»

«Danke!» Limacher zog sich Handschuhe über. «Wir sehen uns noch kurz um, und dann sind wir hier fertig.»

Petra blätterte im Papierstoss auf dem Pult. «Genome Editing, Gen-Targeting, Gen Knock-out in Xenotransplantation, the CRISPR/CAS-System», las sie vor, «Zaugg interessiert sich für Gentechnologie.»

«Was interessiert das einen Hausarzt?», fragte Limacher, der Schränke und Schubladen kontrollierte.

«Die Gene werden immer wichtiger! Ich war neulich an diesem Vortrag in der Rechtsmedizin. Es scheint absehbar, dass wir mit der Speichelprobe nicht nur die Identität eines Menschen ermitteln können, sondern auch etwas über dessen kriminelles Potential erfahren. Und vielleicht schicken wir in Zukunft Verbrecher nicht mehr ins Gefängnis, sondern zur Gentherapie!»

«Zur Gentherapie?»

«Genau. Mit dieser Technik sollen sich schlechte Gene wegschneiden lassen», Petra deutete auf den Artikel über die CRISPR/CAS-Methode, «wie mit einer Schere ...»

«Auch dazu müssten wir die Verbrecher erst schnappen», kommentierte Limacher trocken, «und hier kommen wir definitiv nicht weiter!»

Sie beschlossen, das Feld Lauber zu überlassen und verliessen wenig später die Praxis.

«Noch keine Spur von Doktor Zaugg?» Frau Liechti hatte mit ihrem Putzzeug auf dem untersten Treppenabschnitt eine Barrikade errichtet.

«Wann haben Sie ihn zuletzt gesehen?», fragte Limacher zurück.

«Am Samstag», antwortete sie prompt, als hätte sie auf die Frage gewartet. «Ich sah ihn mit dem Motorrad wegfahren. Über das Wochenende ist er sowieso nie da. Ich will ja nichts gesagt haben, aber mein Mann meint, die Wohnung hier sei nur ein Alibi …»

«Ein Alibi?»

«Es geht darum, einen Briefkasten zu haben, aber wohnen tut er bei seinem Freund.»

«Bei welchem Freund?»

«Diesem Künstler. Ich will ja nichts gesagt haben, aber mein Mann hat die beiden zusammen im Samurai beobachtet!»

«Und was macht ihr Mann im Samurai?» Das Lokal war bekannt als Treffpunkt der Homoszene.

«Überhaupt nichts – Tschuldigung! Er war am Veteranenstamm im Engel, der liegt ja praktisch vis-à-vis …»

«Danke für den Hinweis.» Limacher wollte sich verabschieden.

«Sie sollten sich mal den Keller ansehen.»

«Wurde bereits gemacht!» Limacher schob sich an der Frau vorbei.

«Haben Sie diese gepolsterten Kisten gesehen?», fragte

Frau Liechti unbeirrt weiter, «in die grösste würde ein Mensch reinpassen …»

«Vielen Dank für Ihre Mitarbeit», wiederholte Limacher und duckte sich, um im immer noch strömenden Regen zum Wagen zu eilen.

«Glaubt die, Zaugg habe ein paar Leichen im Keller?», fragte Petra, als sie wieder im Wagen sassen.

«Lauber hat den Keller schon gecheckt. Es sind Transportkisten für zerbrechliches Gut, wahrscheinlich für seine Kunsthandlung …»

«Und was meinst du zu ihrer Theorie, der Maler und Zaugg seien ein Paar?» Petra startete den Motor.

«Ich habe sie nur einmal zusammen gesehen und wäre nie auf diese Idee gekommen. Aber andererseits: völlig ausgeschlossen ist es nicht. Wir wissen weder über Zauggs Neigungen noch seine Beziehungen etwas Konkretes.»

«Und seine Vaterschaft?», zweifelte Petra. «Und warum sollte er dann Nicole Stauffer stalken?»

«Einverstanden», meinte Limacher, «es gibt Widersprüche. Aber ist das neu in seinem Fall? Ich finde, wir sollten den Maler überprüfen!»

78

«Wir werden Nicole Stauffer möglichst rasch verlegen», orientierte Professor Brunner sein Team am Morgenrapport. «Ihr Zustand hat sich über das Wochenende weiter verbessert und sie ist transportfähig.»

«Aber der weitere Verlauf ist noch völlig offen!», widersprach Frau Doktor Lange.

«Das spricht nicht gegen eine Verlegung ...»

«Ich finde schon! Der Klinik Eiger fehlt die Erfahrung ...»

«Die Angehörigen machen Druck ...»

«Herr Stauffer macht Druck!»

«Er setzt sich sehr für seine Frau ein!»

«Und schadet ihr damit. Er hat schlicht keine Ahnung. Ich verstehe nicht, warum wir überhaupt auf ihn hören sollten!»

«Vielleicht genau derartiger Diskussionen wegen, Marianne!», hielt Professor Brunner unbeirrt entgegen und erntete fast einhelliges Kopfnicken.

«Es geht doch hier nicht um uns», machte sie einen weiteren Versuch. «Die Betreuung erfordert interdisziplinäre Zusammenarbeit.»

«Genau deshalb haben wir ein Team zusammengestellt, das die Klinik Eiger unterstützen wird.»

«Ach!», staunte Marianne Lange, «und warum weiss ich nichts davon?»

Brunner schwieg.

«Gehe ich richtig in der Annahme, dass ich nicht Teil dieses Teams bin?», fragte sie mit einem verbissenen Lächeln.

«Du vermutest richtig.»

«Und was ist mit der Plasmapherese?»

«Wird bereits eingerichtet.»

«Ich bleibe trotzdem dabei: die Verlegung stellt ein unnötiges Risiko dar.»

«Es sind diese Diskussionen, die langsam aber sicher zum Risiko werden!» Brunner wirkte nun doch etwas genervt. «Die Verlegung bringt die längst nötige Entlastung des Teams.»

«Wir können jeden Platz gebrauchen», bestätigte die Pflegeleiterin, «je früher wir verlegen, desto besser.»

«Wir werden das gleich nach dem Rapport besprechen. Ich bitte die Leute vom Team Stauffer, im Anschluss hierzubleiben. Haben wir sonst noch einen Punkt?», fragte Brunner in die Runde, und als sich niemand meldete, sagte er: «Dann an die Arbeit!»

Marianne Lange verliess den Raum. Sie versuchte sich zu beruhigen und holte sich einen Kaffee. Das Sekretariat war wegen der Znünipause verwaist. Sie lauschte in den Gang und schloss die Türe. Dann griff sie zum Telefon und wählte die Nummer, die ihr Tom angegeben hatte.

«Haller!», meldete sich eine ältere, aber frische Stimme.

«Guten Morgen Frau Haller. Kann ich Ihren Arzt sprechen?»

«Nur einen Moment», sagte die Frau.

«Ja?», im Gegensatz zu Frau Haller klang Tom verhalten.

«Alles in Ordnung bei dir?», erkundigte sie sich.

«Danke ja – ich glaube, ich werde es überleben. Was gibt's?»

«Zuerst die gute Nachricht: Unserer Patientin geht es dank der Medizin aus Mailand besser.»

«Und die schlechte?»

«Die Verlegung ist beschlossene Sache …»

«Wann?»

«Vielleicht noch heute, spätestens aber morgen …»

«Das müssen wir verhindern!»

«Ich bin aus dem Fall raus. Ich kann dir leider nicht mehr helfen.»

«Doch!» sagte Zaugg und erklärte ihr seinen Plan.

79

«Du kannst direkt zu DD fahren», sagte Limacher, nachdem er mit der Einsatzzentrale telefoniert hatte. «Im Z'ART sind sie noch nicht so weit. Das Gebäude ist offenbar sicher wie ein Gefängnis. Sie haben Spezialisten anfordern müssen.»

«Und Zaugg?»

«Scheint noch immer wie vom Erdboden verschluckt.»

Wie Valérie, dachte Limacher. Er checkte einmal mehr erfolglos sein Telefon. War es wirklich noch keine sechsunddreissig Stunden her, dass sie sich in den Armen gelegen hatten?

«Bist du noch da?» Petra schubste ihn am Arm.

«Natürlich! Was ist?»

«Ich habe dich nach DDs Adresse gefragt!»

«Ich war in Gedanken kurz im Wallis.» Limacher sah aus dem Fenster. Sie fuhren bereits über die Nydeggbrücke. «Es ist das Haus mit dem Turm, gleich unten am Klösterlistutz.»

«Hast du eigentlich die Platzreife?», fragte sie.

«Wie sollte ich? Ich musste ja vorzeitig abreisen!»

Limacher überlegte nicht das erste Mal, Petra von seinen privaten Sorgen zu erzählen, aber da waren sie auch schon am Ziel.

Sie mussten dreimal klingeln, bis sich im Innern der Wohnung etwas zu regen begann, und es dauerte noch einmal fünf Minuten, bis ihnen schliesslich eine Frau, die einen ziemlich verschlafenen Eindruck machte, die Tür öffnete. Sie stellte sich als DDs Lebenspartnerin vor. Als Limacher und Petra ihre Ausweise zeigten und den Grund ihres Kommens erklärten, reagierte sie mehr erstaunt als erschrocken. «Sie können sich ruhig umsehen», bat sie die beiden herein. «Ich hole D …»

«Von wegen schwul», raunte Petra, als die Frau im Schlafzimmer verschwand.

DD kam Limacher noch kleiner vor als vor zehn Tagen bei der Ausstellung. Vielleicht lag es am etwas zu grossen Bademantel, vielleicht auch daran, dass ihn seine Freundin um einen halben Kopf überragte.

Die beiden schienen von Zauggs Unglück tatsächlich noch nichts gehört zu haben.

«Wann haben Sie Zaugg das letzte Mal gesehen?»

DD überlegte kurz. «Das war bei einem Anlass der Galerie von Stein, vor etwa zehn Tagen.»

«Seither hatten Sie keinen Kontakt mehr mit ihm?»

«Doch, fast täglich», DD deutete auf ein Schachbrett mit einer angefangen Partie. «Wir spielen zusammen. Wir teilen uns die Züge per WhatsApp mit. Meist kommt Toms Antwort prompt, sogar wenn er Sprechstunde hat. Er braucht die Partie ja nicht vor sich zu sehen, er hat alles in seinem Kopf gespeichert.» DD sah auf sein Telefon. «Aber auf meinen letzten Zug vor zwei Tagen hat er noch nicht geantwortet, das ist schon aussergewöhnlich ...»

Während Limacher und Petra sich in der Wohnung und im Atelier umsahen, stellten die beiden mehr Fragen als die Polizisten. Ausser ein paar Hanfpflanzen gab es nichts Verdächtiges zu entdecken. Als Limacher den Maler zu Zauggs möglichem Aufenthaltsort befragte, fragte DD zurück: «Er steckt nicht bei Elisabeth von Stein?»

«Sicher nicht, D», meinte seine Freundin, «nach der Geschichte mit seiner Tochter ...»

«Ich würde trotz allem bei Liz von Stein nachfragen. Sie weiss am besten über ihn Bescheid.»

«Wie meinen Sie das?»

DD zögerte.

Bevor Limacher nachhaken konnte, ging sein Telefon. Es war die Zentrale.

«Das ist ein Ding!», stiess er aus und beendete das kurze Gespräch.

«Wir müssen los», bedeutete er Petra und verabschiedete sich in aller Eile. «Vielen Dank», sagte er zu DD. «Sie haben uns trotz allem sehr geholfen.»

«Wir fahren zum Inselspital», sagte Limacher, als sie unter sich waren, «die gestohlene Honda wurde auf einem Veloabstellplatz hinter der Poliklinik gesichtet!»

«Zaugg ist in der Insel?»

«Ist oder war! Ich denke, er liess sich dort verarzten.»

«Da gibt es tausend Ärzte!»

«Ich weiss genau, wen wir uns vorknöpfen müssen!»

80

Sie hatten sich im «Passerelle» verabredet, gemäss Menitz einem der Restaurants in Bahnhofsnähe, dem man sich von verschiedenen Seiten nähern konnte, ohne gleich von Überwachungskameras erfasst zu werden. Sie sassen an einem Fenstertisch etwas abseits, und während sie miteinander sprachen, beobachteten sie die Züge, die sich über die Weichen schlängelten.

«Es gibt keine Zweifel?», fragte Menitz.

«Ich höre den Polizeifunk regelmässig ab und hier steht es schwarz auf weiss.» Wagner legte das Gratisblatt auf den Tisch, wo die «rätselhafte Verfolgungsjagd im Lötschbergtunnel mit zwei Todesopfern» Schlagzeilen machte.

«Wie kann ein Mensch derart Glück haben?» Menitz schüttelte den Kopf. «Erst entwischt er uns in Bern, dann in Brig und jetzt soll er auch den Tunnel überlebt haben.»

«Fast habe ich das Gefühl, der Kerl spielt mit uns.»

«Warum sollte er? Es gibt nichts zu gewinnen! – Warum rennt er nicht zur Polizei? Kannst du mir das erklären? Was hat er vor?»

«Nein. Aber unsere Auftraggeber fürchten, nichts Gutes.»

«Er hat Gheorghe und Andrej auf dem Gewissen!» Menitz' Blick verdüsterte sich. «Ich verspreche dir, Wagner, wenn ich den zu fassen kriege, wird ihm die Polizei keine Fragen mehr stellen können.»

«Du hast freie Hand! – Die Polizei konzentriert ihre Suche im Übrigen anscheinend auf Bern.»

81

Doktor Lange führte sie in den gleichen Besprechungsraum wie bei seinem letzten Besuch. Es war noch keine Woche her, wie Limacher erstaunt feststellte. Aber abgesehen vom Raum war heute alles anders.

Damals war ihm die Ärztin ruhig und souverän erschienen. Heute deutete alles auf Stress. Sie musste sich zum Sitzen zwingen und ihr Blick streifte ziellos durch den Raum. Ihre Augen waren gerötet, Limacher konnte nicht sagen, ob sie kürzlich geweint hatte, oder ob sie einfach übernächtigt war.

«Wir suchen Doktor Zaugg», kam er gleich zu Sache. «Haben Sie ihn in den letzten vierundzwanzig Stunden gesehen?»

«Gestern!»

Die Antwort kam so prompt, dass Limacher einen Moment verdutzt schwieg.

«Und?» fragte Petra. «Was wollte er von Ihnen?»

«Er war verletzt. Ich habe ihn behandelt.»

Auch diese Antwort kam ohne Zögern, so dass sich Petra und Limacher überrascht ansahen.

«Erzählen Sie uns, was passiert ist», forderte Limacher Frau Lange auf.

«Es war in der Nacht von Samstag auf Sonntag. Ich war im Haus wegen eines Zwischenfalls auf der Kardiologie. Tom hat mich angerufen und gesagt, dass er verletzt sei.»

«Von wo aus hat er Sie angerufen?»

«Keine Ahnung.»

«Wann hat er angerufen?»

«Irgendwann nach Mitternacht.»

«Und wann haben Sie ihn behandelt?»

«Ich schätze eine, zwei Stunden nach seinem Anruf. Vielleicht um zwei Uhr in der Früh.»

«Wir haben seit gestern mindestens zehnmal im Inselspital nachgefragt. Warum weiss niemand von Ihrer Behandlung?»

«Ich habe mit niemandem darüber gesprochen.»

Limacher fasste es nicht. Sie liefen sich die Haken ab, und die Frau Doktor ... «Welche Verletzungen hatte er?» Er musste sich Mühe geben, ruhig zu bleiben.

«Prellungen, Schürfungen, drei Fleischwunden, die genäht werden mussten, wie sie eben bei einem Sturz mit dem Motorrad vorkommen ...»

«Wie ist der Unfall passiert?»

«Er konnte sich nicht erinnern. Er muss eine zünftige Hirnerschütterung erlitten haben.»

«Er hat doch sicher erzählt, wo er verunfallte?»

«Ich glaube, er sagte, irgendwo im Oberland.»

«Und weiter?»

«Nichts weiter! Er erinnert sich an nichts. Er hatte eine Amnesie, eine Gedächtnislücke, verstehen Sie? Und zwar nicht nur für das Ereignis. Er konnte beispielsweise auch sein Motorrad nicht wiederfinden.»

«Und warum rief er nicht die Polizei?»

«Warum sollte er? Er konnte ja nicht sagen, was passiert war.»

«Und wie kam er in die Insel?»

«Er hat sich einen Roller ausgeliehen.»

«Mitten in der Nacht?»

«Er wollte nicht darüber sprechen.»

Limacher atmete durch. «Sie hören kein Radio, lesen keine Zeitung?»

«Doch! Sofern ich dazu komme.»

Limacher und Petra sahen einander kurz an.

«Das sollen wir Ihnen glauben?»

«Ich sage Ihnen nur, was er mir erzählt hat!»

«Wo ist er jetzt?»

«Ich weiss es nicht. Er muss das Ambulatorium letzte Nacht verlassen haben.»

«Sie meinen, Zaugg verbrachte fast vierundzwanzig Stunden unbemerkt im Inselspital?», staunte Petra.

«Ja. Ich behandelte ihn auf seinen Wunsch nicht in der Notaufnahme, sondern im Polikliniktrakt. Der steht übers Wochenende leer.»

«Hatte er Schussverletzungen?», wollte Limacher wissen.

«Ich bin keine Rechtsmedizinerin. Ich habe ihn einfach zusammengeflickt, so gut es ging. Die Verletzungen waren ziemlich übel, wissen Sie. Wenn die Haut zerfetzt ist, können Sie nicht immer sagen, was die Ursache ist.»

Limacher sah sie skeptisch an. «Wir benötigen eine Kopie der Krankenakte», bestimmte er.

«Es gibt keine.»

«Das glauben Sie doch selber nicht?»

«Schreiben Sie ein Protokoll, wenn ein Freund Sie um Rat fragt?»

«Wenn er ein paar Stunden vorher angeschossen wurde, notiere ich jedes Detail», sagte Limacher. «Und noch etwas kann ich Ihnen verraten: Zaugg ist in eine üble Sache verwickelt. Eine Verfolgungsjagd, eine Schiesserei, zwei Todesopfer – wir erwarten Ihre Kooperation!»

Der Klingelton seines Telefons unterbrach ihn. «Schon wieder die Zentrale», meinte er zu Petra und nahm das Gespräch entgegen. Es dauerte nur kurz.

«Sie sind drin. Rominger will, dass wir unverzüglich kommen», informierte er seine Kollegin und wandte sich wieder an Frau Lange. «Wir brauchen ein exaktes Protokoll: Vorgeschichte, Verletzungen, Massnahmen – Sie kennen das. Sollten Sie nicht in der Lage sein, dies bis Mittag abzuliefern, nehmen wir Ihre Angaben gern auf dem Revier entgegen!»

Der Abschied war kurzangebunden.

«Ich kann mich nicht erinnern! Das ist so ziemlich die faulste Ausrede, die man uns auftischen kann», machte Limacher seinem Ärger Luft, als sie ausser Hörweite waren.

«Wenn Zaugg eine Hirnerschütterung erlitten hat, ist sie aber plausibel. Und was die Ärztin sagt, stimmt überein mit …»

«Das passt zu gut!» schnaubte Limacher. «Die beiden haben sich abgesprochen. Wir wissen nicht mehr als vorher.»

«Du meinst, der alte Eggi hat recht?»

«Womit?»

«Dass Zaugg ein paar Züge weiterdenkt als die andern …»

82

Hector Simonnet hatte länger geschlafen als beabsichtigt und fühlte sich trotzdem nicht erholt. Seine Glieder schmerzten und seine Stirne fühlte sich heiss an. Einen Moment dachte er, die Erinnerung an die letzten zwei Tage sei nichts als ein fiebriger Traum. Erst als er seine immer noch feuchten Kleider auf dem Fussboden liegen sah, war er ganz in der Realität zurück.

Nach der Fahrt ins Wallis war er im Gewitterregen zur Riederfurka aufgestiegen und hatte Valérie aus dem Bett geholt. Es hatte ihn grosse Überredungskünste gekostet, sie aus dieser Villa wegzubringen und davon zu überzeugen, den Fahnder nachrichtenlos zurückzulassen. Der Abstieg im strömenden Regen von der Riederfurka bis zu seinem Wagen war mühsam und von langen Diskussionen begleitet gewesen. Aber es war ihm gelungen, Valérie von Zauggs Plan zu überzeugen. Weil der Autoverlad am Lötschberg wegen eines Personenunfalls auf unbestimmte Zeit eingestellt worden war, mussten sie für die Fahrt nach Bern einen Umweg über Vevey machen.

Als er Valérie im «Red Light» ablieferte, dämmerte bereits der Morgen. Johnny hatte auch ihm ein Zimmer angeboten, aber Zaugg hatte ihm eingeschärft, den Wagen sofort nach Annecy zurückzufahren. Als er am Sonntag gegen Abend endlich in Genf eintraf, hatte er seit sechsunddreissig Stunden kein Auge zugetan und war völlig erschöpft.

Er schälte sich mühsam aus dem Bett. Er rechnete nach. Es blieben ihm noch ziemlich genau vierundzwanzig Stunden Zeit, seine Kollegen aufzubieten und nach Bern zu fahren.

83

Der wohl an die hundert Jahre alte Backsteinbau wirkte neben den kürzlich renovierten Wohnblöcken altmodisch und vernachlässigt. Auf der Zufahrt wucherte Gras zwischen den Pflastersteinen, die Fassade im Parterre war mit Graffitis übersät und die hohen, bogenförmigen Fenster schienen blind. Z'ART stand in grossen Eisenlettern über dem Tor, das an einen Scheuneneingang erinnerte.

«Eine Festung sieht anders aus», bemerkte Petra.

«Der Schein trügt», erklärte Berner, «das Tor stammt zwar noch aus der Zeit, als hier Papierrollen angeliefert wurden. Aber es ist Kulisse. Hinter dem Holz verbirgt sich ein massives Stahltor!»

Er führte die beiden zu einem Seiteneingang und tippte ein paar Zahlen in eine Bedienungseinheit, die an einen Bankomaten erinnerte. «Schon nur um dieses Display zu aktivieren, benötigt man einen zwölfstelligen Code plus Fingerabdruck. Ohne die Hilfe der Installationsfirma stünden wir jetzt noch draussen.»

Über einen Vorraum gelangten sie in die Werkhalle, wo einst die Druckmaschinen gestanden hatten. Sie war offensichtlich zu einem Lager umfunktioniert worden. Zwischen den Gusseisensäulen stapelten sich Holzkisten und Regale.

«Tobler», stellte sich der Spezialist der zuständigen Sicherheitsfirma vor. «Sie sollten die Türen schliessen. Und falls sie sich länger als zehn Minuten hier drinnen aufhalten, sollten Sie Ihre nasse Kleidung ablegen. Wir haben sonst ein Problem mit der Luftfeuchtigkeit. Das Gebäude ist vollständig klimatisiert, feuerfest und erdbebensicher.»

«Wovor fürchtet sich jemand, der so etwas baut?», wunderte sich Petra.

«Vor der Versicherungsprämie!», liess Tobler prompt verlauten. «Hier lagern Kunstgegenstände und Antiquitäten mit einem Versicherungswert im Millionenbereich. Mit den Sicherheitsvorkehrungen spart Doktor Zaugg so viel an Prämie, dass sich diese Investition innert weniger Jahre bezahlt macht …»

«Im Millionenbereich? Das wird ja immer besser!» Berner blickte fragend zu Limacher.

«Wir wissen noch nicht, ob alles, was hier lagert, auch Zaugg gehört», gab dieser zu bedenken.

«Doch!» wusste Tobler. «Die Sammlung wurde kürzlich neu eingeschätzt. Das Inventar lautet auf Doktor Zaugg.»

«Cool!», rief Petra begeistert, «ein Volvo 1800, so einen hat Grossvater gefahren …»

Sie hatten den Bereich des früheren Werkeingangs erreicht, wo neben diversem medizinischen Mobiliar aus dem vorigen Jahrhundert auch ein paar alte Autos und Motorräder standen.

«Und keine Spur von Zaugg?», wollte Limacher wissen.

«Diesen Raum hat er letztmals vor acht Tagen betreten», erklärte Tobler. «Das können wir so genau sagen, weil das Schliesssystem jede Türbewegung registriert. Im Wohnbereich war er letztmals vor zwei Tagen.»

Sie verliessen den Lagerraum und stiegen einen Stock höher. Direkt neben dem Treppenaufgang gab es eine Garderobe, einen Trainingsraum mit Nasszelle und ein Zimmer, das wohl als Stauraum diente. Ein kurzer Gang, der mit Setzkasten aus der früheren Druckerei tapeziert war, führte zum eigentlichen Wohnraum, einem grosszügigen Loft.

Neben den eher kleinen Fenstern an den Seitenwänden sorgten zahlreiche Dachfenster für viel Licht. Die sichtbare Balkenkonstruktion des Dachstockes verlieh der sonst eher nüchtern eingerichteten Wohnung Behaglichkeit.

In der Küche waren die Kollegen von der Spurensicherung daran, Kühlschrank und Kehricht zu untersuchen. Auf dem Esstisch, an dem locker ein Dutzend Personen Platz nehmen konnte, lagen ein paar Zeitschriften, sonst machte die Wohnung einen sehr aufgeräumten Eindruck. Limacher versuchte vergeblich, die Tür, die auf die Dachterrasse führte, zu öffnen.

«Ohne Code und Fingerscan öffnest du hier höchstens die Bierdose», grinste Berner. «Sogar die Fenster sind mit Stahlzargen, Panzerglas und Sicherheitsrollladen versehen.»

Gleich neben der Küche befand sich der einzige abgetrennte Bereich der Wohnung: ein Schlafzimmer mit Bad und Ankleide. Hinter einem Sideboard, das auch als Bar diente, gab es eine Sitzgruppe, die mit Jukebox, Flipperkasten und Dartbrett an die Einrichtung eines britischen Pubs erinnerte. Dann folgte eine Ecke mit Heimkino. Die Leinwand hing an einem offenen Kamin, der von zwei Seiten eingefeuert werden konnte. Dahinter wiederum machte eine Mischung aus Büro und Bibliothek den Abschluss der Wohnung. Zwischen Bücherregalen standen zwei Lesesessel und ein Schreibtisch. Der IT-Spezialist sass bereits am Computer.

«Schon etwas gefunden?», fragte Limacher.

«Wenig. Auf der Festplatte befinden sich weder Dateien noch spezielle Programme. Zaugg benutzte diesen Computer lediglich als Zugang zu einer externen IP-Adresse. Um mehr zu wissen, müssten wir den externen Rechner untersuchen können.»

«Und wo steht der?»

«Eine gute Frage», lächelte der Techniker. «Eine IP Adresse ist nicht an einen Ort gebunden, sondern an ein Gerät. Und das kann irgendwo auf der Welt stehen.»

«So verhält sich jemand, der etwas zu verstecken hat!», stellte Berner fest.

«Mit einem derartigen Vorgehen kann man sich nicht nur verstecken, sondern auch schützen, beispielsweise vor Hackern. Und auf Sicherheit scheint dieser Mensch Wert zu legen.» Während der Spezialist Berner zu erklären versuchte, wie man im Netz seine Spuren unter Benutzung von Servern, fremden PCs und Clouds soweit verwischen konnte, dass man höchstens noch auf einen Zufallstreffer hoffen konnte, sah sich Limacher im Büro um.

Auf dem Pult lagen neben dem Stapel unerledigter Post diverse wissenschaftliche Zeitschriften und Artikel, ein Auszug aus dem Auktionskatalog der Galerie Kornfeld, eine Automobilrevue und ein Blatt mit Kritzeleien und unzusammenhängenden Notizen, wie man sie während eines Telefongesprächs oder beim Surfen im Internet macht. Im Regal standen Bücher aus allen Sparten, von der klassischen Literatur über Comics bis hin zu Sachbüchern. Bei letzteren dominierten Kunst und Medizin.

«Ein vielseitig interessierter Mensch», kommentierte Petra.

«Die haben wir im Altpapier gefunden. Könnte euch vielleicht interessieren.» Der Mann von der Spurensicherung überreichte Limacher ein paar lose Blätter. «Die Aufnahmen sind höchstens eine Woche alt, vorher stand an der Heiliggeistkirche kein Gerüst.»

«Ist da nicht Doktor Stauffer zu sehen?», fragte Petra.

«Tatsächlich!» Limacher blätterte weiter. «Da sind überall Leute abgebildet, und immer unter den Lauben vor dem «Schweizerhof». – Da ist auch unser Rominger!»

«Was kann das zu bedeuten haben?», fragte Petra.

«Zaugg sammelt Material über jeden, der mit ihm zu tun hat», stellte Berner fest.

«Da ist er uns nicht unähnlich!» bemerkte Petra.

«Aber er ist dazu nicht berechtigt!», regte sich Berner auf. «Und ich fürchte, er hat nichts Gutes im Sinn damit. Er hat uns ja bereits merken lassen, dass er über den Chef im Bilde ist.»

«Ich glaube, den kenn ich auch», sagte Limacher ein paar Aufnahmen weiter. «Teutenberg, ich habe ihn kürzlich an einer Vernissage gesehen.»

«Wie macht er das nur?» staunte Petra.

«Wer, was?», fragte Limacher, der noch immer in den Aufnahmen blätterte.

«Zaugg. Er führt eine Praxis, er macht Visite im Spital, er interessiert sich für Gentechnologie, er sammelt Kunst, er spielt Schach ...»

«Er ist verrückt!» stellte Berner fest.

84

Sie war ziemlich ausser Atem, als sie das Restaurant erreichte, obwohl das «Jack's» kaum mehr als hundert Meter vom Seniorenheim entfernt lag. Die paar Tage im Bett hatten sie mehr geschwächt, als sie sich zugestanden hatte. Man wird einfach nicht jünger, dachte sie etwas wehmütig, als sie im Spiegel der Garderobe ihre Frisur kontrollierte.

Liz hatte sie bereits entdeckt und steuerte auf sie zu. «Hallo, Tante Magda!»

Obwohl sie nicht miteinander verwandt waren, war Frau Haller für Liz stets Tante Magda gewesen. Das hatte damit zu tun, dass die Hallers und die von Steins einst eng befreundet gewesen waren, und Liz Frau Haller von Kindsbeinen an kannte.

«Gut siehst du aus!», meinte Liz.

«Auch Heuchlerinnen müssen sterben», gab Frau Haller zurück.

«Aber sie haben immerhin ein paar Leute glücklich gemacht!» Liz geleitete sie an einen Tisch im hinteren Bereich des Restaurants.

«Und wie geht es Anna?», erkundigte sich Frau Haller, nachdem sie sich gesetzt hatten. «Ich versuchte sie heute Morgen zu erreichen. Es hiess, sie sei nicht in der Lage einen Anruf entgegenzunehmen.»

«Es geht ihr nicht gut», bestätigte Liz, «aber du kennst Mutter: Was nicht sein darf, ist nicht. Ihr Zustand wird von Tag zu Tag schlechter, und sie wünscht, dass ich Prospekte für die Winterferien besorge. Arosa soll es sein.»

«Jammern hilft nicht», sagte Frau Haller.

«Natürlich hilft jammern nicht! – Aber darum geht es nicht. Es geht darum einzusehen, dass einmal im Leben der Punkt erreicht sein könnte, wo auch die Medizin nicht mehr weiterhelfen kann. – Und es ginge auch darum, endlich einzusehen, dass sie den einzigen Arzt, der ihr vielleicht helfen könnte, nicht länger ablehnen sollte!»

Frau Haller tätschelte ihr beschwichtigend die Hand. «Das tut mir leid, für dich und deinen Freund, mein Liebes. Aber eines sage ich dir trotzdem: Erstens überschätzt du Doktor Zaugg vielleicht doch ein bisschen, und zweitens wird sich Anna nie und nimmer mit ihm anfreunden – für mich den Businesslunch, bitte!», fügte sie nahtlos an, als der Kellner an den Tisch trat.

«Die kleine Portion?»

«Die grosse, bitte.»

«Für mich das Gleiche», sagt Liz. «Und dann möchte ich für morgen auch gleich noch einen Tisch reservieren. Wir sind so um die zwölf Personen.»

«Da muss ich erst nachfragen. Für morgen haben wir zahlreiche Reservationen. Wann möchten Sie den Tisch, haben Sie gesagt?»

«Ich habe noch nichts gesagt. Ab elf Uhr. Gleich hier in dieser Ecke würde passen.»

«Ich sehe, was ich tun kann», versicherte der Kellner. «Auch Gäste von Professor Cooper?»

«Teilweise», antwortete Liz ausweichend.

«Dann finden wir bestimmt eine Lösung!»

«Du hast wieder Appetit!», bemerkte sie, nachdem der Kellner gegangen war.

«Doktor Zaugg rät mir zuzunehmen – und heute Morgen hat er mir alles weggegessen!», erklärte Frau Haller mit gespielter Empörung.

«Und warum bestellst du dir nicht einfach die doppelte Portion aufs Zimmer?»

«Zu auffällig, meint er! Heute konnte ich ihm das Mittagessen überlassen. Ich denke, er hat mich nicht ganz uneigennützig abdelegiert.»

Liz nickte. «Morgen ist alles vorbei!»

«Ich hoffe nur, sein Plan geht auf …»

«Wie findest du ihn?», fragte Liz unvermittelt.

«Den Plan?»

«Thomas!»

Frau Haller zögerte. «Ziemlich anstrengend. Warum fragst du? Stimmt etwas nicht?»

«Natürlich stimmt etwas nicht!» Liz versuchte ein Lächeln. «Ann hat unsere Beziehung ziemlich durcheinandergebracht ...»

«Sie kann doch nichts dafür!»

«Aber er. Der Gedanke, dass er mit meiner Schwester ...!»

«Er hat es mir erzählt», meinte Frau Haller behutsam. «Der Blick zurück kann schmerzhaft sein. Ich rate dir, dich mit der Vergangenheit zu versöhnen. Anders kannst du nicht in Frieden leben und wahrscheinlich auch nicht in Frieden sterben. Das gilt für die Beziehung zu deiner Mutter und das gilt für Doktor Zaugg. Verzeihe ihm. Er ist es wert! Wenn ich ein paar Jahre jünger wäre ...»

«Das will ich gar nicht hören!» Liz winkte ab, aber die Erleichterung stand ihr ins Gesicht geschrieben. «Ihr wohnt unter einem Dach, und du bist noch immer per Sie?», fragte sie mit leisem Lächeln.

«Ich bin halt noch von der alten Generation», erklärte Frau Haller leicht indigniert.

85

«Langsam wird's eng», bemerkte Limacher, als sie das Sitzungszimmer betraten. Tatsächlich wurde die Sonderkommission um Zaugg immer grösser. Neben Leib und

Leben waren die Forensik, die Technik, die Wirtschaftsabteilung, die Sitte, die Steuerbehörde und die Verkehrsabteilung involviert.

«Keine Sorge, ihr dürft gleich wieder raus», winkte Rominger Petra und Limacher zu sich. Er wirkte ziemlich nervös. Der von ihm geforderte rasche Erfolg hatte sich noch nicht eingestellt. Sie hatten alle erdenklichen Adressen und Hinweise überprüft, aber Zaugg blieb unauffindbar.

«Wir haben die Suche ausgeweitet», erklärte er, «ein Team ist im Moment auf dem elterlichen Hof, ein anderes unterwegs nach Trub, um Doktor Eggimanns Umfeld zu überprüfen. Für euch habe ich die Psychologin aufgespart.»

«Sehr gut!», meinte Limacher. «Frau Bernhard stand sowieso auf meiner Liste.»

«Sie scheint immer noch mit Zaugg Kontakt zu haben. Zweimal hat sie heute in seiner Praxis angerufen und sich nach ihm erkundigt. Vom Unfall hat sie anscheinend noch nichts mitgekriegt.»

«Und was ist mit Elisabeth von Stein?» wollte Limacher wissen.

«Lauber war bereits da. Keine Spur von Zaugg. Aber er fand, sie war auffallend nervös und hatte merkwürdig wenig Fragen. Immerhin ist sie neben Zaugg die einzige Zeichnungsberechtige der Z'ART AG.»

«Und?», fragte Petra. «Was hat das mit dem Unfall zu tun?»

«Solange er verschwunden bleibt, ist sie sozusagen die alleinige Verwalterin seiner Schätze. Da müsste es sie doch eigentlich brennend interessieren, wo ihr Geschäftspartner steckt.»

«Die beiden stehen sich näher, als wir gedacht haben», stellte Limacher fest.

«Wie auch immer», meinte Rominger, «wir wissen inzwischen auch, wie Zaugg seinen Vermögenszuwachs vor der Steuerbehörde erklärt hat: Wertberichtigung der Kunstsammlung.»

«Was soll das heissen», fragte Petra.

«Dass du ein Bild an der Wand hängen hast, von dem du glaubst, es sei wertlos, und später erfährst du, dass es Zehntausend Wert ist ...» Limacher notierte innerlich, dass er nicht vergessen durfte, dem Nachlassverwalter den Kreidolf zu melden.

«Genau», bestätigte Rominger. «Zaugg hat offenbar seit Jahren regelmässig Bilder von DD erworben, und zwar, als dieser noch ein Nobody war. Dass er eine praktisch lückenlose Dokumentation von dessen Schaffen besitzt, erhöht den Wert der Sammlung zusätzlich. Er musste die Sammlung aus versicherungstechnischen Gründen neu schätzen lassen, und da hat sich sein Vermögen über Nacht verzehnfacht.»

«Demnach nichts Strafbares?»

«Die Abklärungen sind noch nicht abgeschlossen, aber bislang kam es zu keiner Strafanzeige. Versäumnis ja, Delikt nein.»

«Der Glückspilz!»

«Das kannst du laut sagen», nickte Rominger. «Der Bericht von Frau Doktor Lange ist inzwischen eingetroffen. Martens hat ihn bereits durchgesehen. Gemäss seiner

Einschätzung hätte Zaugg mit seinen Verletzungen auf die Intensivpflegestation gehört.»

«Ein Glückspilz», wiederholte Petra.

«Das Gesuch zum Lauschangriff wurde gut geheissen», informierte Rominger weiter. «Die Leute vom technischen Dienst meinten, es gäbe Hinweise, dass die Telefonleitung bereits angezapft werde. Ich vermute, dahinter steckt Seiler.»

«Ich dachte, der Sicherheitsdienst des Bundes habe sich ausgeklinkt.»

«Dachte ich auch», bekannte Rominger, «und die offizielle Auskunft lautet wie immer: No comment.»

Der Regen schien nachzulassen, als sie die Stadt wenig später in westlicher Richtung verliessen. Aber am Bantiger stauten sich die Wolken, und als sie etwas oberhalb von Bolligen von der Hauptstrasse abbogen, goss es bereits wieder wie aus Kübeln. Nach ein paar hundert Metern führte die Strasse in den Wald und es wurde so dunkel, dass Petra das Abblendlicht einschalten musste.

«Sind wir richtig?», fragte sie.

«Ja», antwortete Limacher knapp.

«Sind wir richtig?», wiederholte sie, als ein allgemeines Fahrverbot auftauchte.

«Ja!», wiederholte er nach einem Blick aufs Navi.

«Krass», staunte Petra. «Ein paar Kilometer ausserhalb der Stadt und schon ist man in einer unberührten Hügellandschaft!»

«Von wegen unberührt! Hinter jeder zweiten Scheune verbirgt sich ein getarnter Zugang zu einer geheimen

Anlage. Da der Regierungsbunker, dort die Truppenunterkunft, ein Tanklager, ein Archiv, ein Waffenlager, der Bantiger ist ausgehöhlt – und jetzt links», dirigierte Limacher bei der nächsten Abzweigung.

Sie erreichten eine unbewaldete Anhöhe und wenig später tauchte aus dem Regennebel ein Dach auf.

«Das muss die Rehweid sein.» Das Haus erinnerte ihn an eine Fernsehproduktion, die vor Jahren ausgestrahlt worden war, und von der seine Frau und seine Tochter keine Sendung verpasst hatten.

«Wie im Sahlenweidli», half Petra seinem Gedächtnis auf die Sprünge und stellte den Wagen unter das weit ausladende Vordach, so dass sie trockenen Fusses zum Eingang gelangen konnten.

Obwohl sie sich nicht angemeldet hatten, öffnete sich die Haustüre, noch bevor sie richtig ausgestiegen waren. Der Frau, die ihnen erwartungsvoll entgegenblickte, war anzusehen, dass sie jemand anderen erwartet hatte.

«Frau Bernhard?» Limacher wusste, dass sie gegen die achtzig ging, aber sie kam ihm jünger vor.

«Genau! Und Sie sind?»

«Loosli und Limacher von der Kantonspolizei!» Er zeigte seinen Ausweis.

«Ist etwas passiert?», fragte Frau Bernhard erschrocken.

Limacher entschied sich für den direkten Weg. «Wir suchen Thomas Zaugg!»

Frau Bernhard wich die Farbe aus dem Gesicht. Limacher machte sich schon darauf gefasst, ihr unter die Arme greifen zu müssen.

«Was heisst suchen? Es ist doch hoffentlich nichts Schlimmes passiert?», brachte sie schliesslich mit tonloser Stimme hervor.

«Was könnte denn Ihrer Meinung nach Schlimmes passieren?», fragte Limacher zurück.

«Wollen Sie nicht hereinkommen?» Frau Bernhard hatte sich wieder gefasst.

«Wann haben Sie Zaugg zum letzten Mal gesehen?» wollte Limacher wissen, während er eintrat. Der Eingang führte direkt in die Küche.

«Vor genau einem Monat. Thomas besucht mich meist am zweiten Wochenende des Monats. Jetzt hatten wir das zweite Wochenende, und er ist weder gekommen, noch hat er sich abgemeldet – es ist doch nichts Schlimmes mit ihm passiert?»

«Doktor Zaugg hatte vor zwei Tagen einen Unfall mit dem Motorrad. Seither ist er verschwunden. Oder vielleicht sollten wir sagen, seither versteckt er sich.»

«Versteckt er sich?»

«Wir möchten uns mal umsehen», sagte Limacher, obwohl nach der Reaktion der Frau eigentlich kaum Hoffnung bestand, Zaugg hier zu finden.

«Selbstverständlich, aber hier steckt er nicht – falls Sie das erwartet haben.» Sie machte eine einladende Bewegung zur Stube. «Warum genau suchen Sie nach ihm?»

«Wir haben ein paar Fragen zu seinem Unfall», erklärte Limacher knapp und sah sich um.

«Sie sagten, Zaugg besuche Sie regelmässig? Wie kommt er dazu?», wollte Petra wissen.

«Wir kennen uns seit Jahren.»

«Seit Sie ihn psychologisch betreut haben?»

«Genau.»

«Er steht immer noch in Ihrer Behandlung?»

«Natürlich nicht!» Frau Bernhard lächelte zum ersten Mal. «Wir sind befreundet. Ein bisschen wie eine Familie, wenn Sie wissen, was ich meine?»

«Nein», sagte Limacher. «Erklären Sie es uns.»

«Ich lernte ihn beruflich kennen», begann Frau Bernhard, während sie die beiden durch die Zimmer führte. «Als er in dieses Internat gesteckt wurde, mit dem Segen meiner Vorgesetzten, musste ich erkennen, dass ich mehr für Thomas tun konnte, wenn ich mich als Privatperson für ihn engagierte.»

«Das tönt nicht unbedingt professionell …»

«Von mir aus! Aber wissen Sie, ich bin bis heute überzeugt, dass es der richtige Schritt war. Wenn es um Menschen geht, kann Professionalität rasch mal zur Rechtfertigung für Unmenschlichkeit werden. Aus Sicht der Behörden lief alles wie vorgesehen ab. Ein Jugendlicher wird auffällig, er überfordert Eltern und Lehrkräfte, und man steckt ihn zur ‹Normalisierung› in eine dienliche Institution. Aber Thomas' eigentliches Problem war weder erkannt noch behandelt worden! – Möchten Sie auch nach oben?»

Limacher nickte. «Wo lag den Ihrer Meinung nach das Problem?»

Frau Bernhard holte Luft. Limacher war nicht sicher, ob es mit dem Treppensteigen oder dem Thema zu tun hatte. «Als ich ihn kennenlernte war er zehn Jahre alt. Er interessierte sich für Biologie und Chemie und las Herr der Ringe. Können sie sich vorstellen, was so ein Hirn mit dem Stoff der dritten Klasse anfangen kann? – Der Junge verhielt sich auffällig, weil er merkte, dass er am falschen Platz war. Bitte, er ist nicht da!», sagte sie etwas ruhiger. «Wir können auch noch Dachstock und Keller besichtigen, wenn Sie wünschen.»

«Deshalb sind wir hier», brummte Limacher.

Frau Bernhard entriegelte eine Türe und über eine steile, ziemlich verstaubte Treppe gelangten sie in den Dachstock. Die Spinnenweben, die sich in ihrem Gesicht verfingen, liessen darauf schliessen, dass hier seit Wochen keiner mehr gewesen war.

«Bitte!», sagte Frau Bernhard. Abgesehen von ein paar ausgedienten Möbelstücken war der Raum leer. «Eigentlich ist das Haus zu gross für mich. Ich habe mir vorgenommen, noch vor meinem achtzigsten Geburtstag in die Stadt zu ziehen. Man wird auch nicht jünger, wissen Sie. Und ohne Auto geht hier gar nichts ...»

«Wenn ich Sie richtig verstehe, sehen Sie in Zauggs kriminellen Neigungen eine Art Rebellion ...»

«Kriminelle Neigungen!» Frau Bernhard lachte bitter. «Thomas musste sich wehren! Sperren Sie mal einen Vogel ins Wildkatzengehege. Im Gegensatz zu seinen Erziehern realisierte Thomas, dass er im falschen Gehege steckte. In der Schule stellte man ihn eine Klasse zurück, anstatt ihn zwei Klassen überspringen zu lassen. Seine Eltern glaubten ihn züchtigen zu müssen, weil er ihre heiligen Werte in Frage stellte.»

«Deshalb hat er die Kirche beschädigt und deshalb ist er von zuhause abgehauen!», folgerte Petra.

«Es sind die Ausbruchsversuche eines verzweifelten Kindes!», betonte Frau Bernhard.

«Ihr Vergleich hinkt. », entgegnete Limacher. «Thomas Zaugg ist kein Vogel und seine Mitmenschen sind keine Katzen. Ich kann mir durchaus vorstellen, dass er das anders gesehen hat. Gemäss einem Bericht der Jungendanwaltschaft wies Zaugg psychotische Züge auf, möglicherweise als Folge des Cannabiskonsums. Und dass er wiederholt in die Schulbibliothek einbrach, dass er Geld und Bücher mitlaufen liess, hat nichts mit wehren zu tun ...»

«Er benötigte Stoff.»

«Die Sucht berechtigt niemanden ...»

«Mit Stoff meine ich nicht Drogen, sondern Literatur, Himmel nochmal!», ärgerte sich Frau Bernhard jetzt erstmals lautstark. «Ich gebe zu, Thomas ist kein einfacher Mensch. Um den richtigen Zugang zu finden, brauchte ich fast ein Jahr. Es war keineswegs offensichtlich, dass hinter der scheinbaren Bösartigkeit Verzweiflung, und hinter dem absonderlichen Verhalten Unterforderung steckte. Thomas wusste selber nicht, wie ihm geschah. – Möchten Sie einen Kaffee?» Sie waren wieder in der Küche angelangt.

«Wir waren noch nicht im Keller», überging Limacher die Einladung. «Seine Jugendstreiche kann man meinetwegen als Entwicklungsstörung abtun. Aber jetzt er ist längst erwachsen. Mit fünfzig sollte auch er wissen, was er tut. Und aktuell laufen drei Strafverfahren gegen ihn. Da kann ich Ihrer Sicht, ehrlich gesagt, wenig abgewinnen ...»

Frau Bernhard kramte aus einer der Schubladen im

Geschirrschrank eine Zeichnung. «Was sehen Sie?», fragte sie Limacher.

«Ein Liebespaar!», erwiderte er ohne zu zögern.

«Das sehe ich auch», bestätigte Petra.

«Und wenn ich Ihnen nun sage, dass Kinder hier kein Liebespaar, sondern schwimmende Delphine sehen …»

«Tatsächlich!» rief Petra verblüfft. «Jetzt, wo Sie es sagen!»

«Was wir sehen, steckt in unserem Kopf!», stellte Frau Bernhard befriedigt fest und streckte Limacher und Petra je einen Abdruck des Bildes entgegen. «Ich schenke es Ihnen. Ich pflegte diese Bilder jeweils meinen Patienten zu zeigen. Wenn wir zu neuen Erkenntnissen gelangen wollen, müssen wir bereit sein, die Dinge auch anders zu sehen …»

«Das können wir uns schlicht nicht leisten! Wenn wir Tatsachen ausblenden, kann es fatale Folgen haben. Es kann dazu führen, dass Wiederholungstätern eine Chance gegeben wird – erst den Keller!», wiederholte Limacher, als Frau Bernhard sich anschickte, Wasser aufzusetzen.

«Wie Sie wünschen!»

«In einem Punkt gebe ich Ihrem Bild recht», sagte Petra, während sie vor das Haus traten, «im Team haben wir Zaugg tatsächlich sehr unterschiedlich wahrgenommen. Aber wie können wir wissen, welches Bild das richtige ist?»

Frau Bernhard stieg eine ziemlich ausgetretene Sandsteintreppe runter. «Es ist ein bisschen wie bei Eschers Zeichnungen. Dort wissen wir auch nie, ob die Stufen nach unten oder nach oben führen, ob das Wasser rauf oder runter fliesst, ob die weissen oder schwarzen Vögel die echten sind ...»

Petras Handy meldete sich. «Das Büro», orientierte sie Limacher und nahm den Anruf entgegen.

«Was denken Sie, wo Zaugg stecken könnte?», fragte Limacher, nachdem er sich kurz im Keller umgesehen hatte.

«Keine Ahnung!» Sie wirkte ehrlich ratlos. «Wenn er sich versteckt, wird er seine Gründe haben.»

«Da sind wir uns ausnahmsweise mal einig!»

«Sie verstehen mich falsch.» Frau Bernhard schüttelte den Kopf. «Ich nehme an, Thomas ahnte, dass Sie ihn hier suchen würden, und um mir keine Schwierigkeiten zu machen, hat er sich nicht gemeldet.»

Hoffnungslos, dachte Limacher, als sie den Keller verliessen.

«Du hast dein Handy im Auto liegen lassen», rief ihm Petra entgegen. «Es war Rominger. Wir müssen zurück nach Bern. Es gibt eine Vermisstenmeldung! Frau S.»

«Frau S?» Limacher hielt sich am Geländer fest. «Aus dem Wallis?» fragte er, bemüht, dass ihn die Stimme nicht verrate.

Petra musterte ihn besorgt. «Nein, warum? Aus dem Inselspital!»

«Sie stehen ja mächtig unter Druck», meinte die pensionierte Psychologin und schob sich an ihm vorbei die Treppe hoch. «Ich schlage vor, ich mach uns jetzt einen richtig starken Kaffee.»

Limacher sass der Schock in den Knochen. «Ein Kaffee wäre nicht schlecht ...»

«Ich habe Rominger gesagt, dass wir hier durch sind. Wir werden in der Insel erwartet.»

«Wir kommen später auf den Kaffee zurück!», verabschiedete sich Limacher. Er hatte sich wieder gefasst.

«Was war das eben?», fragte Petra, als sie wieder im Wagen sassen.

«Wovon sprichst du?»

«Dein Aussetzer auf der Treppe! Ich fürchtete schon, du klappst gleich zusammen.»

«Ich habe in den letzten zwei Tagen knapp vier Stunden geschlafen und nichts Anständiges gegessen – den Kaffee hätte ich gut gebrauchen können.»

Er spürte Petras skeptischen Blick und überlegte einmal mehr, ihr von Valérie zu erzählen. Aber jetzt war nicht der geeignete Moment dafür. «Was ist mit Nicole Stauffer?», fragte er.

«Sie ist aus dem Inselspital verschwunden.»

«Sie liegt doch auf der Intensivstation.»

«Offensichtlich nicht mehr. Sie sollte heute Abend in ein Privatspital verlegt werden.»

«Verlegt? Aus welchem Grund?»

«Um sie besser vor unerlaubten Besuchern schützen zu können.»

«Und jetzt ist sie verschwunden? Wie ist das möglich?»

«Sie wurde im Rollstuhl an den Kiosk gefahren und war plötzlich weg, spurlos wie es scheint.»

«Wir haben doch einen Aufpasser vor Ort!»

«Bald wissen wir mehr. Wir fahren direkt in die Insel.»

«Ob Zaugg seine Finger im Spiel hat?»

«Das war auch mein erster Gedanke. Erst verschwindet der Arzt, jetzt seine Patientin. Es erinnert mich an die Geschichte mit den zehn kleinen Negerlein. Wer, glaubst du, wird als nächstes an der Reihe sein?»

Limacher dachte mit ungutem Gefühl an Valérie. «Keine Ahnung», log er.

86

Wie erklärt man einem Anwalt mit Spezialgebiet Sicherheit, dass seine Frau, die unter Personenschutz stand, aus dem Spital entführt wurde?

Die Peinlichkeit war kaum zu toppen und ein juristisches Nachspiel vorprogrammiert. Als Rominger die Orientierung Stauffers kurzerhand zur Chefsache erklärte, beneidete ihn niemand um den Job. Und als er sich wenig später höchstpersönlich auf den Weg zu Stauffers Kanzlei machte, brachte ihm das mehr als nur Dankbarkeit ein. Er war der Kapitän, der zu seiner Mannschaft hielt und auch bei schlechtem Wetter auf der Brücke stand.

Dessen war sich Rominger bewusst. Es war ein Gang nach Canossa, bei dem es, wie vor knapp tausend Jahren, darum ging, Reue zu zeigen und gleichzeitig die Kontrolle zu behalten.

Stauffer empfing ihn in seiner Kanzlei. Und nachdem Rominger ihm die unangenehme Botschaft überbracht hatte, herrschte zunächst Schweigen. Kein eisiges Schweigen, wie Rominger erleichtert feststellte. Auch kein Aufbrausen, Stauffer nahm Nicoles Verschwinden erstaunlich gelassen zur Kenntnis.

Er kredenzte zunächst Mal beiden einen Scotch. «Eis?», fragte er.

Rominger winkte ab.

Stauffer setzte sich wieder und betrachtete die Flüssigkeit in seinem Glas. «Ich will ganz offen mit dir sein. Es ist nicht das erste Mal, dass Nicole verschwindet. Noch vor ein paar Monaten hätte mich das masslos aufgeregt. Aber heute?»

«Warum tut sie das?»

«Vielleicht hat es mit der geplanten Verlegung ins Eiger zu tun.»

«Warum wolltest du sie verlegt haben?»

«Im Privatspital kannst du dir dein Team von Spezialisten selber zusammenstellen. Aber wenn es Madame nicht passt und es ihre Art ist, mit mir zu kommunizieren, bin ich langsam aber sicher an dem Punkt, wo ich sage: Es reicht. Verstehst du, was ich meine?»

Rominger nickte, ohne zu verstehen. «Und wenn Zaugg etwas damit zu tun hätte?»

«Hat er das?»

«Wir wissen es noch nicht. Im Moment sind wir daran, die Videoaufzeichnungen aus dem Spital zu untersuchen. Und dann haben wir bei Zaugg diese Fotos gefunden.» Er zeigte Stauffer ein paar der Bilder, die sie im Z'ART sichergestellt hatten: «Sie wurden höchstwahrscheinlich letzte Woche unter den Lauben vor dem «Schweizerhof» aufgenommen. Es sind unterschiedliche Leute darauf zu sehen, auch du bist gleich mehrfach abgelichtet worden. Ich auch einmal, dann Professor Cooper vom Institut For Ever Young, ein paar Ärzte aus der Insel, unter anderem auch Professor Brunner, und Leute aus der Wirtschaft und der Politik. Wir haben längst nicht alle der abgebildeten Personen identifiziert und wissen nicht, wie Zaugg zu den Bildern kommt und was er damit bezweckt.»

Stauffer starrte auf die Bilder. «Sind das alle Aufnahmen, die ihr gefunden habt?»

«Es gibt noch mehr davon.»

«Ich kenne ein paar Gesichter», sagte Stauffer. «Ich könnte dir vielleicht weiterhelfen. Aber ich müsste sämtliche Aufnahmen haben.»

«Es handelt sich um vertrauliches Material ...»

«Schon klar! Du weisst, dass ich damit umgehen kann», fiel ihm Stauffer ins Wort. «Ich schlage vor, du besorgst mir die Bilder und ich werde euch wegen Nicole nicht das Leben schwer machen. Ist das ein Deal?»

Rominger schaute seinen Verbindungsbruder offen an. «Du kannst dir einen Reim auf all das machen?»

«Vielleicht kann ich das», Stauffer zögerte. «Ich kann dir nur so viel versichern: Auch wenn ich meine Anzeige zurückgezogen habe – mit Zaugg bin ich noch lange nicht fertig!»

«Dann kannst du mir vielleicht auch verraten, wer dessen Telefon angezapft hat?», fragte Rominger.

«Gib mir etwas Zeit», wich Stauffer aus.

87

«Sie sehen, das Büro um Zaugg wächst weiter», eröffnete Rominger die Sitzung. Der abendliche Rapport fand im Instruktionssaal statt, das Sitzungszimmer war zu klein geworden. «Wir haben uns entschlossen, die Untersuchungen in Sachen Nicole Stauffer und Doktor Zaugg zusammenzulegen. Es gibt gute Gründe zur Annahme, dass die beiden Fälle zusammenhängen, und so können wir Synergien nutzen …»

Im Saal wurde es kurz unruhig. Ein paar Kollegen protestierten, sie sahen im gewählten Vorgehen nichts anderes als eine Sparmassnahme.

«Lassen Sie uns erstmal informieren», beschwichtigte Rominger und übergab Limacher das Wort.

«Frau Stauffer sollte heute gegen Abend in die Klinik Eiger verlegt werden. Sie äusserte den Wunsch, sich vorher am Kiosk des Inselspitals mit Lesestoff einzudecken. Eine Pflegerein fuhr sie im Rollstuhl zur Eingangshalle. Unser Mann hielt es für richtig, auf der Abteilung zu bleiben. Erstens war ja Frau Stauffer nicht alleine unterwegs, und zweitens würde ein Besucher sie nicht am Kiosk, sondern im Zimmer suchen. Als die Pflegerin ohne die Patientin zurückkehrte, schlug er Alarm.» Limacher kramte in seinen Unterlagen. «Die Pflegerin gibt an, Frau Stauffer direkt zum Kiosk gebracht zu haben. Frau Stauffer habe sie darauf gebeten, auf der Post ein paar Briefmarken zu besorgen, und die Pflegerin parkte die Patientin vor der Zeitschriftenauslage. Nach dem Briefmarkenkauf ging sie zum Hauptausgang, um eine Zigarette zu rauchen.

Als sie zum Kiosk zurückkehrte, war Frau Stauffer nicht mehr da. Die Pflegerin beschloss, zunächst abzuwarten, ging nochmal eine rauchen, und erst als Nicole Stauffer weiterhin wegblieb, kehrte sie auf die Abteilung zurück. Zwischen Verschwinden und Alarm verging etwas mehr als eine halbe Stunde.»

«Die Bilder von den Überwachungskameras der Eingangshalle und dem Hauptausgang bestätigen die Aussagen der Pflegerin», übernahm jetzt Rominger das Wort. «Und sie zeigen noch mehr!»

Er startete die Projektion der Videoaufzeichnungen. «Die Patientin im Rollstuhl ist Nicole Stauffer. Und jetzt kommt's ...!»

Zu sehen waren jetzt Frau Stauffer und ein Mann, welcher der Kamera den Rücken zugewandt hatte. Er trug einen etwas altmodisch anmutenden Anzug, seinen Kopf verhüllte ein turbanartiger Verband. «Dieser vermeintliche Patient hat Frau Stauffer weggeführt», sagte Rominger und spulte ein paar Bilder vorwärts. Jetzt war zu erkennen, wie sich der Mann anschickte, den Rollstuhl zu schieben. Und wieder ein Bild weiter war dieser Rollstuhl bereits dem Blickwinkel der Kamera entschwunden und vom Patienten lediglich noch der Kopf zu sehen. Rominger vergrösserte die Aufnahme. «Hier sehen wir das Gesicht, ich sage jetzt mal des Entführers, im Profil.»

Trotz Turban, Mundschutz und Sonnenbrille erkannte Limacher das Gesicht. «Das gibt es doch gar nicht!», entfuhr es ihm.

«Doch!» sagte Rominger bitter. «Wir müssen davon ausgehen, dass der Mann, der sich so situationsgerecht maskiert hat, Doktor Zaugg ist! Die letzte Spur, die wir von den beiden haben, ist der verlassene Rollstuhl. Er wurde im gleichen Unterstand gefunden, in dem Zaugg schon den Roller abgestellt hatte. Wahrscheinlich benutzte er den Ausgang an der Nordseite, weil es dort keine Videoüberwachung gibt. Wir müssen davon ausgehen, dass es einen Komplizen gibt, der die beiden abgeholt hat. Leider ergaben die Befragungen bislang nichts Brauchbares. Ein Rollstuhl fällt im Spital etwa gleich auf wie der Streifenwagen vor der Polizeiwache.»

«Er hat sie entführt!», eröffnete Berner die Diskussion. «Er will Stauffer erpressen. Vielleicht hofft er so zu einer weiteren Million zu kommen!»

«Es ist zu früh, um von Entführung zu sprechen. Wir sehen keine Anzeichen, dass sich Frau Stauffer gewehrt hätte, und von der Pflege wissen wir, dass Frau Stauffer nicht viel von der Verlegung ins Eiger hielt.»

«Zaugg fühlte sich für Frau Stauffer verantwortlich! Vielleicht hat er sie in ein anderes Spital gebracht?», warf Petra ein.

«Negativ. Wir haben sämtliche Spitäler abgefragt.»

«Was macht das für einen Sinn?», fragte Limacher.

«Jetzt suchen wir einen Schwerverwundeten mit einer Rollstuhlpatientin», grinste Berner. «Also, wenn wir die nicht finden!»

«Für dumme Sprüche ist die Lage zu ernst!», wies ihn Rominger zurecht. «Gemäss der Einschätzung unserer Psychologen handelt Zaugg jenseits unserer Logik und widersprüchlich. Das bedeutet, dass Nicole Stauffer möglicherweise in Gefahr ist.»

«Wie sind denn ihre Überlebenschancen ausserhalb des Spitals?», wollte jemand wissen.

«Die Frage wird uns wohl der Rechtsmediziner beantworten können, sobald er zurück ist!»

Limacher sah sich um. Er konnte Martens nirgends entdecken. «Weisst du, wo Martens steckt?», raunte er Petra zu, während Rominger bereits die nächsten Schritte bekanntgab.

«Im Wallis. Es kam ein Hilfegesuch von den Kollegen in Brig», flüsterte sie zurück, ohne den Blick von Rominger abzuwenden.

«Ein Hilfegesuch?»

«Im Aletschgebiet wurde die Leiche einer Frau entdeckt …»

Petra realisierte noch, dass Bewegung in Limacher kam, aber sie konnte nicht mehr verhindern, dass sein Kopf hart an der Tischkante aufschlug, bevor er zu Boden sackte.

Teil V

Die Antwort ist immer der Tod.

Philip Roth, Schriftsteller

88

Limacher erfasste im Halbschlaf einen Monitor, der das Pochen in seinem Kopf nachzeichnete. Die Kurve strebte in stetem Auf und Ab vorwärts und kam doch nicht vom Fleck. Der Anblick erinnerte ihn an DD's Bilder und einen Moment lang wähnte er sich in einer Hängematte in Liz' Garten. Nur: Der Geruch nach Desinfektionsmitteln, der ihm in die Nase stieg, passte nicht an die Aare, und die Geräusche, die an sein Ohr drangen, tönten nicht nach Party, sondern nach Geschäftigkeit.

Er zwang sich dazu, ganz aufzuwachen.

Keine Hängematte, sondern Spitalbett. Keine Kunst, sondern Medizinaltechnik.

Er betastete die schmerzende Stelle an seiner Stirn. Sie war mit einem Verband abgedeckt. Wenn er Hände und Füsse bewegte, funktionierte alles, aber ein stechender Schmerz im Brustbeinbereich war die Folge.

«Berner!», brummte er.

Nach seinem Kollaps, der ihm wie ein Eintauchen in Watte in Erinnerung war, hatte ihn Berners Faust auf der Brust in die Realität zurückgeholt. Er wusste nicht, wie lange er weggewesen war. Als er wieder zu sich kam, hatte man bereits den Rettungsdienst avisiert. Seine Erklärungsversuche waren einfach übergangen worden. Bis zum Eintreffen der Sanität hiess ihn Berner ruhig liegen zu bleiben, und Petra wischte ihm das Blut von der Stirn. Auch die Rettungssanitäter hatten kein Gehör für seinen Protest. «Kollaps mit Kopfverletzung und Schmerzen auf der Brust – jede Diagnose für sich allein schon Grund genug, Sie zur Beobachtung ins Spital zu bringen», hatte der Teamleiter erklärt, und wenig später wurde er vom Rettungsdienst abgeführt, wie ein Hauptverdächtiger vom Tatort. So war es ihm wenigstens vorgekommen.

Er tastete nach dem Telefon. Das Display blieb dunkel. Er erinnerte sich, wie er mit der letzten Batterieleistung am Vorabend noch Martens angerufen hatte. Bei der Leiche im Wallis handelte es sich nicht um Valérie Simonnet, sondern um eine belgische Touristin, die im Aletschwald unglücklich gestürzt war.

Nach dieser Nachricht hatte sich Limacher auf der Stelle besser gefühlt, und als die Platzwunde an der Stirne genäht war, wollte er einfach nur nach Hause. Aber die Ärzte sahen das anders. «Ich kann die Sorgen um Ihre Freundin verstehen», meinte der Dienstarzt, «aber Ihre Herzensangelegenheiten erklären in keiner Weise unsere Befunde …» Und er hatte die Indizien aufgezählt, die gegen seine Entlassung sprachen: Bewusstseinsverlust, Brustschmerzen, leicht erhöhte Herzenzyme und Verdacht auf Herzrhythmusstörungen im EKG. Limacher musste sich ergeben, mehr aus Ermüdung, denn aus Einsicht.

Die Geräusche im Gang wurden lauter und Schritte näherten sich seinem Zimmer.

Er wollte sich aufsetzen – aber ein stechender Schmerz in der Herzgegend liess ihn ins Kissen zurücksinken.

«Guten Morgen, Herr Limacher, Sie haben Damenbesuch!», meldete die Pflegefachfrau.

Er biss die Zähne zusammen und drehte sich zur Tür.

89

«Wir haben die Bilder analysiert», Wagner zog eine der Aufnahmen aus dem Stapel, «es handelt sich durchwegs um starke Vergrösserungen. Das heisst wiederum, die Fotos müssen aus ziemlicher Distanz aufgenommen worden sein. Auf dieser Aufnahme sieht man am unteren Bildrand ein Wagendach, hier ist der Bogengang der Laube vor der Schweizerhofpassage mitabgebildet, das Fenster da gehört zum «Jack's», und dieser Fassadenteil zum FEY ...»

«Und was schliesst ihr daraus?», unterbrach ihn Teutenberg ungeduldig. Er war eben aus London zurückgekehrt, in weniger als drei Stunden wurden die ersten Gäste erwartet.

«Dass die Aufnahmen vis-à-vis geschossen wurden; wahrscheinlich immer vom gleichen Standort aus. Dort, wo Fassadenteile mit abgebildet sind, ergibt sich ein fast rechter Winkel ...»

Teutenberg war aufgestanden. Die Suite lag im obersten Geschoss des Hotels und man hatte einen Überblick über den gesamten Bahnhofplatz. «Vis-à-vis?» fragte er mit angestrengtem Blick aus dem Fenster.

«Genau», Wagner war neben ihn getreten. «Wie man sieht, ist der Platz sehr belebt. Der Fotograf muss einen leicht erhöhten Standort gehabt haben, sonst wären ihm dauernd irgendwelche Fussgänger oder Autos in die Quere gekommen. Menitz meint, die Kamera habe auf einem Wagendach gestanden oder in einem der oberen Stockwerke im Gebäude genau gegenüber.»

«Was haben wir dort?»

«Ein Altersheim. In Frage kämen gemäss Menitz nur die Fenster neben dem Eingang zum Hof. Weiter südlich würde das Blickfeld durch die Kirche verstellt.»

«Und hinter den fraglichen Fenstern?»

«Alterswohnungen. Wir vermuten, es handelt sich um zufällige Schnappschüsse ...»

«Die zufällig bei Zaugg gelandet sind ...?» Teutenberg ging zum Tisch zurück. Er wählte ein paar Aufnahmen aus und legte sie zusammen. Zu sehen waren Menitz, Brunner, Wagner und er selber. «Wenn wir diese Bilder zusammenlegen, ergeben sich plötzlich Gruppen, die es nicht geben darf.»

«Wir haben über hundert Aufnahmen! Da ist es nur logisch, dass wir eine Gruppe mit bekannten Gesichter zusammenbekommen ...»

«Praktisch alle Abgebildeten stehen in Zusammenhang mit unserem heutigen Anlass!» Teutenberg raffte den Stapel zusammen und trat wieder ans Fenster. «Jemand hat uns im Visier. Und dieser jemand versteckt sich hinter einem dieser Fenster. Ich will wissen, wer es ist und wie der Arzt zu diesen Bildern gekommen ist, und zwar heute noch!»

90

«Guten Morgen, Christian!»

«Petra? Was führt denn dich um diese Zeit ins Inselspital?»

«Krankenbesuche!» scherzte Petra und fügte ernster an: «Natürlich immer noch die Suche nach Zaugg und Nicole Stauffer!»

«Seid ihr weiter?»

«Ja und nein. Wir wissen noch immer nicht, wo er sich versteckt. Aber wir haben eine heisse Spur. Ein Wagen, gemietet bei Mobility. Von einer Amerikanerin. Ann Miller.»

«Die Kellnerin aus dem «Nullpunkt»! Zauggs Freundin, nicht wahr?»

«Kellnerin ist richtig. Zauggs Freundin ist falsch. Ann Miller ist seine Tochter!»

Limacher hatte sich unwillkürlich aufgesetzt und stöhnte. Vom Monitor ertönte ein nervöses Piepen.

«Erinnerst du dich, dass wir Zauggs DNA wegen einer Vaterschaftsabklärung im Archiv gefunden haben? – Es ging um genau diese Ann Miller. Offenbar weiss Zaugg auch erst seit ein paar Wochen, dass er eine erwachsene Tochter hat. Und was ich ganz krass finde: Anns Mutter ist eine geborene von Stein, Elisabeth von Steins Schwester um genau zu sein. Caroline von Stein ist vor gut einem Monat in Boston verstorben.»

Limacher versuchte das Gehörte einzuordnen, aber sein Hirn arbeitete wie Kleister, seine Gedanken schienen festzukleben.

«Wir fahnden jetzt auch nach Ann Miller. Bisher leider ebenfalls erfolglos. Im «Nullpunkt» hat sie sich krank gemeldet. In der Wohnung, die sie über airbnb gemietet hat, ist sie offenbar kaum je gesehen worden. Den Mietwagen hat sie eine halbe Stunde nach dem Verschwinden von Nicole Stauffer ins Bahnhofparking zurückgestellt. Alleine, wie die Überwachungskameras zeigen. Wir gehen trotzdem davon aus, dass sich die drei zusammen abgesetzt haben …»

«Weit können sie nicht sein!»

«Es sei denn, sie hätten den Zug genommen. Ann Millers Spur verliert sich im Bahnhof. Jemand will beobachtet haben, dass Nicole Stauffer auf einem Gepäckwagen durch den Bahnhof gestossen wurde.»

«Mit der Bahn wäre zu auffällig.»

«Es herrschte Feierabendverkehr.»

«Was will Zaugg damit erreichen? Er versteckt sich nach seiner illegalen Tunnelfahrt und riskiert mit Nicole Stauffers Entführung, entdeckt zu werden. Das ergibt keinen Sinn. Habt ihr Eggimann überprüft?»

«Zweimal waren wir im Trub. Negativ.»

«Elisabeth von Stein?»

«Wir haben alle überprüft», sagte Petra müde, «von der Putzfrau bis zum Arzt, vom Kunstmaler bist zur Kunsthändlerin. Nirgends auch nur der Hauch einer Spur. Ausser Frau Doktor Lange hat seit dem Unfall niemand mit ihm Kontakt gehabt. Ich werde gleich nochmal mit ihr reden, vielleicht hat sie etwas mit Nicoles Entführung zu tun.»

«Ich komme mit!» Limacher setzte sich vorsichtig an

den Bettrand, es ging nicht ganz ohne Gestöhne und vom Monitor ertönte ein Warnsignal.

«Rominger meinte, du würdest für mindestens eine Woche ausfallen. Und wenn ich dich so anschaue, gebe ich ihm recht.»

«Rominger hat keine Ahnung! Ich bin nicht krank. Nach der Visite bin ich hier weg.»

«Da haben ja wohl die Ärzte das letzte Wort.»

«Ich bestehe auf vorzeitige Entlassung wegen guter Führung!», versuchte Limacher zu scherzen, aber das Stechen in der Brust verzerrte sein Grinsen. «Ich bin nicht krank», wiederholte er.

«Alles in Ordnung hier?» Die Pflegefachfrau war eingetreten und schaltete den Alarm aus. «Sie sollten sich nicht aufregen», sie bedachte Petra mit einem tadelnden Blick.

Petra verabschiedete sich.

«Halt mich auf dem Laufenden», rief ihr Limacher nach und zur Pflege sagte er: «Ich trete aus!»

Er erntete lediglich ein nachsichtiges Lächeln. «Wie es mit Ihnen weitergeht, wird auf der Arztvisite entschieden.»

«Entweder Sie befreien mich von diesen Kabeln, oder ich tu es selber!»

«Ich denke, ich ruf dann mal den Arzt!» Die Schwester rauschte aus dem Zimmer.

91

Nicole Stauffer sass auf dem Sofa und schaute mal zum Fernseher und mal zu Frau Haller, die ihren Kleiderschrank durchsuchte. Sie fühlte sich besser. Heute war sie seit gut zwei Wochen zum ersten Mal wieder im Stand gewesen, alleine zur Toilette zu gehen.

«Probieren Sie mal das», Frau Haller legte ihr ein paar Kleidungsstücke in den Schoss. «Mein erstes Deux-Piece. Und die Bluse ist schon fast wieder modern …»

«Ich weiss nicht recht …»

«Ich bin sicher, wir finden etwas Passendes. Die Mode wiederholt sich alle paar Jahre. Natürlich gibt es immer kleine Unterschiede. Aber wir wollen ja auch nicht an einem Schönheitswettbewerb teilnehmen!»

«Ich spreche nicht von den Kleidern.»

«In ein paar Stunden ist alles vorbei», sagte Frau Haller.

«Jetzt suchen sie Thomas sogar übers Fernsehen.» Die Nachrichten berichteten über den Unfall am Lötschberg, und die Frau, die von der Reporterin interviewt wurde, kam ihr bekannt vor. Nicole schaltete den Ton etwas lauter. «Seine Motorräder waren ihm wichtiger als die Patienten», verkündete die Frau mit einer Stimme, als stände sie vor Publikum, «und fahren tat er ziemlich leichtsinnig. Mein Mann, seines Zeichens Veteran der Motorradeinheit der Schweizer Armee …»

«Sie sollten vorwärtsmachen!», mahnte Frau Haller.

Nicole schaltete den Fernseher aus und schlüpfte aus dem Nachthemd. «Sie denken, es kommt gut?»

«Ich vertraue ihm», sagte Frau Haller, «wie könnte ich sonst die Medizin schlucken, die er mir verschreibt?»

«Das erinnert mich daran, dass ich auch noch meine Pillen schlucken muss», Nicole griff nach einer Handvoll Tabletten und spülte sie mit etwas Wasser hinunter. «Aber ich steh auf jeden Fall dumm da, ob Professor Cooper nun ein Hochstapler ist oder nicht.»

«Sie haben doch nichts zu befürchten.»

«Und was wird aus Thomas …»

«Ich hab ihm angeboten, für ihn ins Gefängnis zu gehen. Altersheim oder Gefängnis, das spielt letztlich keine Rolle!» Der Scherz rang Nicole ein Lächeln ab. «Und selbst wenn ich lebenslänglich kriegte, wären es höchstens noch ein paar Jahre.»

«Wie alt sind Sie?»

«Achtundachtzig.»

«Ich dachte immer, ich möchte nicht alt werden – und schon gar nicht in einem Altersheim enden!»

«Haben Sie darum die Therapie gemacht?»

«Vielleicht.» Nicole ging zum Spiegel.

«Das steht Ihnen!», kommentierte Frau Haller.

«Na ja, als Vintage könnte das durchgehen. Aber ich komme mir schon ziemlich alt vor.»

«Doktor Zaugg sagt, Antiaging ist eine Katze, die sich in den Schwanz beisst. Selbst wenn eine Therapie gegen das Alter erfolgreich wäre, würde man am Ende das Gegenteil von dem erreichen was man wollte: man würde noch älter werden.»

«Nichts tun ist auch keine Lösung!»

«Die grosse Frage: Sollen wir uns wehren oder sollen wir uns ergeben? Philip Roth schrieb, die Antwort sei immer der Tod …»

«Das hört sich an wie eine Kapitulation, genau deswegen fürchte ich das Alter!»

In diesem Moment klopfte es kurz, und die Tür ging auf.

«Thomas?», fragte Nicole ungläubig. Zaugg war tatsächlich fast nicht wiederzuerkennen. Mit der Schirmmütze, die den kahlgeschorenen Kopf bedeckte und dem etwas zu knappen Tweed-Anzug, erinnerte er an die gealterte Figur eines Oliver Twist.

«Du hast du dich wohl auch aus Frau Hallers Garderobe bedient?» Nicole lächelte belustigt.

Zaugg überging ihren Kommentar. «Es gibt eine Planänderung. Ann bringt dich zum ‹Schweizerhof›, Frau Haller hält die Festung, und ich setz mich ab ...»

92

Überlass nie etwas dem Zufall, war einer von Teutenbergs bewährten Leitsätzen. Dieses Credo war ein wichtiger Grundpfeiler seines Erfolgs. Und er hielt sich auch heute daran. Jedes Wort, das gesprochen, jede Grafik, die gezeigt, jede Schlussfolgerung, die gezogen wurde, alles hatte er sich vorher angesehen und wo nötig noch korrigierend eingegriffen. Sogar beim Blumenschmuck und bei der Zusammenstellung des Apéro riche hatte er mitgeredet – und noch gestern Abend feststellen müssen, dass trotz anderslautenden Instruktionen nicht an koschere Nahrungsmittel für die Gäste aus Israel gedacht worden war.

Die letzte Besprechung leitete er persönlich. Mit allen Beteiligten ging er das Drehbuch durch. Punkt für Punkt.

Zuerst mit der Hotelleitung und dem Service, dann mit den Referenten. Nachdem auch die Technik letzte Anweisungen entgegengenommen hatte, verblieben nur noch Cooper, Stauffer und Brinks im Besprechungsraum.

«Ich bin froh, wenn Sie schon mal die ersten Gäste begrüssen», wandte sich Teutenberg an Cooper. «Ihr Referat wird mit Spannung erwartet und es gibt etliche Kunden, die Sie persönlich kennen lernen möchten. Aber greifen Sie auf keinen Fall der Präsentation vor. Ihre Botschaft soll einschlagen wie eine Bombe!»

«Die Spannung ist da», bestätigte Stauffer. «Bereits als ich das Hotel betrat, wurde ich mit Fragen bedrängt. Die meisten möchten sich schon im Voraus ihre Anteile sichern. Wir werden bestimmt überzeichnet werden.»

«Wir haben den Emissionspreis noch einmal etwas hinaufgesetzt», fügte Brinks an.

Nachdem Cooper den Raum verlassen hatte, sagte Teutenberg: «Wir sollten aufpassen, dass wir den Bogen nicht überspannen. Coopers Resultate müssen sich noch bestätigen.»

«Wir liegen mit Ambrosia bereits dreissig Prozent über Budget», hielt Brinks fest. «Das unerwartet starke Wachstum würde sogar einen noch höheren Preis rechtfertigen!»

«Haben Sie Nachrichten von Ihrer Frau?» wandte sich Teutenberg an Stauffer.

«Leider nein.»

«Benachrichtigen Sie mich, wenn Sie mehr wissen!», und mit den Worten «jetzt sollten auch Sie sich um unsere Gäste kümmern», entliess er die beiden.

Er wartete einen Moment, bevor er zur Nebentür ging und Wagner einliess. Als letzter Checkpunkt stand die Sicherheit auf dem Programm.

«Wie weit sind wir?», lautete wie immer seine erste Frage.

«Die Sicherheitskontrolle hat ihre Arbeit aufgenommen. Neben dem Zugang zum Foyer haben wir einen zusätzlichen Posten am Haupteingang platziert. Menitz hält es allerdings für wenig wahrscheinlich, dass Zaugg aufkreuzt.»

«Gibt es schon Neuigkeiten von Menitz?»

«Jawohl. Im fraglichen Bereich des Heims liegen wie gesagt Alterswohnungen. Zwei der Bewohner haben Zaugg als Hausarzt. Im ersten Stock ist es eine gewisse Frau Haller und im zweiten Stock ein Herr Bracher. Der letzte Arztbesuch bei Herrn Bracher liegt gut zwei Monate zurück. Bei Frau Haller hingegen wurden in den letzten drei Wochen ungewöhnlich viele Visiten notiert.»

«Worauf wartet Menitz noch?»

«Auf das Go!»

93

Limacher sass vollständig angezogen am Bettrand und wartete auf die Austrittsvisite. Gemäss dem Abteilungsarzt stand das Okay der leitenden Ärztin noch aus. Ausgerechnet die Lange! Bislang hatte sie sich nicht blicken lassen; wahrscheinlich fürchtete sie seine Fragen.

Er sah aus dem Fenster.

Obwohl sein Zimmer im achtzehnten Stock lag, war von Bern nicht viel zu sehen. Nach drei Tagen Dauerregen hüllte sich die Stadt in feuchten Nebel.

Limacher störte das nicht, sein Blick war sozusagen nach innen gerichtet. Er hatte in seiner Jackentasche das Vexierbild mit den Delphinen gefunden. Frau Bernhard hatte recht: Was wir wahrnehmen, steckt in unseren Köpfen.

Zaugg und Ann Miller waren nicht frisch verliebt, sondern Vater und Tochter, die sich eben erst kennengelernt hatten. Er war kollabiert, weil er um Valéries Leben fürchtete, der Arzt wiederum vermutete hinter dem Bewusstseinsverlust Herzrhythmusstörungen.

Die Antwort hiess nicht entweder oder, sondern sowohl als auch.

Er musste sowohl Valérie finden wie sich den empfohlenen Abklärungen und Kontrollen unterziehen. Dass er krankgeschrieben war, kam ihm auf einmal gelegen. So konnte er sich endlich auf die Suche nach Valérie konzentrieren.

Er holte die Schuhe aus dem Schrank.

Er war gerade dabei, sich die Schnürsenkel zu binden, als es klopfte. Wahrscheinlich die Austrittsvisite. Er rief: «Herein!»

«Guten Morgen, Christian!»

Es war nicht die Lange.

«Liz? Was machst du denn hier?»

«Krankenbesuche!»

«Du bist nicht meinetwegen hier! Zaugg steckt im Inselspital!»

«Meine Mutter!», korrigierte Liz. «Sie liegt zwei Stockwerke unter dir.»

«Und woher weisst du, dass ich hier bin?»

«Man hat eben seine Kanäle ...»

«Was für Kanäle?»

«Thomas, aber das ist nicht so wichtig.»

«Nicht so wichtig?» Er griff sich an die Brust. «Wir suchen ihn seit drei Tagen mit einem Grossaufgebot, und du sagst, es spiele keine Rolle!»

«Ssst!» mahnte Liz und schloss die Tür. «Es braucht uns niemand zu hören.»

«Was wird hier eigentlich gespielt?»

«Gar nichts wird gespielt, Christian. Thomas braucht deine Hilfe.»

«Ich bin krankgeschrieben!»

«Thomas meint, wir können es riskieren, er hat sich deine Krankengeschichte angesehen ...»

«Wie bitte?» Limacher glaubte, sich verhört zu haben. «Du willst sagen, Zaugg spaziert in der Insel herum und liest Krankengeschichten.»

«Nein», Liz musste trotz allem lachen. «Es gibt andere Möglichkeiten, an ein Dossier zu gelangen. Zum Beispiel über einen Zugang ins Intranet. Mit den geeigneten Zugriffcodes ist alles einsehbar, auch von ausserhalb.»

«Zaugg schaut sich meine Krankengeschichte an?» Limacher konnte es nicht fassen. «Dir ist doch klar, dass ich das alles melden muss?»

«Wir sollten los», sagte Liz nach einem Blick auf die Uhr. «Der Anlass beginnt in weniger als einer Stunde ...»

«Welcher Anlass?»

«Im «Schweizerhof» wird Investoren eine neue Therapie gegen das Alter vorgestellt. Dieser Therapie haben sich unter anderem Nicole Stauffer und meine Mutter unterzogen. Thomas vermutete gleich einen Zusammenhang zwischen der Behandlung und der Erkrankung der beiden. Einem befreundeten Immunologen ist es gelungen, den Beweis zu erbringen.»

«Und welche Rolle soll ich dabei spielen?», fragte Limacher. «Wenn ich etwas tun kann, dann Zaugg der Polizei zu übergeben. Warum glaubst du wohl, dass er sich vor uns versteckt?»

«Thomas versteckt sich nicht vor der Polizei, sondern vor den Leuten, die versucht haben, ihn umzubringen!» Liz wurde zum ersten Mal laut. «Warum denkst du, dass er in den Tunnel gefahren ist? Zum Vergnügen? Er war mit dem Antidot unterwegs, das Nicole das Leben gerettet hat!»

Limacher schüttelte nur den Kopf.

«Lass uns gehen!», drängte Liz. «Für meine Mutter kommt die Hilfe zu spät. Darauf haben mich die Ärzte schon vorbereitet. Aber es sollen nicht noch mehr Menschen sterben. Thomas' Plan darf nicht scheitern!»

Limacher zögerte. «Ist dir eigentlich klar, was Zaugg so alles auf dem Kerbholz hat? Wenn ich dir helfe, wechsle ich sozusagen die Seite …»

«Manchmal lohnt es sich, die Seite zu wechseln. Komm jetzt!»

Limacher stellte sich vor, wie die Frau Doktor auf das leere Zimmer reagieren würde. «Gut!» Er erhob sich, aber nicht nur der Lange langen Gesichtes wegen. «Können wir offen reden?», fragte er, als sie das Zimmer verliessen.

Sie nickte.

«Wie kommt Zaugg zu einer erwachsenen Tochter?»

94

Teutenberg liess sich ein Glas mit dem alkoholfreien Früchtecocktail ausschenken und stellte sich etwas abseits, wo er den Überblick über die Vorhalle hatte. Cooper unterhielt sich mit Brunner, Stauffer sprach mit einem Investor aus England und Frau Bischoff gab einem der ausgewählten Journalisten ein Interview.

Er hätte zufrieden sein können. Einmal mehr war er an dem Punkt, wo er sich am liebsten sah. Etwas abseits, aber die Fäden fest in der Hand.

Alle Fäden?

Er hielt Ausschau nach Wagner und sah ihn in der Nähe der Eingangskontrolle. Ihre Blicke trafen sich kurz. Kaum merklich schüttelte Wagner den Kopf. Noch nichts Neues von Menitz.

Sein Blick glitt zurück in die Vorhalle, die sich langsam füllte. Noch fünf Minuten bis zur Saalöffnung. Brunner hatte sich von Cooper gelöst und steuerte auf ihn zu. Im Gegensatz zu den meisten andern Gästen machte er ein ernstes Gesicht.

«Gut, dass ich Sie treffe», sagte er etwas ausser Atem, «wir haben unerwartete Schwierigkeiten.»

«Inwiefern?»

«Ich hatte eine Aussprache mit der Fakultät. Im Gegensatz zur Klinikleitung hält man da mein Engagement bei Genetic Solutions für problematisch.»

«Machen Sie sich deswegen keine schlaflosen Nächte. Ich kenne das. Am Anfang kommen Vorbehalte und später bittet man uns, die Zusammenarbeit zu erweitern. Das gehört zum Spiel. Die Forschung ist auf die Industrie angewiesen und die Industrie auf Wissen und Nachwuchs. Gemeinsame Projekte bringen beide weiter.»

Brunner schien nicht wirklich beruhigt.

«Ich kann Ihnen verraten, nach dem heutigen Anlass hätten wir das nötige Kleingeld, um das ganze Inselspital zu übernehmen», legte Teutenberg nach. «Natürlich ist das nicht unser Ziel. Unser Ziel ist es, den Vorsprung zu halten. Sie müssen sich vorstellen, dass alleine in Amerika über zwanzig Forschungsprojekte am Laufen sind, die das gleiche Ziel verfolgen wie wir.»

«Es geht nicht primär um die Forschung, sondern –», Brunner räusperte sich, «um die Person.»

«Um Sie?»

«Um Professor Cooper. Die Kontroversen um seine Frischzellentherapie sind noch nicht vom Tisch.»

«Ich weiss!» gab Teutenberg zu. «Aber was er heute präsentiert, wird diese Diskussion ein für alle Mal beenden.»

«Was bei einer Therapie gegen das Alter im Endeffekt zählt, ist weder verstärktes Haarwachstum, noch ein Zunahme der Muskelmasse; was zählt ist der Gewinn an Lebensjahren! Und von diesem Beweis ist Cooper noch weit entfernt.»

«Da haben Sie recht!» Teutenberg legte Brunner die Hand auf die Schulter. «Und gerade wegen Ihres kritischen Geistes wollen wir Sie dabei haben. Richten Sie das Ihren Leuten in der Fakultät aus.»

«Schade, dass mir dieses Argument gestern nicht in den Sinn gekommen ist.» Brunner tönte schon etwas zuversichtlicher.

«Und erzählen Sie ihnen vom heutigen Anlass. Sehen Sie, mit wem sich Professor Cooper im Moment unterhält? Das ist die Delegation von Calico. Calico ist eine Tochterfirma von Google, die sich ebenfalls die Lebensverlängerung zum Ziel gesetzt hat. Ihr Budget liegt im Milliardenbereich. Dass sich diese Firma aus dem Silikon Valley für Coopers Arbeit interessiert, ist für mich der beste Beweis, dass wir richtig liegen!»

«Viele halten die Hauptinvestoren für Utopisten ...»

«Es sind die gleichen Utopisten, die seinerzeit ins Internet investiert haben!»

«Mag sein, ich sehe das ja ähnlich wie Sie», lenkte Brunner ein. «Aber da gibt es noch ein Problem: Nicole Stauffer. Vielleicht haben Sie schon davon gehört?»

«Wovon gehört?», fragte Teutenberg höflich.

«Nicole Stauffer ist seit gestern verschwunden. Sie wird polizeilich gesucht.»

«Was hat sie verbrochen?»

«Sie hat nichts verbrochen. Sie lag bei uns auf der Intensivstation. Und jetzt machen wir uns natürlich riesige Sorgen um ihre Gesundheit. Dazu kommt, dass es auf der Abteilung ein Gerede gibt, weil sie sich vor ihrem Verschwinden gegen eine Verlegung in die Klinik Eiger ausgesprochen hatte. Ich hatte die Patientin kurz zuvor übernommen und den Entscheid befürwortet. Nun versuchen gewisse Kreise, mich für ihr Verschwinden verantwortlich zu machen. Andere behaupten gar, sie sei wegen des Arztwechsels geflohen. Ich stehe auf jeden Fall dumm da …»

«Bitte, meine Damen und Herren, treten Sie ein!», hörte man in diesem Moment Brinks Assistentin.

«Wie stehen ihre Überlebenschancen ausserhalb des Spitals?», wollte Teutenberg wissen.

«Das ist genau das Problem», sagte Brunner besorgt, «ohne die richtigen Medikamente …»

«Direktor Brinks bittet Sie, Platz zu nehmen!»

«Ich darf mir gar nicht vorstellen, was passiert, wenn sie diese Eskapade nicht überlebt.»

Teutenberg komplimentierte den Professor in den Saal. «Sagen Sie mir, wenn ich etwas für Sie tun kann», versuchte er ihn zu beruhigen.

Auf der Bühne machten sich die Redner bereit.

Teutenberg begab sich an seinen Platz. Er teilte Brunners Sorgen um Nicole Stauffer, wenn auch aus andern Gründen. Ihr Ausscheiden aus Coopers Programm – und vielleicht noch mehr ihr Kranksein – war ein echtes Risiko für Ambrosia. Schon nur der Verdacht eines möglichen Zusammenhangs konnte einen Kurssturz auslösen. Auf der andern Seite war der Gedanke, dass sich das Problem Nicole Stauffer von selbst erledigen könnte, nicht nur beängstigend.

Er lehnte sich zurück. Jetzt wollte er einfach nur den Moment geniessen.

95

Frau Haller sass am Tisch, rührte in ihrem Tee und wartete. Als sie auf dem Gang ein leises Rumoren zu hören glaubte, erhob sie sich, um einen Blick durch das Guckloch zu werfen. Doktor Zaugg hatte sie angewiesen, schon beim leisesten Verdacht sofort Alarm zu schlagen.

Sie hatte die Tür noch nicht erreicht, da flog diese buchstäblich auf und zwei Männer stürmten in die Wohnung. Erschrocken klammerte sie sich an die Garderobe und konnte gerade noch einen Sturz vermeiden.

«Sicherheitsdienst!» Der Mann mit dem Bürstenschädel hielt ihr einen Ausweis unter die Nase, den zu entziffern sie ohne Brille nicht in der Lage war. Der andere Mann drängte an ihr vorbei in die Wohnung, mit gezückter Pistole, wenn sie das richtig gesehen hatte.

Sie fasste sich wieder «Mein Gott, haben Sie mich erschreckt! Bitte, was ist los?»

«Wir werden uns kurz mal bei Ihnen umsehen müssen», erklärte der Mann mit einem Akzent, den Frau Haller nicht zuordnen konnte.

«Was ist los?», wiederholte sie.

«Da ist nichts!», meldete der andere aus dem Schlafzimmer. «Aber das Fenster passt!»

«Geh alles durch!» befahl der Bürstenschädel.

Obwohl sie seine Augen hinter der reflektierenden Brille nicht sehen konnte, glaubte sie, den Blick auf sich zu spüren. «Darf ich mich setzen?», fragte sie.

Der Mann nickte nervös.

Sie tippelte vorsichtig zum Tisch zurück.

Aus dem Schlafzimmer hörte man das Öffnen und Schliessen von Schubladen und Schränken. Als sie realisierte, dass sich der Bürstenschädel in Richtung Schlafzimmer wandte, drückte sie auf das Zifferblatt ihrer Uhr. Kurz darauf ertönte vom Gang her ein leises Piepen. Der Alarm war ausgelöst.

Erleichtert setzte sie sich.

«Fotografieren Sie?», wollte der Mann wissen.

«Früher schon, aber jetzt machen die Kinder und die Enkel ...»

«Wissen Sie, wo Zaugg steckt?», fragte der Mann weiter.

«Sprechen Sie von meinem Hausarzt, Doktor Zaugg?»

«Ja. Wo ist er?»

«Ich nehme an in der Sprechstunde. Er macht vor Mittag keine Besuche – ausser natürlich in dringenden Fällen.» Sie gab sich Mühe arglos zu klingen. «Neulich, als ich krank war, ich hatte eine Lungenentzündung, wissen Sie ...»

Der Mann aus dem Schlafzimmer erschien mit einer zerschlissenen Lederjacke in der Hand. «Was meinst du? Könnte die Zaugg gehören?»

Der Bürstenschädel sah kurz auf die Jacke und dann wandte er sich wieder Frau Haller zu. Seine Stimme tönte gefährlich ruhig «Jetzt erzählen Sie uns ganz rasch, wie die Jacke in ihren Schrank kommt und wer in den letzten Tagen in Ihrem Zimmer fotografiert hat!»

«Hier gehen viele Leute ein und aus ...», versuchte Frau Haller Zeit zu gewinnen. Aber der andere schnitt ihr das Wort ab.

«Schluss mit dem Theater!» Er fasst sie hart am Arm. «Wer hat fotografiert und was wissen Sie von Zaugg? Noch eine falsche Antwort und wir nehmen Sie mit!»

«Ich weiss wirklich nicht, wovon Sie sprechen ...»

In diesem Moment ging die Tür auf und eine Pflegerin trat ein. Sie sah unsicher in die Runde. «Sie haben geläutet, Frau Haller?»

«Ja. Ich sollte dringend auf die Toilette! Ich fürchte es ist bereits etwas in die Hose gegangen. Ich bin dankbar, wenn Sie mir helfen.»

«Dazu bräuchten Sie aber nicht den Notruf auszulösen.»

«In letzter Zeit bring ich die Dinge etwas durcheinander», entschuldigte sich Frau Haller.

«Die beiden Herren sind übrigens von der Polizei. Sie behaupten, Doktor Zaugg sei im Haus. Haben Sie ihn gesehen?»

Die Pflegerin schüttelte den Kopf und wandte sich an die Männer. «Wird er denn noch immer gesucht? Meines Wissens ist er krankgeschrieben, er hatte einen Unfall – aber das wissen Sie wahrscheinlich selber?»

«Wenn Sie uns jetzt bitte entschuldigen», bat Frau Haller, und als die beiden zögerten, fügte sie an, «ich muss dringendst ...»

«Fünf Minuten!», willigte der Bürstenschädel widerwillig ein.

Kaum hatten er und sein Begleiter die Wohnung verlassen, fasste Frau Haller die Pflegerin am Arm. «Ich denke, wir sollten die Polizei benachrichtigen», sagte sie mit gedämpfter Stimme.

«Aber die waren doch von der Polizei?»

«Da hab ich meine Zweifel!» Frau Haller ging zum Telefon.

«Und die Toilette?»

«War nur ein Vorwand, um die beiden loszuwerden.»

«Was glauben Sie denn, was die von Ihnen wollten?»

«Ich weiss es nicht», Frau Haller blätterte in ihrem Adressbüchlein und die Pflegerin schlich zur Türe. «Sie sind weg!» meldete sie nach einem Blick durch den Spion. «Bis die Polizei da ist, sind die längst über alle Berge.»

«Macht nichts», Frau Haller ging zur Geschirrvitrine. Vorsichtig stellte sie ein paar Tassen zur Seite. «Meissen Porzellan», bemerkte sie stolz und dann zog sie einen kleinen Apparat aus dem Regal. «Wir haben sie auf Video!»

«Eine Helmkamera», staunte die Pflegerin. «Raffiniert!»

«War nicht meine Idee», gab Frau Haller zu. «Wissen Sie, wie man das Ding ausschaltet?»

96

«Meine Schwester studierte in Amerika Sprachen und kam im Sommer auf Urlaub in die Schweiz. Thomas lebte zu dieser Zeit für ein paar Monate im Zaffaraya. Das war diese Siedlung der autonomen Szene …»

«Mir brauchst du nicht zu erklären, was das Zaffaraya ist. Die Räumung war eine meiner ersten Erfahrungen bei der Berner Polizei», meinte Limacher, leicht ausser Atem. Er hatte Mühe mit Liz Schritt zu halten, als sie durch die Gänge des Spitals eilten.

«Es gab Konzerte und Partys und, na du weisst schon, da wurde nicht nur Alkohol getrunken und Zigaretten geraucht. Die halbe Berner Jugend traf sich und auch meine Schwester und ich waren regelmässig dort. Nach den Ferien reiste sie zurück nach Amerika, wurde schwanger und heiratete Dave Miller, mit dem sie schon lange liiert gewesen war. Niemand dachte, dass er nicht der Vater von Ann sei, bis meine Schwester auf dem Sterbebett Ann ihr Geheimnis anvertraute. Thomas hat mir gestanden, dass er sich schlicht nicht an die Zeugung seiner Tochter erinnern kann, und meine Mutter fiel aus allen Wolken. Dass Thomas und ich seit ein paar Jahren eine Beziehung hatten, machte die Sache noch schlimmer.»

Sie hatten den Hauptausgang erreicht. «Da ist mein Wagen. Wir fahren direkt zum «Schweizerhof». Thomas befürchtet, dass die Polizei gerufen wird, wenn jemand Nicole erkennt.»

«Was erwartet er denn anderes …»

«Nicole soll eine Erklärung abgeben. Bis sie das getan hat, sollst du sie vor der Polizei schützen.» Liz startete den Wagen.

«Ich soll sie vor der Polizei schützen!» Limacher hielt sich am Sitz fest, als Liz losbrauste. Er wollte protestieren, aber da war wieder kurz dieses wattige Gefühl, das vom Bauch zum Hals empor kroch und ihm die Sprache verschlug.

«Ich kenne Thomas seit mehr als zwanzig Jahren», hörte er Liz erklären, «es ist nicht immer einfach mit ihm – auch für mich nicht», ihre Stimme zitterte.

Limacher wartete, bis der Anfall abklang.

Liz fasste sein Schweigen als Zweifel auf. «Aber diese Chance hat er verdient, glaub mir!»

«Ich werde versuchen, über meinen Schatten zu springen», gelang es Limacher zu antworten.

«Wir kommen gerade noch rechtzeitig!» Liz stoppte vor dem «Schweizerhof».

Am Eingang zu «Jack's Brasserie» standen ein paar Leute, die miteinander diskutierten.

«Nicole Stauffer ist schon da. Ich park den Wagen und komm später nach.»

Limacher stieg vorsichtig aus. Er fühlte sich alles andere als wohl. Das hing einerseits mit seinem körperlichen Zustand zusammen und andererseits mit dem, was ihn erwartete.

Ein Mann vom Sicherheitsdienst versperrte dem Rollstuhl, an dessen Lehne er den Schriftzug des «Renaissance» erkannte, den Weg. Die Frau im Rollstuhl musste Nicole Stauffer sein. In diesem Moment dämmerte Limacher, warum sich ihre Spur im Bahnhof verloren hatte. Sie war nicht mit dem Zug verreist, sondern im Altersheim untergetaucht. Er glaubte sich zu erinnern, dass es vom unterirdischen Bahnhof einen direkten Zugang gab.

«Nichts zu machen!», hörte er den Sicherheitsmann sagen.

«Wir haben eine Reservation!», protestierte die Frau,

die den Rollstuhl schob, nett aber unnachgiebig. «Nicht im ersten Stock, sondern im Restaurant.»

Ann, Liz' Nichte, unverkennbar! dachte Limacher, jetzt erst recht unschlüssig, wie er sich verhalten sollte. Nach den beiden Frauen wurde gefahndet, und nun hatte er sie in Griffnähe.

«Verständigen wir die Polizei», sagte der Sicherheitsmann zu seinem Kollegen.

Limacher setzte sich in Bewegung. Es kam ihm vor, als müsse er gegen eine Steigung ankämpfen.

Ann hatte ihn entdeckt und blickte ihm erwartungsvoll entgegen. Jetzt musste er sich entscheiden, blieb er Polizist oder wechselte er auf Zauggs Seite?

Oder gab es auch hier ein sowohl als auch?

Er zog seinen Ausweis und schritt ein.

97

«... Genetic Solutions steht seit jeher für Innovation in Gentechnologie. Mit dem Projekt hier in Bern stossen wir aber in neue Sphären vor. Neue Sphären, indem wir im medizinischen Kampf gegen das Alter nicht länger Symptome, sondern Ursachen bekämpfen. Neue Sphären aber auch, was das wirtschaftliche Potential anbelangt. Eine Therapie für eine Krankheit, die jeden Menschen betrifft, ist eine Therapie mit dem grösstmöglichen Marktpotential in der Medizin überhaupt. Und dieses Marktpotential potenziert sich, wenn der Erfolg der Therapie den Bedarf nach weiteren Behandlungen erhöht. Wenn wir Ihnen also heute unsere Ergebnisse präsentieren, so erleben Sie den Anfang einer Entwicklung ohne Grenzen ...»

Teutenberg kannte jedes Wort von Brinks Rede und wusste, dass er langsam zum Schluss kam. Der Mann machte seine Sache gut, der Saal hing ihm an den Lippen.

Er war wahrscheinlich der einzige gewesen, der Wagners Eintreten bemerkte hatte.

Wagner verharrte neben der Tür, und als sich ihre Blicke trafen, gab er ihm zu verstehen, dass er ihn sprechen wollte. Teutenberg nickte unwillig und mit einem Blick auf Brinks, hiess er ihn das Ende des Eingangsreferats abzuwarten.

Wagner verschwand wieder nach draussen.

98

«Sie können die beiden ruhig mir überlassen.» Limacher steckte seine Dienstmarke ein.

«Ich warte lieber noch auf meinen Kollegen», entgegnete der andere sichtlich unsicher.

«Es ist okay», wiederholte Limacher und griff nach dem Rollstuhl. «Wenn es Fragen gibt, finden Sie uns im Restaurant.»

Der Mann machte widerwillig den Weg frei, und Limacher begleitete die beiden Frauen nach drinnen.

«Danke, Herr Limacher», hörte er Ann sagen, «unser Tisch ist in der Ecke.»

Am Tisch sassen über ein Dutzend Leute, ein paar Gesichter kamen ihm bekannt vor, zum Beispiel dasjenige von Frau Doktor Lange, die ihm aufmunternd zulächelte, und auch dasjenige Hector Simonnets, der ihn neugierig musterte. Eine Frau, die ihm den Rücken zugekehrt hatte, erhob sich.

Limachers Knie wurden weich, aber Valérie hielt ihn mit ihrer Umarmung auf den Beinen.

«Valérie», stammelte er, «wo hast du gesteckt? Was hat das alles zu bedeuten?»

«Es waren auch für mich drei lange Tage», sagte sie und drückte ihn fest an sich. «Tut mir so leid, Christian! Thomas fürchtete um mein Leben.»

«Ich möchte jetzt beginnen», drängte der Mann, der oben am Tisch sass.

«Wie bist du von da oben weg gekommen, mitten in der Nacht?»

«Mein Bruder hat mich abgeholt, du hast ihn bereits gesehen, er sitzt jetzt dort bei den Journalisten, er hat ein paar Kollegen organisiert …»

«Prego!», bat der Mann oben am Tisch.

«Wer ist das?», fragte Limacher.

«Professor Torrini, du wirst gleich mehr erfahren», sagte Valérie und bedeutete ihm, sich zu setzen und zu schweigen.

«Guten Tag, ich begrüsse Sie und danke Ihnen, dass Sie gekommen sind», begann der Professor, der Limacher etwas an den jungen italienischen Ministerpräsidenten erinnerte, mit deutlichem Akzent. «Mein Name ist Andrea Torrini. Ich leite das Istituto Biochimico in Mailand. Unser Institut wurde mit der Untersuchung von zwei unklaren Erkrankungsfällen in Bern betraut. Aufgrund der

Resultate glauben wir, die Ursache gefunden zu haben. Es gibt weitere Menschen, die krank werden könnten. Weil uns Angaben zu diesen Personen fehlen, haben wir den Weg über die Öffentlichkeit gewählt. Es gilt keine Zeit zu verlieren, um weitere Betroffene möglichst rasch zu erreichen …»

«Wo ist Zaugg?», flüsterte Limacher Valérie ins Ohr.

«Keine Ahnung!», flüsterte sie zurück.

Es klang ehrlich.

99

«… Ich darf nun das Wort an Professor Cooper übergeben. Ich denke, ihn muss ich Ihnen nicht näher vorstellen. Professor Cooper ist eine international anerkannte Kapazität auf dem Gebiet der Altersforschung und leitet unser Projekt am Standort Bern. Ich danke Ihnen für Ihre Aufmerksamkeit.»

Während Brinks begeisterten Applaus erntete, begab sich Teutenberg widerstrebend zum Ausgang.

Wagner erwartete ihn vor der Tür. «Der Zeitpunkt ist denkbar ungünstig!», machte Teutenberg seinem Ärger Luft. «Ich hoffe sehr, Ihre Meldung ist die Störung wert! Ist Menitz weitergekommen?»

«Es hat sich bestätigt, dass die Aufnahmen von diesem Heim aus gemacht wurden», berichtete Wagner hastig, «doch darum geht es im Moment nicht …»

«Im Saal geht es gleich weiter», drängte Teutenberg.

«Die Leute von der Security melden, dass sich Nicole

Stauffer und Valérie Simonnet hier befinden. Sie haben vergeblich versucht, ihnen den Eintritt zu verwehren …»

«Ich habe sie nicht gesehen …»

«Sie sitzen im Restaurant. Mit Hector Simonnet und ein paar andern Leuten. Da unten scheint eine Art Pressekonferenz vonstatten zu gehen.»

«Eine Pressekonferenz? Was soll das?»

«Keine Ahnung.»

«Ich muss wissen, was da unten abgeht. Aber Coopers Rede möchte ich auch nicht verpassen!» Teutenberg blinzelte nervös. «Ich kann nicht an zwei Orten gleichzeitig sein …»

«Kein Problem», Wagner zog einen kleinen Stöpsel aus seinem Ohr. «Die Direktübertragung aus dem Saal. Ich kann mir einen neuen besorgen.»

Teutenberg steckte sich das Teil ins Ohr. «… wenn wir also den Alterungsprozess aufhalten wollen», hörte er Coopers klare Stimme, «müssen wir erstens die Gene, die dafür verantwortlich sind, lokalisieren, und zweitens diese Gene gezielt ausschalten können. Ich werde Ihnen in den folgenden Minuten erklären …»

«Funktioniert!», nickte er Wagner zu. «Kommen Sie anschliessend nach unten!»

«Wie Sie sehen werden, war für eine optimale Wirkung die Kombination verschiedenster technologischer Verfahren notwendig …» Teutenberg lauschte Coopers Worten, während er die Treppe hinunterstieg.

Am Eingang des Restaurants zögerte er.

Valérie Simonnet hatte ihm den Rücken zugewandt. Ausser ihrem Bruder kannte er keinen der Männer, die mit ihr am Tisch sassen. Die Frau im Rollstuhl musste Nicole Stauffer sein, obwohl kaum eine Ähnlichkeit mit den Bildern, die er anlässlich der Werbekampagne für Ambrosia gesehen hatte, zu erkennen war. Die junge Frau neben ihr erinnerte ihn an die Kunsthändlerin, der er vor gut zwei Wochen ein paar Bilder abgekauft hatte. Die Gesellschaft konzentrierte sich auf den Mann, der oben am Tisch sass. Teutenberg konnte seine Worte nicht verstehen und er hielt nach einem geeigneten Standort für einen unbemerkten Lauschangriff Ausschau.

«Durch die Inaktivierung der markierten Gene wird der Alterungsprozess in sämtlichen Zellen gestoppt», tönte Coopers Stimme in seinem Ohr, während er auf eine Säule in der Nähe des Tisches zusteuerte. «Bereits nach wenigen Wochen Therapie lassen sich die Effekte von Ambrosia nachweisen. Die genetische Variabilität im Zellkern nimmt messbar zu und die Telomere verlängern sich. Nach ein paar Monaten zeigt sich, welche Auswirkungen diese zellulären Veränderungen auf den menschlichen Körper haben: Die Muskelmasse steigt, die Zunahme des Hautturgors führt zu einem Verstreichen der Hautfalten und im MMSE Score, ein Test zur Messung der Hirnleistung, zeigt sich eine signifikante Verbesserung der kognitiven Leistung …»

Jetzt war er nahe genug, um den Mann zu verstehen. Er sprach mit italienischem Akzent, aber was er sagte, war nur zu verständlich.

«Wir gehen davon aus, dass für Frau Stauffers Erkrankung die Infusionen im FEY verantwortlich waren. Offenbar enthielten sie eine Mischung aus Anabolika, die den Probanden eine verjüngende Wirkung vortäuschten und als Nebeneffekt die Nebennieren ausser Betrieb setzten. Weiter fanden wir im Blut von Nicole Stauffer Spuren von tierischen Eiweissen. Laut der Werbung für die Therapie gegen das Alter sollen Antikörper vom Nacktmull die Alterungsgene im menschlichen Zellkern ausschalten. Wir konnten in unseren Analysen keine Hinweise auf eine derartige Wirkung, wohl aber eine Störung im Immunsystem von Frau Stauffer feststellen. Eine Störung, die unseres Erachtens als Reaktion auf die Eiweisse des Nacktmulls zu verstehen ist. Die Kombination von Nebennierenversagen und hämolytisch-urämischem Syndrom erwies sich als besonders ungünstig …»

Der Applaus in seinem Ohrhörer übertönte die Stimme des Mannes und Teutenberg sah sich nach einem besseren Standort um. «Mein Name ist Silvia Bischoff», liess sich derweilen die aufgekratzte Stimme der ehemaligen Wetterfee in seinem Ohr vernehmen, «ich freue mich hier zu sein. Normalerweise spricht eine Frau ja nicht gern über ihr Alter. Aber ich …»

Teutenberg ertrug es nicht länger und zog den Stöpsel aus dem Ohr. Umso besser hörte er jetzt den Italiener.

«Wir müssen also davon ausgehen, dass der vermeintliche Erfolg der Therapie nicht auf irgendwelchen gentechnologischen Vorgängen, sondern auf der Wirkung einer geballten Ladung an Hormonen beruhte.»

Teutenberg konnte nicht glauben, was da ablief. Diese Pressekonferenz war ein Abbild seines Investorenanlasses, aber mit umgekehrten Vorzeichen. Während oben im Saal die Stärken der neuen Therapie präsentiert wurden, legte man hier ihre Schwachstellen auf den Tisch. Schwächen, die ihm nicht ganz entgangen waren, aber die in den Griff zu bekommen er Cooper und seinem Team zugetraut hatte. Schwächen, die Investoren kopfscheu machen konnten, und die zu verdecken er einen grossen Aufwand betrieben hatte.

«Als erstes wird Ihnen Dottore Bianchi erklären, wie unser Immunsystem auf die Infusion körperfremder Substanzen reagiert», fuhr der Mann fort, «in einem zweiten kurzen Referat wird Ihnen Frau Doktor Lange das Krankheitsbild des hämolytisch-urämischen Syndroms näher bringen und Ihnen erklären, wie durch eine Überdosis an Hormonen die Nebennieren geschädigt werden. Ganz zum Schluss wird Ihnen Frau Nicole Stauffer schildern, wie es sich anfühlt, wenn einen eine Therapie krank macht ...»

Teutenberg sah, wie sich einige der Anwesenden eifrig Notizen machten. Er spürte, wie ihm die Beine zu versagen drohten, bevor es ihm eben noch gelang, sich auf einen Stuhl gleiten zu lassen.

«Im Anschluss an unser Programm werden Sie die Möglichkeit haben, Fragen zu stellen», kam der Mann zum Ende seiner Einführung. «Zu den gentechnologischen Verfahren stehe ich Ihnen gerne Red und Antwort. Herr Simonnet hier kennt sich in der Problematik der Forschung mit geschützten Tierarten aus. Zu Fragen der Ethik wenden Sie sich an Frau Simonnet von der Stiftung ProGena.» Er wies auf Valérie, die nickte. «Ich mache Sie auch gern darauf aufmerksam, dass sich weitere Experten im Haus befinden. Im Moment läuft nämlich nur einen Stock über uns eine Präsentation zum gleichen Thema, aber aus etwas anderer Sicht. Daran beteiligt sind unter anderem Professor Brunner vom Inselspital, eine anerkannte Kapazität im Bereich der medizinischen Genetik, Professor Cooper, der medizinische Leiter des Institutes For Ever Young und damit der Verantwortliche für die krankmachende Therapie. Weiter haben wir da Dave Brinks, den CEO von Genetic Solutions, Doktor Stauffer, Leiter einer Anwaltskanzlei, die sich in Rechtsfragen rund um die Sicherheit nicht nur in gentechnologischen Verfahren bestens auskennt, Viktor Teutenberg, einen Experten mit breitgefächertem Wissen zu allen Aspekten der Gentechnologie, besonders aber auch zu Chancen und Risiken von Investitionen in diesem Bereich. Die beiden Veranstaltungen werden etwa zeitgleich zu Ende sein, und ich empfehle Ihnen die Gelegenheit zu nutzen, um auch mit diesen Leuten zu sprechen …»

Teutenberg war fassungslos. Während er am Anfang noch geglaubt oder vielmehr gehofft hatte, dieser Auftritt zum jetzigen Zeitpunkt, am jetzigen Ort, könnte auch einfach nur ein Zufall sein, war jetzt alles klar.

Ambrosia hätte wie eine Bombe einschlagen sollen, so hatte er es sich vorgestellt. Und Ambrosia bot tatsächlich Zündstoff, aber nicht für seine Bombe, sondern für die Abwehrrakete, die hier vor seinen Augen scharf gemacht wurde. Er war in eine Falle getappt, aber wer hatte ihm die Falle gestellt?

«Melde mich zurück», hörte er Wagner neben sich.

«Wo ist Zaugg?» fragte Teutenberg.

«Nein. Menitz' Männer haben seine Spur verloren ...»

«Pfeifen Sie Menitz zurück», befahl Teutenberg. «Ich fürchte, wir haben den Falschen gejagt!»

Epilog

100

Das Tief hatte sich verzogen.

Als Limacher wie jeden Samstagmorgen dem «Nullpunkt» zustrebte, roch die Luft klar und frisch, und die spätsommerliche Sonne verströmte eine angenehme Wärme.

Martens erwartete ihn an einem Tisch im Freien. «Hast du schon die Zeitung gelesen?» begrüsste er ihn. «Dein Fall wirft noch immer hohe Wellen.»

Limacher überflog die Frontseite. «Tod im Jungbrunnen – FEY geschlossen», stand da gross, und im Lokalteil machten «Frau Doktor Lange neue Chefärztin am Inselspital» und «Staatsanwalt bleibt wegen Verdachts auf Amtsgeheimnisverletzung vorläufig ausser Dienst» Schlagzeilen.

«Sehr schön!» Limacher legte die Zeitung beiseite und hielt nach der Bedienung Ausschau. Ann stand hinter der Theke und hantierte mit der Espressomaschine. «Sehr schön», wiederholte er.

«Ist Teutenberg eigentlich noch in Untersuchungshaft?», wollte Martens wissen.

Limacher nickte. «Und mit ihm Wagner und neuerdings auch Menitz. Er ging Berner vor zwei Tagen in die Falle, als er die Abhörvorrichtung in Zauggs Keller demontieren wollte.»

«Berner überrascht mich immer wieder.»

«Der Tipp kam von Doktor Zaugg …»

«Und ihr hattet den Bundessicherheitsdienst in Verdacht.»

«Hatten wir», gestand Limacher, «Vorurteile sind unsere Stolpersteine.»

«Du meinst wie bei Zaugg?»

«Eigentlich dachte ich eher an den Fall mit der Toten in der Tiefkühltruhe. Weil man von einem klaren Tatbestand ausging, übersprang man in der Untersuchung wichtige Schritte. Bei Zaugg war der Eindruck von Anfang an zwiespältig, und er ist es geblieben. Sein Vorgehen ist fragwürdig, auch wenn das Resultat stimmt.»

«Wie dasjenige Coopers. Dessen positive Resultate aus der Zellforschung sind bis zu einem gewissen Grad echt, das heisst, die Blockade der Alterungsgene auf zellulärer Ebene scheint ihm teilweise gelungen zu sein. Aber was die klinischen Effekte anbelangt, da hat er geschummelt.»

«Er behauptet, weil die Investoren Druck machten. Teutenberg und Co. schreckten ja tatsächlich vor nichts zurück.»

«Mich erstaunt, dass ein Mann wie Teutenberg sich derart hat täuschen lassen.»

«Der Traum vom Berner Jungbrunnen hat ihn blind gemacht», meinte Limacher.

«Oder der Traum vom grossen Geld!»

«Mit dem ist es auch vorbei. Genetic Solutions hat bereits eine Sammelklage der Anleger am Hals. Das trifft auch Stauffer. Wenigstens da scheint es eine gewisse Gerechtigkeit zu geben. Er wird ja sonst kaum belangt werden können.»

«Immerhin hat er keine Leiche im Keller», bemerkte Martens, «als einziger. Cooper hingegen wusste genau, dass der klinische Erfolg von Ambrosia nicht auf gentechnologischen Vorgängen, sondern auf dem Doping-Cocktail aus Vitaminen, Hormonen und Anabolika beruhte. Um seines Erfolges willen riskierte er tödliche Nebenwirkungen.»

«Menschen machen manchmal krumme Dinge, wenn sie in falsche Gesellschaft geraten.»

«Cooper ist ein Betrüger», hielt Martens fest. «Und diejenigen, welchen sein Hokuspokus schlecht bekam, wie zum Beispiel Nicole Stauffer, schloss er kurzerhand von der Studie aus.»

«Ich könnte unsere Aufklärungsquote auch verbessern, indem ich die ungelösten Fälle aus der Statistik streiche.»

Martens nickte abwesend. «Würdest du es tun?» fragte er.

«Die Statistik fälschen?»

«Die Therapie gegen das Alter. Nur Mal angenommen, es gäbe sie wirklich.»

Limacher zögerte. «Ich lebe gern noch ein paar Jährchen.»

«Aber doch nicht um jeden Preis! Ich meine, Sterben kann auch Befreiung sein.»

«Ich würde trotzdem einiges darum geben, wenn ich dem noch eine Weile aus dem Weg gehen könnte ...»

«Was ist jetzt eigentlich mit deinem Herz?»

«Eigentlich gesund, aber es gerät offenbar neuerdings ab und zu aus dem Rhythmus.»

«Ein intermittierendes Vorhofflimmern?», tippte Martens.

«So lautet die Diagnose. Ich werde wohl den Rest meines Lebens Blutverdünner schlucken müssen.»

«Ich würde es nicht tun», sagte Martens mit Überzeugung.

«Pillen schlucken?»

«Nein. Die Therapie gegen das Alter. Irgendwann ist genug. Je länger wir leben, desto grösser werden die Probleme.»

«Und wenn du die Chance hättest, noch einmal jung zu sein?»

«Träumen die Herren noch immer von der ewigen Jugend?» Ann war an ihren Tisch getreten und servierte Limacher den Espresso.

«Wenn das meine Chancen bei Ihnen erhöhen würde?», scherzte Martens.

Ann lächelte. «Der Kaffee geht aufs Haus. Heute ist mein letzter Arbeitstag. Nach Grossmutters Beerdigung reise ich ab.»

«Schade», meinte Limacher, der sich das Tässchen unter die Nase hielt, «Ihr Espresso wird immer besser!»

«Wie geht es eigentlich Ihrem Vater», fragte Martens.

«Er sitzt bereits wieder in der Praxis. Und er plant, mit mir nach New York zu reisen ...»

«Die Ferien hat er sich verdient!»

«Ich hoffe nur, er spannt dann auch tatsächlich etwas aus.»

«Was soll er denn sonst tun?»

«Er hat einen Termin im MOMA wegen DD's Ausstellung, er plant einen Besuch in der Harley-Fabrik in York, um das Motorrad zu ersetzen, und er will sich mit einem Kollegen vom Genomics Departement der Columbia Universität treffen ...»

«Zahlen bitte!», tönte es vom Nebentisch.

Ann verabschiedete sich.

«Sie ist nett», Martens schaute ihr etwas wehmütig nach.

«Sehr nett», bestätigte Limacher, «und Doktor Zauggs Interesse an der Gentherapie scheint noch nicht vorbei.»

«Wo versteckte er sich eigentlich die ganze Zeit über, als ihr ihn suchtet?»

«Nachdem ihn die Lange zusammengeflickt hatte, suchte er Unterschlupf bei einer Patientin im «Renaissance». Kurz bevor ihn Menitz dort schnappen konnte, wechselte er ins «Red Light», du weisst, dieses Autobahn-Bordell, wo sich auch Valérie versteckt hielt. Er kennt den Besitzer, die beiden teilten sich ein paar Wochen eine Zelle ...»

«Warum liest man nichts von ihm in der Zeitung?»

«Vom Puffbesitzer?»

«Von Zaugg!»

«Ich glaube, das ist Absicht.»

«Wessen Absicht?», wunderte sich Martens.

«Zauggs. Er will seine Ruhe haben.»

«Aus lauter Bescheidenheit?»

«Eher aus Sicherheitsgründen.»

«Du meinst, so nimmt er sich aus dem Fokus der Betrüger? Das wäre ziemlich raffiniert!»

«Zaugg ist raffiniert. Der alte Eggi hat gesagt, Zaugg

denke immer einen Zug weiter als seine Gegner. Er hat untertrieben. Zaugg denkt die ganze Partie zu Ende.»

Frau Haller legte sich aufs Bett und machte den Bauch frei.

«Wie sind Sie hergefahren?», fragte Sie, während Doktor Zaugg etwas umständlich seinen Arztkoffer öffnete.

«Der Ehemann der Hauswartin hat sich als Chauffeur anerboten. Ich glaube, die beiden wollen etwas gutmachen.»

«Und wie lange sind Sie den Ausweis los?»

«Das steht noch in den Sternen und spielt im Moment auch keine Rolle. Mein Motorrad ist futsch und die Schusswunde an der Schulter macht mich fahruntauglich. Und deswegen geht alles noch ein bisschen langsamer», entschuldigte er sich, als er endlich das Stethoskop hervorgeholt hatte.

«Lassen Sie sich ruhig Zeit.» Und während der Doktor ihren Bauch abtastete, erklärte sie: «Den Durchfall habe ich jetzt seit drei Wochen, da kommt es auf die paar Minuten mehr oder weniger auch nicht mehr an. Erst dachte ich noch, es könnte mit der Aufregung zusammenhängen. Aber jetzt wo die Geschichte zu Ende ist, und es eher wieder schlimmer wurde ...»

Zaugg setzte das Stethoskop an und sie verstummte.

«Wir müssen ihren Stuhl untersuchen lassen», meinte er schliesslich, «ich fürchte, sie haben eine Clostridieninfektion.»

«Was soll ich darunter verstehen?»

«Die antibiotische Behandlung wegen der Lungenentzündung hat wahrscheinlich Ihre Darmflora durcheinander gebracht und nun haben möglicherweise Clostridien Ihren Dickdarm besiedelt …»

«Das alles wollen Sie mit ihrem Hörgerät festgestellt haben?» fragte sie skeptisch.

«Ich höre Bakterien wachsen», behauptete Zaugg erst mit ernster Miene, dann schüttelte er grinsend den Kopf. «Natürlich nicht. Die Verdachtsdiagnose ergibt sich aufgrund der Vorgeschichte. Die jetzige Untersuchung dient lediglich dem groben Ausschluss anderer Ursachen. Eigentlich hätte ich die Stuhlproben auch telefonisch verordnen können.»

«Sie nehmen unnütze Untersuchungen vor und sie verschreiben eine Therapie, die mich krank macht», stellte Frau Haller mit gespielter Empörung fest. «Sie sind im Grunde nicht besser als dieser Professor!»

«Hab ich je etwas anderes behauptet?», fragte Zaugg mit einem zufriedenen Lächeln.

Nach dem Besuch bei Frau Haller ging er direkt zum Bahnhofparking.

Herr Liechti schien ihn frühzeitig entdeckt zu haben. Der Veteran stand in strammer Haltung neben seinem Wagen, bereit, ihm die Türe zu öffnen.

«Ich gehe gern ein Stück zu Fuss», erklärte Zaugg, «bin aber froh, wenn sie den zurück in die Praxis stellen.»

«Mach ich!» Herr Liechti beeilte sich, ihm den Koffer abzunehmen, «und wenn Sie mich brauchen …»

«Vielen Dank!» Zaugg winkte ab, «für diese Woche ist Schluss.»

Sie verabschiedeten sich.

Er schlenderte in Richtung Altstadt.

Auf dem Weg zu Liz machte er an einem Stand mit Bioprodukten Halt.

Er erstand Knollengemüse, Erdnüsse, Kerne – und was Nacktmulle sonst so mögen.

Paul Wittwer

Widerwasser

Schwierigkeiten begleiten Mauro Matter seit seiner Kindheit. Nicht immer trifft ihn das Pech unverschuldet.

Kurz vor der Facharztprüfung gerät er beruflich und privat in eine Sackgasse. Da fällt ihm die Chance für einen Neuanfang buchstäblich vor die Füsse.

Limacher lässt sich in wichtigen Fragen von seiner Nase leiten. Entsprechend oft hat er eins drauf gekriegt und ist nun etwas angeschlagen. Trotz beruflicher Neuorientierung droht dem Fahnder der Kantonspolizei die Midlife-Crisis. Anstatt Umzugskisten auszupacken, sitzt er lieber im *Nullpunkt*, seinem Stammlokal.

Gut hingegen läuft es für Vincenzo Lo Russo. Der Erfolg macht den Camorra-Boss, genannt die Katze, schier unantastbar.

Die Lebenslinien dieser drei Männer werden durch einen spontanen Entscheid Matters unabsichtlich miteinander verstrickt. Jeder der drei gerät in ein unheilvolles Spiel mit dem Tod: Matter, der ihn gesucht hat, findet ihn nicht, Limacher kommt ihm gefährlich nahe, und Lo Russo lässt ihn für sich arbeiten.

Nydegg Verlag, CH-3015 Bern, www.nydegg-verlag.ch

ISBN 978-3-905961-02-7

Paul Wittwer

Giftnapf

Im Trub stirbt der Dorfarzt völlig unerwartet. Die junge Witwe sucht dringend eine Praxisvertretung.

Doktor Ben Sutter meldet sich. Der Job im Emmental soll ihm nach strengen Assistenzjahren eine Luftveränderung bringen.

Schon bald wird er konfrontiert mit Vorkommnissen, die in krassem Gegensatz zur beschaulichen Napfwelt stehen. Unklare Todesfälle, merkwürdige Notfälle, einsilbige Patienten, wortgewandte Prediger und die verwirrend hübsche Witwe stören ihn bei seiner Praxistätigkeit. Der frühere Dorfarzt Doktor Eggimann, Mediziner, Maler und Menschenkenner, trägt mit seinen Theorien über das Unsichtbare weiter zur Verunsicherung bei.

Mit argloser Neugier erforscht Sutter alles, was ihm begegnet. Seine Entdeckungen sind mindestens so verwirrend wie die Topografie des Napfgebietes und er verliert zunehmend die Orientierung.

Als er endlich den Überblick zurückzugewinnen scheint, ist es zu spät. Viel zu tief ist er in die Geheimnisse rund um den Napf vorgedrungen. Um seine Haut zu retten, bleibt ihm nur die Flucht nach vorn ...

Nydegg Verlag, CH-3015 Bern, www.nydegg-verlag.ch

ISBN 978-3-905961-00-3

Paul Wittwer

Eiger, Mord & Jungfrau

Im azurblauen Wasser vor Nizza schwimmt eine Wasserleiche. Kurze Zeit später stirbt an der Côte d'Azur ein Assistenzarzt der renommierten Berner Parkklinik Eiger. Alles deutet auf einen Segelunfall hin.

Frau Knecht, die Mutter des verstorbenen Arztes, glaubt nicht an einen Unfall. Sie vermutet einen Zusammenhang zwischen den beiden Todesfällen. Sie bittet den ehemaligen Studienfreund ihres Sohnes, Dr. Franco Weber, um Rat und Unterstützung. Anfänglich nimmt Franco Weber die Zweifel der Frau nicht ernst. Er befürchtet vielmehr, für die trauernde Mutter die Rolle des Ersatzsohnes spielen zu müssen. Dem vielversprechenden und ehrgeizigen Herzchirurgen des Berner Inselspitals bleibt kaum Zeit für sein Privatleben, geschweige denn für die Sorgen einer verwirrten Trauernden.

Gemeinsam mit einem Freund stellt Franco Weber Frau Knecht zuliebe ein paar halbherzige Nachforschungen an. Statt klare Antworten auf einfache Fragen zu bekommen, stossen die beiden auf komplizierte Widersprüche und dunkle Flecken – auch auf blendend weissen Arztkitteln.

Dr. Franco Weber legt sein Skalpell aus der Hand und riskiert Kopf und Kragen, um die Todesfälle zu klären. Dabei stösst er unerwartet auf übelste Machenschaften in der modernen Spitzenmedizin.

Nydegg Verlag, CH-3015 Bern, www.nydegg-verlag.ch
ISBN 978-3-9522295-6-9